藏地文化跋行

罗洪忠 著

西藏人民出版社

图书在版编目(CIP)数据

藏地文化跋行 / 罗洪忠著. --拉萨 ：西藏人民出版社，2020.12
ISBN 978-7-223-06679-2

Ⅰ. ①藏… Ⅱ. ①罗… Ⅲ. ①散文集-中国-当代
Ⅳ. ①I267

中国版本图书馆CIP数据核字(2020)第194732号

藏地文化跋行

作　　者	罗洪忠
责任编辑	苏远尚　仁青才让
版式设计	仁青才让
封面设计	丹真那杰
出版发行	西藏人民出版社(拉萨市林廓北路20号)
印　　刷	西藏山水印务技术有限公司
开　　本	787×960　1/16
印　　张	18.375
字　　数	290千
版　　次	2021年11月第1版
印　　次	2021年11月第1次印刷
印　　数	01–1,000
书　　号	ISBN 978-7-223-06679-2
定　　价	42.00元

作者　罗洪忠

目　录

第一篇　滇藏新通道

2009年10月，伴随着“丙察察”公路的全线通车，中国第八条进藏公路诞生了。不过，丙察察公路继续向前延伸，在八宿县然乌镇同川藏公路交会，形成了一条新的进藏大通道，称之为“丙察然”公路。相比1930公里的老滇藏公路，新滇藏公路走察隅、然乌，仅1139公里，缩短了791公里，它是目前内地进藏线路中里程最短的一条。

也许，自驾游客更关注丙察察公路，从云南省贡山县的丙中洛乡向北60多公里到达西藏自治区察隅县的察瓦龙乡，再向西跨过怒江前往察隅县城，全长270公里。“丙察察”沿线的风光照片和自驾、骑行者等的生动描述，让这条线路逐渐被人熟知，成为户外爱好者眼中的“圣地”。丙察察作为自驾旅游黄金线的特色也逐渐彰显，潜力日益突出。

穿越丙察然公路，最为险峻的道路莫过于丙中洛至察隅县城的道路，它原本是一条从云南贡山县丙中洛乡通往西藏察隅县城的人马驿道，也是茶马古道南线的主要通道，它穿越青藏高原与云贵高原接壤转换地带。这条甚至在中国地图上至今都没有标识出来的简易公路，随时都有可能发现各种意想不到的险情，怒江峡谷的险峻，山路的狭窄，足以让恐高症患者崩溃，极度简陋粗糙的路面，让人感觉比奔腾的怒江江面还要胆战心惊，被众多自驾驴友奉为自驾游的“探险天堂”。

丙中洛有着众多的历史遗迹，早在一百多年前就有外国探险者历经千辛走过，目的是考察发源于西藏的怒江，下游到底是哪里，是伊洛瓦底江还是萨尔温江。1887年，英国皇家工程院院士沃克尔将军关于怒江研究的报告，文中详细记录了探险者从印度阿萨姆邦进入西藏察隅高原，并来到怒江流域进行地理、人文等方面考察的过程。

察瓦龙是茶马古道必经的一个点，当地藏族人对马的浓烈感情，完全超出我们的想象，马既是他们日常生活中最亲密的伙伴，更是世世代代生活在这里的牧人心中的生命。因为交通不便，在远行的山林路上，只有马才是最佳、也是唯一的选择。赛马也是一个流传甚久的习俗，许多年青的藏族小伙在马背上尽情展示自己的英姿和勇敢，它的意义早不限于比赛，更是当地人交流和融合的一种渠道。

走进丙察然公路，察隅县的僜人村寨是一个不得不去的地方。笔者进入的第一个僜人村就是沙琼村，有幸结识了被外界称为"僜人头领"的阿鲁松，当他做村主任后，放弃了6位买卖和转房而来的妻子，不再进行杀牛比赛，"头人"这个字眼在阿鲁松的悄然变化间，走向了最后的终点。

当我来到僜人的新村时，63户村民都住上了安居房，吊脚楼与门前长廊风格的新民居宽敞明亮，水电防火等设施齐全，狭窄的老木楼虽还存在，但多为储杂物或养畜之用，新老木楼之间对比强烈。院落前后和村道两侧生长着柿子、梨桃、柑桔和花椒，地里也长满了蔬菜，显出一方物产的丰富。

"灯光五彩缤纷，新村的夜色多么美，多么美；比那天堂还要美，还要美！啊……"当夜幕降临，僜人新村村民便聚集在村支书金夏家的小院里，唱起这首《新村夜色美》之歌。

滇藏新通道线齐马拉山下的盘山险道（王坚 摄）

第一章　第八条进藏新通道

穿越怒江峡谷

7年前，中国的公路史上，还尚未有丙察然公路这个名称。这条公路起始于云南贡山县丙中洛镇，经西藏察隅县察瓦龙乡、察隅县城，再翻越察隅县与八宿县交界的德姆拉，最终在八宿县然乌镇与川藏公路汇合。

察察公路未贯通前，从察隅县城到察瓦龙乡是不通车的，县领导下乡检查工作，只能绕道滇藏或川藏线。2009年10月，伴随着丙察察公路全面通车，中国第八条进藏公路诞生了。就像一条细长的蟒蛇蜿蜒向西延伸，沿途地形、地貌独特，景色秀丽壮美，无与伦比。

2014年底，察隅县至察瓦龙方向的乡村公路开始升级改造，成为国道219线的一部分。2015年8月，云南怒江州政府官员赴西藏林芝，与察隅县商讨区域旅游合作，两地计划共同将“丙察察”进藏线路打造为一条精品自驾旅游线，让怒江与西藏东南部无障碍相连，促成了“小香格里拉”旅游环线开门迎客。

丙察线到底是什么？在地理学家眼里，它地处中缅、中印边境地区横断山脉的腹地深处；在外地游客看来，它是地理环境复杂，气候条件恶劣，道路灾害严重、断多通少的险地；在越野达人看来，它是资深户外玩家的乐园；对藏学家来说，这里有滇藏民族文化与历史印迹。

2015年，我有幸走进丙察然公路。我从八宿县然乌镇出发，翻越德姆拉，最终到达了察隅县察瓦龙乡。因前面道路太险，没能亲自体验察瓦龙至丙中洛这段路的驾驶感受，成为心中一大遗憾。不过，我的朋友阿坚、阿龙多次全程自驾行经这条公路。这里平均路宽不足4.5米，颠簸不平、尘土飞扬，道路一边是悬崖峭壁，另一边是奔腾咆哮的怒江，因此，在很多人眼里，它几乎不能被称之为“公路”……

中午时分，阿龙从云南方向驾车到达丙中洛乡。丙中洛是丙察然公路的起点，著名的茶马古道从这里穿过，是大香格里拉和三江并流的重要景区。

车行怒江峡谷中，刚开始时，只见怒江两岸奇峰迭起，山势雄浑高耸。滚滚怒江奔流向前，江水清澈明媚，犹如一条碧蓝的玉带环绕着怒江大峡谷。大自然的壮丽绚美，让人叹为观止。

丙察察公路上的老虎嘴(王坚 摄)

当阿龙驾车行至被村民称为“纳依强”的石门关时，前方斧劈般形成的天然石门跃入眼帘，仿若通天巨门，高耸入云。路到这里后变得异常狭窄。一边是波涛汹涌的怒江，一边是百丈绝壁，车几乎是从山崖的缝隙间穿过。裸露着的岩石，像两位巨大无比的门神，镇守着丙中洛美丽的田园和家乡。怒江在这里拐了一个小弯后继续南流，颇似李白《望天门山》中的情景：“天门中断楚江开，碧水东流至此回。”

石门关旁的公路，是怒江北与西藏茶马古道上的必经通道，在没有修通这条公路之前，西藏察隅县察瓦龙乡的马帮都要通过这条人马驿道来丙中洛驮运物资，虽然现在已修通公路，但仍有马帮在此往来。

路继续延伸，往峡谷深处前行，只见路面细如游丝般地悬挂在怒江边的悬崖陡壁上。左边是滔滔怒江水，万丈悬崖，右边是怪石嶙峋的峭壁。道路坑坑洼洼，乱石堆积。碰到转弯处，或高低起伏的地段，阿龙根本没法看清前方，他双手紧握方向盘，不敢有丝毫大意，在持续的颠簸跳跃中，越野车开到了丙中洛最北端的小村——秋那桶。

继续向前，秋那桶之后，真正的考验来临，道路愈来愈窄，路面上石块犬牙交错，狭窄坑洼不计其数，数不清的山寨版“第一湾”在他们沿着悬崖峭壁穿行时一一绕过，阿龙的行车时速降低到10公里以下。

驱车进入凶险的那恰洛大峡谷，道路逐渐升至碧罗雪山山腰，原来的古道并没有走这条线，而是离开怒江跃进大山，翻越海拔3813米的松腊腊卡雪山进入西藏境内。茫茫的那恰洛大峡谷，风景迷人，一条条瀑布悬挂在怒江两岸，两岸原生态。这一段的怒江激烈凶险，枯水时期仍听得到惊天动地、惊心动魄的怒吼。江两岸的石头，也被江水冲刷得千疮百孔。

水雾逐渐消散，缓慢行驶过沿途的几户怒族人家，穿过惊险恐怖的“老虎嘴”，再往前便是滇藏界。老虎嘴是丙察然公路上著名的路段，因形如悬崖上张开的布满利齿的虎口而得名，路面周围张牙舞爪的崖壁令人心惊，而防护措施又不可见。过了滇藏界，破烂的路面继续，峡谷两侧的植被迅速减少，有风时路面灰土漫天，也越来越狭窄，时常让人产生坠崖的担忧。

在被人们叫做“骷髅滩”的地方，江岸的石头散布近四公里，像一个个白森森的骷髅。阿龙顾不上观看这些奇景，小心驾车在悬崖峭壁上如壁虎在滑行，线一样的路让他怀疑能否容纳得下四个车轮。路下，是万丈深渊和汹涌吼叫的怒江。抬头上看，时有狂风夹着树叶与枯枝在乱飞。碗口大的石头，被风从山顶吹落翻滚而下，在公路上轻轻一跳又跌落在路下的深渊，听不到一点响声。

进入干热河谷

阿龙驾车转过一个急弯，前方突然开阔了。首先跃入眼帘的是三座金字塔一样的山峰，三座山峰一座比一座高，依次排列到怒江西岸。由于此时正值枯水季节，江水流向了两边，江中心形成了一片方圆几公里的心形沙滩。江边，一个充满诗意的村庄，便是有着“西藏第一村”之称的松塔村。

松塔村左临怒江，右依碧罗雪山，属西藏察隅县察瓦龙乡管辖。在丙中洛，崖壁上还是一片郁郁葱葱的景象，进入松塔村后，高大的树木变换成了低矮的灌丛，植被越来越稀少，气温也逐渐升高，怒江两岸的景象更加贫瘠荒凉。这说明，丙察然公路已经离开温暖湿润、植被茂盛的峡谷区，进入到了干热河谷区。

山体裸露出风化的页岩，波涛滚滚的怒江从谷底穿过。沿江两岸除了仙人掌外，几乎没有别的植物。这也是阿龙平生见到的最大面积的仙人掌。河谷里气温炎热异常，没有一丝风，空气仿佛在燃烧；天空中没有一丝云，太阳如同一轮火球，坐在驾驶室里烤得人直淌汗。

西藏松塔村及其以北地区的干热河谷早在几万年前便已形成，干热河谷中高温、低湿的自然状况，是横断山脉深度切割的特殊地貌、局部小气候和奇特的“焚风”现象综合作用的结果。怒江中上游地区两岸山脉与江面海拔高差大，地形封闭，水汽凝结时，引起热量释放和水汽湿度降低，使空气温度增加。同时，地表上的水分受干热影响而过度损耗，使大面积土地荒芜，露出大片裸土和裸岩地。

丙察察公路上的流沙（王坚 摄）

站在公路上向下看，松塔村的村落民居层次分明，有的为典型的怒族房屋，有的为藏式建筑，各不相同，但每家房顶上都飘荡着经幡。一路伴随人们的森林不见了，一路盛开的桃花不见了，四周的山像被火烧过的一样灰黑发亮。

穿越贫瘠的干热河谷时，给阿龙印象最深的是那些“爬在悬崖上的村庄”。当地人充分利用峡谷峭壁上一块块突出的台地，建房而居，从远处望去，荒凉的山崖上斜挂着几幢别致的藏居和一小片农田，实在让人担心能否抵抗得了自然灾害。从松塔村进入干热河谷后，在怒江峡谷两岸，这样的村落不断出现，其中岗藏村给阿龙的视觉震撼最大。

岗藏村远离察瓦龙乡，孤单地“爬”在峭壁上，只有一条可以勉强通行拖拉机的小路。村庄建在一面近300米长的坡地上，纵深不过100米，一边就是怒江峡谷。但就在这样一小块坡地上，仅种植的青稞和玉米就养活了25户人家120余人。

姆拉次仁是土生土长的岗藏村人，阿龙见他家房屋宽大，便问起建房的问题。这里和察瓦龙其他地方一样，建房讲究自然条件和风水。

岗藏村民居都朝阳背阴，村里有一小溪流过，故民居都靠沟而建，认为这样能兴旺发达，安康幸福。房屋多是土墙，配以木材建成。姆拉次仁的妻子尼玛卓嘎，今年27岁，已是两个孩子的母亲，她是对岸条件较好的左布村人。问她是否习惯这里的生活，她说很好，岗藏村宁静温馨，家里种植的粮食和蔬菜吃不完，还养有猪和鸡，很有幸福感，只是外出不方便，要骑一个多小时的摩托车才能到娘家。

越野车继续前行，路越走越窄，山越走越荒凉，怒江水越来越小，峡谷越来越深，心加速跳动。然而怒江的神奇却让阿龙越来越惊叹，一弯又一弯，将高黎贡山与碧罗雪山勾画得无限精彩，座座雪峰似仙境。一个个从峡谷深处闪现出的藏家村庄，如唐诗、宋词、元曲一般非常美妙。突然，眼前一堵巨大的泥石流犹如瀑布一泻而下，直插江底。

在当地，这种大流沙也叫滚石坡，实际上是一种常年的地质灾害，稍有风吹草动，大大小小的石块就会从坡顶沿着扇面飞滚下来，少则数百，多则整个滑坡。当地人说，该路段必须中午12点前通过，因为12点后易起风，滚石较多，很容易中招。通行前务必观察流沙顶端是否有“雾”，这个“雾”实则是起风后滚石激起的尘，此时，要老老实实地等候，等“雾”散尽再走，开车时也得留意流沙动向。

阿龙远远地停下车，不知是过还是不过。环顾大流沙，只见山体岩壁裸露，石瀑高约3500米，宽约1000米，碎石从高高的山顶滚滚而下，飞入江中，溅起数丈浪花，发出轰鸣般的巨响，震得人心发怵。一位村民告诉阿龙说，一年前就有4辆车在这里被砸烂，其中一辆被推进了怒江，人车全无，听得阿龙毛骨悚然。

阿龙不可能后退，只能见机而行。他开足马力迅速通过，耳边不断传来石子敲打车顶的撞击声，让人心惊肉跳，车轮在碎石上不停打滑，好在阿龙最终有惊无险地冲过大流沙，大约20分钟后抵达了察瓦龙。

察瓦龙对我来说，已不再陌生。我曾在这里采风，接触到不少当地的领导和群众。在察瓦龙乡政府，乡党委常务副书记普布次仁谈起这条中国最美最险自驾线路时，至今还心有余悸："2005年以前，乡里通住外界的路，全靠山间一条条起伏不平、崎岖狭窄的骡马驿道和横跨在怒江上方的溜索，真不知道什么时候，命就会丢进滔滔怒江里。"有一次，他下乡去发放慰问金，在目巴村乘坐溜索时，滑轮突然被卡住，在江中间滞留了好几个小时。

在与普布次仁的交谈中我得知，早在2002年，贡（山）察（隅）公路的修建，就被提上了日程，可当地群众完全没有修路经验，分段修的路面高低不平，根本无法对接和贯通。第二年初，察隅县迎来了第一批援藏干部，时任察隅县委书记的广东省援藏干部陈铸谋得知后，当即拍板："察瓦龙的路一定要修！"当年2月，副县长巴里龙带着5人入驻察瓦龙乡，正式成立了"贡察公路指挥部"。

在巴里龙眼里，这条路算得上危机四伏，数不尽的悬崖绝壁，掉不完的飞石，一不小心都随时可能丧命。沿途经过的"大流沙""小流沙"，更是被大家视作生命禁区。一次，左贡县一位老伯转经途径此处，耳朵被飞石生生削下，鲜血直流。巴里龙亲眼目睹了这桩惨剧的发生，随即让工作人员背着老伯前往察瓦龙乡卫生院救治。他在指挥修路时，也不敢掉以轻心，调动了30多名工人，2人负责察看飞石，一旦有石头飞落，赶紧提醒其他人躲避。就这样，他们边修边躲，最终完成了高达6米的石墙。但短短的一公里路，竟有12名工人受伤，看着这段挡石墙完工，巴里龙忍不住泪流满面。

工地上，伸手不见五指的黑夜最难熬。夜深人静的时候，简易的帐篷里时常会传出抽泣声。我见到巴里龙时，已是察隅县政协主席的他回忆说："从察瓦龙到丙中洛的距离不长，却修了2年半。2005年7月13日，贡察公路通过验收。当指挥部的北京吉普车沿着这条路开进察瓦龙乡，已经80多岁的扎那村村民旺姆老阿妈跪在车前，久久不肯起身。她怎么也没想到，有生之年竟然能看到汽车开进察瓦龙。"

丙察察公路通车后，察瓦龙乡发生了深刻变化。全乡人均纯收入超4000元，比起未通车前的2005年，足足增长了8倍。丙察察公路作为国家"十二五"规划的重点项目，计划投资达19亿元，将成为新的滇藏通道。

走进西藏"小江南"

走出察瓦龙时，一个岔路口分别通往察隅县和左贡县。我们朝察隅方向驶去。沿途坑洼不平的悬崖小道吓得我心脏骤停。离开察瓦龙大约20公里后，便来到了怒江大桥边。通过这座铁桥，我们也要告别几天来一直相伴在左右的滔滔怒江了。这座怒江上的军用铁桥仿佛地理环境的分水岭，一过桥，周围的山势便发生了明显的变化，荒芜凄凉的大山变得有了生机。随着海拔缓降，郁郁葱葱的植被终于取代了光秃的山岩。

我们眼前逐渐呈现出亚热带原始生态景象，满目松萝、藤蔓，空气中弥漫着阵阵松香。这片森林中，有一道独特的自然景观带，那就是摄影师不愿放过的松萝沟。松萝有多种称呼，生于深山的老树枝干或高山岩石上，成悬垂条丝状。有很强的抗菌和抗原虫的作用，有清肝、化痰、止血、解毒之用。这里的松萝丝长浓密，面积大，几乎布满山沟，风吹之时，随风飘逸，给人一种梦幻般的情景。

往前行，一束阳光突然从稀疏的树冠间照射下来，轻轻洒在地面的落叶和菌类伞盖上。不远处苍老树干上深厚的苔藓，以及笔挺高大的冷杉树丛，还有哗哗流淌的溪流，令我兴奋地示意驾驶员停车，举起相机不停拍摄起来。大家暂时忘记了道路的艰险，紧张的神经似乎也放松了下来，我们终于可以尽情地享受大自然赐予的美景了。这片原始森林近50公里路长。我们时走时停，流连于沿途的美景，消耗了大量时间。

我们继续向前赶路，还将经过海拔4700米以上的折拉山和金拉山，在两座山间，有一片平坦的谷地，形成了两山夹一谷的地势。随着海拔攀升，高山草甸替代了原始森林。重又出现碎石、泥泞，我们继续一路颠簸摇晃。越野车一口气冲上第一个垭口——齐马拉山口（海拔4710米），山上一派高山寒漠土和风化石构成的苍茫景象，而谷地更多的是草甸和溪流。这里是理想的牧场，牦牛的数量远比人多，仅有一户牧民在此居住。

站在山口远望，雾气中，远处的山坳朦朦胧胧。云海从远处席卷而来，犹如仙境。山脚处是目若村，群山、小河、草场、木屋构成一幅幅优美的乡村油画。从目若村出发，再走7公里，便下山到达谷底，此处是一个三岔路口，右行去察隅，左岔到日东。从左道一直走，经过草场、河谷、原始森林，到达日东村。日东村是从独龙江徒步到察隅的中转站，西藏察隅县最偏远的一个村庄，距中缅边境不到30公里，村内吃的用的都是马帮从察隅拉过来的。这是一个美得令人窒息的地方，莽莽森林环绕着一马平川的草甸，坡脚下的篱笆房屋炊烟袅袅。

出发前，我做过一点有关察隅的"功课"，知道这里是"高原上的一片凹地"，峡谷幽深。据说以前这里由于地势偏远，加之气候温润潮湿、终年瘴气笼罩、蠹虫猛兽横行，所以在公元13至16世纪，成为西藏地方统治者放逐犯人的地方。实际上，"流放"到察隅的也不完全是凶顽之徒，许多是能工巧匠，这个桃花源般的地方，倒成了他们绝好的避世之所。

察隅与缅甸和印度相邻，站在我方一侧向南眺望，但见河谷渐渐宽广，森林依然茂密。由于长期与世隔绝，察隅一些地方还生活着一些相当封闭的种族。听当地人介绍，在靠近中缅边境地带，尚有好几个缅人定居点，他们既没有缅甸国籍，也没有中国国籍，属于典型的有家无国。

在察隅县城竹瓦根镇，我就见到了藏族小伙爱上缅甸姑娘的故事。党生，一个退役的藏族军人；永青，一个出生在缅甸没有国籍的藏族姑娘。由于永青没有合法户口，两人没办法办理结婚手续，只能偷偷在一起。永青没有证件，他们的孩子成为“黑户”。为了生计，永青只能和党生住在一些偏远点的小村子，白天靠打点小零工维持生计，夜里躲在破烂不堪的屋子里。

纸终归包不住火，永青和党生的事还是被当地政府知晓了。当地政府先让他们定居下来，又为他们申请了3万元资金盖了一座像样的房子，并积极为永青申请了中国国籍。2006年，永青终于拿到了中国国籍，他们不再东躲西藏。谈起此事，永青说：“大女儿上高中，每个月还有200元的生活补助，二女儿和小女儿也没有了学费上的担忧。”

在目若村进行简单的补给后，继续赶路，前方是一片宽广的草原，黑色的牦牛点缀其中，两畔山峦相伴，可以看见草场上有野花星星点点。两旁的美景依然目不暇接，平缓的山坡上是大片的草甸，藏式民居错落有致地分布在路旁，围栏由圆木建成，牛群、羊群在坡上时隐时现，沿途的景色如诗如画。

天开始下雨，只是小雨，却大大加剧了道路的泥泞程度。海拔落差不大的高山草甸上，错乱排列的溪流把原就不明显的泥路冲刷得更加惨不忍睹，近半米深的大水坑随处可见，若是下车行走，严重的水毁道路能让人直接把脚陷进泥里，车队小心翼翼行驶，经过一个急弯，前方的草原上出现了一潭翡翠般的小湖，在四周秋季彩色植被的点缀下极致秀美。

在通往察隅县城的公路上，两个采药人衣衫褴褛，竹背篓用背带挂在额头，里面塞着搪瓷茶缸，粗麻袋装着干粮、砍刀，还有挖草药的工具。他们用这些简单的装备，将在山里待一个多月。一个放牛人也从这里走进山中，两个多小时的路程之外，有他和儿子筹建的一个养鸡场。因为怕人接触对规模养殖带来病菌，他们计划在与世隔绝的群山中生活两年。远处村庄中孩子的叫声、修路的马达声和山中微微颤动的万叶千声，形成轻微的共振。这里没有到达新秘境的光荣，也不再有法外之地的传奇，却有一种永恒，但不属于旅行者的东西，存在于看似平常的深山一角。

我们到达察隅县城时，已华灯初上，下榻在温泉宾馆。县城不大，麻雀虽小，五脏俱全，街上从杂货店到超市，从小饭馆到大酒店一应俱全。

察隅县城虽小，但颇有些现代气息，有桑拿可洗，有网吧可泡，有KTV可唱。察隅县的温泉宾馆，从后山上引下温泉水，可治愈多种病症，保健强身。润润的风抚过面颊，温暖中体会着呼吸的舒畅，泡在可治病的泉水中，暖暖的舒适感，让我留恋忘返。

西藏许多城市都和水有关，察隅县城也不例外。察隅河由北向南从县城西面流过，流至前门里的巴兰岗附近流入印度，转向西南汇入到雅鲁藏布江下游布拉马普特拉河。在县城西面的察隅河上，架有一座较大的水泥桥，每到傍晚，县城的人们都喜欢在桥上散步。夕阳从群峰的间隙斜射过来，整个察隅河河谷沐浴在一片红色的光影中，给人一种佛国圣地的庄严感。

察隅地势由西北向东南倾斜，相对高差达3600米，典型的高山峡谷和山地河谷地貌，独特的亚热带气候，造就了察隅"一山有四季，十里不同天"的神奇自然景观，使察隅有着"西藏小江南"的美誉。

察隅县城海拔2300米，又处在峡谷地带，即使是4月，县城的气温也已接近20多摄氏度，傍晚吹着凉爽的风，坐在台阶上喝啤酒，吃两元一串的烧烤，然后去夜市看看，和卖香菇的商贩讨价还价，抓一把察隅盐煮花生放进嘴里，听一首《快乐僜人》的乐曲……所有的私心杂念，顿时消失得无影无踪。

第二天清晨，站在高处远眺，整座县城被晨雾萦绕，未曾苏醒。间或传来几声狗吠鸡鸣，更添神秘和憩静气氛。沿河而建的房屋错落有致，晨雾轻纱般飘荡其间，恍如仙境。"察隅"，藏语意为"乱石谷"。也许因它位于西藏高原最南端，东喜马拉雅山与横断山结合的地方，山高林密，人迹罕至，过去看到的只有乱石罢了。而今，察隅县城怎么看都不显得杂乱无章，旧貌新颜早就更替，唯有察隅河水终日哗哗地流淌，总流不尽，总停不住，默默观察、见证着这里的经济和社会发展。

色彩斑斓的古玉牧场

我们沿着察隅河走进上察隅镇，位于镇北的阿扎冰川不容错过。作为我国海拔最低的海洋性冰川，阿扎冰川也是世界上极为罕见的森林冰川景观，雪线海拔只有4600米，长20公里。其中，冰川前沿部分深入到原始森林区长达数公里，犹如一条银色巨龙穿行于绿色海洋之中，被称为"绿海冰川"。从冰川末端到顶部，海拔高差达6000米以上，这条势如巨蟒的冰川，蜿蜒飞舞于寒山空谷之中，千姿百态，蔚为壮观。

在阿扎冰川做短暂停留，我们便返回了察隅县城。经过短暂休整后，沿着察(隅)然(乌)公路，进入察隅北端的古玉乡政府，已近黄昏，到古玉的外人不多。晚上，我躺在古玉兵站的军用床上，许久不能入眠，峡谷的风在呼啸，林涛阵阵，山谷中，回荡着昂桑曲轰隆隆的流水声响。

清晨推开窗，是个春季常见的阴天，高耸的雪山云雾缠绕，山林浓绿饱和。徜徉到乡政府所在的古井村，这片雪山环绕的坝子放牧着牛羊，三两处错落的村舍围着栅栏，绿油油的青稞田边桃树摇曳、开满繁花，盎然的春意播撒在每一个角落。

走到村子高处，爬到扎西顿珠家二楼的平台俯瞰村子，雪山下的坝子桃花夭夭，炊烟袅袅，诗情画意。掩映在桃花中的全村唯一两层建筑，是小学综合楼。中午放学时，一群戴着鲜艳红领巾的孩子跑过花荫下的青稞田，见到我立即站立敬礼，大声叫“叔叔好”。我们随一个叫扎西的孩子来到他家，房前桃花依依、溪流潺潺。扎西不到8岁，每天得走10多公里山路上学。我拉着他小小的手，心里不再是邂逅世外桃源的那种激动，而更佩服他的毅力。

我们向东折向古玉村，再走进海拔近4000米的一处夏季牧场时，我终于感受到了什么叫鲜花铺成的地毯。这里的花朵不大，花枝也不高，但却密密麻麻。最迷人的还是色彩:红、黄、蓝、白、紫……

经过一处高山牧场，石头垒就的简易窝棚里，藏族姑娘巴桑措姆正在烧水做饭，对于我的突然闯入，她有些手足无措。当气氛融洽后，她倒上一杯酥油茶，不停地叫我喝。巴桑措姆穿着非常时髦，上身T恤，下身牛仔裤，脚上是运动鞋。她每年夏天到山上来放牧。

当天晚饭，是在一户农家吃的，有牛羊肉和几样叫不出名的山野菜，还尝到了当地有名的“石锅鱼”。疲惫的体内灌入两碗青稞米酒，倒在农家藏毯上，闻到一股烟熏味，感到似曾相识的亲切。

第二天，我们沿着溪谷往下走，路边一间孤零零的杂货店，是一位河南少妇开的小店。我购买了两包方便面，还有一瓶矿泉水，回报我的是一番热情的讲述，她说起她和老公为什么来到这里过起隐居生活，又询问我怎么来到这僻静的牧场。也许是很长时间没同外面人交谈，她的话特别多。我很想问她是否会感到孤独，可我没有问，因为我心里早有了答案。

开杂货店的河南少妇挽留我多坐一会，我说我得走了，需要收拾东西，还得去看古玉的赛马节。当我走出这家杂货店时，说不清楚为什么，有了一种茫然酸楚的感觉。

古玉处在茶马古道上，有着悠久的赛马历史，每年春季，乡里都会举办赛马活动。赛马节为期三天，人们在赛马场的四周支起帐篷，一家老小在帐篷里说笑着、品尝着美食，等待着赛马节的开始。开幕那天，察隅县塔巴寺的僧侣会举行诵经祈福仪式，祈祷赛马期间人马平安。

诵经祈福仪式结束后，在现场群众的期盼和欢呼声中，在五彩的经幡围起的赛马场内，骑士们开始了马术表演。这是考验骑士技艺和胆量的时刻，有的会在奔驰的马背上倒立，有的则张开双臂迎风奔跑，总之八仙过海、各显神通，给观众带了一场视觉的盛宴。

从古玉牧场往上看，不远处高山上，屹立着一座藏传佛教格鲁派寺庙。这就是桑昂曲林寺，又名塔巴寺，汉语译为密宗法轮寺。桑昂曲林寺始建于1648年，已有近400年历史，是一座有渊源的寺庙。

相传，五世达赖喇嘛曾有梦兆，为使生活在察隅这片地方的人们生活幸福安康，他安排弟子第四世第穆呼图克图拉旺·旦白坚赞前去建一座密宗寺庙。拉旺曾随五世达赖进京朝觐顺治皇帝，被赐予大国师称号，他详察了当地的地势地貌，观察到此处有蛇山、魔山和护法神山。特别是黑石山的魔山上有妖魔聚集，极似人的手背，拉旺当即决定在手的关节处建桑昂曲林宗（县），手背处建桑昂曲林寺。

据说，修建寺庙时，拉旺请了许多能工巧匠，带了许多金银珠宝，此地的2900户群众出人出物出力。因此，旧时的桑昂曲宗城和寺庙修建得极为精致，在康区一带影响很大。如今，桑昂曲宗寺依在，而古城经过历史的冲洗，已成为一片废墟，变成了仅供后人凭吊的遗址。

西藏最大的堰塞湖

从古玉牧场出发，爬过一段长长的陡坡，弯道一个接一个，转个没完。坐在越野车上，颠簸摇晃中我不时举起照相机抓拍沿途美景。我们正在翻越察隅县与八宿县交界处的德姆拉。冬天的积雪，在夏天渐渐消融成一条蜿蜒涓细的溪流。

德姆拉海拔逾5000米，作为青藏高原主体——西藏高原东部的一座屏障，高耸山体挡住了从印度洋吹来的湿暖气流，同时阻止了西藏高原寒流南下，使山南面的察隅处于亚热带气候，成为西藏的鱼米之乡。

翻过德姆拉山，弯也一个接一个。行驶不多久，前面豁然开朗，一片湛蓝的湖水出现在眼前，这是明珠般美丽的高原堰塞湖——然乌湖。

第一次到然乌湖的人都会觉得，它仿佛瑞士阿尔卑斯雪峰冰川和中国九寨沟溪水的结合。这里风景之美就连踏足地球三极的科学家也终生难忘，中科院地理所的张青松教授曾在考察日记中写道："然乌湖畔如诗如画的景色令我一下子忘记了旅途的劳累。那陡立的高山、雪白的冰川、碧蓝的湖水、绿茵的草场、飘曳的白云、葱郁的森林，无不展现出纯天然的美。"

虽然这里属昌都八宿县管辖，却是去察隅的必经之处，同样纳入了林芝旅游路线规划。公路沿着狭长的湖岸曲曲弯弯，穿行在浓郁的原始森林之中，有的地段开阔，有的地段壁立，山与水相互回环。湖边还有厚厚的冰层，爆着条条冰缝，湖心已是碧波荡漾，跳跃的碎流闪动着浮光。

然乌湖（格桑次仁 摄）

在西藏上了书的612个湖泊中，然乌湖算不上什么，但在堰塞湖中，然乌湖却是第一。《西藏高原湖泊的成因》一文说西藏湖泊有三种；一种是内地壳断裂而成的，叫构造湖；一种是冰川挖蚀的槽谷碛塞而成的，叫冰川湖；一种是山体崩塌泥石流堵塞而成的，叫堰塞湖。

大约200多年前，一场连续数天的暴雨，导致伯舒拉山崩塌。巨岩伴着碎石、泥水冲向沟谷，帕隆藏布被阻断，水位升高了几十米，隐没了谷底的原野，变成20多公里长的水域，形成了今天的然乌湖，至今巨大的堆积岩块仍堵塞在湖口谷地。在西藏堰塞湖中，然乌湖面积最大，22平方公里；海拔最高，3850米。

然乌湖畔西南有岗日嘎布雪山，南有阿扎贡拉冰川，东北方向有伯舒拉岭，四周雪山的冰雪融水构成了然乌湖主要的补给水源，并使湖水向西倾泻形成西藏著名河流雅鲁藏布重要支流——帕隆藏布的上源之一。

然乌湖边，是一大片碧草如茵的草甸，连同碧蓝的湖水、白雪皑皑的雪峰，景色如诗如画。狭长的然乌湖向西蜿蜒十余千米逐渐收缩成一道河谷，随季节的不同，河水也呈现出或碧蓝或青绿等数种颜色。河道中许多岩石和小岛点缀其间，湖面上春季树影婆娑、秋冬薄雾弥漫，四季美景都会使人如进梦幻之境。湖边山腰上则是莽莽的森林，再往上是杜鹃和灌木丛林带；山顶则是终年不化、重叠起伏的雪山。

然乌湖北面有著名的来古冰川，冰川延伸到湖边。冰雪融化时，雪水注入湖中，使然乌湖保有丰富的水源。来古冰川为世界三大冰川之一，是帕隆藏布的源头。

然乌湖景色如诗如画，可其藏语名称的意思却有些可怕，竟是“尸体堆积在一起的湖”。这里有个神话故事：相传湖水里住着一头水牛，湖岸上生活着一头黄牛，两头牛互不相让，时常互相顶着较量。两头牛死去之后，尸体化为湖岸两边的大山，然乌湖就夹在两山之间。民间传说虽是神话，但也不是全然没有道理，地理学家告诉我们，然乌湖是三头“牛”顶撞角力的结果。这三头“牛”就是喜马拉雅山、念青唐古拉山和横断山脉。这里的每座山峰都顶着薄薄的一层雪，从两峰之间的垭口流下一条条棉絮般的带冰的小河。沿湖边向上游进发，时断时续的然乌湖每一段湖面都呈现出不同的蓝色。因为林木茂盛，这里的藏族民居都是用木头搭建的，因为怕散养的牦牛啃吃，晒青稞的木架子都有两人多高。河谷里地势起伏不大，村庄农田多建在靠近山边的高地上，低处是小河以及涨水时就会被淹没的大片湿地。

沿着河谷一直向下走，路边的景物不断变化。在越靠近湖下游、人口较多的地方，地面上的狼毒花就越多。狼毒花有红色有粉色，非常漂亮，但它是一种有毒的野草，牲畜不能吃，如果放牧的牛羊过多，好牧草被吃尽了，狼毒花就会多起来。越往湖上游深入，村庄就越少，狼毒花也逐渐消失，被矮矮的小报春花替代。过了然乌，川藏公路就拐弯向北，形成了一个三岔路口。我们沿着川藏公路，驶入通往波密的柏油路面上，结束了丙察然公路之行。

从然乌镇至波密县扎木镇，顺帕隆藏布江而下，沿途小桥、流水、湖泊、牛羊、草场、木屋、雪山……我不由得想起一位外国友人称赞“林芝是西藏的瑞士”，而察隅通往波密的路途，则属于“瑞士中的瑞士”。

第二章　走进“怒江第一湾”

日本现代著名小说家村上春树，曾因长篇小说《挪威的森林》而成名，他在游览世界多处名山大川后，说过这样一句话：“不带幻想旅行的人，恐怕哪里都不存在。”旅行就是为寻求各自的幻想前往某处，支出可观的金钱、时间，将幻想据为己有。当我们的越野车穿行在滇藏交界丛山中的丙察察公路时，这条从内地通往西藏的公路，历来有不同时代的外来者来此寻求不同的幻想。

19世纪中期，当西方宗教希望进入广袤神秘的西藏而在不同方向艰苦探索边界时，法国天主教神父勒努致力于从四川云南边界的山路中，找到一条进藏路线。他长时间假扮商人，不做生意，只学藏语收集信息。最后发现“在菖蒲桶（今贡山）有一条来自东方的山脊，向西成直线形朝前延伸，蓦地终止于突向怒江的悬崖峭壁。这条线路就是丙察察中的一段，迄今从内地进藏的最短路线。当年，勒努和他的旅行队由此到达西藏察隅县察瓦龙地界的崩卡，向一个名叫次旺的藏族有钱人以每年16两银子的租金租下了山谷，展开近现代西藏境内的传教之旅。

20世纪初期，美国记者埃德加·斯诺来到中国，计划做一趟由滇西北入缅甸的马帮旅行，旅途的一部分也与丙察察线路交集。出发前，他对所经之地的幻想是这样的：“在高耸入云、光彩夺目的西藏雪山山脉之下，在一片狂暴而凶悍的原野上，居住着狂暴而凶悍的人。他们饱经风霜，穿着家庭自制的粗布衣服，骑着健壮的小马，或者赶着鬓毛蓬松的牦牛，跨越黑沉沉的激流。这在我眼前召唤出一幅幅幻象，还伴随着从塔尔干和乌尔加，从喀什和喀布尔，从拉萨和撒马干以及从全世界遥远而迷人的不毛之地传来的令人兴奋的乐曲。”

“西藏永远是我向往的神秘之地，那里有最圣洁的雪山，最幽深的峡谷，最辽阔的草原，最宽广的天空。浮想联翩之际，身未动而心已远。”春夏之际，我们从贡山县城，穿行在怒江峡谷中，两岸是庞大高耸的碧罗雪山和高黎贡山山系，这处纵贯南北的传奇峡谷中，留存着相当传统的生产生活方式，世代生活在其中的怒族、傈僳族、独龙族等多个少数民族，其建筑、服饰、歌舞，以及节庆等，也引发了无数人的探索欲。高黎贡山的翠绿，怒江水的柔情，蓝得偏了色的天空下多了一些梯田和民居，都让我们兴奋不已。

怒江第一湾（张军 摄）

中午时分，到达丙中洛乡。丙中洛是云南省境内公路的尽头，著名的茶马古道从这里穿过，是大香格里拉和三江并流的重要景区，海拔5128米的嘎娃嘎普雪山是丙中洛的最高峰，终年积雪，捧当乡附近的江面海拔只有1430米，是丙中洛的最低海拔，丙中洛坝子海拔1750米，是怒江峡谷深处难得一见的开阔台地，四面环山，整个坝子被念瓦洛河和格马洛河分割成三大块，平坝周围的石崖多为羊脂玉岩，南为贡当神山，北为石门关，南北遥相呼应，怒江从秋那桶深谷进入丙中洛，从丙中洛南边一直到大拉，形成弯弯曲曲几道弯，最大的一道弯在坎桶被称为“怒江第一湾”。

怒江第一湾位于丙中洛的南部，怒江流经孜当村附近时，本是由北向南流，但被王期岩挡住，只好由东向西流，流出300米后，又被打拉大陡坡挡往了去路，它又调头由西向东急转而过，再次流经王期岩时，又被挡住去路，只好向南流去，江水多次被挡，形成了一个半圆形的大弯，俗称“怒江第一湾”。

这里江面海拔1710米，与两岸高山相对落差达上千米。三面环水中的坎桶村，高出怒江50多米，地势开阔，风光绮丽。若站贡当山上俯瞰第一湾，就会看见湾中的台地和相连的王期山梁如同一只在海中遨游的千年巨人半身像。因怒江环绕扎拉桶村成半岛状，岛上桃花甚多，当地村民取名为“桃花岛”，该村至今还保留着古老的桃花节民俗。每到桃花节，这里总会汇聚起四面八方的人们，歌声乐声在江面上回荡，小舟在河水中荡漾，舞步震撼着峡谷。这种欢乐、和谐的场面与气氛，没有亲身体验的人，是无法真正领略到的。

站在丙中洛的观景台远望，群山在雾气中若隐若现，怒江从小山村的脚下盘旋流过。在怒江边的客栈经过一夜的休整，清晨开窗的景象依旧是色彩单一的厚重云雾，江对岸山峦间点缀的房屋和轮廓，都浸泡在缭绕的雾气中。丙中洛处于峡谷北上暖湿气流和高原寒冷气流交汇地带，又有怒江水从西藏蜿蜒而来，天然成就了雾的生成环境。

丙中洛的雾是奇特的气象景观，似乎每天都按“夜生成，随阳升，午消尽”的规律运行。它趁着天快亮的交替之际凝聚在怒江水面，整个江道已累积一层厚厚的雾。有趣的是丙中洛的雾，是喜爱太阳的东西，阳不来，它不行，非要等到阳光照进了峡谷才开始漫延升腾，走向台地，漫游村镇，再缓缓走向群山。

丙中洛多平流雾，随着阳光照射，贴着地面缓缓而行，弥漫沟谷，浸透山村，穿梭于林间。时而水墨画，时而水彩画，运气好的时候还能看到工笔重彩式的精致画面。这样的画面总是制造神秘，海市蜃楼，仙风道骨，天上宫阙，西游路上，……若置身于雾里，再看四周很美妙，不用戴眼镜，也是朦朦胧胧的世界。蓝天变成了青黛色，山在写意中，木楼也成了单薄的框框架架。

丙中洛是丙察察公路的起点，也是一个人文景观丰富多彩的地方，有着众多的历史遗迹。我手里有一份1887年英国皇家工程院院士沃克尔将军关于怒江研究的报告，文中详细记录了探险者从印度阿萨姆邦进入西藏察隅，并来到怒江流域进行地理、人文等方面考察的过程。他在文中写道：“威尔科克斯从这里进入蛮荒的密西密，并成功地从窄而弯曲的河道上行……他穿过一片开阔的谷底，最终到达了察隅高原中部的金沙村……”从这份考察报告上可以清晰地看出，沃克尔将军当年没能沿怒江向北到达察瓦龙与偏西的察隅高地。

早在一百多年前，就有外国探险者历经千辛走过，目的是考察发源于西藏的怒江，下游到底是哪里，是伊洛瓦底江还是萨尔温江？为了寻找前人的足迹，我们走上了这条由茶马古道改建而成的小道，感受这条在当今高速发展的社会中变化不算太大的老路。在我看来，旅行除了看风景，更应了解风景背后的故事。就像“丙察察”，就是怒江峡谷间一条路，一条艰险的小路，而需要认真寻找的是这条路两边千百年来的历史变迁。

丙中洛气候温暖湿润，森林密布，阡陌纵横的田地间点缀着几座吊脚楼，在云雾的萦绕下极富诗意。近几年，丙察察公路逐渐被人熟知，成为自驾、骑行、徒步爱好者眼中的“圣地”，但来这里的人大多是冲着艰险的道路，像我这样寻找前辈探险者脚步，了解此地历史格局变迁的还是少数。

丙中洛居住着怒、傈僳、藏等多个民族，信仰也非常自由，藏传佛教、基督教、天主教和苯教共同存在。历史上的丙中洛，曾是藏传佛教主导的地方，藏传佛教与外来宗教曾有冲突，先后发生过1865年秋拉桶村的吕项神父被佛教徒开枪打死的事件和1905年的“维西教难”。后来清政府的安抚和赔偿，为藏传佛教与外来宗教的和平共处奠定了基础。

重丁教堂(张军 摄)

丙中洛东风村的普化寺，是整个怒江州唯一的藏传佛教寺院。我们七点钟起来，走出客栈，前去拜访普化寺。只见云雾袭来，顷刻间将四周笼罩。顺着小镇的街道一直走到尽头，水泥路面没有了，一条土路弯弯曲曲通向里面。顺着这条小路一直往里走去，转了一道弯，街道、房子都看不见了，旁边是一条深涧，对面是层层的梯田，还能看到普化寺的屋顶。

我们沿着小路下到谷底，跨过一座小桥，桥下是湍急的江水，沿着小路上来以后就可以看到一个小村庄，名字叫做东风村。袅袅炊烟从古老的木屋上升起，绿色的田野披上一层金黄，石板屋顶在阳光下折射出耀眼的银光。村庄前面是一片田地，普化寺就在村庄的里面。普化寺坐落在嘎娃嘎普雪山东南角，寺庙建于清朝道光四年(1825年)。住持江德告诉我，普化寺在丙中洛有很高的威望，每天都有当地人和怒江周边地区的信众前来转经朝拜，除藏族外，还有汉族、怒族、傈僳族等其他民族。

出了寺庙，我们沿着水泥路走到白塔，来到了重丁村。灿烂的阳光下，在漫坡茁壮的庄稼地里，我们可以看到比较典型的怒族民居，它们保持着怒族建筑朴素简洁憨厚的风格，其样式和各个部分的功能与傈僳族的建筑相似，但材料用的全是木材，四围墙壁是木楞，屋顶却是木板或者石片。丙中洛附近的山中，有一种青石片，学名叫风化层积岩，当地人把它拿来当作屋顶的瓦片，真是恰如其分。我们走过满坡待收的麦田，还有开满白花的豌豆地，来到沟底，再沿人马驿道往上，远远就见绿树林中有一幢白色的西式建筑，在阳光下非常抢眼。那就是重丁村的天主教堂，只可惜大门紧锁。

每年春，应是丙中洛最美的季节，那时江水碧蓝，桃花朵朵开，有着“怒江第二湾”之称的桃花岛上落英缤纷，而不远处的雾里人家，青涩柔软的绿意簇拥着高脚木楼，炊烟袅袅让它同尘世的距离难以逾越。从雾里人家出发后继续向前，江对岸的石壁上可以看出一条明显的人工琢出的缝隙，蜿蜒于植被覆盖的山体中，这是通往雾里寨的茶马古道。它始于丙中洛，沿峡谷溯怒江北上，通往西藏察隅县察瓦龙乡政府所在地扎那。这条路既是滇藏古驿道，也是唯一一条“活着”的茶马古道。

沿着怒江峡谷继续前行，翻过一座山，就到了丙中洛最北端的小村秋那桶，“秋那桶”藏语意为“地狱之火”。杨毓骧先生在《伯舒拉岭雪线下的民族》一书中分析了造成当地酷热的原因：“怒江峡谷由于很少受到太平洋湿润气流的影响，获得印度洋湿润气流的机会也不多，特别是山高峡深，进入峡谷中的气流在下沉过程中产生绝对增温，气候异常炎热干燥。”

在怒族语中，“桶”是“和平、平安”的意思。秋那桶是一个安静的、晒满阳光、透着原生态气息的小村庄。村庄只有几十户人家，零星地分布在山坡上。石墙院，石板瓦，木屋错落有致，一条小水泥渠道绕过每家门前。著名导演田壮壮曾拍摄纪录片《茶马古道：德拉姆》，使丙中洛通往西藏察瓦龙的这条茶马古道渐为人知。

在2004年通公路之前，它被称为云南最后的茶马古道。秋那桶作为滇藏分界线上的村庄，同时也是天主教在怒江的最远传播地，承载了历史与现实、宗教与文化的多种交融。坐在教堂前，看着眼前的村庄，阡陌纵横，黄发垂髫，与世无争，仿佛一切都不真实。

第三章　多元民族文化融合之地

察瓦龙乡位于察隅县东南部海拔6740米的梅里雪山脚下，河谷地带海拔只有1700米左右，村庄聚居地平均海拔2000米左右。东南部与云南省德钦县、贡山县相邻，北及东北部与昌都地区左贡县相连，西部与察隅县竹瓦根镇、古拉乡相连。察瓦龙辖28个行政村，所属的阿丙、格日、龙普、格布等村庄，就处在梅里雪山的外转经路线上。那里的居民除藏族外，还有独龙、怒、傈僳、纳西等其他民族。他们在经济、文化、宗教等方面，如吃住行、穿戴、婚俗、信仰上，都极具特色。

走近藏家村寨

天色已晚，当越野车驶入察隅县察瓦龙乡五米宽的土路时，那种感觉犹如阔步走在十里长安街上。察瓦龙乡政府所在地，就坐落在怒江东岸的一个台地上，这是一个正在建设中的小镇，才从更远的山里搬来不久，建筑设施并不多，只有几家食宿店、小卖部，乡里所有机关都在一个四合院里办公，街道还是土路，有马匹自由游荡，风一吹尘土飞扬。

在藏语里，“察瓦龙”意为“炎热的峡谷”。这个名字正与怒江峡谷的酷热相般配。察瓦龙乡四周的山高插云霄，光秃秃的，像被大火烧焦了一样。也许是受特殊气候的影响，封闭的河谷中形成局部小气候，高温、低湿，好似桑拿，漫山遍野的干旱植物仙人掌让人耳目一新，顶端是鲜艳可人的仙人掌果，每年结出的仙人果高达数百吨之多，而当地人却用仙人掌来喂猪。

察瓦龙乡是丙察察线沿途唯一有断断续续手机信号的地方，当我走近这里最有名的四川饭店，墙壁上写满数年来或自驾或骑行或徒步的驴友大名和相互鼓励的豪言壮语，即使穿越途中鲜有人迹，却也让每个人都能感受到“旅途不孤单”的温馨感。

街道后面的山崖上，有一群绵羊在觅食，让人不得不为生命的伟大而感叹。

阳光照耀远方的太子雪山峰顶，一片金碧辉煌。这里也是梅里雪山的转经道，一些藏族同胞相信，围绕神圣的梅里雪山虔诚地转经，可以消除过往的业障，在生命的轮回中就不会迷失方向。一条条小道从江边向雪山延伸，记录着朝圣者的足迹。

我们沿着怒江漫游时，没想到两位涂抹了白色糌粑的小孩邀请到他们的村庄，几位孩子的母亲见到我们后，不由分说给我们的脸上抹上洁白的糌粑粉，几乎所有的人都在对我们说："扎西德勒！"原来，我们正赶上当地最隆重的罗赛节，相当于我们的春节。村里人结束完诵经后，聚在一起吃团圆饭，并互撒糌粑表示祝福。他们相信，这些曾摆放在经堂上的洁白糌粑，抹洒在身上可以保佑身体健康，带来吉祥。

察瓦龙藏族妇女服饰（刘永华 摄）

我们随着一名小孩来到村民旺堆的家中。这是一栋木石结构的二层小楼房，墙为石头砌成，梁柱为木质，楼层以木板隔开，屋顶用泥沙灰混合铺盖。楼下一层堆放柴禾和农具，楼上住人，中间为卧室，外面为客厅。客厅开有两个窗户，屋梁和门框上用白石灰画着一连串图案，表示吉祥。正面是个四方形神龛土台，台上放着一铜锅，盛满了清水，象征财富，土台两侧堆放炊具、酥油桶等物品，土台前是火塘，窗户前放张小桌、蒲垫，供人歇息。火塘正中置一大铁三角架，其右侧有一特制陶罐，内放炭火，上面可放置铜茶壶以保温。男主人见我们进屋，起身迎客，女主人倒酒。我喝惯了藏区的青稞酒，总觉得酒味有些特别。原来察瓦龙既盛产青稞、小麦，也产鸡爪谷、荞麦等，酿制青稞酒是当地藏族妇女的拿手戏。可是，酿酒原料不只是青稞，还掺杂有鸡爪谷。酿酒前，先将粮食洗净煮熟，晾上3个小时左右，将研磨成粉的酒曲均匀拌入，再置一容器中压实，最后用松叶覆盖密封。将此容器放入适宜的环境内发酵，几天后酒香四溢，时间越长，酒味越浓。发酵成熟后，还要经过薰蒸，产生水汽，收集冷却等工序，才能喝到醇香的青稞酒。人们在劳动之余，节假日，或喜庆的聚会时，喝起这清洌香醇的青稞酒，跳起锅庄，唱起祝酒歌，该是何等的惬意！

察瓦龙地处西藏察隅与云南贡山两县的交通要道上，这里的居民除藏族外，还有独龙、怒、傈僳、纳西等其他民族。仔细观察这家女主人的服饰，她身穿粉红色的长袖绸衫，藏青色氆氇长裙，腰系彩色横条花纹的围裙；佩带一对银耳环，耳环用翡翠、玛瑙装饰；颈项挂玛瑙、玻璃珠串成的项链，长达胸部；足蹬羊皮缝制的半筒女靴。她的发式很别致，将长发编成辫子内夹红黄绿等不同色的毛线，并将编好的辫子盘于头顶。

男主人头戴毡帽，内着一件白衬衫，外套藏青色的氆氇长袍，缠于腰中，或袒露右臂，足蹬牛皮半筒靴。若逢节日，男子将垂着的右袖系于腰中，腰带为又宽又长的彩布。裤腰上另系一条宽大的皮带，上镶有七八个皮口袋，还挂着有银质腰刀、银链等饰物。

在察瓦龙乡政府脚下，有一片宽阔空旷的牧场，梅里雪山巨大的冰川从山体直插而下，一直延伸到牧场的尽头。牧场的一角有一座佛堂，四周挂满祈福的经幡，经过风霜雨露的洗礼，颜色已经有了岁月的沧桑。野花遍野，散发着草木独有的芬芳。牧人的脸上绽放着高原红，笑容像蓝天上的太阳。

我们坐在草地上，聆听着溪水的淙淙之声，山风吹过，带来牛铃的叮咚之声，和风马旗猎猎之声。也许是太过安静，放大了自然界的一切响声，我的听觉变得出奇地灵敏。我仿佛能听到一朵花的盛放，一棵草的出土萌芽，世外的一切喧嚣，仿佛烟消云散。

弯弯曲曲的古老驿道，骡马走动时的铃铛声、赶马人的吆喝声，溪流的淙淙声，响彻宁静而秀美的大山深处，我恍惚间像进入了世外桃源。当我们走近一户村民家时，老人热情地招待了我们。老人叫仁真，虽然年岁已高，却能熟练地掰着石榴、夹着核桃，向我们谈起他家现在的生活。

随着丙察察线开通，自驾游不断升温，经过这里观光、旅游、探险的人员越来越多。仁真说，当地政府引导群众参与旅游服务，开办家庭旅馆，采取多种措施，加大道路保障和监管力度，确保了游客和群众的安全。现在，仅他家的商店和旅馆，每月收入都在1万以上。

得知老人家不久前添了孙媳，便询问起当地婚俗来。老人来了兴致，称察瓦龙喜欢大家庭与小家庭共存，有的大家庭祖孙三代同堂，20多人共居一幢房屋内。男女订婚后，择定吉日举行婚礼，富裕人家婚礼颇为隆重，男家要配马匹迎娶新娘，双方都要请能说会道的亲友作为领头人。路上女家的领头人会不时叫迎亲的队伍停下询问这是什么地方？要过什么江？过什么溜索？在什么地方休息等，每次答对了才能继续前进，若是答不对，男家就很丢面子。送亲队伍抵达男家村庄时，领头人不下马，要考问男方；进得男家后上楼前，又一次考问，每次只有答对了，才能继续下面的程序。最后女家领头人才将新娘引入洞房，亲友们纷纷前来祝贺。

新娘娶回家后，男家要宴宾三日。来人也不空手，送些粮食、青稞酒、肉类等。晚上人们跳锅庄、弹弦子，与娶媳妇家同喜同乐。新婚三天，新媳妇不参加任何劳动，婚后三日由伴娘和送亲人把新娘送回家，此次新郎不去。十天后，新娘回夫家，并参加劳动生产。仁真老人最后说："如今，年轻人充分享有恋爱的自由，婚礼也从简了。"

马背上的狂欢

我们来到察瓦龙的第三天，看到村民们脸上都带着掩饰不住的笑意和兴奋，一问之下，才知我们正赶上他们一年一度的罗赛节，一般是从藏历初一到初十，家家杀猪宰鸡。三十那天早晨、中午，要请喇嘛来诵经，此间家长必须手拿一根上系哈达的竹竿，全家人跟在后面，手捧盛有糌粑的篾盒围绕自家屋子转上一圈。人们边走边将糌粑撒在各房间的四周，表示吉祥，也祈求来年五谷丰登。

除夕夜，男子要向天空鸣枪以示庆祝，主妇煮好猪头肉和粥供于神龛上。初一拂晓，男子朝天放枪，妇女则去汲水，以示勤劳。早晨，全家团聚喝酥油茶、吃油条；中午整个家族聚餐；下午则开始访亲拜友，互祝佳节。夜幕降临，全村男女老少聚在一起跳锅庄，场子中间烧起篝火，人们手牵手围火而舞。在弦子的伴奏下，人们边唱边舞，歌声粗犷有力，舞姿热烈奔放，直跳到尽兴，直跳到星星也乏了。藏历初五祭石神，举行赛马会。

在西藏，也许只有赛马，才能真正感受到藏族人民最原始最纯粹的生活触觉和他们勇敢、彪悍的性格，那是野性而真实的魅力。每年藏历2月15日，是察瓦龙乡那久神山的节日，此时察瓦龙乡都会举办一场声势浩大的赛马节。西藏的赛马不同于内地，与其将之看成是一场马与人之间的殊死之争，不如将其理解为一场马背上的狂欢。

我还了解到，察瓦龙乡群众从新疆、内蒙古等地买回了一些良种马。离开赛还有几天，村民们已开始在长达3500米的赛马场练马。到了赛马节这一天，一大早，十里八乡的男女老少都穿上了节日的盛装从四面八方涌来。马也被打扮一新，马头上系了各种颜色的彩条，马尾巴上系着各种颜色的彩带。赛手们跨上骏马，身轻如燕，快马扬鞭，扬起一路灰尘。马尾上的彩带在风中飘逸闪动，像流星，又像彩虹。

察瓦龙乡赛马节（格桑次仁 摄）

一场赛马一场醉，一场比赛一场欢。骑手们展示出高超的骑艺和拼博精神，观众们尽情地感受和分享着骑手们纵马奔腾于天地之间的快感。人们挤挤挨挨地站在赛道的两旁，当骑手催马疾驰近前时，便会爆发出一片呐喊与喝彩声。

察瓦龙赛马节将持续一周时间，除了常规赛马外，还有唱歌、跳舞、拔河、背沙袋、跑步、马术等多项比赛。我还发现，这些马背上的男女枭雄们，尽情交流、谈笑和玩乐，最终将赛马比赛变成了一种比较谁家的马更骏、谁家的姑娘更漂亮、哪家的舞蹈更出色的比赛。

自古以来，察瓦龙乡就是去往西藏腹地的马帮商道，至今还有大量马帮活跃在这条古道上。在许多路段，常能遇到成队的马帮。由于路窄，行人不得不靠在山体一旁给马帮让路。赶马人大多是青壮年，他们子承父业，常年奔波于崇山峻岭之中，每次出门都要半个月才能返回。

记得我们从察瓦龙到甲兴村，随着海拔下降，沿途出现了大大小小的马帮队伍。——骡马悠哉悠哉地在碎石路上前行，并很有经验地给车辆让路。这些在茶马古道上常年行走的马队，要从这里把采集到的松茸和药材运出大山，运到林芝去。马帮们都很质朴，每次相遇，大家都会友好地挥手。通常在问路的时候，虽然与马帮的言语不通，但他们还是会努力地给你指路。

在《绒赞卡瓦格博》中，对沿途的说拉垭口和茶马古道是这样描述的："说拉垭口是连结云南德钦和西藏左贡、察隅的交通要道，是具有文化意蕴和内涵的'茶马互市'的重要通道之一，也是藏民绕山朝拜太子雪山的'外转'路线必经的最北垭口。每年夏秋季节，过往马帮、朝山者、农牧民络绎不绝。"

丙察察一线的山路具备别处难以匹敌的险峻和绵长。山路一侧是几百米高的石壁，另一侧是几百米深的悬崖，悬崖外是浩荡剧烈的怒江。走在这条路上，会很自然地想起"上有六龙回日之高标，下有冲波逆折之回川，黄鹤之飞尚不得过，猿猱欲度愁攀援"，现在很难有风景能如此贴切地担当这样的诗句。如果说每段有意义的旅行对于自己必须有所改变，恐惧和克制恐惧就是我在这条路上最主要的收获。

仰望梅里雪山

走出察瓦龙时，看到了一个岔路口，分别通往察隅县和左贡县。我们朝察隅方向驶去。沿途坑洼不平的悬崖小道，内心很是恐惧。我们穿过壮观的左布村仙人掌景观带，开始了更为艰险的下坡路，海拔的逐渐降低让我们离怒江江面越来越近，夕阳也无法照射进的荒芜峡谷中，偶尔有马队运输物资，远处的陡坡上，零落的绿意点缀着一个孤单的村落。

从察瓦龙乡目巴村到察隅县竹瓦根镇的近172公里路程，穿过了伯舒拉岭的南部山脉，需要翻越齐马拉山、金拉山和折拉山三座海拔超过4500米的雪山，这也是高山景观最为集中的一段：伯舒拉岭山脉间有很多深谷和沟壑，局部有特殊的小气候，其中让舍曲河谷的景观最为典型。

从察瓦龙前往察隅的路上，得翻越齐马拉山口，这里是观看云南第一高峰、西藏察隅与云南德钦界山——梅里雪山的最佳位置。观赏梅里雪山的主峰卡瓦格博峰，是我此行的一个愿望。察瓦龙背靠梅里雪山，距离雪山很近，但由于云雾缭绕，在察瓦龙达那村我只看到了卡瓦格博峰的山尖。而当我们翻越齐马拉山口时，云雾散去，卡瓦格博用全景回应了我的虔诚。

梅里雪山坐落在滇西北高原与西藏交界的澜沧江畔，其主峰卡瓦格博海拔高度为6740米，是云南省境内最高的山峰。相传梅里雪山的主峰卡瓦格博属羊，地球尚未形成时是一片汪洋大海，当陆地出现之际，卡瓦格博在阴水羊年中转世到人世间，成为一位百部圣地之主。故每逢羊年按藏族的习俗都要前往梅里雪山朝山转经。转经分为大转和小转，大转又称为外转，小转称为内转。外转即徒步围绕梅里雪山外围朝拜；小转则是在梅里雪山东面的雨崩神瀑、明永冰川等地朝拜。

正当我们不停地拍照，赞叹梅里雪山的神奇时，驾驶员却说，前面有个叫甲兴的小村庄，更能感受梅里雪山的美景。当我们到达这个雪山环抱只有四户人家的小村庄时，被眼前的景象震撼了。东南方向是卡瓦格博的西坡，冰川如巨蟒的长舌向西直朝察瓦龙方向，它的正北方是鲜为人知的梅里雪山二峰，海拔6509米的山峰深藏于奶日顶卡的身后，只有在这里，你才能一睹它的庐山真面目，看到它如一只巨大的倒扣海螺。

甲兴小村落建在一个数百米长的坡地上，村子下面就是怒江峡谷。它依山而建，都是藏式碉楼建筑，墙面都用白泥涂刷过，门、窗、屋檐的雕刻粗犷与精美交错得当，图案丰富，色彩艳丽、厚重。这里的房屋和察瓦龙其他地方一样，讲究自然条件和风水。当地民居都朝阳背阴，村里有一小溪流过，故民居都靠沟而建，认为这样能兴旺发达，安康幸福。我们来到明真家，他的妻子叫卓玛，今年35岁，已是三个孩子的母亲，她从对岸村子嫁到这里。她喜欢这里的宁静温馨，种植的粮食蔬菜吃不完，家里还养有猪和鸡，很有幸福感。

我们坐在火塘边，喝着卓玛自酿的甜酒，透过忽明忽暗的火光，看到他们夫妇俩脸上始终透着平静祥和。我们是不认识的陌生人，可他们却极热情地招待我们，让我们很是过意不去。就在这时，我们遇到一队转山朝圣者。他们主要转梅里雪山，当地人称梅里雪山为“卡格博”，这是神的名字。他们也转其他神山，如在察瓦龙的后山上，就堆有许多刻着藏文的石头，说那是卡博格的女儿，每年都有藏族妇女前往烧香拜佛，却忌讳男子前去。

我看见朝圣者们面朝梅里雪山，一遍又一遍地吟唱着六字箴言，歌者大多为女性，第一次听到唱出来的六字箴言，我无法描述出它的美妙，只觉得灵魂在升华。

察瓦龙藏胞有朝山拜佛和转山敬神习俗，一般数年一次。朝山大都是富裕人家前往中甸和大理朝拜鸡足山，然后转山敬神，即使贫困之家也要做。当然，转山多选择在羊年进行。人们从当地出发，抵左贡县扎浪村到德钦，过怒江，达梅里雪山，再从扎恩渡怒江，达功多、扎娜，返回门工，转山一周需一个月时间。转山人怀着对神的无比虔诚，边走边诵经。他们说，转了山，人死后就不会下地狱，即使因冻饿而死于雪山峡谷，也被认为升入了天堂。

从察瓦龙看梅里雪山（王坚 摄）

傍晚，树林中朝圣的人们围在火堆旁欢声笑语，共享晚餐。虽然他们来自不同地方，互不相识，但在朝圣的路上为了共同的目的结伴而行，不分彼此，犹如一个大家庭。他们的饮食极其简单，酥油茶和糌粑。只是酥油茶省略了以往的加工程序，直接把酥油放入烧沸的茶水中就算好了。这天晚上，朝圣者们唱起了歌，通过一位藏族翻译方知，他们唱的是古老村庄里老人留下来的歌声：“我喜欢白色上面再加一点白，就像晶莹的雪山走过一只岩羊。我喜欢绿色上面再加一点绿，仿佛翡翠的松林落下一只鹦鹉。”

第四章　神秘的“僜人部落”

阿鲁松是一个被外界称为“僜人头领”的老人，用他既传统又现代的观念让我们混淆了时空。也许，从阿鲁松放弃6位买卖和转房而来的妻子，当起村主任的那一刻开始，从他决定不再杀牛的那一刻开始，“头人”这个字眼在阿鲁松的悄然变化间，走向了最后的终点。

最后的“僜人部落首领”

我在僜人新村金夏家休息后，又掉转车头向沙琼村进发，那里居住着最后的“僜人部落首领”阿鲁松。在距村子不远处，一辆东风卡车挂着醒目大牌子，上写

沙琼村口立的“僜人部落”标志（罗洪忠 摄）

着“安全行驶68万公里”，让每人都会惊讶这是阿鲁松的杰作，他用一种幽默方式向游人开了一个大大的玩笑。

刚进沙琼村，首先要经过一道“大门”，写着“僜人部落”几个大字。今天人们提起僜人，大多会想起阿鲁松，的确阿鲁松是僜人中的佼佼者，不但电视里经常有他的报道，网络亮相也十分频繁。我对阿鲁松的了解，最初来源于媒体报道，第三次进入察隅时，在县城曾与他有过一面之缘，今日有幸亲访其人，有几分先入为主的感觉。

阿鲁松的个子不高，微胖，剃着光头，圆圆的脸上两眼虽小，却炯炯有神。我们刚到沙琼村，就见他头缠白布，身着僜人服饰，左腰挂猎刀，右腰挂手机，热情地迎了上来。陪同的镇干部是个女青年，可阿鲁松不管对方是否同意，也许是他们早已认识，就同对方来了个大大的拥抱。他看上去六十刚出头，却自称今年76岁，我从他充满笑意的脸上，感受到大山汉子身上的活力。

阿鲁松曾是沙琼村委会主任，另一个头衔就是“最后的僜人部落首领”。若在网上搜索“阿鲁松”三个字，链接的网页数目之多，足可和一些明星媲美，而最能吸引眼球的有两条：一是他有7个老婆、13个孩子；二是作为全国政协委员，阿鲁松曾经腰挂长刀坐飞机去人民大会堂开会，这在全国绝无仅有。僜人首领的传承习俗是父亲传给儿子，可他的两个儿子却在北京、天津等地接受了正规的大学教育，没有一人愿当这个部落首领了。

沙琼村比起新村大，错落有致的房屋依次排开，每个家都带一个大院子。这个村已是旅游开发实验点，我们看见村规划部的同志正帮助每家在不改变原样的基础上进行院落的整理，种植一些果树、花木，增加村落的设施。这个村已选出十多户人家，正式向游客开放，来此的游客可与僜人同吃同住，享受神秘趣味的僜人生活。每户人家都将盖仓库时用的木条，按照房屋的朝向，写好东南西北的方向，以便人们不会在建筑中浪费精力。

我刚要跨进阿鲁松家的大宅门，一群未梳妆打扮的小孩子一哄而出。在来之前，向导介绍阿鲁松曾娶了7个老婆。后来他当选村委会主任，按国家公职人员政策，只能一夫一妻，如今只留下一个老婆。我们正猜测这些是不是他的孩子时，阿鲁松诙谐幽默地说：“这些都不是我的孩子，村里小孩喜欢到我家来玩，我的孩子们都长大成家立业了。请放心，我其他老婆也早就处理好了。”

走进阿鲁松家，木楼分主楼、厨房和粮仓三部分，楼顶也不再盖传统的“阿库”草，而改用铁皮了。院内呈现出一派热带果园景象：水泥过道上面的葡萄架浓荫蔽日，一串串葡萄青翠欲滴，状如翡翠；红艳的美人蕉在风中摇曳；橙黄的杏子挂满枝头；一人多高的仙人掌树……这一切让人不免生发今昔何夕、此地何地之感。阳光照进阿鲁松家宽敞的厨房，在隐约的光线下，一面挂满牛头的墙赫然出现在我们眼前。52个牛头一一陈列，排成五排，尖利的牛角、空洞的眼睛、漆黑的头颅，仿佛还诉说着它们生前曾多么强壮威武。

谈话间，阿鲁松的妻子身着一套僜人服饰，端着一壶米酒，要我先喝上三杯，说这是僜人待客的规矩，我三杯酒下肚已是满面红光了。原来僜人和其他民族一样喜欢喝酒，饮酒就像喝茶水一样，他们将大米、鸡爪谷酿成甜酸酒，有点像我们常见的醪糟酒，并用此酒招待客人，客人若不连饮三杯，他们是不会放下手中酒壶的。就在他夫人敬酒时，阿鲁松进到里屋换了一身僜人男子的服装，身背一把长刀出现在堂屋中，像时装表演似的，刚才那位身着西服的阿鲁松不见了，阿鲁松笑着说："这才是真正的僜人阿鲁松。"

面对我们关于"头人"身份的疑惑，阿鲁松坐在这面牛头墙前，娓娓道来，讲起了从他祖辈以来的故事。阿鲁松告诉我们，头人是他祖辈的身份。阿鲁松所在的家族姓杜希布林，由他的父亲在上个世纪初从印控区带过来的十多户人家发展而来。作为杜希布林家族的首领，阿鲁松的家里挂了几十个油漆锃亮的牛头。僜人为了夸耀富有，扩大自己的影响，往往在积累了一定数量的牲畜和粮食时，就大量杀牲，送大鬼祈求平安，同时宴请远近亲友。一个牛头，就代表宰杀了一头牛。

在僜人习俗里，财富也代表着地位，如果没有财富，说明这个家族没有能力，便不足以让族人信服。而阿鲁松的祖父就是靠打猎起家，建立了在沙琼部落中的威信。而阿鲁松自己，则是从打渔开始，积累起了自己的原始财富。在僜人这个没有等级制度的部族里，却自然地形成了敬重勤劳富裕之人的这样一个最朴素的观念。然而，独富独享，同样是不能得到族人的尊重的。因此，僜人形成了自己最独特的一个风俗，就是杀牛请客挂牛头。

阿鲁松也记不起自己到底曾杀过多少牛，现在挂着的52个牛头，仅仅是从上世纪90年代到现在积攒下来的。那是上世纪90年代，为了在族人里获得最高的威信，阿鲁松和他的一位邻居开始竞争杀牛。阿鲁松指着院墙外的玉米地，告诉我们："那时候牛一直排到了那里，我不仅仅是杀了25头牛，还有50头猪，70只鸡，从一早上就开始宰。宰了的肉，全部给老乡们背走，一点都不留。"阿鲁松有些得意地回忆着他的辉煌历史，并告诉我们从这天起，村里再没人跟他比拼杀牛请客了。僜人部落在自然的规则里，用最自然的认知，选择谁是自己的领头人。阿鲁松将牛头挂了起来，这是他威信的标志。谁家的牛头最多，谁便是僜人中最受尊重、说话最具分量的人。

当时一头牛平均值3000元,光牛就有近8万元,而猪、鸡算下来,也是10多万元,这是一笔不菲的开支。可是,有的村民不服气,有人甚至叫板杀30头牛,杀更多猪和鸡,也要将阿鲁松给比下去。阿鲁松听后,也对村里人讲:“他家杀30头牛,我再杀9头牛,一下也有40头牛,看谁还敢比赛。”对方听到这个消息后,也不敢同阿鲁松比赛了。从此以后,村与村间就再没有了杀牛比赛。

在阿鲁松的生命里,还有一个与牛头墙并驾齐驱的传奇,这便是那把他腰间挂着的从不离身的钢刀。1986年,中央统战部组织少数民族代表到北京、上海、香港等地参观学习,阿鲁松是佤人代表,然而,在成都机场,因民航规定,不让阿鲁松携带随身的佩刀上机,这位倔强的佤人头领马上表示“不让带刀就不去”,因为佤人是“刀不离身”。

阿鲁松同最小妻子小青在家门口留影(罗洪忠 摄)

阿鲁松给我们讲述的细节是,中央统战部当时紧急作出允许他带刀的指示,并连夜为他制作了一张临时身份证,上面的照片是他佩戴着钢刀的样子,在他携刀上机时,刀鞘是被封起来的。如此,阿鲁松最终带刀上飞机去了北京,而他也成为了唯一可以身佩长刀出入人民大会堂的人。

阿鲁松见我对他随身携带的佩刀感兴趣,便从墙上取出象征“佤人部落首领”权力、带到飞机上的宝刀,象牙刀柄,镶金刀鞘,长约50厘米,阿鲁松说:“由于我佩了一把长刀,招来了不少麻烦,参观人反成了被参观者。”两个多月的参观活动,阿鲁松那把“宝刀”上,挂满了各地民航的特许标签和印章,同时这位山里人的脑子也开了窍。他回到察隅后,从内地引种200多株香蕉和500多株柑桔树,在荒地上开辟了果园,还修了鱼塘,收入相当可观,不仅盖起漂亮的楼房,还在田园式的大院里修了个凉亭,电视机、收录机、沙发、大立柜、席梦思等也都进入他家。

阿鲁松曾经有7位老婆,按他的话说,后来因学习“三个代表”,遣散了6位,留下一位年龄最小的妻子小青与其生活。在阿鲁松家,我们见到了小青。我看他的妻子很小,便问他为什么不留年长妻子时,没想到阿鲁松再次用四川话幽默了一把:“汉族有句俗语,老牛啃嫩草,老牛牙不好,老草啃球不动。”我随即会心地大笑起来。不过,阿鲁松讲起老婆多也不是一件好事,若住在一幢长房里,难免发生矛盾,就靠丈夫的管理,若管理不好,还容易吵架打架。过去僜人拼谁找的老婆多,就可得到村里人更多的尊重。可要老婆多,就得拿出很多牛去买,若丈夫不能处理好几个妻子的关系,一家经常闹得不可开交,还有若家里老婆多,孩子生一大堆,家里也会穷下来。

至于为什么放弃人人羡慕的“艳福”,过起一夫一妻的日子,阿鲁松给我们讲述了他的转变。在历史上,僜人部落实行买卖婚姻。由男方家庭出钱或物,买来女子,进入家庭,成为家庭的一员,也成为家里的劳动力。阿鲁松的第一位妻子是他父母为他买来的,严格来说不是买,而是用几头牛换来的。当阿鲁松自己拥有了财富和能力,他开始为自己买妻子。在僜人的传统观念里,妻子的数量跟挂起的牛头数量有着一样的意义,这便是财富的证明。阿鲁松说,当家中有七位妻子时,他给每一个妻子都分了一块地,分给她们种子、化肥等生产资料,让她们去劳动,这便是他的家庭管理。阿鲁松的七位妻子住在他修建的长屋里,住室间数各家不同,若有必要,随时可以连建新房。

大约在2000年,察隅县领导找到阿鲁松,跟他商讨推举他担任沙琼村村委会主任的事情。阿鲁松说:“我要当村主任,就先要入党,要遵从党的纪律,就必须得一夫一妻。”于是,阿鲁松遣散了他的3位妻子,只留下了小青。阿鲁松说,他的6位妻子,还是生活在沙琼村,他为每个人修了房子,分了土地,安排了她们的生活。

阿鲁松被沙琼村民选举为村委会主任后,管理着沙琼村一组、二组及洞冲,一个僜人村、两个藏族村,大事小事都得管。阿鲁松经常有机会到内地各省市参观学习。他说："四川和云南的旅游都搞得很好，我们僜人这么有特色，也应该把旅游搞上去。"他先把自己家搞成了家庭旅馆，并推广僜人传统的手抓饭。很多僜人家庭有了空余的房间，也开起了"农家乐"小旅馆，接待来自国内外的游客，吃上了旅游饭。"自从开了家庭旅馆后，我家去年在旅游方面的收入就接近1万元（人民币），占全年收入的两成。"30岁的沙琼村僜人阿密隆说，这是阿鲁松首领的功劳。

阿鲁松家院落延承了僜人传统风情，院中种植着蔬菜、花卉、果树和观赏植物，院落墙角下跑着几只母鸡、鸡仔，看上去一派暖融融的田园野趣。他家院落别致，多以鹅卵石铺道，因其主人见多识广，这些小路故美其名曰"香港路""北京路"等。阿鲁松感慨道："我肯定是最后一个部落首领了，没有首领也是一种进步，因为时代在发展，但民族优秀传统文化一定要保留，科学文化一定要学，我这辈子最后悔的就是没有读书。"

出了阿鲁松的院子，顺着山坡往上走，僜人民居散缀两旁，房屋格局大多相似。僜人新村有浓缩的"博物馆"，阿鲁松也建有民俗馆，以展示以往僜人的生活场景。阿鲁松说："僜人要铭记过去的历史，否则，年轻人不知道僜人是怎么过来的。"阿鲁松家曾经挂的50多个牛头，下步也将成为博物馆中的首批"文物"。

当我们准备离开下察隅时，阿鲁松突然对我们说："五年前，我就不再买牛杀牛了"。原来，2010年4月，察隅县遭遇了百年不遇的泥石流灾害，当时许多单位，包括学校都遭到了重创，建筑变为危房，粮食也拉不进去。到了儿童节时，阿鲁松给当地的学校捐了一万元，他说，这个钱，是不买牛杀牛节约出来的。以后就把节约出来的钱拿去做更多的好事，解决实际的问题。

传统风情依旧延续

沙琼村坐落在河谷的一片台地上，背靠茂密的青山，远眺察隅河谷，四周被大片的梯田水稻包围着，一片田园农耕景象。由于这里海拔只有1500米左右，又受孟加拉湾热气流影响，气候炎热湿润，老年妇人多穿民族传统的短摆裙装，而年轻人多穿着单薄时尚装。

我走在村里，依然还能感受到远古"杂"人的风情，中秋打扁谷，便能展现"杂"人团结互助的场景。每年中秋节是采摘舂米的时候，而舂米不是个体行为而是集体劳动，各户将从稻田里采摘来的扁谷统一拿到舂米房，一边烤香一边舂制。全村人像过节一样汇聚在一起，轮番上阵，只有欢笑没有偷懒，也没有你多我少。最后各家拿着舂制好了的扁谷，高高兴兴地回家。

佤人平时穿便装，到节日才穿传统民族服饰，怕到地里干活服装弄坏了没得穿，因为会手工织这种裙装布的每个村只剩下几个老人了，有的村子这种工艺已经失传，村民要到其他村子高价购买才行。当地镇领导看到这种情况，正筹措资金挽救这种优秀的传统工艺。

在尼亚家中看到，24岁的尼亚身穿传统佤人服饰，像模特一样展示着魅力。她的头饰挽发髻盘于头顶，发髻稍大，似椭圆状漩涡形，发髻上插着雕花银簪，银簪上垂有数条细银链，前额上方佩带一种叫"格崩"的长条椭圆形、形似柳叶状的银片，上雕有细密的太阳、月亮图案。该村70多岁的老人本央耳朵上还戴着喇叭状的耳鼓，手腕上戴着银手镯。她身着做工华丽的小坎肩，显现出女子曼妙的身材，远远看去，宛若从神秘王国里走出来的仙女。

佤人成年男女均戴比较大的耳环，他们认为耳环有一种装饰美。佤人老妇颇为喜欢一种叫"勾达白"的大耳环。耳环外沿直径可达五六厘米，底部也有3厘米。耳环是空心的，壁很薄，但体积大，每只重达30至50克。在以前，佤人不论男女，幼年时就由长辈用油松针或竹针将耳垂穿透，再将芭蕉叶卷成细卷穿进耳洞，待耳洞扩张到一定程度，再用新鲜的细竹管替换芭蕉叶，将耳洞逐渐撑大，直到能放进硕大的耳环。

本央席地而坐，在一架只用几根木棍的纺织机跟前，她边编织麻线边介绍说，传统的佤人衣服多数是自产自用的麻织品，也有少量是棉织品，除使用原色麻线外也把麻线染成红黑两色。一般在织前染色，用树皮作染料，也有的用松树加高粱壳作染料。纺织工具十分简单，只是几根木棍和窄木板，经线一端的木棍用两个小木桩固定在地上，经线另一端的木棍拴在织布人的腰间。织布人坐在地上，把经线拉平拉紧，用木板穿分经线或先用细木棍穿分后再引入木板，把木板侧立后提起半数经线，用一根短棍作梭绕上纬线沿木板穿梭，然后用板拍紧纬线，如此来回往复交织。

本央以精巧的双手制作出的精美服饰，有线条简单的植物图腾、太阳、月亮等图案。正是因为做工精细，本央在几年的时间里，也只制作出了不到十套佤人服饰。当我问起这套一米多的服饰要多少钱时，本央说："光是那条邦典少则近千元，整套服饰则达几千元不等。如今的佤人服饰非常珍贵，麻原料相对少了，再则外形粗大的手镯也越来越难以打造。除此之外，繁杂的制作衣服工序也比较费人力、物力。"

僜人织布(罗洪忠 摄)

最早教会本央制作服饰的是她的母亲,在小时候,本央经常在母亲身边学制作衣服的手艺,十多岁就能自己单独制作一整套衣服了。如今,本央教着想学艺的学徒,几年下来,向她学艺的学徒很多。“其实,我很愿意教会他们这些手艺,希望能把这些传统的手艺一代代传承下去。”本央说。其实在过去,所有的僜人服饰都要靠自己裁剪制作,在以前,男子上衣的熊皮也一定要是自己捕杀的才可以,以象征荣誉。衣服上众多的银饰、海贝等过去都来自部落间的交换,珠宝则要靠家族的世代积累。

我们返回下察隅镇时,正赶上一年一度的僜人节庆盛会,这是各家展示服饰的一个平台。虽然各地服饰略有不同,但一件华丽服装上的配饰和头饰上面缀满了金银,镶嵌着雕花银簪,有的仅一粒宝石就价值数千元,一套服装价值数万的也不在少数。

我结束了沙琼村的采访,随车来到僜人集中生活的嘎腰村。我想起20年前第一次来这里时,曾有人对我讲,僜人男女过去都酷爱自制的烟酒,喜欢原生态的生活方式,通常不穿鞋。男人头上都盘着2-3米长的黑帕或白帕,耳戴银环,腰间佩带砍刀、弓箭和烟袋,上身穿无袖长衣,下身有一块带花纹的遮羞布。妇女都戴一对银质大耳鼓,头发卷在脑后,并插着发簪,颈项挂串珠或银币,手戴戒指和手镯,上身穿花纹无袖衣,下身穿横条花布裙,用料全是她们自己纺织的麻布。

第二天早晨，我很迟才起床，站在楼栏上眺望嘎腰村。清泉从村边流过，铁皮屋顶的小楼，古色古香；房前都有肥大的芭蕉，再远一点便是桃林；梯田弯弯曲曲，一层一层布满前方的山坡；两侧的坡上是玉米地，玉米地上面是茶园，茶园上面是葱茏的阔叶林。

据史料记载，这一带最早的居民叫“炯”，在首领司那热布颠的带领下，开荒种地，打猎和种水稻。后来“炯”人与藏族争战失败而逃到南方的山区里。“炯”人迁走后，由“杂”和“吉”两个群落的人来在这里定居。“杂”讲土话，与藏族在语言上有很大差异，被称作“杂隅娃”，意即“杂”群落居住地方的人。

在嘎腰村踏访时，令我十分意外的是，这个村寨的居民全是僜人。嘎腰村目前生活着几十户居民，独特的木制僜式两层楼建筑，在众多年代已久的古树中穿插。淳朴憨厚不通汉话的老阿妈热情的用手语将我们请进他们的家，屋子内设大火盆，用以取暖和烧水做饭，东西大多是木制或竹制。老阿妈为我们倒上自酿的米酒，乐得眯起眼睛，非要客人喝光杯中的米酒为止，才让步出房门。

嘎腰村自产谷米，用来做僜人传统的“手抓饭”，据说口感非常地道。在嘎腰村克松龙家，我们吃到了香喷喷的手抓饭。察隅产的大米做成的米饭，佐以鸡肉、香葱、大蒜等，香气逼人，闻其气就会让人垂涎三尺，及至上桌还有一只鸡腿、一碗鸡汤，无论细嚼慢咽，还是狼吞而食，均有妙用，除了充饥还能解馋。

“没有吃过僜人家的手抓饭，不算到过僜人村。手抓饭一般是给最尊贵的客人吃的，客人必须吃完，否则视为大不敬，如果对方是青年男子，主人就会留下来做女婿。算你走运，现在没这个讲究了，吃不完也没关系。”我听完村干部的一番话，表现出非常吃惊的样子，给他们留下了取笑的把柄。

手抓饭并非僜人特有，在尼泊尔及我国新疆等地，都有类似食品。然而，一方水土养一方人，新疆手抓饭以牛羊肉为原料，尼泊尔手抓饭以咖哩蔬菜为原料，而僜人的手抓饭，则以剁碎的鸡肉为原料，体现了当地人适应并利用环境的智慧。

克松龙是嘎腰村民，也是做手抓饭的一把好手。僜人的手抓饭用于招待贵客，制作方式非常繁琐。每当有客人到来，他就会换上僜人服饰，挂上腰刀，亲自操刀，制作手抓饭。

僜人手抓饭的主要原料是米饭和鸡肉，再搭配上10多种香料制成的作料，经过一两个小时的精心烹制才能制作完成。享用的时候，将手抓饭和切成大块的鸡肉盛放在新鲜的芭蕉叶上，配上特制辣椒和鸡爪谷酒，大块吃肉，大口喝酒，颇有僜人古风。

我也许是饿了，顾不上和主人寒暄，便端起盘子学着主人的样子，用手抓着鸡肉饭狼吞虎咽地进食了。虽然吃饭用手的技术有问题，饭经常从指缝中溜出。拌着辣椒酱吃几口手抓饭，喝几口土鸡汤，嚼几口土鸡肉，抿呷几口鸡米酒，内心中积聚已久的原始情怀得到久违的放纵。我吃得很饱，主人却只收了40元钱，多给一分都不要。

我进村后，看到现在的僜人无论是平时穿着还是生活习惯，都已经和传统方式有很大的差别。克松龙却说，有的传统应该传承下去，比如僜人的服饰、银饰、手抓饭等制作技艺。随着旅游的人越来越多，他希望更多人能品尝到僜人的美食，感受到独特的僜人文化，让僜人部落的奇香异色代代相传。

告别了阿鲁松，告别了嘎腰村，告别了野芭蕉林，那些故事、那些美丽的服饰、那些美味的手抓饭，似乎组合成了一块多彩的宝石，它藏在察隅的美丽山水中，让我们为之惊叹。

第五章　感受僜人的新生活

僜人村落位于离县城62公里的下察隅镇，这里是察隅县的一道风景，而僜人文化则是察隅县的一张名片。我们在察隅县城经过几天的充足休整后，便驱车前往下察隅镇，开始记录僜人村落的美丽与神秘。

僜人新村的新生活

正午时分，我来到下察隅镇。下察隅镇和西藏别的小镇在建筑风格上没有多大区别，两层水泥楼的外墙都被镶上了各色的瓷砖，在苍翠的青山中像塑料花一样张扬；川菜馆永远都飘着一种回锅肉和麻婆豆腐交杂的香味；杂货铺里罐装的可口可乐被摆在了最显眼的位置。这里气候温暖湿润，物产丰富，镇上消费很便宜，仅花10元钱，就能吃上察隅大米饭和四川小炒。

旅游业的兴起，给这个边陲小镇带来了勃勃生机。据说，以前镇里所有的建筑都用原木搭建，大街上过往的僜人也都身着艳丽的民族服装。可近几年，下察隅镇大规模建设新式民居，在镇的北面，还保留着一部分以前的老木屋，镇邮政所工作人员就在这一小片老木屋里办公。我在邮政所里给自己寄了一张明信片，看着邮戳上“下察隅”几个字，终于找回一点身处边陲小镇的感觉。

当我来到僜人新村时，淅淅沥沥的小雨将水泥路冲刷得干干净净，公路两旁的太阳能路灯整齐挺拔，美丽的僜人吊脚楼错落有致；村旁的贡日嘎布曲河清澈见底，绿油油的青山将新村紧紧环抱。

走进新村村委会，身着五彩服饰的僜人少女捧出甘甜的鸡爪谷美酒，唱起僜人自编自唱的新歌。如今，僜人新村63户都住上了安居房，吊脚楼与门前长廊风格的新民居宽敞明亮，水电防火等设施齐全，狭窄的老木楼虽还存在，但多为储杂物或养畜之用，新老木楼之间对比强烈。院落前后和村道两侧生长着柿子、梨、桃、柑桔和花椒，地里也长满了蔬菜、辣椒，显出一方物产的丰富。

当地村民喝上了自来水，用上了太阳能照明灯，看上了电视，听上了广播，有了农家书屋，修建了围墙和大门，建起了3个垃圾处理池。下一步，当地政府还将为僜人新村修建环村水泥公路，给每家安装太阳能热水器，建花园式庭院，办家庭旅馆，搞农家乐……坐在一旁的江河也说："过去耕田种地、秋收打场全靠一双手，不但用时长，而且还费力。现在全村从春耕春播到收割打场，几乎都是机械化，耕种收割不到半个月就全部完成了。剩下来的时间大家可以外出打工挣钱，或采集中药材。"

采用传统的围席方式（罗红忠 摄）

我们穿过一片芭蕉林，来到一户农家小院，身强力壮的主人们都下地耕作去了，一位皮肤黝黑的老太次央招呼我们在院里落座饮茶，还端来了煮熟的玉米棒子让我们吃。那张满是皱褶的面孔写着沧桑，也透着慈祥与温暖友善。老人抽着长长的烟袋，用不很流利的汉语与我们说了很多话，让我们知道了生活在这里的僜人大概有1700人，他们过去都散居在深山老林的半山腰上，用刀耕火种的生产方式种植玉米，粮食不够吃时就狩猎或以野菜充饥。可如今大部分僜人都迁居到了河谷地带，过起了田园生活，还选了管事的村长。

狩猎曾是僜人重要的副业和经济来源，除了食肉，动物的皮张、熊胆、麝香等用于换物换钱交易。上世纪60年代时，现在的村址还是一大片树林，有老虎、豹子出没。党和政府在这里开出新地，建了“新村”，盖了20栋新房子，请僜人从山上的深山老林里搬了下来，告别了“刀耕火种”的生活。向导也插话说，80年代以来，国家先后拨款数百万元，为僜人建起了电力设施，完善了教育和卫生医疗体系，新村成了察隅县有名的小康示范村。

次央告诉我们，十年前，刀耕火种还普遍存在，耕地全靠人力，家里如果没有壮年劳动力的话，根本无法解决温饱，加上那时候根本不懂文化技术，无论玉米还是水稻产量都很低，家家生活都比较贫困。现如今，农业实现了机械化，拖拉机播种，收割机收割，就连如何使用农药、肥料，县里都会派专业的技术人员来指导。现在的玉米亩产可达上千斤，水稻亩产也有近千斤，这些增收的粮食可以给家里增加不少的收入。

穿过老人敞开着的屋门，我看见正面墙上一副毛主席的巨幅挂像。上世纪50年代，我军进入僜人村寨，他们组织了一支人马，称终于见到了汉族“大哥”，夹道欢迎汉族“大哥”的到来。部队官兵将僜人从山上搬到山下，结束了他们世代攀越山林和当流浪背夫的生活。

提起汉族大哥，老人来了兴致，讲起了阿加尼的故事。据传阿加尼生了四个儿子，他们成人分家后，长子住在平原上，那是长粮食、产金子的地方，变成了汉族，兄弟们便称汉族为自己的大哥；次子住在雪山下，成了藏族；三子住在离四子不远的山沟里，成了珞巴族；四子住在原地，分家时只分到一张野狗皮、一张竹席，一头巴麦牛，一只山羊和一只猪及一点粮食。四子去抓牛，牛跑进深山变成野牛，去抓羊，又没有抓住，羊变成野羊。猪也没拦好，变成了野猪。家里本来有写好的文字，分家时，被大哥二哥带走了。他们给四弟留下一张字条。四弟饥不择食吃掉了字条，所以至今没有文字，他就是僜人的祖先。

在僜人周围生活着藏族和珞巴族，珞巴族又是我国55个少数民族中人口最少的一个民族，仅有3000人。僜人和珞巴都不认同自己的族源是藏族，而僜人却恰恰自认为是珞巴族的后裔。那么究竟僜人是怎样的一族人？是不是真地从属于珞巴族呢？僜人称汉人为老大哥，是否有依据？

我没有想到，这个美丽的传说，却吸引了两所大学的目光，他们用常染色体来破解这个远古之谜。2009年，复旦大学现代人类学教育部重点实验室与西藏民族学院合作，揭秘僜人族属归宿。他们以常染色体上15个微卫星重复序列位点对一百多位僜人进行分型，然后将其与周围的珞巴、安多藏、卫藏、康藏、夏尔巴人、白族、拉祜、彝族等12个群体进行对比。僜人的03类型更多地与汉人聚类，而珞巴的03则与藏族更近。

复旦大学现代人类学教育部重点实验室博士生王传超曾参与了这个课题研究，他解释说："03是代表父系的Y染色体的一种类型，在中国大部分民族里面都有03，而且03大部分都是占多数，在汉族人里面更是多数，占到了大概百分之六十，03下面有很多分支，这些分支能够让我们辨认各族群里面到底有多少差异。03的比例越高，说明这个群体越接近汉藏群体。让我吃惊的是，僜人的父系03类型与汉人几乎一样，说明僜人与汉人有共同的父系祖先。"

僜人与汉藏群体尤其是汉族在父系上很接近，而汉藏又源于氐羌，父系的Y染色体在传代过程中不会发生重组混血，所以追溯到僜人最远的祖先，就可与最初的氐羌联系起来。可常染色体会不断重组混血，从近期的人群融合情况来看，僜人和珞巴的关系更近一些，是一个源自氐羌的汉藏群体。

夏电夏的民俗陈列馆

我们从老人介绍中还得知，村长夏电夏独自建起了僜人民俗文化陈列馆。他是一个值得写的人物。刚见到夏电夏时，他上衣口袋里揣着一台小相机，给我们来了一番幽默风趣的自我介绍："你可以叫我老夏，也可以叫我小夏，还可以叫我殿下。我没多少文化，就是一个小人物。"可这位自诩为"小人物"的僜人村长，硬是凭着自己非凡的毅力，建起了国内第一个属于僜人的民俗文化陈列馆。

他家是一栋漂亮的红松木板房，铝合金窗户在阳光下亮闪闪的。夏电夏说："铝合金虽然漂亮，但密封不够，防虫效果不如木质的好。不过，现在很是流行。"院子里除了一辆拖拉机和一辆摩托车，还有一辆明艳艳的黄色山地自行车，那是夏电夏儿子用的。

走进客厅，最明显的就是贴在墙上的毛主席画像。在僜人村子里，家家户户都有毛主席画像。夏电夏是僜人新村村委会主任，为了我们的采访，他特意到里屋换上了僜人的民族服装，身穿短箭衣，白布缠头，左肩斜挎砍刀，右肩斜挎布包。

夏电夏1965年出生，22岁时被选为村主任。夏电夏笑着说："那时候，还是用苞谷粒选举，每个候选人的名字前边都有一个碗，同意谁当选就在谁名字前的碗里放一粒。我那时候太年轻，当选后虽然开心，但因为没有经验，也没做出什么突出成绩。"

2009年，夏电夏有幸到上海参观世博会，在那里看到了很多国家的博物馆，博物馆里面有很多他们也能搜集到的东西，如竹桶、葫芦器等。这启发了他，何不在村里建一座僜人陈列馆，做给天下人来看？夏电夏说：“这个陈列馆不仅能让后代记住僜人的历史，也会增加村里的旅游收入。”

从上海回到村里后，夏电夏向在村里调研的县民宗局工作组说出了自己的想法，县民宗局决定为他修建一座房子。可房子修起来后，里面还是空空的。于是，他就将自己多年一点点攒下来的钱用来收集陈列品。在他的心里，钱以后能够再挣，东西只有一件，花高价也得收购。有的村民有些不理解地问：“你要这些破烂的东西，谁来看？旅游还能致富吗？察隅路远，交通不便，谁会来？”

面对这样的疑问，年过五旬的夏电夏就会说：“办这个陈列馆，就是增加你们的经济收入，你们养好猪、养好鸡，再做好旅游产品，到时候自然就有人来了。”他正是凭着这股傻劲，僜人民俗文化陈列馆的物品展出来了。看着一件件僜人生活传统用品，他还觉得少了点什么，就是还缺僜人图片。他当时已经没有钱买相机了，便想从县政协借一部照相机。夏电夏走了70多公里山路，政协的同志被他的精神所感动，就把相机借给了他。他用这台相机照出了僜人现在的生活，也翻拍了见证僜人50多年历史变迁的照片。县政协领导看到这些照片后，对他的成绩给予肯定，并把这部相机送给了他。说到这儿，夏电夏轻轻拍了拍上衣口袋的相机。

僜人新村地处偏远，经济欠发达，要建好一座陈列馆，会遇到许多意想不到的困难。有一次，夏电夏的小孩生病了，住院需要钱。当时他到村里四处借钱，可村里的人出去挖虫草，找不到人借。焦头烂额之际，他的爱人就让他把陈列馆的东西卖掉：“以前攒的一点钱还不都是为了孩子，你倒好，把所有的钱都买了这些破烂的东西，现在我们需要钱的时候却拿不出钱了。孩子重要呢，还是你的那些东西重要？”

面对埋怨，平时能说会道的他沉默了：陈列馆里展陈的是僜人民俗文化，也是僜人的宝贝。若将这些东西卖出去，就很难买回来了。这几年，他总是安慰自己，“我是僜人的孩子，是一个在丛林狩猎的风雨中磨练出来的大山男人。为了让僜人民俗文化得到传承，再大的困难也要咬牙坚持。”夏电夏经过多年努力，出资10万多元在村里开设了一个僜人民俗文化陈列室，里面有过去僜人居住的简陋房屋模型，收藏了200余种僜人以前在深山老林打猎用的工具、生产生活用具和上百张图片。陈列室构思独特，设计巧妙，无不让人惊叹。

“我开办这个陈列室，就是要让我们记住僜人的历史，向游客推介僜人的优秀文化，真正让四面八方的游客在察隅感受僜人的民风异俗，看到僜人的新村新貌，吃到僜家的特色手抓饭，品到僜家的醇香米酒，听到僜人群众的心声，赏到僜人原生态的歌舞。”夏电夏告诉我们，他的三女儿出夏对僜人的文化和历史兴趣浓郁，“我要把她培养成接班人，让她学习更多的知识，推广我们僜人优秀的民族文化。”

僜人新村民俗博物馆展出的僜人男女蜡像（罗洪忠 摄）

我到新村时，正遇上察隅县驻村干部袁雪萍带着一个上级工作组，考察该村投资新建的僜人民俗文化陈列馆。陈列馆原本是一栋水泥建筑，其外墙经过当地竹席、木条装饰后，极富僜人民俗特色。小袁毕业于西藏大学，原本驻村一年，可期满后又主动打报告再驻村一年。小袁介绍说，上级领导看到夏电夏自办的僜人民俗文化陈列馆后，觉得规模比较小，建议将陈列馆做得更大些。于是，驻村工作队利用自身文化上的优势，与夏电夏一起做出一份扩建陈列馆的可行性报告，国家很快投资近百万元，在这里盖起了一座集展览厅、院内建凉亭、原始引水车、门外假山为一体的文化陈列馆。

如今，夏电夏的陈列馆越来越大，展品越来越多，已初具规模，有的游客专程奔着陈列馆而来。于是他便有了新梦想：“我家如今承包了五个温室大棚，用松树皮种植的铁皮石斛,每斤可卖480元,目前长势良好,估计又能卖个好价钱。国家给人口较少民族地区的优惠政策越来越多,我也要抓住这个机遇,把我们僜人的陈列馆做大做强,办好家庭旅馆。欢迎到我们新村来,我请你们吃僜家的特色手抓饭,品僜家的醇香米酒,赏僜人的原生态歌舞。”

金夏的泥塑梦

告别夏电夏家,我们再次来到村支书金夏家。金夏头上缠着白巾,因为早有准备,身着全套僜人服饰。金夏显得比较瘦削矮小,同样能说一口流利的汉语,脸上总是带着谦逊的笑容。金夏告诉我们,僜人衣服上的竖杠代表着财富的多寡,他身上有三条杠,只是中等富裕。我对他身上的佩刀产生了兴趣,他也主动抽出来让我们把玩。

在村里初遇金夏的时候,他赤着脚,肩扛几棵树苗,高声吆喝着。原来他是村支书,组织村民到村口植树。僜人原先常年赤足,金夏的祖先也是这样行走于山林大地。这位49岁的新村党支部书记有着相当典型的僜人男子体质特征:1.6米左右的瘦小身材,肤色黝黑,下巴微翘,双手短而宽。令人难忘的是他喜欢笑,爽朗、羞涩和肆意的笑声,那么奇异地混合在一起,即使离他很远也能听见,他很多时候完全像个孩子。

在金夏家,我们喝着他家味道很淡的鸡爪谷米酒。盛酒的是粗糙的玻璃杯。我提出想看一下饮用米酒的传统器皿,和鸡爪谷实物一起拍摄。没想到金夏提起腰刀,到山上砍来青翠的竹子做成竹筒竹杯,又从粮仓里拿出一些鸡爪谷穗子,用双手反复揉搓,脱好粒给我。我实在有些过意不去,客气地说:“太麻烦你了!”金夏却毫不客气地说:“我也觉得挺麻烦的。”每次想起这句回答,我都能感受到金夏那种恍若隔世的率真。这就是性格直率的金夏,有什么就说什么。

金夏家的庭院很小,却有着自己的特点,估计也是近年来修筑而成专门用来接待游人的。廊道里摆放着形态各异的泥塑。金夏希望通过这些泥塑,还原僜人曾经在深山老林里的原始生活场景。它们是用当地的白泥配以颜料塑成,泥人之外,尚有以竹、木、石、金属等构建的房屋、火塘、刀具、钓具等,生动地再现了僜人古老的打猎捕鸟、钻木取火、杀牛争头、绳结记事、养畜造房等原始场景。金夏的这些泥塑造型逼真,引人入胜,其价值完全可以媲美阿鲁松家的“牛头墙”。

金夏何以选择泥塑来还原僜人风情?对于金夏来说,尽管有许多年都未曾上山打猎,可依旧无法忘怀那熟悉的对动物的嗅觉本能,这是祖辈沿袭下来赖以活命的生存技巧。从上世纪80年代末,禁猎的法令颁布后,僜人就鲜有使用这种技巧。僜人妇女喜欢用大烟杆吸烟,男子成年的标志就是腰挎开山刀。每当春夏交替时,他们花几天的脚程去远山挖虫草;盛夏时,喜欢在深山的悬崖峭壁上采野生蜂蜜。

在金夏的心里,僜人的传统与大山和森林生息相连,像打猎、采蜜这样已经远离现代生活的生存方式,是僜人祖先的文化,代表着僜人过去的记忆。若不出远门,金夏总是腰挂开山刀,赤脚行进在僜人的村寨里。有时到镇上汇报工作也赤脚,弄得工作人员对他说:“现在都什么年代了,你是村支书,下次到镇里,记得将鞋穿上。”

3年前,当地政府为金夏提供了一些机会,到广东的南宁村、山东的西霞口村等内地村寨观摩学习,当地村民将防洪堤、矮草房等建筑式样、生活用具、生活场景等用蜡像陈列起来,打开眼界的金夏脑子里蹦出来一连串的想法。金夏当时就想,他所在的新村经济条件不如人家,能否采用其他方式,将僜人过去的生活场景陈列起来,让游客有一个直观的感受。

金夏回到新村后,想起村里学过绘画、用泥雕塑毛主席画像的泥塑艺人洛天龙。当金夏将想法告诉洛天龙时,洛天龙当时惊讶地问:“这样做能行吗?”金夏当即说:“你能行。”洛天龙的顾虑也有道理,僜人文化涉及的内容很多,它不仅包括丛林狩猎、刀耕火种、巫师祭祀、丧葬、纺线织布、议事、服饰、饮食、婚姻、商品交易、铁器银器加工、念经驱鬼、悬崖采蜜、原始粮食加工,还有汉人大哥接僜人下山,教我们开荒、建房、种水稻等,这是一个很大的泥塑课题,对洛天龙这样的普通泥塑爱好者来说,那是一个巨大挑战。

金夏没有畏难,他仔细回想僜人的传统文化,每次想到一个,就记在笔记本里,不出半个月,僜人风情就像电影画面,在他的头脑里越来越清晰。泥塑在僜人的历史里是没有传统的,可洛天龙十多岁时就开始琢磨泥塑,文革时还用当地白泥做了一尊毛泽东的半身像,后来也陆续做了一些人物泥塑。前年,金夏找来了洛天龙,先从上山狩猎做起,用泥巴重塑猎熊、捕獐子等场景。

新村的驻村干部得知金夏的想法后,通过互联网结识了西南美术学院雕塑系的小岩和露露,便告知了金夏自费做僜人泥塑的事情。也许是机缘巧合,两位学美术的大学生从重庆来到新村,做起了金夏的义工。可年轻的大学生疏忽了察隅泥塑的气候条件,尽管察隅多雨,但相比潮湿的重庆,仍然要干燥许多。在这里泥土中的水分更容易蒸发,白泥很快便干了。洛天龙以僜人独有的敦厚,尽力帮助小岩和露露解决这些问题，也从他们身上学到泥塑技巧。

在金夏的规划和两名大学生的帮助下，洛天龙很快用泥塑做出了一组僜人狩猎的生活场景。当洛天龙把僜人先民耕种、采蜜、纺织、饮食、祭祀等原始型态做出来后，两名大学生大为赞叹。小岩说："我感觉博物馆做的蜡像，没有你们做得好。"金夏吃惊地问："哦，是吗？"小岩回答："博物馆里面做的都是工艺，不是艺术，工艺品的东西，它只是一个活，但你们这个更接近艺术。"这时，露露也说："学院做雕塑会有模有样，有棱有角，它强调视觉张力，而洛天龙师傅做的是内在，不是浮在外表的东西。"

僜人新村支书金夏介绍他家的泥塑文化陈列馆（罗洪忠 摄）

在僜人泥塑博物馆里，我见到了僜人独特的木桥模型，两边是木头，若桥的距离很长，就用两根木头弯成弓形，再用树枝和藤条捆扎。因为木头容易腐烂，每年重修一次，费工费力。当地人过木桥时，会观察木桥是否腐烂，若桥面已经腐朽，便会绕道去河的对面，不会强行硬过。我如今在新村看到，因钢架架桥稳固，已经代替了原始的木桥。

我还看到了另一组反映僜人采集蜂蜜的泥塑。蜂窝大都筑在悬崖绝壁下面，若离地面位置不远，他们就搭一个高高的木架子，先用干柴湿柴混在一块，然后点燃靠近蜂窝，当烟味熏上去后，野蜂纷纷跑出来，当野蜂很少时，他们站在架子上用刀割蜂窝，当时采蜂人下身只穿一块遮羞布，上身穿一块披肩，脸、胳膊、腿均露在外面，有些尚未逃走的野蜂，趁机爬上采蜂人的脸部、手脚，有的身上爬满几百只，疼痛是肯定的，但收获野蜂蜜的快乐，让他们不害怕疼痛，直到将蜂窝摘下来。在金夏的印象里，尚未有人被野蜂咬死过。若悬崖非常高，采蜂人也有办法，他们就在绝壁上搭软梯，用藤条将木头捆结实，再顺着软梯下来割蜂窝。不过，这种方法也很危险，因软梯不结实，有的采蜂人摔下悬崖而死。

我们参观完金夏的泥塑后，在屋里的餐桌坐定。每个人面前都摆着一张新鲜的芭蕉叶，上面盛着手抓饭，另有一盘切成大块的鸡肉和一份野菜。僜人用手抓饭来招待贵宾。手抓饭主要原料是米饭和鸡肉，再搭配上10多种香料和佐料，经过一两个小时的精心烹制才能制作完成。金夏介绍，现在僜人的手抓饭经过改良，照顾到藏族和汉族的饮食习惯，更加可口。

当天，热情纯朴的村民端出专门准备的土鸡汤、土鸡肉和自制的辣椒酱招待我们，食物的丰富远远超出我们的意料，更有僜人自制的鸡米酒。这种用当地特产鸡爪谷酿造的酒，度数不高，味甘清醇，既可解乏，又可解渴，口味类似汉族的米酒。但由于近年来鸡爪谷的种植量减少，竹杯里盛满僜人自制的美酒，一般是鸡爪谷酒，也有用麦子酿的酒，一场盛宴揭开帷幕。大块吃肉，大口喝酒，由此可以看出僜人的豪情。我们喝着僜人自酿的鸡爪谷酒，伴以优美的僜人歌舞，现场气氛立即热闹起来。

第二篇　神山南迦巴瓦

大山是人类的乐园，是人类赖以繁衍、进步的居所。中国是多山的国度，她自豪地拥有喜马拉雅、喀喇昆仑两条著名山脉，在14座海拔超过8000米的高山中就拥有9座。西藏又是名符其实的“高山王国”，高山是我们的家园，雪峰是我们的生命源泉。

前些年，《中国国家地理》发起选美活动，曾经的名峰远远落在南迦巴瓦峰的身后，而这座山峰下的雅鲁藏布大峡谷、藏布巴东瀑布也击败国内众多名峡、名瀑，均登上冠军宝座，这多少让人有些意外，却也在情理之中。

南迦巴瓦的美是无法用语言表达的，这是一片尚未被人类活动染指过的处女地，她既有雪域高原的壮美，又不乏江南水乡的秀丽。蓝天之下，洁白雄壮的雪山和湛蓝柔美的湖泊，高大挺拔的冷杉和低矮柔顺的草原，都会给人带来视觉和内心的强烈冲击。

这里的植被茂密，物种丰富。值得一提的是，这里随处可见盛开的鲜花，据说当年正是为了给爱的姑娘摘一朵高山鲜花，以表达自己的痴情，男人们才不断地走向高山，于是开始了人类登山运动。洁白的雪山环绕着墨绿色的森林，森林的旁边铺陈着延绵的高原草甸。夏季的草甸上，无数叫不出名字的野花和满山的杜鹃花、格桑花争奇斗艳，竞相怒放，在由森林、草原构成的巨大的绿色地毯上，留下姹紫嫣红的片片美景。此时此刻，你会感到自己的语言是如此贫乏，你甚至无法描述出你所感觉到的万分之一。

南迦巴瓦雪山分布着多雄拉、西兴拉、果布拉等终年积雪的山峰，那巍峨耸立在群山之上、直插云霄的，便是海拔7787米的主峰。南迦巴瓦峰下多民族混合居住，以藏族为主，信仰藏传佛教。在藏传佛教中，南迦巴瓦是非常神圣的一座神山。在藏民的心中，南迦巴瓦峰是他们保护神的居住地。那些带着牛皮围裙和护掌叩长头的人们，趴下、磕头、起身，无数次地重复着这一简单的动作，用身体丈量着神圣的土地。他们坚信，只要能围着南迦巴瓦峰下的加拉转经叩头，就一定会见到峰顶上雪山之神的宫殿。每年秋末冬初,成百上千的藏民口念佛经,绕山焚香朝拜,这转经场面令人叹为观止。

南迦巴瓦雪山受季风影响,其干湿季节分明,山体高峻,形成迥然不同的垂直气候带。海拔4000米雪线以上的雪峰峭拔,山谷冰川延伸数公里,蔚为壮观。由于雨雪补给充沛,南迦巴瓦雪山的数条冰川是世界上罕见的季风海洋性现代冰川,冰川流动速度快,破碎且稳定性差,如同“豆腐渣”。这里的气候更是变幻无常,雪雨阴晴全在瞬息之间,恶劣的气候,冰崩雪崩极为频繁,给登山者带来的是无法预料的危险。

生命,的确有活着的和死去的。但活着的,不一定真活着;死去的,不一定真死去。人类攀登南迦巴瓦峰和探险山峰下的雅鲁藏布大峡谷,欣赏中国最美的瀑布群,便是探索“躯体会活着”的意义和价值,是向自己挑战,向自己的活法挑战。他们到山河中去,换一种活法,体验一种真正的英雄主义精神。这种体验可生长在生命中,足以抵御人世间的任何灾难,抵御自己面前各种雪崩似的可怕的诱惑。登山,是为了更好地展示生命之光,是为了更好地活着。

我欣喜地看到,如今的南迦巴瓦雪山,已经成为自助旅行的圣地。以转经线路为主的路线,堪称徒步之经典路线。登山也好,转经也罢,南迦巴瓦峰仍旧巍然屹立,接受世人的朝拜,讲述着关于雪山的传奇。南迦巴瓦峰今天走上中国最美山峰的前台,无疑是在告诉人们,青藏高原那些气候无常、披着神秘面纱的雪峰,对现代人具有无可抗拒的诱惑力。有一首名叫《南迦巴瓦的诱惑》的歌曲,是这样赞美它的:

每当浩浩的天风掠过/经幡吹响南迦巴瓦/是我梦中最美的香巴拉/你装点了圣洁的大峡谷/俯瞰这长长的雅鲁藏布/你为谁绽放七彩的花朵/你为谁祈祷为谁祝福/雄伟的南迦巴瓦//每当一缕缕的桑烟飘过/隆达飞扬南迦巴瓦/是我心驰神往的天堂/你耸立在世界的最高处/我心中总有你神奇的诱惑/你为谁呈现吉祥的哈达/雅鲁藏布江水碧波荡漾/神奇的南迦巴瓦/呀拉索/你在雪域之上亲近太阳。

第一章　大西宏遇难前后

南迦巴瓦峰，实在算不上世界上最高大的山峰。在人类生存的家园，海拔8000米以上的高峰就有14座，她只能算是7000米以上高峰的最高个，在世界高峰中排名第十五位，本不该显得非常突出。然而，南迦巴瓦峰的魅力却在于，在20世纪90年代初，她当时是世界上7700米以上的山峰中唯一未被征服过的处女峰，日本登山家大西宏曾登上世界上海拔8000米以上的两座高峰，却在南迦巴瓦峰海拔6100多米的地方遭遇流雪不幸遇难。南迦巴瓦峰以她傲若天仙般的风度，引起了世人的高度关注。

南迦巴瓦峰（罗洪忠 供图）

日本登山家大西宏遇难

1991年9月28日下午，当日方登山队到达大本营时，中方登山队已搭起了几顶中国制造的大型白色帐篷。当时中国登山队总队长是洛桑达瓦，登山队长是桑珠，攀登队长是陈建军，队员为加布、次仁多吉、边巴扎西、罗新、罗则。而日本的总队长为山田二郎，登山队长为重广恒夫，攀登队长为高见和成，队员为木本哲、山本笃、大西宏、广濑学。

大本营坐落在草木繁茂略微高起的山丘上，海拔3600米。在收完庄稼的田地里，4户人家饲养的成群的牛马、猪鸡犬欢快地玩耍。但是，向旁边望去，浪花飞溅的雅鲁藏布江在眼下巨烈翻腾，眼前耸立着锋利倾斜的南迦巴瓦山。这的确是气势、风格均无可挑剔的喜马拉雅的头号高峰。

我曾多次到雅鲁藏布大峡谷，早已目睹南迦巴瓦峰的山容，但当看到当年队员在大本营拍摄的峰顶照片时，还是为它那宏大的规模感到愕然。日本登山队员同样欣赏往年拍摄的照片，可他们的内心更复杂，正如一名队员在日记中写道："中国登山协会不肯、更何况地方的西藏登山协会也不肯轻易地把如此宏伟的未登峰让给外国队的。"

每天黎明时，小鸟喊喊喳喳地叫着，踏着沾满露水湿润的草地，队员们简直无法想象这样的大本营会出现在喜马拉雅山区。在大本营用3天时间整理并分配装备，在10月1日中国的国庆节，中日联合登山队员在大本营举行了开营仪式，中日两国的国旗在南迦巴瓦峰顶迎风飘扬。

前一年，侦察队在短时间内到达乃彭峰路线的五号地带(7000米)。这次也为了采用其南山路线，确定了各营地的位置。剩下的是距顶峰1000米的高差，如何攻下被称作岩石带的岩壁地带是最大的难题。

这支联合登山队伍，由队长及中日各6名队员共计12人组成，不使用协作人员，可以说是比较精干的队伍。当然，若包括日本广播协会、读卖新闻的报道人员，人数就相当多了。

2日开始，中日登山队员依次从大本营出发。在日本登山队员看来，一号营地的景象如同日本秋季山景。二号营地海拔4800米，近似阿尔卑斯山，这个营地正是以往喜马拉雅大本营的高度。

8日向三号营地修路，其中包括去年攀登侦察时的冰雪壁，大西宏和攀登岩壁的专家木本哲两人走在前面。根据以往中国队员侦察的报告，担心通过被称作漏斗口似的“喇叭口”狭窄地带时出现雪崩危险。其上部有可怕的冰塔林，它的崩溃也许会诱发雪崩，这是队员们很难预料的。

山上的队员，正向南峰不屈地挺进。喇叭口终于被打通了，但付出的代价是惊人的。陈建军、次仁多吉、高山协作人员嘎亚腿部均被滚石砸伤。而这里又是上山的必经之路，只能通过这片随时处于滚石和雪崩威胁下的险区。它的高差近300米，难度是巨大的。再向上，岩石冰雪槽、冰崩区、明暗裂缝、断层……险情历数不尽。山上，又频频飞下滚石和流雪。

中日登山队攀登南迦巴瓦峰

越往上，山体被切割得越厉害，冰雪壁的坡度在50度以上，攀登非常吃力，日本队员大西宏、木本哲一边选择岩石裸露的地方，一边迅速修路，所到之处还残留着去年的绳子，翻上雪壁后由中方打头阵，他们固定14根主绳到达三号营地。在5600米处，自进入大本营以来从未见到的顶峰就出现在眼前。周围是四面八方的巍峨起伏的山峦，北侧是日夜流淌的雅鲁藏布江。

于是，二号、三号营地一个又一个地挺立在了风雪之中，还有四号、五号、六号营地，六号营地，即为突击营地，将建在海拔6700米处。它是登顶最关键的、也是最后一个营地。13日建立三号营地。打通道路，建立四号、五号营地，日方队员显得更为急切。因为，已越来越接近顶峰了。顶峰，看上去并不遥远，那么近了。

中日联合登山队员们开始登山以来，天公作美，队员之间心意相通，气氛和睦。进展顺利的登山活动却因14、15日持续降雪而被停止两天。16日天气终于转好，没想到竟成为最痛心的一天。

10月16日，南峰在几个连阴的雪天之后，终于放晴。A组3名日本队员高见和成、大西宏、木本哲，以及3名中国队员陈建军、边巴扎西、洛泽早已按捺不住，8时许，开始了从海拔5640米的3号营地出发，向四号营地预定地点挺进。他们要在去年侦察时的老营地址上，建起新的四号营地。因前一天的降雪，队员在深雪中驱雪前进，除中国攀登队长陈建军外，中日5人会合，10时左右交替开路。

1990年秋试登时，中日登山队员曾到达四号营地下的一块平台，当时日本攀登队长高见和成手中的高度计指示为6150米。大家来到这里，讨论能否在平台上建立四号营地，并通过对讲机向从一号营地往二号营地移动中的重广恒夫队长报告。此时重广恒夫已接近二号营地，时间大约是13时10分。高见和成当时是轻装驱雪开路，所以又向下返回50米左右取回自己的背包。

大西宏背上物资，走在了队伍的最前面。13时15分左右，大西宏队员与重广恒夫队长通话，并报告要侦察上方情况。当高见和成返回原来地点时，大西宏说去侦察就出发了。从该处至去年的四号营地附近的斜坡约40度，大西宏快速向上攀登，木本哲紧随其后，立即向左横切，高见和成在物资堆放处吃饭。大西宏清楚，从3号到4号营地这一段路坡度不算太大，比喇叭口好走，是相对比较安全的。他过于相信自己的实力和登山经验，一出发就走得很快。

大西宏时年29岁，在京都出生，明治大学文学部毕业。大学时属于山岳部，1985年登顶可可赛及门克(6100米)峰，1987年登顶拉卡波什东峰(7101米)。1988年2月参加日本、中国、尼泊尔三国组成的珠穆朗玛峰联合登山队，7月登顶南美安第斯山脉的阿空加(6959米)第5座山峰，1989年作为国际探险队“冰上行走”的队员步行到达北极点。之后，又登顶世界最高峰珠穆朗玛(8848米)，马卡鲁峰(8463米)，一下子成为日本的一流登山家。他曾计划1992年向南极点挑战，加上北极和珠穆朗玛峰，即徒步征服三级。大西宏作为这次的主力队员，曾参加了1990年攀登南迦巴瓦峰的侦察，尽管他背着比其他队员还重的物资，却经常在前面开路。

大西宏和木本哲走后，高见攀登长顺着脚印走了20米，发现一个雪包才知道发生了雪崩。谁也没听到声音，是平静的雪崩。时间大约在13时35分前后。

当队伍陷于困境时，他用巧妙的玩笑激励同伴，超群的体力与爽朗的性格受到中方队员及当地藏族人的亲近。可他犯了一个大忌，一般情况下，雪后是万不可行军的，因为新雪太软，与山体没有固合，雪崩和流雪最易发生。即使地形较好，要走的话，也应格外小心。他没有在意这一点，就是感到地形较好。大本营也再三强调，千万注意安全，要求所有队员攀登时都必须打开对讲机，可他实在是太大意了。

10时45分，攀登队长陈建军因腿伤走在队伍后边，通过对讲机向大本营报告："我们正在走向C4的途中，新雪很松，不少地方踩下去没过膝盖达十厘米。行走很难，走十几步就要歇一下。"大本营随即回复说："山上雪厚，注意，千万小心！请所有队员注意！"

南迦巴瓦峰大本营，科考队搭建的帐篷（杨逸畴 摄）

山上会有这么深的雪，是人们料想不到的。12时50分，陈建军的声音又出现了，讲机里都能听到他在呼呼地喘着粗气："现在我们正在继续行军，离去年侦察时的C4营地还有90米。"大本营马上回话："请报一下高度。"陈建军立即汇报："6150米。"

4号营地很快就要到了。到了营地，就意味着当天上午的行军顺利结束。大本营里，人们绷紧的心开始稍稍缓和。当此时走在陈建军前面的边巴扎西拐上一个坡弯后，突然吃惊地发现一直走在前边的大西宏骤然消失了！他便急促地向大本营报告："大西（宏）不见了！前面的大西突然不见了！"

"流雪！上面发生了大面积的流雪！"流雪不是雪崩，是高处的积雪向山下滑动。只要有人横切破坏了雪面，便极易发生。可怕的不仅在这里，更在于流雪将会带来雪崩。大本营里，总队长洛桑达瓦几乎要把对讲机握碎了，下令道："不要惊慌!注意观察，注意观察！防止雪崩，设法营救!"

陈建军此时也上来了，流雪还在继续，缓缓下移。这里坡度为70度，流雪区高达70米，宽近300米。上方仍有大量积雪，随时有向下塌方形成雪崩的危险。大西宏呢？所有的队员都在着急地四处寻找大西宏。他们在茫茫的雪中，这里扒一下，那里扒一下，依然没有找到大西宏。

"大西!大西!……"没有回答。三分钟，五分钟，七分钟……人被埋在雪中最长的极限是七分钟。11分钟过去了，A组队员终于找到了大西的一只手。他的那一只手露在雪堆外。大西被急速地从一米多深的雪中扒出。大本营里，日方队医小岛指挥山下的队员做人工呼吸等紧急抢救。13时51分，边巴扎西绝望地带着哭声喊道："他死了!大西死了!……"

大本营不相信!谁都不相信。"没有!他没死！抢救!再抢救！……"可抢救已无效。脉搏没有了！颈动脉不再搏动了！瞳孔散了！队员们再用手指按一按瞳孔，已没有反应了……小岛手中的报话机无力地滑落到地上。14时15分，日方代理总队长重广恒夫和医生小岛确认大西宏遇难。29岁的大西宏真地去了，带着他童年的梦，带着他登上南迦巴瓦峰顶的愿望，带着他明年还要准备去南极探险的愿望……这愿望，仅11分钟，就成了遗愿。

日本登山队员高见和成是这次山难的亲历者，他同大西宏、木本哲等走在队伍的前面，猛然抬头已看不见大西宏的踪影，当即意识到出事了，这时木本哲从左侧连蹦带跳地跑过来，木本哲虽也被雪冲出20米左右，但凭借着自己的力量总算逃脱了。当时流雪的规模很小，但周围全是雪包，不知找哪里为好。也许是害怕下次雪崩，其他队员都不敢轻举妄动了。

过了片刻，木本哲从左侧叫道："找到了!"高见和成飞跑过去一看，雪中只露出大西宏的右手来，大家马上开始挖，可离雪崩发生15分钟时，才挖出大西宏，已经迟了。大西宏当时仰面朝上被埋在70多厘米的雪中，大家把他抬到6150米的物资堆放处，日本队员抱着一线希望，做了30分钟人工呼吸，14时20分，大西宏的瞳孔放大，脉搏停止。高见和成向大本营的小岛医生报告了情况，确认死亡，只好用帐篷将大西宏包好放置在安全地带。

南迦巴瓦山难25年祭

真正导致大西宏遇难的一个重要原因，却是日本攀登者的风格。日本登山者大都把客观危险抛在脑后，比欧美登山者更容易“豁出去”，优势是许多别人不敢干的他们能够干出来，问题是出事和出大事的机会很大。

当大西宏遇难后，中日双方共同决定：A组迅速撤离流雪危险区，下撤到安全地带，攀登不得不暂时终止。第二天，回到安放地点，将遗体下撤至三号营地下方的喇叭口，后安放于二号营地。这消息由大本营的电传机，迅速传到日本大西宏的家中。大西宏的父亲大西俊章回电说，即去中国南迦巴瓦峰，同行的还有大西的母亲和姐姐。

八天后，大西宏的父母亲和姐姐赶到了大本营。大西俊章是一位诗人，是一位坚强的父亲。他一见到所有的登山队员，并没有提出马上要见儿子，而是流着泪说：“我的儿子走了，他跟大家在一起登山的日子里，承蒙大家的许多关照。他遇难后，大家冒着生命危险尽全力抢救他……谢谢了，谢谢大家。他走了，可登山还应当继续下去。希望大家继续努力，这也会是大西的遗愿。拜托大家了，完成他的愿望……”大西的母亲和姐姐忍着悲痛，也向大家深深鞠躬致谢。

10月26日，中日联合登山队为大西宏举行了遗体告别和火葬仪式。随队的新华社记者多古占堆和《西藏日报》记者屠小华发出的题为《南迦巴瓦峰脚下的葬礼》一文中写道：“一缕缕青烟升腾在天空。……今天，中方九名队员用两个小时，把大西宏的遗体从2号营地上方的冰洞中抬到海拔约4000米的一个平台上。又从当地请来了喇嘛诵经祈祷，为异国的勇士超度。”

这是一个独特的葬礼。南迦巴瓦峰脚下肃静的原始森林和哗哗而泻的溪流，更增添了中日登山运动员和大西宏亲属的悲思。告别遗体时，大西宏年迈的父母，久久深情地抚摸着儿子那熟悉的面庞，抑制不住悲痛的心情，再次失声痛哭。在场的人无不痛心垂泪。和大西宏同在A组的中方藏族登山运动员边巴扎西显得更加悲痛，他说：“大西宏是我亲密的伙伴，我真希望我们携手登上南迦巴瓦峰，共同享受胜利的喜悦。”

在葬礼仪式上，中日南迦巴瓦峰联合登山队中方总队长洛桑达瓦代表中方全体队员，把一条洁白的哈达献在大西宏的遗体上。这时天空中飘起了片片白雪，藏族队友边巴扎西说，葬礼上见到白雪，按照藏族的说法，对于死者是最为吉祥的。队员们看到，大西宏的遗容带着往常一样的微笑，仿佛他在安详地做着一个梦——登上南迦巴瓦峰峰顶。对于他的中日队友来说，需要做的正是去实现大西宏的这个梦。

举行葬礼的这个小平台，在一号营地的上方，海拔4000多米。从大本营走到这里，要五个多小时。大西宏的父亲因半身不遂，骑在马上都要有人照料。穿出原始森林后，地形越来越陡，一边是峭壁，路只有几十厘米宽，骑马已太危险，张江援和罗申等几个队员便开始轮流背着大西俊章走。

高山协作队员、著名藏族登山家仁青平措等人在小平台上挖出了一个圆形的地方，用石头垒起几个石垛。石垛上，安放着躺在金属梯上的大西宏。梯下堆满了木柴。木柴堆倒上了煤油。大西宏的遗体裹盖着日本山岳会会旗，旗为白色，会徽为枣红色。

中国登山队专门从山下请来一名喇嘛，70多岁，身披枣红色袈裟，背倚森林和雪山，面向大西宏的遗体静然盘坐，眼前置一册经文，手摇法铃，口中诵起超度之经。中日队员向大西宏默哀，然后缓缓绕大西宏一圈，向这位勇士做最后的告别。大西宏的母亲最后一个走上前来，最后一次亲抚了儿子。她的手中是一柄燃着的火把，火把在颤抖。天上洁白的雪花片片飞来，静静地飞落在大西宏的脸上。他的母亲将举着的火把缓缓落下，引燃大西宏身下的柴堆……

火轰然而起。歌声，也轰然而起——大西宏在明治大学的同学山本笃和日方队员，唱起了明治大学的校歌："白云浮动在骏河台的上空/英武的青年们倾听着那撞击时代的晓钟/在文化大潮的引导下/我享受着开拓的荣耀/明治/我们的母校/明治我们的母校……"紧接着，他们又唱起了明治大学山岳会会歌《炉边的儿女》："迷恋着山峰/心上飘着白云/山给了我们人生的光辉啊山的儿女/这炉边优秀的子孙……"这悲壮的歌声，将留给南迦巴瓦的雪山、峡谷和森林。我不能不想起南峰下那片被拦腰劈断后仍不屈站立着的断木，和它身边那蓬勃向上生长着的幼树。

在南迦巴瓦雪山下，有一大片极美的原始森林，这森林对着世界著名的雅鲁藏布大峡谷。印度洋的暖湿气流顺雅鲁藏布江而上，使这里的地理、气候、自然环境有若干奇特之谜。令我大为震惊的是，南峰下这片原始森林有一绝世之景观，所有高过林顶面的大树，全被劈断了!那真是被拦腰劈断的，齐刷刷像被什么巨掌一挥扫断的。整个森林中，便耸立着一根又一根、一片又一片高高的、光秃秃的粗木桩。

这些树，不管生长得多么茂盛，多么信心十足，都逃不脱这瞬间之死。自然孕育了生命，又如此无情地戕害着生命。而生命的珍贵和价值，也正是在这无法抵御的戕害中显得如此悲壮。断木旁，多少幼树，在茂盛地生长，哪怕再循前辈的归宿。那成因，有人说是山火烧，也有人猜测是雷击。不对，我在原始丛林中转了一大圈，细看一棵又一棵"受害者"，看不见一丝火烧过的碳迹。而地下躺倒的上半截躯干与树冠，连干枯的树梢都完好如初，神秘的大自然给人类留下了一个谜。

大西宏火化的第二天(27日),队员们重新开始登山活动,返回二号营地。中断了10天,山里更加寒冷。水源也干涸了,化作一片雪原。11月22日,他们到达一块雪地平台,离顶峰高差约300米,当时还不到12点,能见度较好,到日落前还有8小时的充裕时间。然而,只前进了约20米,第一次流雪袭来,因雪量较少,还不至于将人冲走,可不一会儿,流雪的次数、流量逐渐增多,走在第五位的山本防风镜被吹跑,人被流雪打得东倒西歪。12时20分,高见和成与重广恒夫队长通话,决定暂时停止突击,下撤到岩壁底的安全地点。当时食品不多了,只能维持两天,突击登顶,依旧没有机会。24日下午,大本营指挥部队员只好下达停止登山的命令。最后以失败告终。

南迦巴瓦雪山真是难以攀登吗?一座山的攀登难度,并不是决定于高度。南迦巴瓦雪山海拔高度只有7787米,与世界第一高峰——珠穆朗玛峰相比相差得远,在中国广袤的群山中,南迦巴瓦峰也只是个"小弟弟"。从1982年起,中国登山队曾连续3年光顾南迦巴瓦雪山,还有众多的冰川、气象、地理、地质等专家护航,均折翼而归。

南迦巴瓦峰地处喜马拉雅山脉东端尾闾,也是喜马拉雅山脉东段的最高峰,海拔6000米以上的地带,群山接天,终年银妆素裹;海拔4000米左右的地带,一片森林,好像进入温带;往山下走,四季鲜花常开,珍奇动植物遍布其间。这里是目前世界上所罕见的植物群落多样、植被结构复杂、垂直带状分布明显的林区。

据传南迦巴瓦峰是"冰山之父",冈仁波齐峰是"冰山之母"。据珞巴人讲,这两座山峰本是一对心地善良的恩爱夫妻,从不杀生害命,在它们的怀抱里依偎着香獐、白鹿、野羚牛等,可狠心的罗刹王看中这片净土后,派遣差使下凡,并加持魔力,将"冰山之父"南迦巴瓦峰强行搬到东端,使得这对夫妻各居东西而不能团圆。每次震耳欲聋的雪崩泥石流是他们在发怒,"银河落千丈"的瀑布倾泻是他们在流泪。至今,他们还没消气,仍在咒骂罗刹王。在珞巴人的心目中,南迦巴瓦峰是一座神山,葬身于它的怀抱被视为幸福。他们讲:"南迦巴瓦雪山是圣山,是不能侵犯和攀登的,谁要攀登,冰山之父就要惩罚他。"

藏族人历代都将南迦巴瓦视为通天之路,神灵的居所,以及凡人断然不可打扰的圣地。"南迦巴瓦"在藏语里意为"雷电如火燃烧",在《格萨尔王传》"门岭一战"的描述中,将其形状描绘为宛如"直刺苍穹的长矛",还为他虚构了很多不同凡响的身份——"英雄之神"念青唐古拉娇纵的俊美、英武的爱子,争斗中砍下了亲人头颅的暴虐的兄长,不许他人旁观自己分离痛苦的拥有极强自尊心的丈夫。其实想象力同语言一样，对南迦巴瓦来说，多少都会显得贫乏。所以我只能从这些殊途同归的信息中得到一点对南迦巴瓦的提示：孤傲，勇猛，神秘，不可接近，难以捉摸。

从南迦巴瓦雪山的地形上看，攀登是有一定的难度的，明暗冰雪裂缝丛生，冰崩、雪崩随时发生。但在同类级别的高山中，南迦巴瓦雪山的地形特点并不是最突出，攀爬也不是最难的。那是什么原因造成南迦巴瓦雪山悲惨的山难发生呢？是客观因素还是主观因素？在登山者看来，攀登南迦巴瓦雪山的最大难点却是变化莫测的天气。

南迦巴瓦峰下的背运民工（花雕 摄）

由于雨雪补给充沛，南迦巴瓦雪山的数条冰川是世界上罕见的季风海洋性现代冰川，冰川流动速度快，破碎且稳定性差，如同“豆腐渣”。在雨季期间，冰崩、雪崩极为频繁，给登山者带来的是无法预料的危险。

当年大西宏的遇难，有许多值得反思的地方，而其对雪山的掉以轻心，才是他遇难的主要原因。大西宏曾在1990年参与南迦巴瓦峰的先期侦察，还在比他出事地点更高的地方建过四号营地，当时经过这一地方并未遇到特别的困难。他第二年径直向上找四号营地时，发现当时的地方出现了斜坡不适合建营地，便向上找安全地方是正确的。可他却忽略了当时连降两天的大雪晴后，积雪最不稳定，雪崩的可能性太大，当时沿坡攀登非常危险。若大西宏有安全意识，应同其他队员开个小小的现场会后再向上侦察。他若这样做，就可让其他队员及时观察他的行动，若出事也能很快找到他。我采访中国登山队员后认为，大西宏被雪崩冲走时，若有雪崩意识的同伴木本哲稍加留心，就有机会目视追随他被冲下的行迹，有可能在几分钟内就能找到大西宏，若大西宏拖根绳子，也会帮助救援的人快点找到自己。

早在大西宏遇难以前，曾发生中日联合登山队员攀登梅里雪山，17名队员遇难的重大新闻，当大西宏遇难时，也曾有很多记者追问："南迦巴瓦雪山出现两天的大雪，天晴后为什么急于建立新的营地？"当时中国登山队长无法回答。事实上，真正导致日本登山家大西宏遇难的一个重要原因，却是日本攀登者的风格，出事和出大事的机会很大。尽管南迦巴瓦山难导致大西宏遇难的事已过去了25年，但却是我们永远不能忘怀的！

中日队员登上南迦巴瓦峰

1992年9月，中日两国邦交正常化20周年，两国高层共同倡议发起再次攀登南迦巴瓦峰的活动，中日联合登山队再次向南迦巴瓦峰挑战，这是中日联合登山中规模最大的一次。

9月9日，联登队40余人，浩浩荡荡从林芝前往南迦巴瓦峰大本营。格嘎村当时仅有四户人家，在文人眼中倒不失为标准的世外桃源。可他们吃一斤盐，买包火柴也要上下山走四五个小时。队员们进驻大本营后，村民们成了帐篷中的常客。他们随意聊起外面世界的事情，很平淡的一句话时常引起这些少男少女们的一阵窃笑。不过，他们有时也讲一些当地发生的神奇传说。

9月14日，多云见晴，南迦巴瓦峰从神云迷雾中露出真容。就在这一天，中日联合登山队50名成员纷纷走出帐篷来到旗杆下，两国国旗徐徐升空，中方总队长洛桑达瓦宣布："登山大本营正式开通。"

南迦巴瓦峰为什么保持着世界最高处女峰美名呢？因为她非同寻常。自本世纪初以来，中外登山探险队以不同的方式侦察南峰，试图率先登顶，但同样地被南峰的奇险所阻回。为踏足"世界最高空白点"的未知领域，中日双方聚其登山精英，使出最强的本领，势在一拚。

在这群登山健儿眼里，没有不能登临其巅的高峰。中方派出的六名藏族登顶队员中，四名国际级运动健将，一名国家级健将，一名后起之秀，可谓当今中国登山运动中的顶尖人物。西藏登山队在罗则队长的率领下，还派出12名实力强的高山协作队员。

日本方面也做了很大的调整。仅留下登山队长重广恒夫和队员山本笃，新调入青田浩、山本一夫、三谷统一郎和佐滕正伦。据重广恒夫队长说，这一阵容，由日本国内第一流的登山队员组成，尤其加强了技术实力。登山除了要靠自身的努力之外，还要借助科学的力量，在这里就得到了充分体现。日本方面专门请来了气象专家范肇，带来无人气象站先进设备。而中方登山队也集中了西藏自治区气象局多名专家，欲与日本同行见高低。

登山队登山时，恰逢秋实季节。山林中色彩斑斓，赤橙黄绿青蓝紫，应有尽有，并随时间的推移而变化。低纬度、低海拔以及充沛的降水量，不但赋予南峰以奇险，而且又置她于鲜花绿林丛中。在大本营后山一眼泉边的小道旁，长满了桦树、丹枫、枫杨、青笔，枝叶扶疏，相得益彰；林隙间天光像一把利剑，斜插进来，耀眼夺目。大本营前面是大片秋后的婆娑蔓草，山脚下雅鲁藏布江奔泻的轰隆声冲击耳膜。

中日联合登山队员们从大本营出发，经过两天的行军，穿越五颜六色的密林，走过陡峭的草甸，登上复杂的碎石，登山运动健将们从海拔3520米的登山大本营来到二号营地，在这里稍事休整。在中日联合登山队总队长洛桑达瓦的主持下，队员们在头一年中日联合攀登南峰时遇难的日方队员大西宏的墓碑前祭拜，宣布登顶队员名单，进行战前总动员。

二号营地有着10多顶桔黄色的高山帐篷，每个帐篷为一“户”，三名队员一组自立炉灶。每当吃饭时，各处饭菜飘香。来到二号营地，着实让人们吃惊。时隔一年，营地下方到喇叭口底部变得叫人难以辨认。头一年还有上千米亮晶晶的冰川，这时却仅遗留下残迹，并露出一堆杂乱不堪的碎石。队员们深知通过矿石的危险，可洛桑达瓦还是小心翼翼地走了过去。

从乱石缝隙中看到，积石下面仍是冰体，且溪流淙淙。六度到此登山的桑珠惊叹：“南迦巴瓦峰地区的自然变化之大，实属罕见。特别是今年冰川严重退化，山上新生的裂缝纵横交错，简直难以置信。”身在安逸的都市，人们很难感受到大自然如此剧烈的变迁。十几年前，科学工作者还在担心冰川的跃动会堵塞雅鲁藏布江。而今天登山队员们却为美丽冰川的消融而忧虑。人类的生存环境时刻在变，危机感由此而生。

9月18日14时，A组三名中方队员之一的桑珠报告大本营：“修路已进行到距喇叭口顶部15个组绳的位置，这里正在下雪，云雾不断涌上来。”后经过一天的苦战，A组6名中日队员终于打通了喇叭口。喇叭口是二三号营地的必经通道，南峰的第一道险关。顾名思义，它形似喇叭。

就在一天前，桑珠、加布等到喇叭口观察，一眼就看出了这里的变化：一面坡上裸露出更多的笔直粗豪、刀削斧劈般的岩石；另一面陡坡上的终岩积石较去年更加厚了；那隆隆的滚石和雪崩声，震撼着前来探险者的心腑。有一天，喇叭口发生的大小雪崩就达8次之多。因而，中方队员中不管谁只要抱怨事情说不顺心，旁边的一位就会接上来说："你撞见喇叭口了"。

1992年，中日登山队攀登南迦巴瓦峰

在这段潜伏着千般险情的南峰通道上，仁青平措带领12名高山协作人员，凭着机智、毅力和无畏精神，一次次通过喇叭口险关，将三号营地所需的1500公斤物资源源不断地运上去，再将山上的垃圾运下来。仁青平措时年50岁，双手仅剩下4根健全的指头。可在双手因冻伤致残后，他曾以顽强的毅力登上了珠穆朗玛、卓奥友、希夏邦玛等3座8000米以上的高峰。可在此次中日联合登山队中，他却不在登顶队员的名单之列，扮演的竟是高山协作这一角色。

高山协作者，说穿了是高山运输工，是联合登山队的铺路石，且是地道的铺路石。对于仁青平措来说，此次充当高山协作队员，完全是出于他自身的热情。若换一个人，到了半百年龄，怎么也会有充足的理由不去。可在仁青平措眼里，这是中国的登山行为，集体的荣誉高于一切。

9月29日11时40分，桑珠报告："今天住三号营地的10名队员和6名高山协作人员均已抵达目的地。至此，登山第二阶段正式开始。”这一天，对于中日两国人民来说，是个不平凡的日子，中日两国邦交20周年。因此，此次联合登山活动具有更深的意义。日方登山队长重广恒夫说：“登山运动本身和邦交正常化没有直接联系，但活动刚好赶在这个纪念日和天皇访华的同时，意义就大不相同了，是锦上添花。”

10月6日中午，在四号营地上方海拔6280米处，正在下山的中方队员边巴扎西、大齐米和高山协作人员拉巴突遭雪崩，尽管他们想到了平时训练时的保护动作，却无济于事。因为雪又松又厚，他们被打下50米左右，庆幸的是，湿沉的雪终于停住了，人也停住了，等回过神来，他们发现离万丈悬崖仅差10米。桑珠事后回忆说：“走在前面的边巴扎西突然听到身后的声音不对，还没等他回头，就见大齐米同拉巴从身边滚下去……一直滚出了40多米，他们才停下来。他们发现，三人离一个很深的裂缝只有不到4米了！边巴扎西从雪里滚出来，一瞬间似乎看到了刚满周岁的小儿子。”

就是这个地方，在1991年的登山运动中，热情、强悍的日方队员大西宏同样因雪崩失去了年轻的生命。当时，边巴扎西目睹了这一切，并且奋不顾身地去抢救日本队员。历过险后，登山勇士显出对生命的倍加珍惜，但却并不因此而退缩不前。边巴扎西说，今年是他自登山八年来最为惊心动魄的一年。年初他去珠穆朗玛峰登山，当胜利在望时，一个雪崩下来，把他和几名队友摔下去，幸亏有保护绳，但本能地保护生命的双手，却被划出道道裂痕。

边巴扎西是中国西藏登山队年轻队员之一，也是一名实力很强的队员。罗则队长说他体力、技术好，尤其胆量过人。只是阴差阳错，边巴扎西和过去几次重大的攀登珠穆朗玛峰活动无缘。因此，在健将云集的西藏登山队，他是少数几个非健将队员之一。大难不死的边巴扎西面对这次雪崩感慨颇多：“大西宏在护佑我们，看来有后福。”后来，边巴扎西第二个登上了南迦巴瓦峰顶，并跨入了国家健将行列，真是大难不死有后福。

10月11日，队员们到达了6900米的5号营地。到10月19日时，山上队员已在大雪天气中困守了8天，登山行动毫无进展，食品、燃料却消耗很大。登山协作人员们违反登山常规，大雪过后不到3天就冒险冲过喇叭口，将二号营地的食品运到三号营地。这时，中方登山队长桑珠叫他们不要轻易行动，可倔强的协作人员说：“我们知道喇叭口冰雪崩塌越来越频繁，危险性大，但是我们独此一条路。我们能做的就是机灵一点，能躲就躲。”他们一人开路，后面人背东西，在没漆的雪中把食品送上三号营地。

“次仁多吉闯过了7460米。”对讲机里传来振奋人心的消息。攀登路线上海拔7460米处,是个上宽下窄的流雪槽,下方则是50米高的岩石峭壁,中日联合登山队去年在此因遇水泻般的流雪而败北,登山队把此外视为征服南峰的最大险关。次仁多吉在前面修路,不想天公发怒,狂风大作,席卷着坚硬的雪粒。突然,雪槽内流雪下来,头一个打在他身上。后面的五名队友接到大本营的命令后,缓慢地从岩石上下撤。为保护队友安全,次仁多吉站着不能动,流雪不时从他肩上涌过。整整一小时,他挺住了,当全体队员安全回到六号营地时,次仁多吉走路时脚习惯性地有点瘸了。

山的魅力也就是人的魅力,次仁多吉的自然率真,就有一种叫人觉得信赖、友好、宽容的魅力。据说几位北京姑娘接触过次仁多吉后,对他更是情有独钟。新闻记者同登山队员们在一起生活久了,发现西藏队小伙子身上,或多或少都有着次仁多吉相同的品性。

就在这天晚上,负责气象的饭田队员称,20日天气将晴朗无风。上午7点出发。当到达前一天固定了三根50米长的主绳,并到达岩石带的下面。青田队员在前面顺着去年留置的主绳攀登而上,重新固定了一根主绳,下午3点越过岩石带,终于到达去年的最高点7460米。这时天气变坏,飘起了雪花。

再往上的320米,那才是真正意义上的未知领域。走了三根绳子长的距离,来到了一个白色小冰塔的正下方,本想顺冰塔向上方迂回再爬到预定的东北东山脊,但在深至膝盖以上的雪中驱雪前进,本能地意识到有雪崩的危险,于是左上方改走冰壁路线向上攀登,不一会儿上部出现一个相当大的冰塔。

日本队员山本笃确信在这个冰塔根部必定有露营地点就继续攀登,这时从下方传来青田队员的声音:“山本君,请尽快找到露营地,天快黑了。”“放心吧!”我这样说着继续向上攀登,在距离根部还有25米的地方,用完了准备好的23根主绳。为避开雪崩的危险,路程比预料的还长出很多。但手里还有一根50米长、直径6毫米的辅助绳,于是把它双折使用,总算到达海拔7600米的露营地。用头灯照明削雪平整地基,确保3人将够能伸脚的空地,把背包放在雪地上,人坐在上边将身体探出去,再盖上简易帐篷转入露营状态,时间是7点45分。

中国队员在日本队员的正下方盖着简易帐篷,3个人吃一包方便面,用完“豪华”晚餐,大家和衣钻进睡袋套,迷迷糊糊地睡着,没想到几分钟就被冻醒一次,这一宿就是这样度过的。气温在零下30度以下,大家真有点儿吃不消。可因山上连降大雪,10月21日撤回到4850米的二号营地。10月24日,联合登山队再次向上攀登,由于天气突变,攀登者只好就地宿营。

10月26日，第一突击队6人，即中国队员加布、次仁多吉、边巴扎西和日本队员山本一夫、青田浩、山本笃，中午过后再次到达乃彭峰正下方6900米处的五号营地。隔了11天又来到此地，然而此处已化作一片雪原，找不到任何营地痕迹。帐篷是否被风吹跑了？山本一夫立即向日方总队长重广恒夫报告说："没发现帐篷。"队长答复说："也许被雪埋住了。今天之内若挖不出来，你们就要撤到三号营地。"因为第二突击队已进入四号营地。

能否摆出接近顶峰的阵势，关键在于是否能重建5号营地。为了应付雪崩，第一突击队员们在行动中常携带小型铁锹，但当时仅靠带的一把铁锹拼命开始挖掘坚硬的雪层。在焦虑与不安中挖了30分钟，山本笃队员挖到了用作路标的两米长的竹竿顶端，说明帐篷还在两米深的雪中。队员们在稀薄的空气中喘着气交替挖掘，到了下午4时半，帐篷的一部分终于露出来了。再继续挖则发现了日本队员使用的帐篷和堆积的登山物资。日本队钻进挖出的帐篷，把报道队堆放物资的备用帐篷搭起来让中国队员使用。下午5点多，就这样勉勉强强重建了五号营地。

10月27日清晨，二号营地的梶田队员用对讲机传送过来贝多芬的浪漫曲，以此为队员们出发送行，开始了向六号营地的修路工作。从乃彭峰的肩部到与南迦巴瓦峰连接的鞍部约200米，固定了5根绳子下降，到达六号营地预定地后，又回到五号营地运输帐篷、食品、攀登用具等，当时风很大，到了鞍部等了两个小时风力才减弱，傍晚5点左右好不容易才搭起两顶帐篷。

然而，登山中的险情随时发生。10月28日下午1点钟，大本营工作人员刚端起饭碗，想寻找一个背风的地方吃饭，忽然被电台的一阵急呼搅得心惊肉跳，遇惊不变的次仁多吉向中方总队长洛桑达瓦报告，昨晚的风雪改变了五号营地的面貌，原来搭起的三顶彩色帐篷已不见了踪影，他们一行6人进退维艰。指挥部当即指示：一定要找出帐篷。次仁多吉和一名日本队员挖帐篷，其他队员继续进行。他俩用一把铁锹，挖了长宽各四米、深三米的雪坑才找到日方一顶高山帐篷。找到了帐篷，就保住了性命。傍晚，大本营听到了他们的回话，一颗颗悬着的心才放了下来。

人在缺氧的高原，越是往上攀登，将会是以越来越小的力量应付越来越大的困难。在山上搭帐篷，队员们对此都深有体会。在坑凹背风处易遭雪崩的灭顶之灾，在高台处搭帐篷，人和风就要展开"拉锯战"，搭好一顶帐篷要费九牛二虎之力。如果天气不好，在一顶帐篷里受困几天，你身下的雪坑就会越来越深，最后只好重搭帐篷。

29日天气晴朗无风,早晨8点半,6名突击登顶队员从六号营地出发。对修路来说是绝好的天气,但由于连日来紧密的行动,身体已感到精疲力竭。准备了18根主绳,每根50米长,直径为8~9毫米,由6人分担。从六号营地驱雪前进约30分钟,横穿南壁下,从看到岩石带的位置开始直线攀登,并固定主绳。前一半由日本队员、后一半则由中国队员在前面修路。固定了14根主绳,完成了当天的计划,于下午6点半返回六号营地。

30日天气不错,第一突击队员原定于凌晨4点从6号营地突击顶峰。可后来推迟出发,等待天大亮之后。在齐腰深的雪中驱雪前进,雪壁好象马上要发生雪崩似的,一条长30米的辅助绳是唯一的依靠。走了两根绳子的距离上到山脊,中方队员次仁多吉打头阵,后边依次是边巴扎西、加布、山本笃、青田、山本二夫,结组向上攀登。山脊上的积雪深至膝盖,途中还有三四处裂缝。这时,以山脊为界,南侧飘起了雪花,可北侧却晴朗,眼前,佳拉白垒峰展现出美丽的山姿。向下望去,雅鲁藏布江大转弯的激流不断。

第二突击队快速越过岩石带,逼近露营地点。只有日本重广恒夫队长一人速度较慢。这时监听到三谷队员与重广队的通话。三谷队员问:“露营地点再往上能否不带绳子攀登?”重广队长回答:“考虑到安全,最好有绳子。”三谷队员又问:“回收两根固定主绳,再向上攀登是否可以呢?”重广队长说:“可以。”重广队长考虑到队员的安全,却断了自己攀登的路。

南迦巴瓦的顶峰近在眼前。山脊的两侧非常陡峭,向右边绕过去到达一个宽阔平台,这正是山顶。有点出乎意料,山顶很宽阔,长15米,宽5米。12时19分,加布攀登队长用对讲机激动地向大本营报告:“我们到顶了! 我们到顶了!”在宽阔的顶峰上,日本队员寻找略高一些的地方打进雪椎以作纪念。他们在到达顶峰10分钟后,也向大本营报告了登顶的消息。

当时,队员们心中未涌现出首次登顶的激动情绪。不一会儿,大家小心谨慎地开始下山。继第一突击队之后,下午两点半,第二突击队的三谷、佐藤、桑珠、达琼、大齐米队员也踏上了山顶。

登顶的呼叫声传来,时刻心系着山上队员的大本营顿时沸腾了。早已晒在骄阳下的鞭炮立刻响彻山谷,中日记者们忙得不亦乐乎,而皓首老翁、日方总队长山田二郎则眼含热泪,抓起一瓶啤酒与中方洛桑达瓦总队长碰起来。山田二郎说,他在少年时代就看过南峰的照片,他被画面上神奇的高峰深深地吸引住了,立下了要攀登此峰的夙愿,直到他年过七旬时,这一梦想才变为现实。后来,他忘情地写下:“中日首登南迦巴瓦万岁! 中日友好万岁!”

第二章　科学探险者的足迹

在遥远的地质年代里，有两块古陆地曾远隔上万里重洋。由于地核运动，印度板块脱离了远在南极附近的母体，向北漂移而来，与欧亚大陆相撞之际，便是

南迦巴瓦峰下云雾缭绕（花雕　摄）

古大洋消失之时，而连接的一线，发育了雅鲁藏布江。直到今天，印度板块仍在向北推进，作为最前锋的大峡谷地区孤军深入，将南来陆地深深楔入欧亚板块之中。在青藏高原的强烈隆升中，河流持续深切，形成举世无双的大峡谷。与此遥相对应的是，喜马拉雅西端也有一座高峰——海拔8125米的南迦帕尔巴特峰。同南迦巴瓦峰下的大拐弯一样，环绕南迦帕尔巴特峰也有一个河流大拐弯。而这两座被地质学家们称为“地结”的奇特高山，就像两颗金钉子，将印度板块镶嵌

在欧亚板块上。从1973年起，我国不同专业学科的专家走进南迦巴瓦峰下的雅鲁藏布大峡谷，探索一个个未知之谜，便有了雅鲁藏布大峡谷是青藏高原最大水汽通道，两大板块相互挤压引起上世纪最大地震等科学考察成果。中国在此首次发现第一个跃动冰川、建立世界上最大的超级水电站。

雅江暖湿水汽行动的“烟囱”

“如果我们把喜马拉雅山炸开一道，甭多了，五十公里宽的口子，世界屋脊还留着，把印度洋的暖风引到我们这里（指大西北）来。”也许细心的观众还记得，这是电影《不见不散》中给人印象最深的一段台词，可它并非是编剧凭空想象出来的。

雅鲁藏布大峡谷以代表生命的绿色为基调，热带雨林浓荫蔽日，凤尾竹挺立坡头，杜鹃花争奇斗艳，藤萝植物纵横交错，而备受赞赏。人们难免会提出这样一个问题，为什么拉萨城四周的群山一片光秃秃的？为什么藏北几近为不毛之地？而拥有雅鲁藏布大峡谷的藏东南却会成为绿色的世界？

前些年，在中国科学界曾经流传着这样一个非常大胆的设想：在喜马拉雅山脉炸开一个缺口，引进印度洋的暖湿气流，以此改善中国西部的气候。正是这个后来被证实为笑话的设想，便引发了电影《不见不散》的经典台词。但是，在这一大胆假设的背后，的确是曾经有一个非常严肃的科学话题，那就是雅鲁藏布江的水汽通道问题。

事实上，我国一位科学家曾认真论证过这一想法的可行性，他就是中国科学院气象学家高登义。高登义是研究大气物理的，这是一门边缘学科，主要是收集第一手资料，踏上科学探险这条路，是个意外。1966年，26岁的高登义得到机会，跟着大规模的青藏高原科考队开始了他的第一次野外科考。后来，珠峰登山气象组缺少气象预报员，将高登义借调过去当副组长。他便又开始了“兼职”天气预报的生涯。正是在青藏高原的研究，使他获得了我国自然科学界的最高大奖，也就是在最近12年已经空缺8次的国家自然科学一等奖。

在世界之巅，高登义每每发现沿着布拉马普特拉河与雅鲁藏布江河谷一直到青藏高原东南部，有一条与周围环境截然不同、经常水汽蒸腾的绿色植被通道。他当即怀疑这是一条输送水汽的通道，将印度洋的暖湿气流一直引到青藏高原的内部。可真要论证这条水汽通道的存在，高登义带领自己的团队踏上了3

年时间的科学论证之路。

1982年,高登义迎来了证实自己猜想的机会。这年的南迦巴瓦峰综合科学考察项目设立了一项新的科学内容——关于雅鲁藏布江水汽通道的考察研究。他怀着探秘的心情,同有关科学研究人员王维等一道,选择西南季风比较强的6至8月,沿着雅鲁藏布江的主流河谷和两个主要支流建立3个观测站,施放探空气球和平飘气球,气球下面悬挂有温度、湿度等的自动接收仪,把获得的信息数据发送到地面观测站。他们获得定量数据后,通过计算机处理,并将其与高原四周气象台站的相同气象要素资料进行认真对比和分析,以确认这条通道是否为一条水汽大通道,以及它能够输送多少水汽等问题,提出了水汽通道理论。

1983年,高登义率组来到大峡谷地区,先后在通道上的然乌、通麦、古乡、易贡、格嘎大桥等地进行大气物理的测试,经过3个月的观测实验,历尽艰辛,终于迎来了"苦尽甘来"的硕果,弄清了印度洋暖湿气流是如何进入雅鲁藏布大峡谷流域的。暖湿气团在印度洋和孟加拉湾生成后,在强劲的西南季风作用下,向北面的喜马拉雅山推进,然而,高耸的天墙般的喜马拉雅山却成了暖湿气团很难逾越的天然屏障。急于北进的暖湿气团在后面强风的推动下,继续在喜马拉雅山山前游动,终于找到了一个劈开大山的豁口——雅鲁藏布大峡谷出口,于是,暖湿气团便以不可阻挡之势,顺着大峡谷猛烈地向北贯通。一个由大裂谷造就的罕见的水汽输送通道就这样形成了,也有人把大峡谷形象地称为暖湿水汽由南向北行动的"烟囱"。

雅鲁藏布大峡谷作为印度洋和孟加拉湾暖湿气团北进的通道,完全是可以看得见的。在阴雨天,科研人员伫立在雅鲁藏布大峡谷的谷坡上,往往可以看到这样的自然奇观:谷底,奔腾不息的雅鲁藏布江发出隆隆巨响,浊浪滚滚,一泻千里;江流的上空,低垂浓重的暖湿云团有如游龙沿峡谷逆流而上。湿云遇高山顺着山势抬升,与高山冷空气交汇凝结,降下丰沛的雨水。接着,云团顺主流峡谷或支流峡谷继续西行与北进,扩展到巴松湖、易贡、波密、林芝等地,甚至林芝市八一镇有时也被厚厚的浓云笼罩。波密县城边的大山为湿云覆盖,半空中却现出闪着银光的雪峰。然而,再强劲的气流也有减弱的时候。逆雅鲁藏布江而上的暖湿气团,到了一定的区域便成了强弩之末,降水少了,地面植被便发生了明显变化。在米林县城以西的30多公里处,就呈现出植被由茂密逐渐转向稀疏的过渡带,特别是到了米林西部的朗县,地表基本是裸露的。

1983年8月,高登义测得一组组数据。他还把所取得资料的计算结果填入一幅图里,发现了雅鲁藏布江水汽通道是青藏高原周边的最大水汽通道,使得印度洋的暖湿气流能源源不断输送进入高原，引起了世界地理学界的关注。大气物理测试表明，当水汽通道沿布拉马普得拉河——雅鲁藏布江的确是青藏高原四周向高原内地输送水汽的最大通道，以接近2000克/(厘米2秒)的水汽输送强度逆江而上，然后再沿雅鲁藏布江下游逆江北上。夏季，从青藏高原四周向高原腹地输送的水汽量以布拉马普特拉河—雅鲁藏布—帕隆藏布—易贡藏布一带为最大，输送强度可达1000~5000克／平方厘米/秒，为青藏高原四周其它地区的3至10倍，相当于夏季从长江流域南岸向北岸的水汽输送强度，雅鲁藏布大峡谷的确成为青藏高原最大的水汽通道。水汽到达大峡谷顶端后，一部分减弱到500～750克/平方厘米/秒，沿着它的支流易贡藏布江向西北方输送；另一部分减弱到300～400克/平方厘米/秒，则沿帕隆藏布江向偏东方向输送。

在此基础上，高登义同地质地理专业的杨逸畴、植物生态专业的李渤生一道，撰写了论文《雅鲁藏布下游河谷水气通道初探》，发表在1987年的《中国科学》杂志上，文章分为三部分，第一部分论述大峡谷的地质地貌基础以及水汽通道的形成原因和过程；第二部分对大峡谷成为水汽通道进行大气物理论证；第三部分综合分析了水汽通道的效应。

“印度洋的暖湿气流经西南季风吹向布拉马普特拉河流域，迎面遇上印度东北部海拔近700米的卡西山地，加上地形的抬升作用，在山地南麓乞拉朋齐的多年平均年降水量达到10870毫米，为世界第二大年降水量。”高登义回忆起当时的测量数据记忆犹新，“暖湿水汽再沿雅鲁藏布江向北输送，在西藏墨脱一带形成又一大降水带，年降水量达4500毫米左右。经过雅鲁藏布江大拐弯顶端后，大部分水汽再沿易贡藏布江逆江而上，直抵念青唐古拉山南麓。在这条水汽通道上，年降水量为500毫米的等值线可达北纬32度附近。”

高登义还发现一个有趣现象，在西藏地区，喜马拉雅山脉北侧的雨季在6月末开始。可在这条水汽通道上，雨季却在5月初，而位于念青唐古拉山南麓的嘉黎以及喜马拉雅山脉北侧的易贡、通麦、林芝等站的雨季也始于5月，与孟加拉湾沿岸的雨季同时开始。在北半球，热带气候带的平均北界为北纬23.5度。可在这条水汽通道上，热带气候带向北推移了五个半纬距。西藏墨脱位于北纬29度，是北半球热带的最北界，被称为“热带绿山地”。虽然它比云南西双版纳偏北五个纬度，但它却生长着与之相似的热带和南亚热带植物，高大的榕树，诱人的香蕉和野柠檬随处可见。

在高登义看来，雄伟巨大的喜马拉雅山脉是自然地理上一条明显的分界线，山脉南北坡的自然带和景观都有明显的差异，然而，在雅鲁藏布江水汽通道上，山脉南北的差异却并不大。南迦巴瓦峰正位于这条水汽通道上，其南北坡的垂直气候带和垂直自然分带差异很小。除了南坡在海拔1100米以下有独特的准热带季风雨林带外，在海拔1100米以上，南北坡分布有相同的七个垂直气候带和自然带，只不过分布高度略有差异。

雅鲁藏布大峡谷的植物要是有知，一定会万分感谢大峡谷的。它们的祖先在灾难来临时，就曾受到了大峡谷的庇护。第四纪冰期到来之际，雪花纷飞、天寒地冻，肃杀了数不尽的生物物种，以至在某些地区，人们要发现它们的踪迹，只能通过化石的发掘，从石痕上看它残缺不全的枝干和叶脉，推想它当年的多姿多彩。但在那个遥远而又极为寒冷的年代里，生长在雅鲁藏布大峡谷的植物，却得益于来自印度洋与孟加拉湾暖湿气流的频频送暖，躲过了第四纪冰期的寒流大扫荡，茂茂盛盛幸运到如今。

易贡湖观测站（高登义 摄）

正是受水汽通道的影响，雅鲁藏布大峡谷许多典型的热带生物，诸如香蕉、芭蕉、柠檬、甘蔗等，最北可达北纬29度左右，成为北半球热带生物分布的最北界。同样，这里也为生物南北迁移提供了安全的走廊，成为古老生物的良好“避难所”，保存了大量的古老物种。这里还有高等植物中的千果榄仁、蕨类植物活化石的桫椤、爬行动物中的蟒蛇、鸟类中的棕颈犀鸟、哺乳动物中的孟加拉虎、昆虫中的端齿蚌鼻白蚁、金印度秃蝗等。

也许是高山的阻挡，而造就了广大青藏高原雪域大地的高寒干旱荒漠草地景观。青藏高原的北侧、东北侧，即我国广大的西北地区，则处在雨影区而出现缺水的半干旱、干旱环境。1998年，中国科学家和新闻工作者圆满完成徒步穿越雅鲁藏布大峡谷的科学探险考察之后，人们日益关注雅鲁藏布大峡谷水汽通道作用对青藏高原东南部气候、环境影响的重要意义。

在徒步穿越雅鲁藏布大峡谷活动中，新闻媒体对于大峡谷巨大水汽通道作用的宣传报道，启发了中国的一些科学家。为了缓解我国西北地区的干旱问题，我国科学界两位泰斗大胆提出，通过改变雅鲁藏布大峡谷及其以北地区的地形，扩大雅鲁藏布大峡谷的空间，让来自印度洋的暖湿水汽能够比较畅通地输送到中国西北地区或青藏高原腹地，增加“三江源”地区降水，然后再通过长江、黄河灌溉祖国大地。这个建议，也就是大家关注的“空中调水”设想。此设想提出后，立即引起我国领导和新闻媒体极大的关注，同时也在学术界引起较大的争议。

“空中调水”是否现实？高登义带领团队根据气候资料和新建立的南亚季风指数，选择历史上最强的季风年，假定水汽在向北输送的过程中，从雅鲁藏布大峡谷到“三江源”地区只有一个比较平缓的迎风坡，不存在西风气流和涡旋运动，通过简便可行的计算方案来推断这个设想在气象学上的可行性。结果表明，假设雅鲁藏布大峡谷南部不受山脉的屏障作用，当地形的倾斜角为1/200时，那曲的水汽含量和输送量分别增加了45%和17%。但是，当进一步改变地形坡度时，即地形的倾斜角从1/200变为1/150，那曲地区的水汽含量和输送量只增加了9%和3%，变化不大。

高登义在论文《“空中调水”设想的可行性研究》中，得出以下结论：在制约雅鲁藏布大峡谷水汽通道继续向北输送水汽的因素中，地形的阻碍固然很重要，但大尺度环流所起的作用更大；而要改变大尺度环流则比改变局地地形更为困难。这就是说，从气象学的条件来看，即使按照理想假设条件改变了雅鲁藏布大峡谷及其以北地区的地形，也很难实现“空中调水”的目的。高登义等的这篇论文发表并转给这两位我国科学界泰斗阅读后，关于经过雅鲁藏布大峡谷“空中调水”的设想就此告了一个段落。

水汽输送形成的海洋性冰川

1982年，张文敬作为中国登山科学考察队冰川组负责人，参加了由中国著名地理学家杨逸畴教授任执行队长的南迦巴瓦峰登山科学考察,发现雅鲁藏布江大拐弯入口处附近的则隆弄巴(小河),发育着一条被村民称为“会跑”的跃动冰川。他当即意识到,这是国内首次发现的一条具有跃动形迹的超长运动冰川,将其取名为则隆弄冰川。

张文敬能得出这样的结论,与他从事多年的冰川考察不无相关。张文敬1970年毕业于兰州大学地理系,早在1975年,他就跟随青藏高原冰川考察队,历时4个多月,行程一万公里,考察了枪勇冰川、若果冰川以及西藏最大冰川——卡青冰川。这以后,他曾多次入藏,又去了珠穆朗玛绒布冰川、长江之源格拉丹冬雪山和西昆仑山,如今已是中国科学院成都山地灾害与环境研究所教授、贡嘎山生态观测站站长。

在成都山地灾害与环境研究所里,我见到了张文敬教授。谈起我国冰川上首条跃动冰川的发现,他依旧历历在目。1982年,他们从派村沿江而下,离开格嘎村深入到大拐弯处,第一站便来到一个叫直白曲登的小村,两村之间隔着一条则隆弄的小河。他们行走在沟口巨石累累的泥石流扇形地上,沿沟上望,可以看到三角形的南迦巴瓦峰在云雾中时隐时现。由南迦巴瓦峰西坡挂下的一条冰川,沿沟直冲而来,从沟口往上不远的地方,冰川的末端像一堵城墙堵在谷底,其海拔高度只有2950米,表明这是条海洋性冰川。

张文敬看到,则隆弄冰川穿过针阔混交林带,一直到雅鲁藏布江边,简直是自然界难得的奇观了。冰川末端冰体中夹杂着不少杂质而呈乳灰色,内部裂隙纵横,其中以一组水平的弧形裂隙最发育,交叉着呈放射状的纵向裂隙。沿着裂隙崩落下不少巨大的冰块,沿着冰面又有不少泥沙和砾石崩塌滑落下来,说明冰川处于强烈的消融状态。冰体底部有一间房屋大小的冰洞,犹如窑洞一般,一股浑浊的水流从冰洞中涌出;末端冰体表部有近一米厚的泥沙砾石覆盖。

为了看清这条冰川的全貌,张文敬从冰舌的谷缘攀登上去,看到谷缘基岩上有平行的众多新鲜的冰川擦痕,证明了冰川依然在运动。他们足足爬了近100米,才到达顶部,表示了冰川末端冰体的大致厚度。从冰川末端表部往上游看,似乎看不到一点冰体的痕迹,原来冰川表部都覆盖着累累棱角鲜明的巨大砾石,这层厚厚的冰川表碛,保护了冰川的存在。他们还能看到众多巨大的冰裂隙,尤其是那横向的张裂隙,把冰面切割成巨大的裂口和陡阶。

张文敬在走访村民时发现,则隆弄冰川长约10公里,冰川消融区平均宽度150米。正是这条冰川,在短短18年里,曾先后发生过两次大的跃动。第一次发生在1950年藏历七月初二傍晚，冰川末端在几小时之内，从海拔3500米的高度降至2800米处雅鲁藏布江河谷，水平位移量达3.5公里。跃动冰体在主谷中形成一道高100多米的冰坝，使雅鲁藏布江水断流一个整夜。

南迦巴瓦峰冰川（花雕 摄）

当地村民们还告诉张文敬，1950年，这里发生过一场大地震。地震发生时，江边的房子被高高地弹起，然后又落到江里。山峰的斜坡上，则隆弄冰川整个崩裂成六段，一路向下跃动，一段巨大的冰川跃过了一个叫直白的小村子，竟将这个百十人的村庄夷为平地，全村仅活下了一个当时正在地洞里干活的叫直木错的妇女。最后一段冰川跳到江里，形成一道冰坝，硬是把雅鲁藏布江水堵塞断流，后来江水一下冲开冰坝，使下游平原地方暴发洪水。

在当地村民看来，则隆弄冰川“会跑”。1968年藏历七月的一天下午，则隆弄沟附近格嘎村的社员们正在抢收荞麦。那天，雅鲁藏布江大拐弯上空万里无云，突然，平时喧嚣不已的江水变得十分安静，好像凝固了似的。原来，则隆弄冰川再次快速前进，在主谷中形成了一百多米高的冰坝，江水也被断流，直到第二天早上才冲开。因为受地形条件的影响，冰川跃动时各部分应力释放不尽相同，跃动后的则隆弄冰川已被分成若干段，好像被斩断的死蛇一般，静卧在则隆弄沟谷之中。因跃动后的冰体下伸位置比较低，当张文敬来到这里时，看到冰川表碛上已生长了密集的树丛，要是单从表面看，怎么也不会把它们看作是在负温条件下才能生成的现代冰川。

张文敬教授通过查阅资料得知，在世界许多冰川作用区，都有跃动冰川的踪迹，但跃动冰川所占比例很少。上世纪七十年代，我国通过对卫星照片的判读，发现发源于世界第二高峰乔戈里峰东南坡的克勒青河上游，七十年代末期突然出现了一个堰塞湖，在历史上，这里还出现过类似情况。专家们推测，这可能是附近支谷上源现代冰川发生的跃动所致。

张文敬通过多年冰川考察发现，中国目前仅发现了两条跃动冰川，均分布发育在雅鲁藏布大峡谷地区。一条是则隆弄冰川，一条则是发育在帕隆藏布江流域的米堆冰川，在1988年发生过一次超长运动，诱发冰债湖洪水和泥石流，吞没了沿途的森林和耕地，洪水冲进帕隆藏布江，暴涨的洪水将近30公里的川藏公路段冲毁，造成当地交通运输中断，竟达半年之久。

“所谓跃动冰川，就是指在几小时、几天或者几个星期内突然快速前进几米、几十米甚至几公里的冰川。冰川跃动时，可以在很短时间内，将沿途的森林、道路和村庄冲毁，给人类生命、财产和经济建设带来意想不到的损失。”不过，在张文敬教授看来，“这类冰川跃动的周期具有一定的规律性，可能是跃动期间冰的总位移与平静期的净平衡率的复杂函数，可目前，对诱发冰川跃动的因素仍然是个谜。我们相信，随着冰川研究工作的深入，冰川跃动的秘密定将被揭示开来。那时，这种令人生畏的自然灾害可以预报和避免。”

在1982年的考察中，张文敬发现在冰川上游段(3900米以上)有冰流雍高超覆的现象，而这恰恰是冰川跃动前普遍出现的征候，并提请当地政府和居民注意观察，他在当年发表的论文中估计下一个周期将在1986年前后到来。1989年，张文敬再次来到南迦巴瓦峰考察得知，则隆弄冰川在1984年春发生过块体的快速滑动。他还观察到，则隆弄冰川第六段末端已经由1968年的海拔2750米后退缩至2950米，后退距离约2公里。

张文敬教授说，跃动冰川的超长运动具有一定的时间周期性，研究它们的运动规律，可为大峡谷地区防灾提供科学依据。据国际目前仍盛行的冰川跃动周期理论，再就是1950年以来冰川超长运动的时间间隔，则隆弄冰川跃动周期约为20年左右。1998年10月，他再次进入谷地后发现，果不出他所料，这条跳动的冰川又动了，已完全恢复到1968年跃动前的空间位置，断裂冰体第四至六段已全部消失，而上游部分的三段冰川体很明显连为一体。时至今日，则隆弄冰川还有一部分残留下来，成为中国首例因地震诱发冰川跃动的证据。

一天中午，张文敬刚翻过南迦巴瓦峰下一处3040米的山口，来到一座大石壁旁，民工们停下来休息、烧水和做饭。就在这时，张文敬拉着大气物理学家高登义，指着对面的则隆弄冰川说："那是一条海洋性冰川，我刚才仔细远看了一下，这条海洋性冰川长约10公里，冰川伸向森林的末端约为海拔2800米，我是第一次在加拉白垒下看到海洋性冰川。"高登义忙问："你怎么确定是海洋性呢？"张文敬解释说："这儿的水汽均来源于雅鲁藏布大峡谷水汽输送。"

说到这儿，高登义心里明白，这仅是张文敬的推测。张文敬进一步解释说："因为雅鲁藏布大峡谷输送水汽的来源是印度洋，水汽中所含钠离子和氯离子浓度很大，这是海洋性冰川的重要特点。"谈到这条冰川的物质平衡状态，张文敬还说："这条冰川可能处于前进状态，因为看不到退缩的痕迹，至少处于平衡状态"，说着，张文敬笑了："这还不是你的水汽通道的功劳。"如今，张文敬回到成都后，用卫星资料进行比较性研究，证实了海洋性冰川的存在。

大峡谷入口可建超级水电站

1973年，青藏高原综合科学考察队抽调6名科学家、1名行政人员、1名摄像师组成雅鲁藏布江水力资源考察组，到雅鲁藏布江大拐弯地区进行科学探险考察，由水利专家何希吾率领，水资源学家关志华任组长，主要使命是利用短暂的开山季节，沿江深入雅鲁藏布大峡谷，测量并获得江水在大拐弯一带的水力资源各项数据。行前，地质学家刘东生和青藏高原综合科学考察队队长孙鸿烈根据雅鲁藏布江中上游异乎寻常处于平直走向，而下游则剧烈大拐弯的现象，提示小分队特别关注有关地质状况。

9月21日，考察组从米林县派镇出发，翻越多雄拉山进入墨脱县背崩，受到当地政府和驻军的热情接待和大力支持。当地驻军部队派出了5名解放军官兵负责考察组的安全保卫工作。当地政府先后调配了30多位门巴族、珞巴族和藏族青壮年民工，为考察队背行装、标本，当向导并做简单的生活翻译。

10月1日，当何希吾一行狼狈不堪地走到背崩对岸的马尼翁，这里驻扎着解放军的一个独立营，部队用自己种的绿色蔬菜款待考察队。稍做休整后，他们由侦察兵带路，沿雅鲁藏布大峡谷南岸向边境方向考察，经地东村到达我方控制区最南边的村子希让村。希让村离雅鲁藏布江江面只有200多米，下到江边的路旁长着芭蕉树、竹林，一阵暴雨过后，树叶上挂满了晶亮的水珠子，地上铺着厚厚的枯叶，坡很陡，根本没法走，大家干脆坐在地上一路滑下去，最终在村里住了下来。

离开希让村，考察队溯江而上，往北走。地质考察要同时在江两岸进行，对比河流两边的发育和地质构造状况，这边是什么岩石，那边的石头又是什么样的，能不能对得拢来，常常要两边跑。江上很少有桥，过江最常用的交通工具就是溜索。对科考队员来说，不冒着生命危险攀溜索，就意味着要放弃许多重要的考察，得不到宝贵的第一手资料。而过溜索，可以说让他们一辈子难忘。

架溜索桥时，老乡们先用箭将细绳射到对岸，然后用细绳引导粗绳再将藤索或钢索拖到对岸，固定在大树或石头上。溜索垂在江心形成弯弯的弧形，靠着惯性，人溜到江心后，另一半路程就要靠自己用手一点点攀过去，通常这样过一次江，考察队就得用一天时间。过溜索惊心动魄。他们每当回忆起在雅鲁藏布大峡谷度过的日子，最先浮现在眼前的总是那斜垂在险陡绝壁之间随风晃动的溜索桥。

过溜索桥时，需钻入藤圈中，将身体的重量放在腰背下的藤圈上，然后借助手脚之力一点点地挪向对岸。有时不用藤圈，而是用一块架在钢索上的树杈，杈上抹上酥油，弯木两端有缺刻，过索桥时，人将绳子从腰背下穿过，两头套在木头缺刻上，用绳套托着身体过桥。先从高处向低处滑，身下是奔腾咆哮的江水，人的生命就系于这一索、一木、一绳、一藤上。强劲的江风，吹得人在空中悠来晃去，每个第一次过江的人，内心都充满了极度的恐惧。

考察组考察希让村后，再从这里沿江而上，经地东、背崩、墨脱、德兴、达木、旁辛、加热莎、甘登、八玉、扎曲，然后从帕隆藏布江与雅鲁藏布江的汇合处沿帕隆藏布江而上，经帕隆村到达川藏公路的通麦，历时53天，用双脚完成了对雅鲁藏布江大峡谷稀让——墨脱——甘代沿江的首次徒步科学探险考察，取得了有关水利资源、地震、地质和地理地貌等大量第一手珍贵科学资料，填补了我国科学研究的空白，揭开了雅鲁藏布江大峡谷蕴藏的科学奥秘和它的真面目，撩开了它神奇壮丽的面纱。

1974年9月，又是青藏高原综合科学考察队大部队野外考察收队回北京之时，除何希吾未能参加外，还是原班人马再次进入大峡谷腹地，对一年前未能进行的雅鲁藏布大峡谷派镇——扎曲江段进行科学探险考察。他们从派区出发，基本沿本世纪20年代英国人沃德曾走过的路线，经大渡卡、格嘎、加拉、白马狗熊到扎曲，沿江而下进行考察。当关志华一行进入米林县派镇时，雅鲁藏布江开阔的江面在派镇格嘎村附近骤然狭窄，从容流淌的江水也在刹那间奔腾咆哮，发出震耳欲聋的轰鸣声。森林渐渐密蔽，每当山风吹过，森林不再宁静。林涛、江涛彼此唱和，这一大自然的恢宏交响声声入耳，白天伴着、夜里枕着，追随着小分队大峡谷考察全程。

沿江考察没有道路，许多地方连人烟也不见了，全靠当地藏族民工逢山开道，遇水架桥。丛林挡住了去路，他们用大砍刀劈荆斩棘开道；悬崖挡住去路，绕道上山吊一条绳索下来，人们攀援而上开道；遭遇支沟急流，临时砍一棵大树搭向两端就是桥了。考察组艰难前进的同时，地质学家观察地质剖面，地貌学家不时在地形图上画上几笔，搞水文的则在江边架起经纬仪测量河谷断面，或向水面施放气球，测量流速。在他们看来，每一个线条，每一笔数据，都是对于这个科学空白地区的首次填写。

当考察组走到白马狗熊时，当时正值雨季支流发洪水，未能完成白马狗熊至扎曲江段的考察，全部考察队员只好沿原路返回派区而告结束。我国科学家初访雅鲁藏布大峡谷，两番相向进行，可依旧未能实现白马狗熊至甘代之间90公里雅鲁藏布江段的沿江考察。大家不免叹息一番，无奈地踏上归程，这为以后雅鲁藏布大峡谷核心段考察埋下伏笔。尽管如此，两次对大峡谷的初步考察，使科学家对其总体面貌有了一个大致了解，对于大峡谷科学资源之丰富有了初步的掌握。考察组通过实地测量，雅鲁藏布大峡谷河段的水力资源数字浮出水面：测量计算出河水平均流量达4425立方米/秒，远高于美国科罗拉多大峡谷河流的67立方米/秒；最高流速可达16米/秒，其水力资源单位长度的蕴藏量为世界同类大河之最。

雅鲁藏布大峡谷考察结束的几年中，水资源学家关志华继续溯江而上，考察了雅鲁藏布江的中游和上游，直抵源头杰马央宗冰川流下第一泓水的地方。经过对雅鲁藏布江全程2057千米的考察，原属空白的各项数据被逐一填满，于是人们便知道了雅鲁藏布江在我国河流中的地位：它的多年平均径流量为1395亿立方米，占我国河川径流量的1/20，仅次于长江、珠江，在我国河流中居第三位；天然水能蕴藏量为1.14亿千瓦，其中干流0.79亿千瓦，相当于全国河流水能蕴藏量的1/7，仅次于长江，在我国河流中居第二位；而它的单位河长、单位面积的水能蕴藏量极大地超过长江，居全国河流中的首位。然而，雅鲁藏布江水力资源的2/3，却集中在雅鲁藏布大峡谷江段。

雅鲁藏布大峡谷“U”型大拐弯是雅鲁藏布江上最壮观的景点，雅鲁藏布江陡然拐弯，形成巨大的马蹄形，被誉为世界河流的奇观。上世纪50年代，有的科学家依据雅鲁藏布大峡谷奇特的“U”型大拐弯，在米林县派镇至墨脱县背崩乡之间，两者相距数十公里，落差却高达两千余米，蕴藏着巨大的水能，也许可以建一个让世界震惊的江河水电站。就在我国首批科学家考察雅鲁藏布大峡谷的第5年(1978年)，美国、日本等发达国家财富首脑在东京开会，商讨能否在世界上建设数个大型公共工程，其中提到了雅鲁藏布江大拐弯地区建设世界上最大水电站，称为“喜马拉雅大电站”，解决东南亚电荒问题。

雅鲁藏布江大拐弯(花雕 摄)

水资源专家关志华沿着这样的思路，同水利水电专家何希吾、陈传友等进行多年论证，提出了在雅鲁藏布江大拐弯建立世界超级大电站的宏伟构想：在大峡谷地区以最短距离(40千米)、最高落差(2500米)，建一座世界最大水利枢纽(超过三峡两倍)，以便从根本上解决青藏高原能源短缺的现状。“雅鲁藏布江大拐弯地区，可建设理论装机总量不低于3800万千瓦的水电站，这相当于两个三峡水电站。1973年科考时我们有过估计，但还是没有想到会有这么大的水能。”关志华事后回忆说，“连内行人听了都很吃惊，但是雅鲁藏布江有很多冰川，而且汇入河很多，随着海拔提高，河谷里的降水量很惊人。”

1988年，陈传友就曾在《光明日报》上发表文章《西藏可否建世界上最大的水电站》。陈传友在方案中提出：在雅鲁藏布江干流上修建水库，抬高水位，然后打一条16公里长的隧洞引水至支流多雄河，落差达到2300多米，可以开发3级电站。为了安全和保护生态环境，水电站可以建入地下。这篇文章发表后，陈传友听到一些异议："电站太大了，我们在内地都做不完，还去那个地方？"14年后，陈传友又在《工程科学》上发表文章，探讨在雅鲁藏布江大拐弯建设水电站对东南亚供电的积极影响，提出如果存在资金困难，可以向国内外集资，发电也可输往东南亚地区。然而，这是一个很超前的工作，目前仍没有详细的方案。曾参与考察的水电专家何希吾得知后说："国家应该每年拿一部分钱出来，细水长流做科研工作，那里有3800万千瓦的发电量，地质条件复杂，施工困难，可不是闹着玩的。"

正如何希吾所担忧的那样，雅鲁藏布大峡谷地区生态环境相当脆弱，考验着超级水电站的建设。为了评估1950年特大地震对地面的破坏程度，对于未来大峡谷巨大水能资源开发可能带来的影响、开发方式的选择，以及防震措施的制定。杨逸畴、章铭陶等科学家还发现，这些崩塌的倒石堆和泥石流，将源源不断地向雅鲁藏布江干支流倾泻大量泥砂、岩屑和巨砾，形成大峡谷异乎寻常的固体径流的温床，它极有可能阻塞水道，填满库容，掩埋水工建筑和电力设施，将严重制约以筑堤坝方式对大峡谷水能资源的开发。

关志华如今已是我国知名的水资源专家，也提出了自己的看法。在雅鲁藏布大峡谷，首要的是要保护好森林。森林不仅有利于涵养水分、减少洪峰、增大枯水流量，而且还有减少水土流失、降低河流的泥沙量的作用。认为在做好充分科学论证的前提下，在新技术、新材料、新设备、新工艺的支撑下，可开发雅鲁藏布江干流上的水电富矿，兴建装机容量大于3800万千瓦的超巨型墨脱水电站。有关这个超级水电站，新的大坝位置、引水方式、厂址等提出了新的建议。

2010年11月12日，藏木水电站正式宣告截流成功，揭开了雅鲁藏布江流域水电开发的神秘面纱，标志着西藏河流开始进入大水电时代。人们有理由相信，到2020年前后，我国规划的除西藏外的大部分水电工程将开发完毕，重点将逐渐向西藏的金沙江、澜沧江、怒江上游和雅鲁藏布江流域转移。曾参与雅鲁藏布江考察，到过大峡谷入口处的中国著名水利专家陈传友说："这是一项长远规划，这个问题迟早要提起的。"

离墨脱再次强震还有多远？

2015年4月25日14时11分，尼泊尔发生了7.8级（中国地震台宣布数据为8.1级）大地震，震中位于加德满都西北约80公里，距离尼泊尔第二大城市、著名的旅游胜地波克拉较近，震源深度15公里，地震释放的能量比汶川大地震稍大，加德满都谷地近90%的建筑物已经在地震中被毁。首都加德满都受灾很重，老旧建筑严重倒塌，大批民众露宿街头。这次地震不仅影响到尼泊尔，而且波及印度北部、巴基斯坦、孟加拉国、不丹和中国西藏部分区域。这是继尼泊尔1934年1月15日那场8级大地震后，遭受的最强烈的地震。

就在尼泊尔大地震的当天，一篇署名为嵇少丞的文章《恐惧的那一天终于来临：尼泊尔大地震》，再次引起世人的注意。早在2009年，科学出版社出版了嵇少丞的图书《地震与中国大陆形影相随》，谈到尼泊尔将发生大地震。而在以前撰写的科教片《大陆苦旅：地质与生命的内在联系》中反复强调，尼泊尔将存在发生巨大地震的危险性，因为那里的逆断层已经超期服役很久了。

嵇少丞何以作出如此预测？嵇少丞出生于江苏盐城，1977年毕业于南京大学，1982考进中国科学院研究生院，1983年赴法国留学，1987年获得博士学位，曾获法国科技部最佳博士论文奖和德国洪堡研究奖等科技奖励。自1991年起，他在加拿大蒙特利尔大学任教，致力于地球材料流变学、显微构造、变形机理和岩石物性等方面的教学和研究，在国际上运用和发展现代构造地质学和地球物理学的理论和方法、探索地壳和岩石圈构造变形的动力学过程等研究领域享有学术声誉。

“现在，恐惧的那一天终于来临。今天在尼泊尔发生了主震7.8级的毁灭性地震，震源深度约15公里，对应当地岩石脆性—韧性转变的深度。美国地质调查局计算得出的震源机制解表示原因为低角度逆冲断层推覆方向由北到南，当地东西向山脉一下子长高了几米，这次大地震发生在主边界断裂带。”当嵇少丞写下这段话时，还是意犹未尽地写道，“大地震果然来了，但是尼泊尔的居民似乎还没有做好迎战的准备，即使首都加德满都的房子抗震能力也不高，何况地震震中的那些山区，山高坡陡，势必造成大量滑坡塌方，估计死亡人数会不少。”

“无论是尼泊尔地震，还是汶川地震、玉树地震（2009年），都是印度板块和欧亚板块碰撞挤压的结果。两大板块的主中央断裂，高喜马拉雅地体推到低喜马拉雅地体之上，导致高低喜马拉雅地体的边界断裂。”嵇少丞教授进一步说，“印度板块每年以大约5.1厘米的速度向北下插到欧亚板块之下，尼泊尔东部1934年1月15里发生过大地震，而这次地震断裂就发生在上次的西边。这次地震后，需要防范是中国的墨脱地区，即喜马拉雅山脉的东角。”

嵇少丞教授何以认为下一个目标却是防范墨脱地区，靠什么得出这样的结论？在随后的日子里，嵇少丞教授在分析尼泊尔大地震成因的构造时认为，印度板块和欧亚板块相碰于约4500万年前，这两个板块最早在雅鲁藏布江一线（缝合线）接触发生碰撞之后，流变学强度较小的亚洲大陆挤压缩短了近两千公里，形成了青藏高原厚度近乎是正常大陆地壳的两倍，而位于雅鲁藏布江缝合线之南的印度大陆北缘却被挤压、改造、抬升、形成一条巨大的近东西向延伸的喜马拉雅山脉——世界屋脊。

在嵇少丞教授看来，现在主要的大地震都是由主边界逆冲断裂与主前线逆冲断裂活动造成的。就拿1950年8月15日墨脱县8.6级大地震来说，震源深度30千米。墨脱地震，震中烈度12度，强烈地震在顷刻间造成庙宇、官署、村庄毁灭，大地开裂，雪峰崩塌，巨型山石滚滚而下，堰塞江河，山体面貌全非，森林毁没。山间公路两旁连日飞尘蔽日，经旬不散。雅鲁藏布江溃决，水势暴涨。印度布拉马普特河洪水为患，冲毁堰渠，切断道路，损坏桥梁。西藏自治区死亡3300多人，印度死亡1500多人。

印度板块和欧亚板块碰撞挤压，到底给上世纪50年代墨脱8.6级大地震带来什么影响？60年后，雅鲁藏布大峡谷入口附近的直白村人口又恢复到100多人。1950年8月15日晚，8.6级的墨脱地震在人们的睡梦中猝然来临时，距离震中心一百多公里的西藏林芝地区派镇直白村，顷刻间被南迦巴瓦雪山崩塌的冰川与泥石流所淹没，全村约100人，只有一人侥幸被救生还。直白村早已在原址不远处重建，从附近村落迁徙过来的人们在这里繁衍后代。

“2009年有个嫁出去的妇女，因为丈夫死了，就带着孩子回到了直白村，使这里的人数超过了100人。直白村人认为，村里超过100人就会地震。”林芝地区地震局局长韩飞说，恐慌不仅发生在直白村，2009年发生玉树地震，今年尼泊尔大地震，使林芝相当范围内都风传墨脱大地震将会再来。南迦巴瓦雪山早在五年前就被《中国国家地理》杂志评为中国最美的山峰，而雪山下，因墨脱地震所形成的特殊灾害链地貌，像伤疤一直保存到了今天。

1974年，中国科学院地理所研究员杨逸畴一行，他们从直白村沿雅鲁藏布江而下走到白马狗熊附近，始终也没见到英国人贝利笔下的彩色瀑布。但年岁大的民工都说，早年这里确有两条大瀑布，就在白马狗熊的下方。民工们回忆说，瀑布周围有温泉，当地人在此修了座佛庙，常来此沐浴、拜佛，往下看是虹霞瀑布，向上能望见南迦巴瓦的雪峰，很是美丽宜人。但这都是1950年以前的事了，此后就再也没人能走进去。

民工回忆说，这里1950年发生过一场大地震。地震发生时，江边的房子被高高地弹起，然后又落到江里。山峰的斜坡上，足有十多公里长的则隆弄冰川，整个崩裂成六段，一路向下跃动，一段巨大的冰川跃过了一个叫直白的小村子，竟将这个百十人的村庄夷为平地，全村仅活下了一个当时正在地洞里干活的叫直木错的妇女。最后一段冰川跳到江里，形成一道冰坝，硬是把雅鲁藏布江水堵断，后来，江水一下冲开冰坝，使下游平原地方暴发洪水。

杨逸畴通过对直白村民的访问和实地遗迹的考察研究，最终得出结论：1950年8月15日发生的8.5级大地震，导致大峡谷中的村庄全部毁灭，地面陷落，谷地河床瀑布消失，整个山河面貌为之改变。发生这样的大地震并非偶然，它再次证明，适应于欧亚板块与印度板块碰撞造成的断层带而发育成的大峡谷，是年轻的喜马拉雅山强烈上升的中心，是地形构造转折最急剧、地应力最集中的地方之一。

2009年10月，西藏自治区地震局前往派镇诸多村落，搜集有关墨脱地震的信息，信息部主任曹华文参与采访了上述几位幸存村民。有位村民说："地震发生时，人有从凳子上跳起来的感觉，耳朵也震得难受，全村人都在哭喊。有的人家木房没有倒塌，听见外面雪崩的声音以为神在打架，一晚上不敢出来，第二天出来一看，整个村子都面目全非了。"

在他们去过的村落中，受损最大的就是直白村。直白村当时有一大片草坪，耕地平坦，种有很多核桃树，村里大概有100人，有两个地主比较富裕，其他村民均贫穷。附近格嘎村的阿牛(现年70岁)说，在地震来临后，直白村整个村子都被泥石流冲走了，19天后，有5个外村的人去挖东西，听到一个人的叫声，就吓跑了。后来有个僧人把他们喊过来，挖出一个女子。这个叫卓玛青宗的女子，成为直白村唯一的存活者，一直到1980年去世。

尼泊尔大地震是否会给墨脱地区敲响警钟？中国地震台网中心研究员孙士鋐在接受媒体采访时分析，此次地震震中地区处于印度板块和欧亚板块的俯冲带，历史上这一地区的强震发生次数也较多。孙士鋐说："这一地区，包括印度北部、尼泊尔地区以及中国西藏地区，历史上都曾发生过强震。比如，1897年6月12日印度阿萨姆地区发生了8.7级地震，1950年8月15日，西藏墨脱发生了8.6级地震，就这一地区来说，尼泊尔地震并不是历史最强震，但其能量相当于汶川大地震的1.4倍，已经是特大型强震。"

"尼泊尔8.1级地震虽然成因复杂，但主要原因显而易见，该国位于全球著名的地震带—地中海—喜马拉雅地震带上。"四川省地震局研究员周荣军也认为，地震区域位于喜马拉雅俯冲带，印度板块与欧亚板块的边界区域。由于地壳运动，印度板块向欧亚板块的下方俯冲，而引起地震。这条地震带上，发生的8级以上地震并不少见。例如，1950年8月15日发生的墨脱地震，震中位于墨脱与日戛之间，地震的震级为8.6级。

尼泊尔大地震后，尼泊尔首都加德满都向南移动了3米，珠穆朗玛峰高度也降低了2.5厘米。中国地震局地震研究所联合中国地质大学迅速派出四个GPS野外观测小组，开始对震源区周边300公里范围内的2000个网点和控制点等开展了GPS应急观测。野外观测小组观测发现，大地震造成西藏日喀则市的吉隆镇、聂拉木县等地向南水平运动约60厘米。吉隆镇垂直形变不明显，聂拉木县垂直下降10厘米左右。

65年前的墨脱大地震，就是一次发生在人们眼皮底下的喜马拉雅地震带上强烈现代地壳构造运动。嵇少丞教授认为，随着印度板块继续向北运移，整个印支地块像一个抽屉一样一边往外抽，一边绕喜马拉雅东构造结作顺时针旋转，最终到了现在我们所见到的这个位置。由于在喜马拉雅东构造结处强烈变形，压扁伸长，印支地块和冈底斯地体被拉得越来越细，一旦拉断最终将形成大陆规模的布丁构造，导致新的大地震发生。

南迦巴瓦峰下新生的直白村，距离被泥石流和雪崩淹没的直白村，只有百米的距离。那一场灾难的幸存者已经所剩无多，但恐慌却传承了下来。在这个世界范围内，南迦巴瓦峰地区称得上非常活跃的地震带，墨脱地震所能给予的镜鉴，目前看来的确是太少了。

第三章　横穿西兴拉的凶险

1998年10月，雅鲁藏布大峡谷科考队首次横穿西兴拉，穿越雅鲁藏布大峡谷核心段，激起了一代代科学探险者的兴趣。随后，成都地质矿产所、西班牙探险队，都先后到达西兴拉山下进行科学考察。2007年4月，我国第一支民间组织花雕队连同6位当地背夫完整穿越雅鲁藏布大峡谷核心无人区，紧接着又有几支民间队穿越西兴拉。然而，当时间转到2012年4月29日，两名河南驴友和5名当地民工快到西兴拉第一道山顶时，不幸遭遇雪崩，两名背夫当场遇难，当地政府组织了百余人、历时12天、耗资数十万元的“绝地大营救”，为南迦巴瓦峰下西兴拉段的户外探险敲响了警钟。

地质博士激流遇险

1998年10月29日至12月3日，中国雅鲁藏布大峡谷科学探险考察队（雅考队）首次实现了徒步穿越250公里核心段的壮举。人们后来看到，这次探险难点是从派镇经白马狗熊，横穿西兴拉，探查藏布巴东瀑布，最后到达大拐弯顶端扎曲。这个重任落在了一分队，分队长李渤生教授曾多次到雅鲁藏布大峡谷考察，两名国际登山健将仁青平措、小齐米全程探路。

10月29日，一分队12名科学探险考察人员，还有近百名民工，从派镇顺江而下，进入白马狗熊后，横穿西兴拉，真正的艰险拉开序幕。杂草、密林、陡坡，连羚羊路都找不到，硬是由当地向导和两名国际登山健将用砍刀劈出了一条小径。走了一天，越走越难，连登山队的仁青平措也有点不知所措。只好令大家原地休息，等待他们前去探路。他们去了半天，没有任何消息。到下午，探路人还没回来，大家开始担心他们的安全。派人私下望了半天，他们还是毫无踪影。大家心里开始着急恐慌。天黑之后，照例烧火做饭，吃完饭，仁青平措终于回来了。他们倒是很冷静，说了一下前边的路况。大家早早地睡下。

第二天一大早就出发，沿着昨日所探的道路爬上去。到中午，人人大汗淋漓，想找个平地休息一下，喝点水都不可能。陡坡上，无处歇脚，亏得有树可抓，不然根本过不去。有几次，实在太陡，还得靠仁青平措拉绳子，将大家一个个拉上去，但没想到走到头发现死路一条。前边是一个很深的悬崖，根本下不去，他们的绳子都不够那么长，况且下去后是怎样的情况也不好猜测。没办法，原路返回，重新探路。

科学探险人员穿越激流（花雕 摄）

“天无绝人之路。”终于探到一条可以走通的路。第三天，他们走在山坡上回头一望，真是苦笑不得，3天前离开的白马狗熊就在眼前不远的地方。难怪当地人将这里称为神山，果真是奇幻难料。他们走了3天，就像孙猴子走在如来佛的掌心里一样，自以为过了十万八千里，可回头才发现没挪出几步。

大家已经累极了，走几分钟就一身大汗。身上的衣服湿透了，脸上的汗水往下滴。汗水流到眼里，蓄得好痛。眼镜被汗水弄得模糊不清，有的连摘下来擦的力气也没有，就那么模模糊糊跟着前边的人影往上爬。到一块稍平些的地方，大家停下喝水，许多队员顾不得一切，就瘫倒在潮湿的地上，昏睡过去，连摘下背包的力气也没有了。可休息一会儿，还得撑起来继续赶路。

西兴拉海拔3700米，一分队穿越路线上最高最艰险的山，大家都祈祷着下一个目标西兴拉的出现。当大家望见西兴拉山峰的时候，其实还离得很远，但大家觉得有了盼头，行进速度就加快了。这段行程，需要过很多小溪，可有些小溪比山外大河的流水量还大，流速非常急。在山外形容什么东西很近，就称“近在眼前”，在这里眼前的东西却离得很远很远，这种遥远超出了大家的估计，大家一时都有点感觉错乱。面对“近在眼前”的西兴拉山，队员们花了一天时间，才走到山脚下。

当队员们进入大峡谷后的第13天，最为可怕，他们将这一天称为“黑色的十三天”。中科院地质博士季建清在日记里这样写道：“今天是我们在大峡谷穿行的第13天，依照西方人的习惯，‘13’是一个不吉利的数字。早晨一起床，我就有预感，今天是一个艰难的日子。”

早晨6点30分，天刚蒙蒙亮，队伍便出发。让季建清没想到的是，痛苦的事情就接二连三地发生了。约半个小时在泥浆中的艰难攀登，他们被猎人称为嘎卓河的河流阻断了去路，这条河就像大峡谷地区所有的水流一样，切割很深，两岸都是陡峭的悬崖，河道坡降大，南迦巴瓦峰西侧雪山融水，还有一夜的雨水奔腾而下，气势逼人。大家好不容易找到一处可以下到河底的缓坡，将绳子系在山坡的大树上，颤颤悠悠地一个个吊到水边。

河边很难取到大树，搭桥的是几根细木杆，横在急流中，每个过桥的人都要湿鞋。季建清过桥时，不小心踩在小齐米受伤的脚趾上，小齐米滑倒后将正在桥中间的他也拉倒了，就在急流将他们冲走的一瞬间，幸好两名队员扑入水中将他们拉上岸，他们才没被激流冲得更远。

队员们攀上嘎卓河对岸后，钻入一片原始森林。12时35分，队伍突然失去了前进的选择，前面是几百米高的悬崖。仁青平措因保护队员落在后面，看到大家无路可走，便急着赶到分队前面去探路，他从一处较缓的部位向下跳，没想到意外发生了，竟然撞在了李渤生的身上，将对方撞下悬崖。李渤生在草丛中翻了三个半跟斗，才终于站了起来。

四处是绝壁，竟找不到一个能走的地方，李渤生掉下去的地方却正好是稍微平坦一点的位置，这一摔跤又意外地创造了考察队继续前行的机会。他们沿着李渤生掉下去的位置，走了一段不敢往下看的悬崖边，又遇到一个60多米高的陡壁，将两根70米的绳子接上，将77名队员和民工晃晃悠悠地吊到绝壁下，刚要继续行进，探路的民工回来告知，前面是几百米的绝壁，根本过不去，大家只好沮丧地沿路返回，当回到原来的位置时，已是下午3时20分。

天仍是下小雨，被蚂蟥叮咬的人越来越多，几乎每个人都被荨麻刺过。没有水，不可能做饭，压缩饼干早没有了，干渴、饥饿、极度的劳累和在绝壁间奔突无望的心理煎熬，还有对自己生命的难以把握的凄凉感，顿时折磨着所有队员和民工。在这期间，有两位民工在悬崖边失去重心，晃晃悠悠，差点掉下去，扎西掉到一棵树上才赢得了生命，道齐就在要掉下去时，纵身跳到灌木丛中，划伤了手脸。大家麻木地挣扎着走了大约3个半小时，天渐渐暗了下来，也登上了一个较缓的阶地，只有摸黑扎营。第二天，队员们无意发现，昨日的营地离前一日营地嘎卓谢戈尔多普布还不到一公里的距离，似乎就在脚底的悬崖下。

队员们继续向前走时，更可怕的事情发生了。一分队要过一条河，本来想搭两根木头，但是附近没有树，只砍到一棵树，若再加一棵就得上山去伐木。民工们都说用不着，搭好那根木头，一个个就能很顺利地过去。民工的脚，仿佛天生就是走这种独木桥的，背着东西，非常轻巧地小跑着就过去了。

为了科考队员的安全，仁青平措让人在河的两头拉起一条绳，不善过桥的人可以手扶绳子走得平稳些。开始要求一个一个地过，后来民工不管这一套，鱼贯而过。大部分人过去后，李渤生走上了独木桥，季建清见他过了大半，也跟着上了桥。他经常在野外考察，淌水过桥是常事，根本不在话下，没有扶绳便往前走。刚到独木桥中间，因为他走得太快，快赶上李渤生了。不知怎的，李渤生突然停住了脚步，一停就易失去平衡，只听哗啦一声，李渤生掉进了水里。此时，李渤生拉的那条绳子拽住了后面的过桥人，季建清还没想清怎么办，也掉入激流中。跟在季建清后边的李清波，也随之掉了下去。可李渤生、李清波离岸边不远，水流不急，水也不深，几下子就站了起来。

季建清掉下的地方，正是河流最深最急的地方，他还没反应过来，就被冲出了好远。季建清在刚被冲下去时，还死死抓着绳子努力挣扎着想站起来。可水实在太凉了，一下子从脖子灌进去，又把他冲走了。亏得后背一个大包垫住了，没让头直接撞在石头上。季建清这时也慌乱了，抓了好几次石头，可石头太滑没抓住。他已经被冲出好远了，正好撞在一个大石头上，他一下子抓住了石头的尖角。季建清又冷又累又紧张，全身都瘫了，腰以下泡在水里，上身本能地趴在石头上，没有一丝力气再动，只有狠命地抓住石头，直抓到手指都流血了。岸上扔出一根木头，他也无力去抓，就抓住石头一动不动。

这里水流落差很大，水流非常急。岸上的人喊成一片，民工加央丹增踩着水朝季建清扑上来。中国雅鲁藏布江河流队（雅漂队）跟在雅考队后面，雅漂队员有名叫赵发春的少尉军官看到后，毫不犹豫地跳到冰冷彻骨的小河中，一把拖住了季建清。就在此时，雅漂队两名队员在下游又筑起了两道防线。雅漂队的人员要来绳子，捆住季建清的腰，与民工加央丹增一起将他扶上了岸，避免了一场悲剧的发生。

季建清坠入河流的整个过程，被敏捷的中央电视台记者用摄像机记录了下来。梁文刚后来征求季建清的意见，将此事当新闻传回去在台里播出了。季建清怕家人看了担心，就借了卫星电话，把情况先告诉了家人。这感人的一幕，多次在中央电视台闪出特写画面，感动了亿万观众。季建清谈起此事仍感后怕，若当时再往下冲出几十米，就进入了雅鲁藏布江，那是绝不可能生还了。

后来，一分队继续往上爬，很快就上了雪线。这里很少有树，稀稀落落的高山草甸也被斑驳的积雪覆盖了，冷风吹着，大家都已经身着羽绒服，大口哈着热气，一步一步缓慢地向上爬去，昨天最多是秋天的感觉，今天一下子是冬天的景象了。下午，他们终于上到了山顶。这时，天气非常晴朗，蓝色的天空仿佛是孩子画画用的那种鲜艳的水彩涂出来的，这种蓝色，看惯了城市里的蓝色的人会觉得不是正常的、可怕的。他们往下看，四下全是起伏的山峦，青绿的世界，浮着些白云，让人分不清方向。

下山的路更加陡峭，一直走到天黑，一分队还没有找到一块稍稍平缓点的地方来扎营。全是陡坡，再摸黑往下走就很危险了。实在没有办法，又勉强往前摸了一段路，陡峭的程度丝毫不减。李渤生和仁青平措商量后决定，当晚不能搭帐篷了，就把大塑料布支起来，搞成一个两面透风的“洞”，大家和衣躺在“洞”里。为了防止冷风，把所有的大行李包垒成一堵墙，挡在“洞”口。第二天出了“洞”口，大家向下一望，不由得倒吸了一口冷气。这山坡非常陡，而且没有树，只有些杜鹃丛给人一点心理上的拦挡作用。如果昨夜谁稍有不慎摔下去，恐怕一下子就滚到万米之下的深洞里了。多亏天黑看不清，若没有绝对的疲劳，这样的环境恐惧是没几个人能睡得着的。

大家都有些后怕，匆匆收拾了东西，大部分行李都是打好的，背起来就走。这天早饭也没吃，立刻下山。没过多久，有人突然发现了雅鲁藏布江上腾起的水雾，仔细一听，还有隆隆的轰鸣，这正是大家要寻找的河床瀑布。大家一下来了精神，都像打了一针强心剂，在陡坡上匆匆朝水汽腾起的方向爬去。越往前爬，树渐渐多起来了。中午，他们走进了一片高大浓密的森林里。

仁青平措与猎人以最快速度到前边探路，大部队随后跟着前去。可是不久，探路的人回来了，带回的是不好的消息。前边不远处就是绝壁，绝壁下面就是雅鲁藏布江，大瀑布就在这里，但根本下不去。大家都想走过去，哪怕看一眼大瀑布的影子，可绝壁太深，连河道也看不见。无奈，只能按照向导的指示绕道而行。可这一绕，也许就是好几天。

经过两天的艰难爬涉，科考队员们过一条窄缝，又找到了羚羊路。顺着这条路，来到一个非常狭窄的过道。这里没有茂盛的树林了，可以看清四周都是矗立的崖壁，连树都很少，绝无攀登的可能。只有这一条崖壁上的小径可以爬过去。爬了好长时间，慢慢变宽起来。再下一段陡坡，就快到江边了。这时，他们发现了羚羊的粪便，还有其它零星的大块粪便，据猎人说是雪豹留下的。这些粪便遗留时间不长，说明它们前不久还在这里。猎人告诉说，这是羚羊来江边饮水的地方，这一带全是悬崖，就一条小道可以下到江边，被羚羊发现了，便经常来饮水，雪豹也发现了这个秘密，所以就在这儿堵住路口捕杀羚羊。

科考队员下到江边，江水在这里猛拐弯，形成一片沙滩。最怕人的是，一条羚羊后腿骨，被雪豹啃光之后弃于滩上。大家举头上望，真是坐井观天，江水在这里猛拐一下，形成了峭壁环抱江水之势。江对面又是一面如镜子般的岩壁，直上直下，岩上没有一棵树，四面的悬崖都有数百米之高，他们能见的天空只是一个四方小块。他们所见到的瀑布，都是在拐弯的地方形成。瀑布冲下来立刻拐弯。结果出乎意料，这里的河床瀑布很大，每秒10多米的江流，冲下30米高的瀑布，再突然拐弯，经四壁的回荡，声响可想而知。

科考队回去的路，还是按照来时的路线走。只有一次，带路的人将大家带到了一个大蜂窝边上，前边的民工突然高叫了起来，四散趴下。这时，成群的蜂冲了过来，嗡嗡嗡地盘旋在头顶，大家一动不动。好久，相信蜂群早已散去，大家才小心地回撤，另找出路。所幸没有人被蛰，据说这里的毒蜂几只就可以将人蛰死。若不是走在前边的民工有经验，快速躲藏起来，那个大如竹筐的蜂窝里，成千上万的蜂蛰死他们几个人，将是小菜一碟。

科考队成员回到小营地，大本营的粮食已送到，可因为经费不够，不能再向前沿江找别的大瀑布了。他们下山后，踏上了一条通往扎曲的小路。人人都打起了精神，善于长跑的梁文刚摆开双臂大步狂奔，疲惫已极的李清波突然精神焕发，一路小跑一路吼叫；老成持重的仁青平措也起哄大叫着赶上去，青年民工加央丹增更是猛虎下山一般往前扑去。大家积压在心头的郁闷、寂寞、辛酸全被这条突然显现在眼前的小路所唤起的狂热情绪所代替，没有任何方式比这样狂奔狂叫更足以表达心中的激情了。

“冲啊！”“冲啊，往扎曲冲啊!”“哇里哇啦!”……这样的直线距离，大家若是平时翻山越岭，最少也得好几天才能到达。几个小时之后，仁青平措要大家休息一下,喝点水吃点东西。这时,天已黄昏,大家都不愿停下休息,继续往前跑,直到天色已黑,到了扎曲对岸。大家就隔江相望,安营扎寨。有人支起了水准仪,望着扎曲的人吃晚饭的情景,大家开心极了。

接头信号听枪声看火光

2001年5月3日,成都地质矿产所队员们经过几天的跋涉,来到边巴拉山下。大家都气喘吁吁地爬上山口向前方眺望,巍峨的西兴拉雪山横亘在面前,山上白茫茫一片,令人望而生畏。当地向导西拉走到该所带队的耿全如身旁说:“西兴拉山上的雪太大了,大家都说翻不过去。再等两个月,雪化一些,就可以过去了。是不是先返回去? ……”

耿全如一听便火了:“这次就是拼上命也要翻过去!”西拉劝说道:“我曾经带一支西班牙探险队登上过西兴拉,那是夏天,雪还没腰深。现在山上的积雪,至少有一人深,人要是陷下去就得被埋没。再说,山上白茫茫一片,无法辨认方向,一旦迷路,就会被冻死在山上的。还是等到夏天再翻吧!”

耿全如头一年走到这里,已经返回去一次了,这次不能再半途而废。他想西兴拉雪山那边有个甘代乡,那里的猎人经常翻越西兴拉,他跟乡长高峰认识,就让高峰派两个猎人来接应他们。所领导接到求援电话后,以为4名队员、12名背工困在了西兴拉雪山,感到问题的严重性,立即向西藏自治区政府发了专报。

第二天9点,西藏自治区政府已电告墨脱县政府组织营救。第三天上午10点,墨脱县派出的营救人员已经出发,接应地点在结马登。接头信号是白天听枪声,晚上看火光。耿全如将情况通告大家,于是继续向西兴拉挺进,工作同时在有条不紊地进行,对露头、滑坡、冰川发育的地方及植物生态点都做了详细的记录。

耿生如带领大家又走了三天,按着约定的时间赶到了结马登。可是这里一片寂静,既没有见到接应的人,也没有听到枪声。夜幕降临了,森林里万籁俱寂,大家四处环视、齐声呼喊,无人应答也没发现一丝火光。队员们燃起一堆篝火,依然没有回应,耿全如的心一下子就凉了半截。晚上躺在帐篷里,四名队员谁也睡不着,都为目前的处境忧心忡忡。

耿全如带着大家又走了一天,山势陡立,连个搭帐篷的平地都找不到,大家只好挤在一块巨石下面过了一夜。耿全如睡不着觉、吃不下饭,只是喝水,嘴上的旧泡结痂了，新的水泡又鼓了出来。背工们忧心忡忡，睡觉前就连拉加也开始跟着大家一起诵经祈祷。西拉将一块石片放到燃烧的松枝上，从藏袍里掏出一包藏药放到石片上烫，发出一股清香。

天刚蒙蒙亮，耿全如就把队员和背工喊起，准备突击登顶。出发前背工们开始集体诵经。西拉手里托着活佛给的青稞纸包，让每个队员一定要吃一粒，菩萨会保佑登顶平安无事。清晨5点整，耿全如率队向西兴拉山顶爬去。经过7个多小时的攀登，到了中午耿全如等人终于爬上了西兴拉山顶。

科学探险员过独木桥(花雕 摄)

山上白茫茫一片，完全是一个冰雪世界。举目眺望远方，四周都是一片苍莽的绿色，西兴拉雪山像一座白色的孤岛被无边的绿海包围着。山下的雅江像一条白色飘带消失在原始森林之中。山上寒风刺骨，天空乌云密布，分辨不出东西南北，仿佛走进了另一个世界。最善于觅路的西拉，也摇头叹息。背工们脸上都现出绝望的情绪，都慌忙双手合十祷告，西拉虔诚地跪在雪地上，将纸包中的青稞全部洒向空中。平时最镇定的欧春生也显得六神无主了。

西拉忽然狂呼起来："你们看那儿!烟!烟!"在远处的林海里升起一缕青烟。背工们高兴地跳了起来，仿佛见到了救星，众人议论纷纷："肯定是接应我们的人点的篝火!”队员们将地形图铺在雪地上,用罗盘和GPS卫星定位系统对着青烟方向测定,正是图上标明的果登林方向。于是,大家急忙背起东西朝着冒烟的方向,坐在雪地上向坡下滑去。走在前边的西拉又突然喊起来:“我们路对了,树上有刀砍的印子,可能是猎人砍的!”

队员们边走边观察,当来到悬崖前时,队员们都停下欢呼起来,走在前面的背工停下脚步,不解地望着四位狂喜的队员。原来,他们在这里找到了梦想,发现了前人从未发现的约半公里宽的结合带,这一重大发现厘定了雅江结合带北部的准确位置。队员们忘却了一路的艰辛与劳苦,放下背包开始记录、描索、取砰。背工们见状也纷纷跑过来帮助队员采样、背样。

这时,峡谷里又走出来5个背筐的人。被困多日的耿全如等16人终于和前来营救的人们会合了。当问起为什么现在才来时,一名带队的副乡长解释说:“我们甘代乡的电台坏了,县里先通知加热萨乡,他们派人走了一天一夜才通知到我们。说有16名专家被困,粮食吃完了。我们又现搞来200斤大米、20斤青油、2条香烟,还有盐巴。东西太重,走得很慢。”

一个月来,他们在经历了无数艰难险阻和经受了疾病、蚂蟥、蚊虫乃至生死考验之后,发现了雅鲁藏布江主干道上两个从未发现的大瀑布,在南迦巴瓦群内分出若干个填图单元,确定了结合带北部的边界,发现了新石器时代的石斧及古人类活动的遗迹。

队员们后来与民工挥手告别,大家思绪万千。耿全如不由得想起了一首朝圣者的歌:“积雪的大地是我用身体量过来的,游走的云彩是我用手指数过来的,陡峭的山崖是我像爬梯子一样攀上去的,黄了又绿的草原我像读经书一样掀过了的,啊,雅鲁藏布大峡谷哟,我像拥抱亲人一样,一寸一寸亲吻过的。”

国内民间组织首次成功穿越

2007年,“花雕”民间队成功进入西兴拉山下,看到了天下最美的风景。“花雕”、hichos等8人完成了中国历史上首次民间自费形式的穿越,创造了迄今为止总人数最少的成功穿越大峡谷的历史;穿越过程中第一次在最急70度的雪坡上横切西兴拉;第一次从瀑布下方的岩石上拍摄到藏布巴东2号瀑布。透过“花雕”的描述,让我们深知其间艰难。

“花雕”到达佛教圣地白马狗熊后,在这离江边300米左右高出的平台上驻扎下来，环绕四周都是雪山，就像莲花宝座一样，集天地灵气于一处。这里原有的庙宇已坍塌成一片废墟，只剩下一些断垣残壁，周围杂草丛生。“花雕”听西饶说，这里曾经住过一位大师。2003年，他带着两个学生到白马狗熊来修行，建了3个小棚子，一直居住到2006年初，因为受不了探峡谷外来人的打扰，于是搬到江对面加拉白垒上某个地方继续修行去了。

西兴拉雪山共有9个雪坡，坡度一般都在50多度，最陡的有60多度。要去巴玉，必须横切西兴拉。没有冰爪，也没有冰镐，只有登山杖。在离营地500多米横穿最后一个雪坡时，“花雕”和hichos落在了后面。已经走了9个小时，他俩体力几乎都透支了。“花雕”一脚没踩好人马上滑坠下去，由于很陡，速度太快，用手杖也撑不住。

雅鲁藏布江上的藏布巴东瀑布（花雕 摄）

恍惚中，“花雕”竭尽全力保持冷静，尽量让头部和四肢跷起，以背部着地的姿态滑行，以至于没有产生那种致命的翻滚冲撞。经过了一些更加剧烈的旋转过程，四周终于安静了下来。当意识恢复之后，“花雕”原地仰卧不动，几秒钟之后，他感到除眩晕之外，似乎并无其它不适。

这时，“花雕”幸好被途中半米宽的雪裂缝挡住，眨眼间已下滑了近50米。他马上告诉走在后面的hichos说：“我没事。”话音未落，就见上面的hichos头朝下，飞速地滑了下来，幸好他及时调整了身体姿势，也落到“花雕”身边的雪裂缝中。如果偏一点，不知道要向下滑到哪儿去了。上面的雪继续垮下来，很快堆到“花雕”的腹部，就要把他掩埋了。再向下一看，“塌方”的大雪块掉下去撞在一块岩石上裂成几瓣，再朝着几百米高的雪坡下滚落，终于消失在他俩的视线里。他俩顿觉福大命大，经历滑坠万幸没一点事。

“花雕”终于爬上了一个小山坡。漫山遍野开满了嫣红的山花，格外让人心醉。这就是传说中的西兴拉山口。前面还有两个小山包，西饶说中间的口子就是去鲁古的方向。如果从那个方向下去，最快第二天天黑的时候就可以坐在甘德乡的老乡家里吃香喝辣了。“花雕”回忆说：“我赶紧打住这样的念头，历经千辛万苦才爬到这里，为的就是一睹最神秘的藏布巴东瀑布！”

“花雕”抓着树根树枝树藤一路攀爬，刚上到悬崖边，就能看到藏布巴东1号瀑布。这里离瀑布相当远，至少在300米以上。还没搭好帐篷，西饶一群人就摸着瀑布方向找路去了。他俩跟着西饶一路随着时隐时现的痕迹往下，不到半个钟头就来到一块稍平坦的大岩石上。虽然瀑布的轰鸣声从头天开始就一直伴随在他的耳旁，但当他俩拨开最后一堆草丛，看见2号瀑布完整地呈现眼底的时候，唯一能想到的词语就是震撼！

“花雕”站在突出的石头上，望着瀑布发了好长一阵子呆，到后来感觉自己似乎都要融入瀑布了。在他看来，藏布巴东2号瀑布就是力量的象征。这个瀑布是整个雅鲁藏布瀑布群中面最窄、流速最急的一个。如果要用一个东西来类比，那就是巨型水龙头。如果给瀑布的水流做一个截面，那么它的厚度甚至超过了其宽度。可以想象这样一股水流，从几十米高处宣泄而下的劲头是何等猛烈！这就是它的魅力所在。“花雕”望着瀑布出神之时，突然想自己纵身一跃，会不会一刹那间就灰飞烟灭了？

大雨下了一夜，早上的时候停了。“花雕”一行走了六个小时的山路，从远处看到几座木头房子，感觉特别亲切，毕竟这是进入大峡谷穿越无人区以来的第一个村子——巴玉。说是村子，其实已经是人去楼空的无人村了，村子里的人早在2003年就由政府统一迁出峡谷了。“花雕”只好将营地建在以前一位有名的猎人家的大房子里。这里离江边约一公里远，海拔1745米。一路上大家胃口都不错，所带的糌粑消耗得很快，已经所剩无几了，他不知道能否坚持到有人烟的扎曲村，毕竟还有两天的路程。

“花雕”民间队从派村出发，经过24天的艰苦行程，一行8人终于走到了有7户人家的扎曲村。8个人买了7斤腊肉、5斤韭菜、1只鸡、11个鸡蛋，做了20张面饼,喝掉了4斤白酒,还有许多青稞酒。

敲响西兴拉户外探险警钟

不过,人类在自然面前,总是渺小的。能迎接挑战,去突破极限,是户外运动的魅力,去接受和它相伴的风险,也是户外运动者应当具备的勇气。

2012年5月15日,脚部受重伤的探险者魏峰和背夫次成被救援队员用担架抬出雅鲁藏布大峡谷,当地政府组织百余人、历时12天、耗资数十万元的“绝地大营救”终于圆满结束,为西兴拉段的户外探险敲响了警钟。4月18日傍晚,刚刚成功走出雅鲁藏布大峡谷无人区的“上善若水”给派镇“兄弟客栈”的老板娘打了个报平安的电话。“上善若水”说:“派镇是整个穿越线路的起点,我曾在那家旅舍住下,何姐人很热心。她告诉我,住店的两个河南驴友魏峰和孙会涛马上也要进峡谷。在电话里,我向他们介绍了路况,也提示了横切西兴拉雪山时要特别注意。”

“上善若水”既给魏峰和孙会涛讲注意事项,也讲起他们的一次冒险经历。就在几天前的4月12日,他们刚刚爬上最后一个山冈,背后的山沟就发生了雪崩。规模不算大,但也足以摧毁山谷中的一切。接着大家顺着山脊飞奔,队形都混乱了,有时候挤在一起也顾不得了,就想快点脱离险境。

第二天(4月19日),魏峰和孙会涛千里迢迢从河南赶到米林县的派镇,在当地雇佣了5名背夫后穿越大峡谷核心区域。出发前,他们在一个网站上留下这样的豪言壮语:“我们没有强大的后援支持,没有高端的户外装备,至少我们在努力,我们有信心,在大自然中生命显得那么渺小,成功与否还重要吗?”

魏峰和孙会涛计划按照前辈留下的“派镇—直白村—加拉村(无人区起点)—白马狗熊—西兴拉雪山—藏布巴东瀑布—八玉—扎曲村—帕隆藏布峡谷—排龙乡”这条经典路线来完成穿越。“hichoslew”曾经给路线上各个路段的难度来评级:“难度最高级是横切西兴拉,上下藏布巴东瀑布。我们是斜着向下横切西兴拉的,即使到了最后阶段没有积雪仍然算是最困难的一类,更不用说有雪的地方。不过,如果带了冰抓和冰镐,说不定倒愿意在大冬天横切。至于去看瀑布,路不是最难走的,但是行程长,海拔差距大,一路上没有任何地方可以补充水源,综合来看算最困难的。”

“hichoslew”所懊悔的是当时没有带冰抓等设备,所以从装备上看,魏峰和孙会涛吸取了前人的经验，没有问题。从经验上讲，魏峰在去年末和朋友刚去攀登了海拔5396米的哈巴雪山，也有征服雪山的经历。虽然记者在采访过程中，一位民间救援队的队长说，经验更丰富的驴友在攀爬雪山的时候也许能做得更好："这次是小型雪崩，不像高海拔雪山发生的大型雪崩，再怎样的保护都会被一起冲垮。其实可以先一个人过去，选择岩石或者坚硬的冰面打下锚点，然后连上路绳，队友都可以通过安全带和主锁连接在路绳上，即使发生雪崩，也最多滑下两三米就能控制住。"

中间是派镇兄弟客栈的何姐，右为孙会涛（孙会涛 供图）

一位雨季时横切过西兴拉山的驴友告诉说，因为西兴拉山是石灰岩的结构，山体表面比较酥松，有很多碎石。"所以反倒是表面有一层冻雪，比裸露的岩石通过性更强。否则有可能踩在一块松动的碎石上，人就被带了下去。"在"hicho-slew"等人2007年横切雪山的时候，是个艳阳高照的晴天。而今年无论是"上善若水"还是魏峰和孙会涛，同在4月份先后进山，他们碰到的最大敌人都是下新雪。"山脚下雨，越往上走就变成了飘雪。雪裹着浓雾，让我们一度迷失了方向，幸亏刮了一阵风，将雾吹散了，我们发现错过了三个山头，才及时调整了路线。""上善若水"告诉说："新雪没有黏着力，第一道山坡又是超过50度的角度。还要翻过一块和路面几乎垂直、高度在3米左右的巨石。我走的时候心惊肉跳，唯一能做的就是告诉队伍成员保持距离，以尽量减少单位雪面上所受的压力。""上善若水"恰好错过了雪崩发生的时刻，而魏峰和孙会涛的队伍就没有那么幸运了。

孙会涛回忆说，4月28日他们一行七人到达了西兴拉雪山下，也是在“上善若水”一行人曾经休息的宿营地休整。4月29日一早，天空下起了小雨，即便是已经料想到峡谷中几乎是以分钟来计算的天气，却并没有打算放弃当天的登山计划。快到第一道山顶时，小雨变成了大雪，很快就没过了膝盖1米多深，前方的能见度也很差。于是队伍商量了一下，决定后撤。雪崩是在他们下撤了几十米的时候发生的。孙会涛向下滚落了200多米，停住后只是受了些轻伤。魏峰手里抓着大雪覆盖下的杜鹃林的枝条，没有继续坠落，但是伤情严重，左脚筋骨折断，肋骨也断了几根。两名背夫——来自派镇格嘎村的扎西次仁和四村的布琼撞在岩石上当场遇难。派镇加拉村村民、在穿越中担任向导的达瓦次仁和达林村背夫扎西受了轻伤，派镇加拉村背夫次成大腿严重骨折。

孙会涛在留下一名背夫照顾伤员后，和另一名背夫原路返回，走了五天五夜向米林县求救。15日13时许，魏峰等3名被困人员终于在高山深谷之间被救援队员们肩扛手托解救出来。此时的魏峰已是极度虚弱，身体瘦削，脸色惨白，表情痛苦。16日，魏峰在林芝地区人民医院接受了脚踝手术，他的脚要想恢复常态至少需要40天。魏峰仍心有余悸地说：“我见过了伤口，知道里面两个骨头撑住了，剩下的都是镂空的，肉没了，肌腱都没了，慢慢长吧。”

第四章　南迦巴瓦下的朝圣路

在南迦巴瓦峰下，形成了两条朝圣转经路，一条是从喇嘛岭寺出发，途经岗嘎大桥、羌纳、丹娘，再抵达雅鲁藏布大峡谷入口处的派村，便进入了加拉朝圣转经路。以前不通公路时，从喇嘛岭寺下的布久村出发，乘坐独木舟过尼洋河，再到加拉朝圣转经路的起点吞白村；另一条则是朝圣坐落在白玛希仁河和雅鲁藏布江交汇处的布达泽布圣山，据说一些朝圣者有幸能见到无数仙童的脚印，有的甚至还能听到嬉闹的笑声，当人们遇到这种神秘的现象时，就要向河里投掷食物、钱币和装饰物之类，作为献祭，求神赐福。

南迦巴瓦峰下朝圣之旅

派村对我来说，已不再陌生，这里是雅鲁藏布大峡谷的入口。4月的派村，是桃花的世界，沿江两岸布满了野生桃树，千树万树桃花开，田野里，山坡上，小村旁，尽是粉红色的桃花，大风一起，桃花如同雪片满天飞舞、四处飘落，像诗一般美丽，像梦一样迷人。眼中有美景，胸中有诗意。不由让人想起江南才子唐伯虎的那首《桃花诗》："桃花坞里桃花庵，桃花庵下桃花仙，桃花仙人种桃树，又摘桃花换酒钱。"

夏季来临，派乡是绿色的海洋，各种果树披上了绿色的新装，与碧蓝的雅鲁藏布江水遥相呼应。雪山下的针阔叶林带也渐渐苏醒，青翠山谷充满了诗情画意。秋天的派乡更是灿烂辉煌，雪山上层林尽染，落叶松、白桦林金黄一片，田野中的梨树显得火红耀眼，沉睡的小村庄被浓郁的秋色包围，大自然的神来之笔，给派乡画出了绝美的景色。

在派乡江边的小村庄里，住着一户户纯朴的藏族群众。清晨炊烟袅袅，牛羊隐隐约约在四周出现；傍晚夕阳映红了南迦巴瓦雪峰，远远传来的牧歌捺人心魄。走在乡间的小路上，热心的藏族群众会将你请入家中作客，青稞酒、酥油茶、核桃等任君品尝。每到藏历节庆日，赛马、藏戏、歌舞、锅庄表演热闹非凡。这如梦如幻的人文景观，将你带入一个童话世界。

雅鲁藏布江畔的吞白村(罗洪忠 供图)

第二天清晨，我们一行从派村出发，当天中午就坐旅游船到达对岸的吞白村。吞白村地处雅鲁藏布江边，藏东著名的古茹寺就坐落在这里。据随行的次加仁介绍："'古茹'在藏语里意为'上师'，指莲花生大师。据传古菇寺是藏传佛教创始人莲花生大师早年的修行洞，有的人干脆称它为莲花寺。"次加仁接着指向吞白村外的江心说，那里有一个很不起眼的小岛，名叫"森不藏"，藏语意为"罗刹城堡"，就是有名的魔鬼头亚克夏的城堡，吞白村到对岸大渡卡这一段江面又被称为魔鬼灵湖。起初，莲花生大师还不能战胜魔头，就在古茹寺内的洞中修行了三年。三年后，莲花生把手中的金刚橛从洞中抛出，降服了这个魔头。可为了永久地镇住这个魔鬼头，让曾被他降服的工尊德姆神镇守此地。为此，莲花生大师在江中小岛上修建了工尊德姆小庙，以此镇住魔鬼灵湖。

吞白村斜对面江岸是玉松村，次加仁指着对面的村庄说，莲花生大师曾在这里选址建寺，主供工尊德姆神。寺中有一幅黑唐卡和一个工尊德姆女神的面具。村中一名老者还告诉他们，传说西藏著名高僧汤东杰布曾来过此地修行。据说工尊德姆的珍贵唐卡在建寺之前就存在，没有装裱，大约有1500~2000年左右的历史。噶厦地方政府曾想把唐卡请去拉萨，把它放在骡子背上，但唐卡却显得很重，以至骡子没法走动，噶厦地方政府只好把它留在原寺中，并在唐卡上加盖了地方政府的印章，可后来唐卡又突然神秘失踪。喇嘛林寺的主持琼依仁波切在重修工尊德姆寺时，人们在墙中又发现了失踪许久的唐卡和面具。原来是一个老者为了保护这些文物，把它们藏在了墙中间。

过了玉松村，我们进入索松草原，这里便是著名的“魔鬼头”，但见一巨石突出于雅鲁藏布大峡谷峭壁，悬空于江面几百米之上。站在巨石上，涛声如巨，大峡谷尽收眼底，恐高之人，不敢向前。传说格萨尔王降妖伏魔时，将魔鬼的头砍下镇于此地。我们一行下“魔鬼头”后，一路下坡来到了达林村。这是雅鲁藏布大峡谷靠近佳拉白垒峰一侧的最后一个村子，再往下便是无人区了。

达林村位于雅鲁藏布大峡谷之中，村前却是一块很大的草原，牛羊相间，一派田园风光。而草原的尽头隔江便是南迦巴瓦峰，这里是观看南迦巴瓦峰的最佳地点。虽说南迦巴瓦终年云雾环绕，但在达林村却总能看见神山一角。早晚云开雾散，更是观看南迦巴瓦峰的大好时机。运气好还能看见日照金山，七彩虹云等奇特景观。

南迦巴瓦峰也是喜马拉雅山脉东段的最高峰，海拔6000米以上的地带，群山接天，终年银妆素裹；海拔4000米左右的地带，一片森林，好像进入温带；往山下走，四季鲜花常开，珍奇动植物遍布其间。这里是目前世界上所罕见的、我国少有的植物群落多样、植被结构复杂、垂直带状分布明显的林区。正是这样的地理景观，孕育了一个新的中国最美风景。夏日当空，高山顶上往往积雪，犹如寒冬，河谷地带却又炎热多雨，实属盛夏，因而又有“一山有四季，十里不同天”的民谚。

早在1913年7月，英国皇家地理学会会员贝利对这座“羞女峰”和对面的佳拉白垒峰，有过这样的描述：“离(雅鲁)藏布江约六百英尺的岩石嘴突出地方有高处台地，相互间隔一定距离，在江边有时也看到低谷台地。……石山一直延伸到终年积雪的南迦巴瓦峰。我们在那儿期间，南迦巴瓦峰始终躲在云层里不肯露面。难怪当地人说，他们每年夏季也只在三、四天内才能见到它。”

南迦巴瓦峰有最完整的自然带，珞巴族、门巴族等在这里繁衍生息，创造了独特的珞渝文化，它融会了中国东部中低山和西部极高山的精华，给名山作出一个最完整的定义。它今天走上中国最美山峰的前台，无疑是在告诉人们，青藏高原那些气候无常、披着神秘面纱的雪峰，对现代人具有无可抗拒的诱惑力。这种审美观反映了我们对大自然的亲近和敬畏，而不是欣赏和把玩，是一种毫无功利地探寻自然和接受精神洗礼的观念。

有一首名叫《南迦巴瓦的诱惑》的歌曲，是这样赞美它的：每当浩浩的天风掠过/经幡吹响南迦巴瓦/是我梦中最美的香巴拉/你装点了圣洁的大峡谷/俯瞰这长长的雅鲁藏布/你为谁绽放七彩的花朵/你为谁祈祷为谁祝福/雄伟的南迦巴瓦//每当一缕缕的桑烟飘过/隆达飞扬南迦巴瓦/是我心驰神往的天堂/你耸立在世界的最高处/我心中总有你神奇的诱惑/你为谁呈现吉祥的哈达/雅鲁藏布江水碧波荡漾/神奇的南迦巴瓦/呀拉索/你在雪域之上亲近太阳。

从达林村开始,沿着一条小径在原始森林里穿行,一路的参天大树,鸟语花香,不时能看见松鼠林间穿梭跳跃。途中经过第一个圣地——洞不弄。江边有一处岩洞,形似女性子宫,是当地居民的朝圣之处。江边岩石上有许多的天然形成的凹洞,传说是给神山南迦巴瓦峰供奉净水的圣杯。山坡上坐落着一个有寺无僧的小寺庙——达玛寺,庙门旁的一块莲花生玛尼,刻工古拙,约有四五百年历史。我们继续前行,就到达了只有三户人家的赤培村。

赤培村是一个自然村,村外大片的卓洛花开的正盛,各种花由细碎的小花簇成伞盖状,美丽凄迷。赤培村山上有一个优良的牧场,也就是鲁朗移民先祖居住的地方——汤罗。村民次仁多吉把新盖好的二楼(包括经堂)完全让给我们居住。我们谈话方知,他的岳父就是把工尊德姆唐卡与面具藏在庙墙中的那一位老人。

在达玛寺中有一尊檀香木的莲花生像,是原来加拉森当寺中的主依,也就是与措宗寺古茹像、鲁朗通珠林寺中的莲花生像一同从莲花生鼻血入藏的三尊佛像之一。加拉森当毁于地震之后,次仁多吉作主把这尊像请至达玛寺中。这尊檀香木的莲花生像高约一米,与一般的莲花生像不同,这一尊的表情十分宁静、端庄。

我们继续前行,路更加难走,全在石块间的缝隙中行进。当我们转过一个山嘴,来到一个叫竹普的地方,可以看到远方加拉白垒的峰顶,隐藏在稠密的雨云中。这里江面开阔,水流相对平缓,有一个摆渡口,可直通对面的加拉村。对岸有两间简陋的木屋,屋旁有用木槽自山上引来的涧水,这是当地人放牧时搭建的。雅鲁藏布江丰水期是不能摆渡的,当地藏民转加拉,一般都在冬天进行,因为有一次丰水期转经,一条船翻了。

我们只好选择从这里过江,就宿营在那两间木屋里。我从次加仁处了解到,藏传佛教宁玛派的创始人莲花生大师在这里同样埋下了许多“经典”,在当地仍延续着的“转加拉”风俗。也许正是莲花生大师在加拉的传教之行,相继创建了吞白古茹修行洞、玉松工尊德姆庙、森不藏、洞不弄,以及加拉瀑布阎罗宫等一系列朝圣景点,形成了今天人们开发的一条严谨的“加拉朝圣之路”。

我在加拉村时，依旧能感受到1950年8月墨脱大地震给当地村民带来的巨大灾难影响。我们来到这里时，地震已过去65年了。尽管被破坏的植被迅速恢复，可龙白村的次多依旧被恐慌所笼罩。他当时刚刚13岁，听到来自南迦巴瓦雪峰之上的巨响，仿佛放炮一样，他们以为神在山上打仗。记忆中，当时还有奇异的天象，天上六颗星星在夜晚的天空上连成了一线。龙白村共有7户人家，有六户直接倒塌，山上石头、泥土和冰块混合着冲下来，混乱中有一户房屋引发火灾，还烧死了一个小孩。

龙白村民回忆这场灾难时，称这次特大地震的前兆十分明显，家畜早在一年前就出现了异常反应，老鼠纷纷出洞为害庄稼，而且死鼠特别多；在大峡谷入口处的格嘎村一带，成群的黑熊结伴下山，他们嘶叫打闹，偷袭家畜，格嘎村的家畜差不多被咬光；那一年公鸡叫得特凶，有的人干脆把鸡杀了丢在水中。8月15日临震前，更是鸡鸣狗叫，骚动不宁。

"当时地震时声音很大。声音过了，才开始摇动，左右晃，整晚没有停过。"与龙白村相隔不远的达林村，当时8岁的多吉说。达林是个小小的村落，并没有太多人，有五间房屋倒塌。我们从竹普到达加拉村，村民多布吉向我们介绍，地震引发佳拉白垒峰雪崩，向村子压过来。"我当时在房子里面，天崩地裂，我跑了出来，没被压住。跑出来后看到山上都有火，第二天天亮后，到处都是烟尘。"

"地震发生时，我们都有从凳子上跳起来的感觉，耳朵也震得难受，全村人都在哭喊。有的人家木房没有倒塌，听见外面雪崩的声音以为神在打架，整晚都不敢出来，第二天出来时，村子都面目全非了。"我在玉松村时，就听一位村民讲，地震导致很多人死亡，村里几十户人家，没剩下多少，他家也只有他一人幸运脱险。他当时在炉火边，被倒塌的炉火压住烫伤，迄今走路都受影响。他还领我们去看了一个撕裂成两半的大树，这是地震来临过的见证。

大地震伴发的次生灾害泥石流和雪崩，也让他们心有余悸。泥石流和雪崩的一个后果是，流经派镇的雅鲁藏布江段，形成了堰塞湖。"山上滚下来很多东西，都滚到雅鲁藏布江这边来了，堵住了江水。"达林村多吉说，"雅鲁藏布江被截留了两天两夜，堰塞湖最宽处大约一公里，派镇有四个村庄被淹，村民都跑山上去了。"

中国科学院地貌学家杨逸畴也来到这里，他非常关注墨脱大地震带给当地村民的影响。他在回忆文章里这样写道："雅鲁藏布江边的房子被高高地弹起，然后又落到江里。山峰的斜坡上，足有十多公里长的则隆弄冰川，整个崩裂成六段，一路向下跃动，一段巨大的冰川跃过了一个叫直白的小村子，竟将这个百十人的村庄夷为平地，全村仅活下了一个当时正在地洞里干活的叫卓玛青宗的妇女。最后一段冰川跳到江里，形成一道冰坝，硬是把雅鲁藏布江水憋住，后来，江水一下冲开冰坝，使下游平原地方莫名其妙暴发洪水。这些巨大的冰川至今还残存在谷底，这就是为什么则隆弄冰川会下到海拔那么低的森林里，它成了我国首次发现的超长跃动冰川，地震造成的山崩地裂现象仍在。”

杨逸畴后来还了解到，米林县派乡受损最大的就是直白村。直白村当时有一大片草坪，耕地平坦，种有很多核桃树，村里大概有上百人，有两个地主比较富裕，其他村民均贫穷。地震来临后，直白村整个村子都被泥石流冲走了，正在水磨房磨糌粑的妇女卓玛青宗被推到磨盘下，在冰雪窖中靠融水和糌粑坚持了19天，有5个外村的人去挖东西，听到一个人的叫声，就吓跑了。后来有个僧人把他们喊过来挖出了卓玛青宗，她成为直白村唯一的存活者。杨逸畴曾见过卓玛青宗，曾在50年前（1924年）帮助沃德背运过物资器材，沃德还拍摄了直白村的照片，直到1980年去世。

从加拉返回直白村，须经过天险老虎嘴，在江边高高的峭壁之上，炸开岩石硬是掏出一条路可过马。从加拉出来，就是沿江而行，可见成片的野核桃林、青冈林以及加拉白垒雪山、南迦巴瓦雪山，又是一番景象，有几个非常难得的拍摄南迦巴瓦及加拉白垒雪山的地点，有大片的高山草甸，做前景拍摄南迦巴瓦雪山，可俯视整个U形雅鲁藏布江大拐弯，并有雪山作为背景。从直白到派村可坐车，当回到派村起点时，加拉朝圣之路画上圆满句号。

通往极乐世界的“神门”

在民间宗教传说里，白马岗既有神山，也有仙洞，最有名的4座神山分别是：东边的贡堆颇章（虚空宫堡山），南边的恰贵崩（灵鹫山），西边的布达泽布（殊胜长寿山）和白玛希仁（莲花水晶山）。不少藏族、门巴族信众纷至沓来。墨脱宗门巴族猎人益西平措，年轻时朝拜过白马岗不少神山，顶礼过许多仙洞，可是一次也没有到过神秘乐土莲花仙境。

布达泽布圣山坐落在白玛希仁河和雅鲁藏布江的交汇处，它矗立在气势磅礴的南迦巴瓦雪峰之中。在这些雪峰周围，有众多低矮的石山，状如排列有序的犬、马、牛、羊，或跪或立或坐，而其头均朝向神山，恰似供奉的祭品。在布拉切波雪山下面，还有一个巨大的溶洞，内有暗流，淙淙作响。暗流两岸，全是白色泥土，气味芬芳。据说在这奇异的泥土上面，一些朝圣者或许有幸能见到无数仙童的脚印，有的甚至还能听到嬉闹的笑声，但却寻觅不到仙童的影子。人们遇到这种神秘的现象时，就要向河里投掷食物、钱币和装饰物之类，作为献祭，求神赐福。凡来这里的朝圣者，均取暗流两岸的白泥土带回家乡，馈赠亲友，借以避邪消灾。

相传两百多年前，佛教高僧干布巴曾派弟子德清林巴，专程到这里开启神门。德清林巴在神山前诵经念咒，大做法事活动，终于感动了神灵，出现了奇迹，只听得一声巨响，崖石里射出道道金光，神门缓缓地打开了。神洞里堆满了经书佛像，宗教法器，还有金银财宝，丝绸锦缎。德清林巴非常高兴，抱起一部经书往外跑。他的妻子杰姆赶来，对他的做法很是不满，大声吼道："喂!你搬运这些破纸卷干什么?还不快去拿金银财宝!"德清林巴听了妻子的话，返身进洞，抓起一把金子往外跑，只听得轰隆隆一声，神门突然关闭。幸亏德清林巴跑得快，没有关在洞中，不过他的袈裟却永远地嵌在神门中间了。细心的人，今天还能看见袈裟的痕迹。

布达泽崩的神门，虽然开了又关了，可是，德清林巴的名声，一下子传遍了四面八方。信众们在这里盖了一座罗邦寺，其名称意思是"宝贝堆砌的寺院"，作为德清林巴讲经布道的道场。尊他为吉色仁波齐活佛，请他世世代代守护神山，广积功德，祈求神门再一次开启。

宁玛派始祖莲花生大师曾到过白马岗，发布了一些著名的预言：从现在佛释迦牟尼时代，到未来佛弥勒强巴时代的过渡期间，人间世界会出现种种难以想象的灾难。为了躲避这些灾难，唯一的办法是进入雪山冰峰环绕的雅鲁藏布大峡谷，藏身于称为"白隅"（秘境）的莲花仙境，届时有一种不可知的力量，会开启通往幸福乐土的神门，里面有糌粑山，牛奶湖，绸缎和氆氇的森林。总之，美衣美食享受不尽，幸福生活无边无涯，灾难和痛苦自然不再有了。

白马岗的白玛协日圣山，坐落在多雄拉雪山口附近。1959年8月，几百名来自四川德格和西藏类乌齐的信徒香客，听说莲花水晶神山的神门快要打开了，里面有取之不尽、用之不竭的珍宝和佛财，于是各家各户，相邀相约，纷纷离开自己的家乡，长途跋涉上千里，去赶千年不遇的神门开放，去过莲花仙境的美好生活。

信徒香客们知道，要打开神门，没有活佛的指引和加持是不行的。于是大家到波密后，请求达香活佛引领。后来在墨脱县城所在的东布村，遇到了拉萨的达瓦活佛和钦钦寺的彭岗活佛，两位活佛对他们说："你们来得正好，莲花水晶山的神门马上要开了。这不，就等着我俩去诵经念咒，焚香顶礼，主持开光盛典。"

两位活佛这么一说，信徒香客们当然更相信了。大家跟着达瓦活佛和彭岗活佛，跨过雅鲁藏布江上的藤网桥，穿过门巴族聚居的荷扎村，翻过蓝天柱子般的大雪山，走过雄狮对峙般的大峡谷，走了三天三夜，才来到莲花水晶山前。可莲花水晶山并非人们想象的那样美妙和神奇，1950年这里发生过一场大地震，到处是垮塌的崖壁，枯死的树木，还有乱七八糟的大石头。

两位活佛在山前焚香顶礼，诵经念咒，做了种种法事活动，信徒们跟着五体投地的顶礼膜拜。三天过去了，七天过去了，一个月过去了，神山还是无声无息，神门还是纹丝不动。

第三篇　转扎日神山

“马年转冈底斯山，猴年转扎日神山，羊年转纳木错”，在藏族地区历代相传。扎日以其在宗教领域的盛史，被藏族群众奉为世界二十四大名山之首，是佛教理想中的“胜乐金刚宫”。藏族信徒们说，每转一次扎日神山，围绕措嘎神湖转，可以洗去人前世今生的罪孽，可让今生逢凶化吉，死后魂归极乐，来世将重新获得人身或成佛，免除轮回之苦。因此，藏历猴年转扎日神山，早已是藏族地区最重要的宗教活动。

2012年8月21日，我走近扎日神山下的土著——珞巴族，他们如今已迁居到斗玉珞巴民族乡，很多珞巴族老人穿着传统服饰，急切地想向年轻人传授本民族语言，恢复传统建筑，这既是国家对这个民族乡提出的要求，也逐渐成为这个民族的迫切需要。往回返时，在三林乡通往隆子、扎日的岔路口，我只能遥望通往扎日乡的卡拉山，当时带队的向导遗憾地说：“如今是雨季，前面的路很难走，考虑到大家的安全，我们还是打道回府。”

2015年6月，我沿着扎日神山开山鼻祖益西多吉当年寻找神山之门“钥匙”的线路，从朗县的仲达镇出发来到离孔马拉山口不到一公里的地方，打算翻过山口到达转扎日神山的入口处曲松村。我们的车向前开，在离孔马拉山口不足一公里处，厚达一米的积雪挡住了去路，只好打道回府。当地村民解释说，孔马拉是扎日神山大门的天梯，也是一条艰辛山路，朝圣者翻越这座山时，会感觉到非同一般的艰难。

2016年，又一个藏历猴年，扎日神山接受来自各地藏族群众的盛大朝拜。10月，我用3天时间“小转”扎日神山后，经历了一个个惊险场面。3日6时40分，我们到达夏嘎拉山口。下山时，天还没亮，沿途最大的危险出现了。一面巨大的山体，从顶处一直倾斜下来，直达谷底，感觉路面湿滑，连老鹰落在上面也会打滑。一边是悬崖，路在斜坡中间，其实多数地方没有路，就是看着山口切过去。下山时，我靠踩在一个个脚窝往前行，也许是连日下雪，脚窝上结有硬冰，踩在上面稍有不慎，就将跌落悬崖，不死也会残废。我当时神经高度紧张，吓出了一身冷汗。

4日12时下第三道坡时，只听“唉哟”一声，同行的陈哥像皮球一样，从峭壁向下翻滚10多米，最终在一块缓坡上停下来，竟然毫发无损。沿途有些树桩和竹桩，若一旦撞上去，树桩、竹桩刺向身体，将会流血不止。当时没带止血的沙布等急救药品，即便等到救援人员赶来，抬下山急救，那也是两天以后的事了，人早因流血过多而死亡了。这时，同行陈总对他哥哥说：“这是神山的保佑，赶紧向神山跪拜，磕3个头吧！”陈总的哥哥一下才回过神来，转身向神山跪拜。

我仔细回味这3天的行程，翻越了两座海拔近5000米的大雪山、9座海拔超4200米的雪山垭口。沿途没有手机信号，若一旦得急病，或从悬崖上摔下去，则因得不到及时救治，生命随时在此中止。我从侧面得知，今年已有8人葬身于转扎日神山的路上。我庆幸自己安全返回拉萨，也为自己的冒失而心有所悟：朝拜扎日神山，需要的是信仰的力量。没有这种力量的支撑，是感受不到信仰带来的快乐的！

扎日神山的原始丛林（罗洪忠 供图）

第一章　开启扎日神山的“钥匙”

从拉萨到扎日，可走两条主线。一条是从拉萨到林芝市八一镇，再到朗县的登木乡，翻越孔玛拉山进入扎日乡的曲松村，目前有一条新修的乡村公路；另一条则是从拉萨到山南市泽当镇，再经隆子三安曲林乡通往扎日。第一条线路交通不便，大多数旅游朝圣者选择第二条线路。

第一条线路，据传曾是藏传佛教朱巴噶举派创始人益西多吉开创的“扎日荣廓”（转扎日神山）之路。传说益西多吉经朗县的仲达镇，沿着竹龙沟河岸继续前行，经如村、伟乐、拉丁雪、谢康、童雪、藏达龙村，找到了通往扎日神山大门的钥匙——底米岗，再淌过登木河，走进左侧的山沟，先后到达左嘎、崩达、桑琼等村，一路降妖除魔，留下了许多神话传说、文物古迹，翻越孔马拉山，来到了扎日神山下的曲松村，最终开创了“扎日荣廓”。

走近扎日神山之门

2015年6月，我沿着扎日神山鼻祖益西多吉当年留下的圣迹，从拉萨、林芝、米林到朗县，寻找心中的这片圣地。

沿着306省道由林芝市八一镇，经米林县向朗县进发。米林县有西藏最大的原始林区。车开出米林县城，沿途沟谷两侧，林木参天，翠绿幽深。远处青山绵延起伏，路右侧的雅鲁藏布江时而平静如镜，时而激流涌动。大巴车沿着雅鲁藏布江逆流而上，可不到两个小时，林木渐渐稀疏，景色逐渐有了变化，江边开始有大片沙丘，河谷也逐渐变窄，沿江是悬崖陡壁。不久路过里龙乡，一条清澈的小河从山沟里流出，那就是里龙普曲。

沿里龙普曲有一条土路，逆流而上就可到达扎日乡政府所在地米及墩，离它不远的地方就是朗久，地图上没有标出来。1959年，印度在中印边境挑起第一次较大的武装冲突，即朗久事件，揭开了双方军事对峙的序幕。1962年，中印边界战争爆发。

到朗县的公路弯弯曲曲地在雅鲁藏布江大峡谷中延伸，江两旁山下是灌木丛，山腰上生长着高原马尾松，路右面江心中有不少沙丘。里龙镇旁的雅鲁藏布江边就有一个很大的沙丘，沙丘长约2公里，宽约1公里，呈波浪状，有高有低，像一条巨龙卧在江边。沙丘周围是茂密的原始森林，灰色沙丘在蓝天下绿树中，远看像一面打开的扇子。紧靠沙丘又有浓绿的田野，生长着青稞、果树，田野里放牧着牛羊，又有藏族群众耕作，一幅田园牧歌景象。

当我们经过一块“您已经驶出米林”的藏汉文牌子时，便进入朗县境地了。雅鲁藏布江沿岸的树木逐渐稀疏，除了在江岸能看见一些古老的柏树外，几乎看不到有高大的树木了。甲格村无疑成为米林与朗县不同风景的分界线，从米林县城到甲格村一直是茂密的森林，可过了甲格村，就只有少数地域还有小片的森林，逐渐替代森林的是嶙峋山地，光秃秃的，有的山土已经沙化，山腰上流下大片的沙。山的势态都十分雄伟，山腰上山路险峻，山下江流湍急，气候越来越干燥。

大巴车没开多久，便来到了一条通往朗县金东乡的岔路口。若向南拐入乡道往里走，便是非常平坦的柏油路，再过一座公路小桥，东行走了大约5公里左右就开始进入列山，再往前走就是闻名西藏的列山古墓群。

我们从金东乡出发，穿越一片峡谷，翻越一道道山梁，便到达邦玛村，见到一个令人稀奇的“隧道”，当地人称“邦玛洞穴”。洞口是一个狭窄的岩石夹缝，最窄处仅容一人挤进去，潮湿晦暗，许多地方只能摸黑匍匐前进，令人窒息难耐，顿生恐惧之感，仿佛进入了生命尽头，因此当地人也称此洞为“死亡之洞”，认为它与去往阴间的道路差不多。不过艰难前行一段时间后，前面豁然开朗，别有洞天。据说这个洞里有一个湖，它与远在扎日神山上的一个山洞中的湖是连在一起的，有时在扎日神山的湖中放下一只水瓢，它居然能漂到邦玛洞穴的湖里来。

游人进入洞穴大约50米的地方，一间天然洞室呈现眼前，洞室内设有神龛，供奉着哈达、青稞及酥油，给洞穴增添了无限神秘。据当地人介绍，神龛是格萨尔王在此修行时用过的佛龛。当年格萨尔长年征战，对降妖除魔已有些厌倦。于是他离别岭国，独自来到邦玛村，化妆成一个喇嘛，钻进邦玛洞穴中修行。只有每天中午，他才从洞中钻出来，到山上摘一些野果吃，然后又躲进洞里。当地人看到这一幕，给他起了个外号叫“野果喇嘛”。洞室有三条分支，形成“T”字型，是自然形成，还是人工开凿，现无从考证。

以往许多藏地人特别是拉萨、山南的转扎日神山，都是步行前往，不可能像现在坐汽车去扎日的游客那样，经隆子县城绕那么大的一个圈子。他们去往扎日神山的一条重要路径，就是经由金东峡谷，翻山进入扎日神山境域。其中一条最近的翻山线路，就是从邦玛洞穴所在的邦玛村一带，翻过“足不拉”或“博沙拉”，到达今扎日乡所在地，当大体围绕扎日神山主峰达瓜西热(水晶山)，转完各处圣迹之后，有奇异天然生殖器的朵参村，正好靠近他们翻山返回今朗县金东乡、拉多乡或登木乡的地段。山的那一边就有通往拉萨的“正路”，邦玛洞穴理所当然成为了转山“第一道门”。

沿登木乡转扎日神山路经的佛塔(罗洪忠 摄)

朗县位于扎日神山北面的上游地区，若从朗县到扎日转神山，可以选择以下三条线路：第一条从金东乡嘎木村经过仁普即可到达；第二条从拉多乡杰村和臧村翻越高山到达扎日圣地；第三条则从登木乡翻越孔马拉就可到达。若选择朗县县城作为出发地，从拉多、金东徒步到达扎日神山的路线相对较近，益西多吉何以选择登木到达扎日？我后来请教了当地的一位民俗专家，以前从拉萨到朗县，大都从山南到达朗县县城，途经该县的仲达镇，再从这里去扎日，就比从拉多、金东走要近些。

我们沿着雅鲁藏布江上行，再拐进一条支流地带，进入登木乡。从登木乡可通往扎日神山，这里流传着开山鼻祖的很多民间故事。登木乡一带河谷向南敞开，气流可以溯雅鲁藏布江支流峡谷而上。受季风影响，此地干湿季节分明，山体高峻,形成迥然不同的垂直气候带。这里的天气更是变幻无常,每年夏季,山脚河谷气温可达20多度,高山上则为零下10度以上。雪雨阴晴全在瞬息之间,恶劣的气候成为了转山朝圣者的大敌。

这里地处扎日神山的北面,植被茂密,物种丰富。洁白的雪山环绕着墨绿色的森林,森林的旁边铺陈着延绵的高原草甸。夏季的草甸上,无数叫不出名字的野花和满山的杜鹃花、格桑花争奇斗艳,竟相怒放,在由森林、草原构成的巨大的绿色地毯上,留下姹紫嫣红的片片美景。此时此刻,你会感到自己的语言是如此贫乏,你甚至无法描述出你所感觉到的万分之一。

在登木乡通往崩达村的途中,我见到了一队朝圣者,队伍中有老有小。一位老者已经68岁了,家里除了留着一人看家外,全都出来转扎日神山了。他指着一位女子怀里正在吃奶的孩子说:"这是我的重孙,才四个月呢。"全家人的脸上都挂着自豪的神采。

在藏族地区,笃信藏传佛教的藏族人们认为万物有灵。在他们的心中,扎日的最高峰达瓜西热是雪山之神。扎日神山以在宗教领域的盛史而被奉为世界二十四大名山之一,是佛教理想中的"胜乐金刚宫"。在许多藏族人的心中,木猴年转扎日神山可使今生逢凶化吉,死后魂归极乐,来世将重新获得人身或成佛。因此,扎日神山便成了来自西藏、云南、青海、四川、甘肃等地藏族信徒们朝拜的对象。每逢藏历猴年,前来转山的人络绎不绝。

最令人动容的莫过于那些带着牛皮围裙和护掌叩长头的人们。他们趴下、磕头、起身,无数次地重复着这一简单的动作,用身体丈量着神的土地。他们坚信,只要能围着扎日神山转上50圈,就一定会见到峰顶上雪山之神的宫殿。达瓜西热峰是藏传佛教的朝觐圣地,成百上千的藏族牵羊扶拐,口念佛经,绕山焚香朝拜,这转经场面令人叹为观止。

在登木村,我见到了一位来自左嘎村的洛桑次仁,今年74岁,转扎日神山不下40次。在洛桑次仁看来,以前转扎日神山,从拉萨、日喀则、那曲等地来的信众,他们大都沿着雅隆河谷向东,进入朗县的登木乡。从这里向南,有几个山口,都可以翻山到达扎日神山。但多数人还是按照益西多吉当年寻找神山之门的钥匙线路而行,经过左嘎村、桑琼村,再向东到达拉多峡谷,转而向南翻山到达隆子境内的曲松村,开始转山朝圣之旅。正是益西多吉开启了扎日神山的朝佛之门,找到了转扎日神山的"登木"(藏语意为"钥匙"),因此,登木乡真正成为了转山朝圣的一道大门。

扎日神山鼻祖益西多吉

在登木乡政府，我无意中得到了一份有关扎日神山的文献资料，其中记录了扎日神山鼻祖益西多吉从塔波初龙（今朗县仲达镇）出发，开启扎日神山之门的情况。文献《达巴谢日之光》称：“净亮达巴水晶山，如内天成报身佛之殿，密智自现之轮，简论扎日布局。”这篇文献里还记载，扎日神山被誉为世间二十四域之一总摄轮宫殿，也是总摄轮之“身语意”中的“意”之所在。冈底斯雪山及森东嘎木（白色狮面）即为“身语意”之“身”的所在；拉齐雪岭达东茶母（花色虎面）为“身语意”中“语”之所在；而扎日帕东那木（黑色猪面）则被誉为长久圣地。

我还从文献里看到，扎日神山曾经为一代藏王松赞干布、莲花生大师、圣尊益西多吉、众生怙主（保护者）藏巴甲热、朱巴白玛嘎布等众多贤人志士下榻的地方，是他们开启了圣地之门。特别要提到圣尊益西多吉多次来到扎日，是他真正开启了圣地之门。后来，又有林热·白玛多吉的弟子众生怙主藏巴甲热来到扎日圣地，将里外密见和特殊之处都定格下来，同时善诱土地神护法，用威严降服神妖归为子民，其善业功勋无法比拟。在文献《达巴谢日之光》（“达巴谢日”即“达瓜西热”）里，将藏巴甲热奉为开启扎日神山之门的主要人物。

我们来到登木乡走访，村民们时常会提起吉布（藏语意为知识渊博者）·益西多吉的名字。传说他的手杖遗留在了登木乡的村落中，化为三棵通往扎日神山路上的大柏树。有一些村子的名字，也是因为他当年路过此地，发生了种种故事后而留下的。据传他开辟了扎日转山道，使得靠近扎日的登木乡一带，经常有大批来自卫藏的转山信徒，也让登木乡染上了几分神话色彩。益西多吉何许人也？为何在登木的名号这么响亮？

我后来才弄明白，吉布·益西多吉同藏巴甲热是同一人，他的全名为“藏巴甲热·益西多吉”。“藏巴”在藏语里意为“后藏人”，“甲”是他的家族名称，“热”即“热巴”，意为“布衣行者”。“益西多吉”才是他自己的名字，意为“原智金刚”。益西多吉出生在江孜，8岁时，母亲就去世了。虽然少年失怙，可他的家境似乎并不贫寒。12岁时，他向哥哥嘎敦学习诵读经书，并随同外出向不同的僧人学习显密教法。

益西多吉22岁那年，来到了江孜热龙，影响他一生的恩师林热·白玛多吉出现了。林热·白玛多吉是益西多吉的同乡，是帕竹教主多吉杰布的弟子，益西多吉只能算是帕竹教主的“徒孙”了。有人追根溯源，认为白玛多吉才是朱巴噶举派真正的创始人，后世尊称他为“林热巴”。

白玛多吉也是创作道歌的高手，据说他唱起道歌会让他的信徒们听得如痴如醉，生起无比的信仰来。他四处云游，在丹萨梯寺唱出了十分动情的道歌："犹如殊胜城，帕竹大寺中。……"他随后又开始了乞食周游，但后来成为朱巴噶举派僧人一种很有特色的修行方式，才有了"藏地人一半是朱巴，朱巴有一半是乞丐，乞丐中有一半是得道高僧"的说法。

白玛多吉以乞食周游的修行方式，威望日隆，道歌讲法很受欢迎。在他61岁的时候，身体已很虚弱，众弟子哀求他闭关修行，调养身体。他说："我已年迈体弱，宁可多讲一次经。"益西多吉与老师相识，是白玛多吉云游到今江孜县热龙地方时，大约在1183年。益西多吉只带了一升食盐作为晋见礼，但两个人相谈甚欢，白玛多吉向他传授了不少修法心得。

有一次，白玛多吉也想考考这个聪明的徒弟，便说："你问我一个法义吧。"益西多吉一听，顿时紧张地说："这是没有的话，对上师若是过分，那怎么可以呢？"白玛多吉说："我可以开许。"于是，益西多吉以"什么是法身之相"为主题来进行辩论，类似于小型辩经，要先"立宗"，就是确定了一个主题。白玛多吉说出一个结论：应是离遮生三要（即是法身之相），益西多吉则反驳说：那么，虚空也应是法身，则犯过。老师无言以答，却更喜欢这个弟子了。

益西多吉同他的老师一样，也喜欢云游修道，便去了洛扎的卡曲神山。他第一次与神山结缘，可能就是这座卡曲神山。这座神山在洛扎县的拉康镇，四面雪山环绕。传说当年莲花生大师在卡曲山岩洞带徒修行，有21人获得能够腾云驾雾、来去自如的本领，甚至还可以乘光影飞行。

益西多吉来到卡曲神山，乞食修行。有一天，他向一位老人乞求糌粑时，老人突然问他："你是谁的弟子？"益西多吉很奇怪有这一问，便回答说："我是至尊林热（白玛多吉）的弟子。"老人莫名其妙地说："他的话未必可信。"益西多吉感觉这可能是一个预兆，于是他匆匆从卡曲神山返回纳普寺，他的恩师已经去世，时年为1188年，也是藏历的"土猴年"。益西多吉开创猴年转扎日神山的习俗，是否为纪念逝去的恩师，值得思考。

益西多吉料理完恩师的丧事后，带着几名徒弟回家乡热龙，应邀给家乡的人传法。后来，他又到处云游学法，还到雅鲁藏布江以南的神山"曲沃日"修行。他后来去朝拜塔布噶举的祖寺——岗布寺。又从岗布寺向东，沿着雅鲁藏布江南岸，一直来到了朗县登木峡谷，前往扎日神山。

扎日神山早在益西多吉到来之前，就已小有名气，但没有转山习俗。传说莲花生、阿底峡、岗布寺的活佛等，都曾在这里修行过。从地理位置上看，扎日神山距吐蕃政权原中心地带雅隆河谷不算远，沿雅鲁藏布江岸步行而下，便可到达。这里有绵延千里的原始森林、漫山遍野的奇花异木、深邃幽静的峡谷、垂落山涧的瀑布、晶莹圣洁的雪山，俨然是一个神仙世界，最适合藏传佛教高僧大德入静修行。

吉布·益西多吉佛像（罗洪忠 摄）

在师父去世四五年以后，益西多吉到达扎日神山修行，在扎日神山呆了整整一个夏天。这时候的他还不是一个正式出家的僧人，尚未创立朱巴噶举派。他于下一个猴年（1212年）之前一年（1211年）去世。据有关专家推测，益西多吉在猴年为扎日神山开光，其时间大概在藏历铁猴年（1200年）。

从扎日神山返回后，益西多吉又到了拉萨。在师父生前好友尚喇嘛的资助下，在拉萨附近修建了隆多寺。他33岁（1193年）时，经过尚喇嘛的极力劝说，在其座前正式受戒出家。据传在这一年，益西多吉云游到今曲水县南木林乡向北的一条山谷中，看到有龙神母女下凡，很快又腾空离去，于是向弟子们说：我的寺院就该建在这里，寺名中应包括一个“珠”字。据说建寺时，雷声大作，寺庙因而得名“珠寺”。该寺因建在“朗”（今南木林乡），“朗”在藏语里意为“天”，故该寺也称为“朗珠寺”，意为“天龙寺”。自此以后，从益西多吉这一支传出的噶举派，称为“朱巴噶举派”。

益西多吉晚年有弟子5000多人，他命令他们分头去各处寻找名胜所在修法授徒，出现了“藏地人的一半是朱巴”的奇观。藏地人认为，朱巴噶举派僧人，遍布于大鹏鸟都得飞十三天里程的大地之上。在益西多吉有名的弟子中，郭仓巴·贡布多吉(1189-1258)就是在一次乡里的酒会上，听到从后藏来的歌手唱歌赞颂益西多吉。郭仓巴听了这些歌颂词后，对益西多吉产生信敬之心，专程跟着歌手找到益西多吉，拜他为师。随后，郭仓巴在益西多吉座前出家为僧，两人一见如故。可惜不久老师去世，郭仓巴牵头组织了几千人的大法会。法会完毕后，他就去往卡曲神山、冈仁波齐、克什米尔、印度那烂陀等地静修。

从印度回藏地以后，郭仓巴到扎日神山住了三年。三年里，他为住在那里的人当仆役，为人背送糌粑，脊背都磨起了脓泡，被当地人起了个外号叫“黄驴”。面对常人难以想象的苦，他却感到了内心的愉悦。从神山归来，他的定力又大大长进。经请示热龙寺住持(益西多吉的侄子)同意，郭仓巴来到了日喀则西部和阿里一带。在38岁(1226年)那年，他在今定日县协噶尔修建了郭仓(鹰巢)寺，传法收徒。在此期间，他还到神山冈仁波齐修行，并仿照老师加持扎日神山的方法，探寻出了转冈仁波齐神山的转经道。从此，“马年转冈仁波齐、猴年转扎日神山”，成为藏地的一大宗教景观。

圣僧留下的足迹

益西多吉开辟了扎日神山的转山道路，而登木人则说，是他开启了扎日神山的朝佛之门，开启了神山的“登木”(藏语意为“钥匙”)。那么益西多吉是如何来到朗县的仲达镇、登木乡，开启了扎日神山的呢?

我查阅了另一份文献资料，上面记载了益西多吉开启扎日神山的缘由。藏历(热琼)第一胜生周土羊年(1079年)，塔波·拉杰诞辰，奉师傅的命令来到干波达·辛地贵桑龙大法座上，向在此的圣者和僧人们讲授了义经。随后，他命令弟子们开启扎日神山之门，并说:“在那东南方向霞光云雾胜似彩虹的地方，有座天成的众神聚居的总摄轮宫殿即扎日，这里金刚亥母以酒供奉点，有福之人心想事成、有求必得，无福之人将被世间嗜血空行者消灭，这里各种猛兽自由穿梭，花的芳香到处弥漫，动听乐声享之不尽，如今到了开启圣地之门的时候了，你们有谁自告奋勇完成此重任?”

在说的同时，塔波·拉杰将手指向扎日所在的方向，手指上顿时呈现出七个水疱，以示此地非常地凶险。从第二天起，塔波·拉杰点起单柱香，面对着东南方向扎日举行祭祀活动。可过了三天，依旧无人自告奋勇前去开启扎日圣山之门。到了最后一天，塔波·拉杰专门看了一眼益西多吉。益西多吉顿时明白了塔波·拉杰的意图，便答应了下来。

据干波达方面的文献史料记载，益西多吉开启扎日神山大门绝非一蹴而就，而是经历了一次次的周折。当他第一次来到扎日时，扎日护田神向他预示，开启神山的大门为时尚早。于是，他折返朗县的竹龙和卧巴等地继续修行。两年后，益西多吉师徒共计11人，再次从塔波仲龙踏向了去扎日的路途，这一次功德圆满，真正开启了神山的大门。可在当地流传的民间故事里，仅有益西多吉一人，并无随行弟子之说。历史真相到底如何，就像扎日的云雾一样，扑朔迷离。

在登木乡贡达村，我见到了时年56岁的尼玛，他曾30多次转扎日神山。他早年住在这条沟有湖的地方，民主改革后搬到现在的村庄。他讲起益西多吉曾来到这个村，还建起一座叫申崩滚的小寺庙。益西多吉未来此村前，这里有很多妖魔鬼怪。益西多吉来此降妖伏魔，建起了一座镇妖塔。尼玛很小便听父母讲益西多吉的故事，特地向我们勾勒了益西多吉寻找神山之门钥匙的线路。

益西多吉来到朗县仲达镇，再沿着竹龙沟河岸的水泥路向竹龙沟深处走约1公里到达如村，继续前行相继经过伟乐、拉垫雪、谢康、童雪、藏达龙村，在底米岗找到了扎日圣地之门的钥匙。随后，他淌过登木河走进左侧的山沟先到达佐嘎村，继而来到崩达、桑琼，从桑琼村开始只能顺着山间小路向上步行，大概几个小时后到达孔马拉之巅，翻越孔马拉后依次经过“次仁其阿”(长寿五姊妹)和亚布佛塔，这才真正来到了“扎日曲松”。

据当地民间传说，圣尊益西多吉一人淌过了塔波鲁卡河，踏向仲龙方向，半天左右的时间后，来到了今天的如村，他们遇到了一群运尸人，圣尊就给这个地方取名为“如”，沿用至今。他继续往前走，黄昏时分到达伟乐，这时扎日护田神幻化成鹞鸟来迎接圣尊师徒的到来，圣尊又给这个地方取名为伟乐(鹞鸟)。那天晚上，他寄宿在伟乐附近的一个山洞，而且在此山洞修行了几天，期间圣尊用拐杖在山洞旁边挖掘了一口泉眼。

在此修行期间，益西多吉受到了伟乐康萨一家的热情款待，圣尊就把泉眼的所有权给了这户人家，从此形成了附近的邻居们取水时须向伟乐康萨交水费的惯例。随后，圣尊师徒来到杂木达岗祈福，扎日圣地之门的第一把钥匙就从这里找到了。在此地一个巨石上，至今还可以清晰地看到当年第一把钥匙的图案。后来，益西多吉师徒从杂木囊越过高山来到嘎玛顶草坪，休息时不知不觉都睡着了，等他们醒过来的时候，天上已是星光灿烂，圣尊便将此地取名为嘎玛(星星)

顶。他们又来到了孜度山，这里的牧人很不友善，圣尊非常生气，将此地取名为“孜度”（坏牧人）。

他们沿着河谷往上走，来到了旅琼，“旅”在藏语里即为“落下”的意思，圣尊的碗不慎落在了这里。来到洽谢时，空中突然飞来一只鸟，告诉圣尊碗被落下了，圣尊便将此地取名为洽谢（鸟说）。师徒们来到谢康，都有些饿了，于是圣尊准备从此处一户人家那里借来糌粑木盆，想要从糌粑木盆里刮下主人用盆时粘上的糌粑，以求充饥，可主人好心将盆子洗得晶亮，没有一点可刮下的糌粑，因此圣尊给此地取名叫谢康（洗净）。

益西多吉师徒继续上路，大约在中午时分，来到了归沟，在这里烧了午茶，圣尊将此地取名为归（烧火）。他们继续往前走，来到半山腰上的一个山洞，在这里修行了七天，每天都以荨麻野菜粥为食，有一天熬粥的锅子不慎从山坡上滚落下来，圣尊看到滚到河边的锅子安然无恙，竟高兴地在一个巨石上跳起舞来，当时留在石头上的脚印至今清晰可见。

小山坡上有一处长满各类植物的树丛，相传是锅子滚落时洒下的荨麻粥的痕迹，人们还说这里植物长势比其它地方要好，每到春天，这里的树叶即先于其它地方及早绿了起来。就在归沟对面的山坡上，我们还能远远地看到相传是圣尊益西多吉坐骑幻化的天然马，还有一个小山包，相传是师徒们用来拴马的木桩。

从归沟向前行一公里多，便到达底米岗，相传这里是圣尊找到开启扎日神山大门钥匙的地方，故取名为底米（钥匙）岗。这里有一座像鸡冠的岩石，相传是钥匙的天成形象。就在离此不远处，有个村子叫登木，就是“底米”的演化音。圣尊师徒淌过登木河，来到一处山脚下，有一头公牦牛挡住了去路，圣尊便将此地取名为亚雪（公牦牛）。他们继续往前走，又有一头白面犏牛挡住了去路，故为此地取名佐嘎。在藏语里，“佐”意为“犏牛”，“嘎”意为“挡住”，佐嘎村由此而得名。

益西多吉师徒继续往前行，但来到崩达，没想到被十万个魔鬼挡住了去路，圣尊使出法术消灭了魔鬼，并在此修建了一座崩巴（佛塔），用它来镇住这些魔鬼，同时将此地取名为崩达。他们在此地修行一年后，便来到了桑琼桥。为了纪念圣尊，当地群众在此处修有一座佛塔，以前叫波仁桥。当年，圣尊来到桥头的一块草坪上，从深山森林里忽然窜出一头熊，惊吓了圣尊的马，益西多吉从马背上摔下来，马受到惊吓后，丢下背上的马鞍、被子、干粮和盘缠等所有东西跑了，圣尊拼命向前追赶，在临近归沟处赶上了马。后来，马的形象在一座岩石上能看到。

我们来到桑琼桥，河流中有两块被称为是圣尊马鞍的天然石头，可长久以来因洪水的冲击,当年的两块石头如今只剩下破碎的片块。也许是圣尊当时失去了马和所有东西,瞬间变得独柱香一般,此地上方有一户人家叫波(香),便将此桥取名叫波仁桥,而将那块草坪取名为妥木那卡,藏语意为“熊出没的草坪”。据当地群众介绍,波仁桥因得到圣尊的开光,历年来无论河水涨得多大,都未曾被淹没过。

在崩达村人的眼里,熊是扎日护田神的化身。圣尊的马为何被扎日护田神给吓跑?其原因是护田神想要暗示圣尊:要去开启扎日圣地之门,必须以比丘的形象下榻此地,如果以庄重的姿态去往此地,将会招致危难或意外。

在桥前面不远处,岩石上有两个清晰的洞口,相传是圣尊从马背上摔下来时,用拐杖顶住了那块岩石而出现的两个洞,其洞眼如今也能看到。当走过妥木那卡草坪处,可以看到一处被称为“帕康”的旧房遗址,规模较大,有五层楼,其附近山脚下还有两处旧房地基遗址,这些历史痕迹说明,这里曾有过一段较为辉煌的过去。

我们站在妥木那卡向东望去,前方是一座小杜鹃和野柳树等植物点缀着的高山,相传此山就是五部空行的魂山,也有此山是白隆的说法。在被称为五部空行魂山的山脚下,可以看到当年扎日护田神迎候前来开启圣地之门的圣尊益西多吉的遗址。在有空行宝座的右边山坡上,有两处较小的冰雪,据当地群众介绍说,无论春夏秋冬,这两处冰雪从不融化,如果哪天融化了,那就意味着世纪更替就要来临了。

我们从那林山向山坡前行一公里,就能到达第一处驿站主曲卡,这里曾经是噶厦政府官员或各大活佛到扎日圣地朝佛时,当地必须热情招待前来的达官贵客,这里便是扎日神山朝圣路上的第一个催康(驿站)。此驿站曾安排有专门落实招待任务的工作人员,当地政府也会以招待需要为他们发放工资。桑琼、崩达等地村民,他们也定居到主曲卡附近,在朝圣淡季时,他们担负着修路等任务,当朝圣香客到来时,主动分担接待任务。从远方来的朝圣者,也会将介绍信交付给当地群众,当有朝一日,这些群众到他们的故乡朝佛时,他们凭着这些介绍信,将会得到达官贵客的热情款待。

益西多吉曾在这里修行,用拐杖开掘了一口泉眼,此处泉水珍贵至极,朝圣者将泉水想方设法带到四面八方。可不知什么原因,泉水后来莫名其妙地干涸了。如今,我们只能看到当年涌泉的沟洞而已。我们从主曲卡再往前行上百米,就能看到一面小湖,当地人称为主曲卡措(空行湖)。这个小湖是扎日玉措的尾湖,相传曾经每隔七日,就有空行者到此来洗浴。从空行湖继续往前走,就会来到卓苏沟,此处可以朝见到被称为空行裆部的泉眼和圣尊益西多吉的宝座和足印,若再往前走,还能朝见孔马拉山下方的孔马典。

主曲卡措,即空行湖(罗洪忠 摄)

在孔马典右边有几座山,被称为是扎日圣地护田神的宫殿,在这些宫殿右边又有几个凸起的山巅,相传是十二地母天然形成的形象。圣尊益西多吉来到此地后,曾经迷失了方向,搞不清哪条才是通向扎日的道路,他想要供好朵玛以求得护法神的预言指示,突然间,扎日护田神幻化成一只雪鸡,将圣尊的朵玛法器叼走并飞向了孔马拉(雪鸡山)。由此,圣尊翻越孔马拉山,到达了扎日圣地,开启了扎日神山的转山大门。

当地村民解释说,孔马拉是扎日神山大门的天梯,也是一条艰辛山路,朝圣者翻越这座山时,会感觉到非同一般的艰难。当地村民还称,孔马拉一带山上生长有各种珍稀树种和名贵药材,此山便显得更加与众不同。陪同我们考察的藏族驾驶员,在朗县政府开车20多年,拥有复杂道路的行驶条件。他也想驾车翻越孔马拉山下到扎日去,一睹扎日神山的风采。可当我们的车向前开,在离孔马拉山口不足一公里处,厚达一米的积雪挡住了去路。驾驶员几次不甘心,加大油门往前冲,最终陷在雪地里,好不容易将车弄出来,只好打道回府。

第二章　通向扎日神山之路

扎日以其宗教领域的盛史，被藏族群众奉为世界二十四大名山之首，是佛教理想中的“胜乐金刚宫”。这里既有举世闻名的达瓜西热圣山，还有灵验的措嘎神湖。藏族信徒们说，每转一次扎日神山，再转一次措嘎神湖，就可以洗去人前世今生的罪孽，可让今生逢凶化吉，死后魂归极乐，来世将重新获得人身或成佛，免除轮回之苦。因此，藏历猴年“扎日绒廓”（藏语意为“转扎日神山”），早已是藏区最重要的宗教活动。千百年来，人们前来此地，拜谒圣山、神湖，便成了雪域人终身的祈盼和追求。

前往扎日神山

10月1日，正是拉萨河谷树叶飘落的季节。我们一行4人从拉萨前往扎日，要穿越拉萨河谷、雅砻河谷，经过雍布拉康、亚堆扎拉、雪布达拉、巴热拉等海拔5000多米以上的雪山，然后到达隆子县边境检查站。这里已属于边境地区，所有过往游客和车辆都要出示边境通行证。从边境检查站往左边走，有一条乡村公路，也是去扎日神山惟一的道路。这条弯弯拐拐的土公路，下雨泥浆四溅，天晴黄土漫天，考验着驾驶员的耐力和视力。

隆子县地处藏南喜马拉雅山之东段，中印边界线达163公里。“隆子”原意为“须弥山顶”（佛教用语），古称“涅”，公元1354年建宗（县），至1959年5月西藏和平解放，隆子宗并加玉西卡、觉拉西卡而建隆子县。

隆子县现有地域面积10566平方公里，有13条国外通道。县政府辖2镇9乡、80个行政村、445个自然村，总人口约36519人，居有藏、汉、珞巴等十几个民族，其中藏族占99%以上。隆子县平均海拔3900米以上，是一个资源比较丰富的半农半牧县。其农业主要集中在隆子河谷和斗玉雄曲河畔，牧业相对集中在洛河扎日湿地和玉麦峡谷牧场。

当汽车翻越一座大雪山后，海拔越来越低，沿途既有圣洁的雪山、漫山的鲜花和垂落的瀑布，又有广阔无垠的草原、深邃宁静的峡谷、色彩艳丽的圣湖和绵延千里的原始森林，甚至在不经意间，还有气势恢弘，却只剩断壁残垣的庄园碉楼从山涧野地里冒出。在前往扎日的谷地穿行，我们仿佛就是穿行在一幅又一幅秀丽的山水画里，一扫雄壮高原的霸气苍凉。

我们继续前行，就到了加玉乡，加玉藏刀就诞生在这里的达孜村。走进加玉藏刀第四代传人巴珠老人的家里，他正和6个徒弟忙着制作藏刀。7个人分工明确，有的制作刀鞘、有的锻造刀身、有的雕刻莲花图案。“人均收入1万多元。”巴珠老人说，乡里有专人负责过来收购，送到县里的销售点出售。

经过5个多小时后，我们便到达三安曲林乡，游客大都在这里食宿，观看三安曲林寺。三安曲林寺建在三安曲林乡政府北侧的山脊上，海拔3250米。该寺创建于1515年，创始人名白嘎布活佛。该寺尊奉后藏江孜的热隆寺及曲水的主贡嘏寺为祖寺，尊奉主巴噶举派的创始人林热·白玛多吉为林热·白玛多吉祖师，也是扎日神山鼻祖益西多吉的恩师。

该寺建筑依山脊走向呈东西一线分布，占地面积3000平方米。原主要建筑集中在东部，有杜康大殿、佛殿、拉玛拉康等；最东端是扎厦(僧舍)。原杜康大殿为石砌墙体，殿堂面积12柱；佛殿位于大殿之后，面积2柱，内供奉泥塑释迦牟尼(佛陀)像，高约两层楼。让我惊奇的是，拉玛拉康位于佛殿之上，内置主巴噶举派高僧益西多吉的塑像。

三安曲林寺经堂内遍布壁画，内容为释迦牟尼佛、白度母、胜乐金刚等像；佛殿供奉有强巴佛等佛像。该寺内还藏有一批雕刻精美的玛尼石刻，主要有：释迦牟尼佛，头戴高冠，着右袒式大衣，左手持钵，右手作触地印，结跏趺坐于仰覆莲座上；无量寿佛，头戴塔式高冠，内着僧祇支，外着右袒式大衣，双手上下相叠放于腿部，手掌向上作禅定印，结跏趺坐于方台上，具有较高的艺术价值。

到达三安曲林乡，经过第二道检查站，这道关口比较顺利。我们继续往前行，一个小时后就到达了海拔5003米的卡拉山口。越接近山顶，气温越低，竟然飘起了漫天雪花。再从卡拉山向东下行，汽车在山谷里颠簸行进。从卡拉山发源的雪水，向南流入三安曲林乡的雄曲河，人们在那里建起了一座水电站。向北再向东走的水形成洛河，进入甲曲河，向南流入下珞渝。在一片浅滩上，多块被水流分割的绿色草地似浮萍一般，小溪两边尽是低矮的灌木和茂密的松林，还有大片的绿色草甸，这里景色有些类似西藏的鲁朗和云南的香格里拉。我们一行四人兴奋不已，拿起相机和手机拍摄这难得的美景。

汽车越往下走，上百公里长的沟谷里，生长着成片的灌木，被秋色染成一派五彩缤纷的世界。黄的、红的、褐的、绿的，一团团，一簇簇。身在扎日沟，我感觉自己好像徜徉于四川的九寨山水，欣赏西藏林芝的巴松错层林。这里山高险峻，具有典型的原始丛林特色。扎日山一带气候潮湿，山中大多被浓雾覆盖，但天气晴朗时，可以看见山顶上放出阵阵红光。历史上不少人不惧生命危险前来朝山，他们相信，如果死在这里，必能得到莲花生大师的超度，洗净多生积累的罪业。

倾听圣山传说

我们来到确桑乡，途经亚绕。在潺潺溪流边的草地上，早已搭满了各式的帐篷，这里成为转山朝圣的大本营。从这里开始，需要15天左右才能转完。这里是珞巴人的居住地，独特的珞巴风情，更是让人回味无穷。早在藏历铁猴年(1944)2月，汉族僧人邢萧芝云游西藏来到这里，在口述史《雪域求法记》中有过这样的描述：

第二天，我终于在米及顶(墩)附近见到了珞巴人。他们穿着西藏氆氇，身上大部分赤裸，头发蓬松，头上戴着竹编帽，身上配刀，背着一个竹篓，大约长一尺五寸。由于长年赤身露体，珞巴人的皮肤在阳光照耀下粗糙如癞。他们身上背着弓箭，箭头带剧毒，见血可死人。女人腹部系着一个藤圈，脖子上系着朱链，腰间系铁圈，衣着上和男人稍有不同。

这里的珞巴人分为三种，第一种称为熟番，他们与藏人交往，会讲藏语，与当地藏人进行贸易；第二种和第三种被称为卡鲁人和丁鲁人，他们只说自己的语言，没有文字，过着原始生活，刀耕火种，结绳为记，不与其他种族交往。他们居住的区域产猴、熊皮等。他们用这些土产来交换米，所以米是他们最大宗的贸易。

我们到达目的地——马及敦(旧称米及墩)后，已是中午一点多，当天夜宿此地。在马及敦后面的桑多白山，我不顾旅途疲劳，同藏族朋友一起去山上看藏传佛教祖师莲花生大师的修行洞，距马及敦只有几十公里。

莲花生，又称乌金大师，因为他本是乌金国的王子。该国在如今巴基斯坦境内。他又是印度佛教著名的密宗大师。藏文佛教史记上说，当藏王派专人迎请莲花生大师时，大师已经预先知道使者的来临，认为缘起成熟，于是他主动启程，和前来迎请他的藏王使者在路上相会。入藏途中，他遇到各种妖魔的阻拦，一路上大师用密法逢妖捉妖，遇魔降魔，使他们皈依了佛教。

传说莲花生大师在西藏停留了18个月便离开了，有人说他回到了印度，可西藏的佛教徒们相信莲花生并没有回去，而是将身体修成一道红光，带着两位妻子和子女飞到地处藏南的扎日山顶，在那里建立了修行的宫殿。修成红光之身是密法大圆满的最高成就，更是给扎日神山披上了一层神秘色彩，能够去扎日神山朝圣，是很多藏族人一生的心愿。

我同一名藏族转山香客交谈，了解到另一种说法。据藏历天文历法普氏历算法计算，藏历猴年四月七日是释迦牟尼诞辰日，且猴年猴月十日为莲花生大师的诞生日。而扎日神山统称为佛教胜乐宫，神仙活佛从胜乐宫来到人间。因此，马年转岗底斯山，羊年转纳木错，猴年转扎日神山的传统，至少有八百多年的历史了。宗教传说猴年转扎日神山，可使今生逢凶化吉、延年益寿、心想事成，死后能魂归极乐世界，来世将重新获得人身或成佛。

1911年，清军管带（相当于营长）陈渠珍在波密时，曾听说过朝拜扎日神山的事情，详问当地藏族老者情况，后又请教当地头人，方知事情原委。他在所著的《艽野尘梦》中，作了如下记述："彼中活佛，距此一万八千里。何国何地，亦不知其名。但经白马杠（岗）入野人地，又行数月始至。其地遍地莲花，气候温煦，树木扶疏，山水明秀，奇花异草，芬芳四溢。活佛高居莲花中，莲花大可容人。白昼花开，人坐其上。夜间花合，人寝其中。地下泥土，捻来即是糌粑。枝头垂露，饮之皆成醇呛。人能诚心前去，无不立地成佛。"而这里所说的莲花，即指莲花生大师修行的扎日神山。

我们找到莲花生修行洞时，洞外小庙正有一个喇嘛在念经，看洞人给我们打开紧锁的洞门。莲花生修行洞是一个天然溶洞，洞壁有自然形成的太阳、月亮、星星、蝎子、蛇等动物图案，非常清晰，惟妙惟肖。信教群众还在岩壁上日积月累敲出孝子洞、聚宝盆等多个洞穴，洞顶有观音献给莲花生大师的哈达。洞里有泉水，附近群众专门取此水回去饮用。

每逢藏历每月十五和三十日，信教群众和远道慕名而来的观光者都要去朝拜。神仙洞还有许多神乎其神的传说，其中一则是说当地群众将一头山羊放进神仙洞，最后它竟然从林芝地区的朗县跑了出来。意思是神仙洞通达四海，让人心想事成，这也许是神仙洞人气较旺的原因。由于洞里有暗河和岔洞，所以没有守洞人带路是不允许进去的。莲花生修行洞里寒气逼人，让人不敢贸然闯入。坐在遮天避日的经幡下休息，倒是一种难得的享受。

珞巴土著“阻拦”

十七世纪，格鲁派掌管西藏地方的政教权力，每隔十二年(藏历猴年)举行一次转扎日神山活动，改由政府统一组织后，这种转山活动便带有了浓厚的政治色彩。五世达赖在给梅惹喇嘛的封文里就讲到，自火猴年(1656年)以来，“所有僧俗不顾自身任何安危，于约二十五年间，一心积极维护宗教事业，珞、门区属部中未归我治下者及珞渝人等亦入我治下”。

珞巴族崩尼部落妇女(李坚尚 摄)

扎日神山地处珞渝，珞巴族人居住的地区。珞巴人以往不信神佛，崇拜厉鬼。当地珞巴人认为，山上有一个名叫“碓”的鬼，本命年就是猴年，才有了藏族信徒猴年转山驱鬼的习俗。可后来这个传说变成了神鬼结合的版本。据说扎日山顶有胜乐金刚的宫殿，他当初降服了盘踞此地的妖魔鬼怪。但有一个名叫“碓”的鬼魔力巨大，有本事将人类拉回到混沌时代。每当它到了本命猴年，如得不到供奉，便躁动不安。因此，每到猴年，藏族信徒就要成群结队前去转山朝拜，消灾祛难。藏族所说的“碓”，有可能暗指生活在这里的珞巴人。邢萧芝在回忆录《雪域求法记》中，也有这样的描述：

三月四日降神大会那天，……来了三十多个当地(珞巴)族人，西藏人在空场上竖起大旗杆，挂红玛尼旗，供金刚手菩萨；而当地族人则舞刀跳跃出场，约有五六次。双方各自表演。……在场的金刚门都穿着金丝缎衣服，跳跃驱鬼，当地族人舞刀反扑，他们明白藏人视他们为鬼。稍后当地族人抬上来一位祭司，开始请神念咒，接着在场祭牛。只见祭司先是口中念念有词，然后举起手中利刃向牛背上狠狠砍去，牛倒下后，一伙当地族人立刻举刀蜂拥而上，将牛大卸八块，有的割尾巴，有的砍牛腿，有的砍牛头。一面屠牛，一面把血淋淋的牛肉送进口中，狼吞虎咽地吞下肚去。五条活生生的牛一瞬间在当地族人的刀下消失得无影无踪。

以前珞巴人很原始，长期生活在深山老林中，只用兽皮与树叶遮体。他们不信藏传佛教，因此不但不转山朝佛，反而会趁机杀人抢劫。每到藏历猴年四月转山前，西藏地方政府都要派僧俗官员前来，带着征集到的牛羊、刀斧、铜器等，与珞巴头人一起，将物资发放给珞巴人。然后，他们会举行一定的仪式：在朝山出发地点，用巨木搭成一个大门，门两边的木梯上各站一位藏兵。仪式前先杀一头壮牛，牛血装在铁锅内。当地的珞巴人依次拿一把羊毛，沾一点牛血抹到自己的额头上，然后抽出腰刀，割一块牛肉带走。这一举动，就表示他对分发的物品满意，发誓在转山期间，不杀人、不放毒、不挑起事端。否则他们会砍断登山的藤条，用毒箭射杀转山人。

转扎日神山的规模是相当庞大的，届时拉萨、那曲、山南、昌都以及门隅、后藏等地的藏族、门巴族都有许多人参加，每次多时达2万人左右，所转路线也相当长，从三安曲林、扎日、朗久、马加至塔克新地区，前后达20天。每次西藏嘎夏政府都需在一年前派出有关官员，同负责带路的巴依、玛雅和纳等珞巴族部落的首领联系，会商以致盟誓，然后通过这些部落首领再与德根部落的有关首领协商，以保证转神山顺利进行，使得人身安全有保障。

每逢藏历猴年，珞巴人也来到这里，但他们不是来转山，而是来领礼物的，来者有份，不能来的就派家族代表领回去。珞巴族老人达伐就代表西巴霞曲流域米里根家族11户前来领取物资，共得到1头牛、2袋盐、3袋糌粑、20个铜镲、1个铜铃、5把刀子、2把斧头和做2套藏装的氆氇。若不如数交付，珞巴族各部落便不予放行，易引发流血冲突。

前来领取物资的珞巴族多是干练、有经验、上年岁的人，他们非常注重物资的多少和质量的优劣，并把这些和12年前的相比较，与从老人们口传下来的历次物资数量相比较。一般他们的数字概念薄弱，只用摆小木棍、系草结等方法计算，反复比较回忆、商量研究，如果与上一次差不多或更好些，就举行仪式接受礼物，并让藏族信徒转山。陈渠珍在《艽野尘梦》中，记下珞巴人索要物品时的情景：

……每十二年达赖亲身一往。尤记五年前(1908年)，达赖往朝活佛，一行二百余人，由此经过。行至波密，与野番交界大山下，即为野番所阻。盖历年朝佛，道经此山，须赠野人铜铁磁瓦器皿甚多，名曰‘买路钱’。例有规定，不增不减。此次赠品，未能如数，互争不已，野人曰：‘吾有成案可稽’乃负一老野人至，置地上，年百余岁矣。头童齿豁，历数历次赠品之数。藏人语塞，悉数补出始通过。

如果珞巴人不走过门、不贴染血的羊毛、不割牛肉，则表示他们对所赠物资不满，很快就会发生激烈的反抗。1944年就出现了这种情况。噶厦备好大量物资，派两名四品官——僧官孜仲名窝角、俗官仲科名贡能，率30多藏兵、一群喇嘛前去发放。由于两名官员从中贪污不少，被珞巴人察觉，当场杀死他们，打死打伤藏兵、香客数百人。后来经过谈判，补齐原有数量，才得以让藏族信徒继续转经转山。

第三章　扎日神山朝拜之旅

2016年10月2日至4日，年过五旬的我完成了自己都无法想象的转扎日神山活动，而且是赶在大雪即将封山的季节。在3天转山行程里，穿越海拔4867的卓玛拉、4997米的夏嘎拉等两座大雪山，以及9个海拔超4200米的雪山垭口与湖泊，沿途没有手机信号，只有雪山草甸、悬崖陡壁、沼泽泥泞。若行走过急，一旦引发急病，或从悬崖上摔下去，因得不到及时救治，生命会随时在此中止。我从侧面得知，今年已有8人葬身于转扎日神山的路上。3天里，我们一行4人经历了一处处险境，竟然毫发无伤，也算得上一个奇迹了。

险些与神山失之交臂

如今的转扎日神山，一般是从扎日乡所在地马及敦出发，先朝拜附近山上的莲花生修行洞，然后向东去朝拜错嘎湖，回程再朝拜朱巴噶举派的机甲寺，再向前到曲桑村、朵参村等。若将这些地点联缀起来，足有70多公里，相当于围绕扎日神山主峰达瓜西热转了一个圆圈，即可构成所谓的“小转”。

9月30日下午4时，我们杂志社的嘉措主编在微信给我留言：“你是去成都陪爱人，还是跟证券公司的陈总去转扎日神山？”我当时正在给爱人办理在成都检查治疗的手续，可想到长久向往的扎日圣地时，没有任何犹豫地说：“我明天跟陈总一块去扎日，是没有什么问题的。”随后，嘉措主编告诉说，陈总已同意我一块去转扎日神山，让我尽快与他联系。

在扎日神山的周围，以前的主人是珞巴族，也有少量转山留下来的藏族。作为珞巴族文化领域的研究者，我到过扎日周边的斗玉乡、朗县的登木乡，做过比较深入的采访，却没能到过扎日周边的扎日乡、玉麦乡，不能不说是人生的一大遗憾。

当晚22时，我同陈总通了电话。当时上楼气喘吁吁，陈总当即说：“我们不是去隆子县游玩和享受，这次转扎日神山，少说要三四天。我们要走很远的路，沿途没有食宿点，只能吃自身带的方便面、饼干等，还有可能露天宿营，晚上若遇上雨雪，只能钻进睡袋里，这可不是闹着玩的。我看你说话都累，能否走下来，我心里没有底，你若一旦掉队，谁来护送你？你还是转告嘉措拉，我非常欢迎你去转山，但考虑你的身体因素，还是别去了。”

我将情况迅速转告给嘉措主编，也一再强调自己年过50岁，只是在16年前翻越过多雄拉山，沿途至少还有多家四川人开的客栈，吃住条件不差。这次三四天的转山行程中，沿途没有任何客栈和饭店。我如今的体力也大不如前，很是担心自己走不下来。我若一旦掉队，将会打乱整个团队的行程。我已向朋友约稿，写有一篇上万字的转山稿件，写得还蛮不错。

我给嘉措主编通话后，他正在参加一个聚会，也许是喝了点酒，平时彬彬有礼的他竟说：“你在部队还是个团座，这点困难就吓倒你了。有些六七十岁的老人都敢转，你才五十岁，就害怕了？”嘉措主编接着又说，“你向朋友约稿,那是人家转山时的感觉，但你是杂志主笔，只有亲自转后，才能写出自己的感受来,你还是跟着陈总去转山吧。”我看嘉措主编的态度坚决，只好答应说：“我明天随陈总参加，若遇上身体不适，当天便退下来，就在扎日乡附近采访。”

10月1日，当我们一行快到转山入口处亚绕村时，陈总问：“你带睡袋没有？”出发前，陈总曾提醒我带睡袋。在西藏工作生活30年，从没用过睡袋，我当即回答说：“这次野外宿营，你们带有帐篷，没有睡袋也没事。”陈总非常吃惊地说：“我们没带帐篷，只带有防潮垫，每晚钻进睡袋里，若遇上刮风下雨，也只能忍着。”我听后回复说：“若是这样，我只好住在机甲寺附近，沿着公路一线进行采访拍摄。”不过，陈总安慰说：“我们到转山入口处的村庄时，也许小商店里卖睡袋，我们车里还多出一个防潮垫，你可跟着我们一块去转山，就看你的运气了。”

头晚出发时，我也曾打电话告诉妻子：“转扎日太危险了，明天到扎日乡后，就不再跟他们去冒险，在扎日乡周围采访。我等他们转山结束后，再一块返回拉萨。”我知道自己已不是16年前那个身强体壮的年轻军人了，妻子更不想我去冒险，平安才是一家中最大的福。到达机甲寺所在的亚绕村，这里是转山的出发地，竟然有睡袋卖，卖价也才160元，此时我早已忘了妻子的交待，买了一个睡袋。当我谈起下雨睡袋也有可能不防雨时，商店老板竟说：“我这里卖双层塑料布，下雨时钻进去，可以防雨防潮，还能保暖。”我听到介绍后，没有任何犹豫就购买了5米塑料布，足够我们4人晚上防雨了。

在当地一户家庭旅馆里，大家每人吃上了一碗牛肉面，也许味道一般，但也算得上当地的美味了。当晚，陈总就同背夫商谈价格，有的说：“现在山上下雪了，沿途的路不好走，弄不好出人命，很多人都不想上山了。”经过一番讨价还价，我们最终出价1万元，有两名背夫主动承担下来。当两名背夫看到我们买的塑料布时说：“若走得快的话，3天时间就可到达目的地，中途有两处可供住人的简易石头房，还可提供热茶和开水，塑料布用不上。”当我们3天转完后，陈总看到背夫们沿途背着沉重的食品、衣服、睡袋和防潮垫等，觉得很是过意不去，又给每位背夫增加了1000元。

当天夜里，我们住在亚绕村一栋简易的家庭客栈里，一个小小的房间里，竟然搭有5张床，仅留小小的空间供人通行。我们当天早上8点出发，下午5点多到达亚绕村，9个小时的车程，尽管让我身心疲惫，但费了很大劲才睡着，可没睡上一小时，就被邻床的两兄弟给弄醒了。我一问方知，他们来自林芝县农村，哥哥叫顿珠，同弟弟一块来转山，刚花3天时间转完一圈。他们在亚绕村休整了一天，今天一早又继续上路了。我看手机时间，显示为凌晨3时10分，只能默默地祝福他们。

在达瓜西热标示牌下留影，右侧是背夫达吉（罗洪忠 供图）

我从顿珠的介绍中得知，转扎日神山的路线有三条，分别称为小转山顶的“孜廓”、中转山腰的“八廓”和大转山谷的“绒廓”。所谓的“扎日绒廓”，就是在深山峡谷中转，需要20来天，全程最为辛苦。一路上高山陡峭、峡谷幽深、急流飞瀑、林木森森，野兽和毒虫不时出没，惊险万分。扎日神山还分为内围、中围和外围。内围根本无路可行，听说以前曾有得道高僧进去过，里面地势十分凶险，围绕这山头耸立着21座山峰，正是天然的21尊度母圣像，而山顶就是莲花生祖师修法的地方。

我从顿珠兄弟的介绍中得知，沿途有3处可供人住宿的简易石头房，房屋里还有被子，每人每晚收30元，还有专人烧茶水，每瓶20元。当得知我们有两名背夫全程保障时，顿珠当即说："我们自己背食品和日用品，每到一个点都得靠自己烧茶水。你们太幸福了，有人帮背运物资，还能喝上背夫们烧的热茶。"顿珠的介绍，打消了我先前的顾虑，至少不会在露天里宿营，虽然我当晚有点小感冒，但却更坚定了转山信心。

10月2日，陈总看到我的气色不好，便对我说："老罗，你的脸红得很，看来是感冒了。我马上给你们杂志社主编嘉措拉打电话，你就不参加转山了。我既要对嘉措拉负责，也要对你负责。"我当时称自己来自大巴山，从小就爬坡上坎，在军校时多次参与野营拉练，身体素质很好，这点小感冒不算啥。随行的扎顿师傅见状，取出一包九味羌活丸，我服下不到半小时，脸也不红了。

从亚绕到米帕塘宿营

早上7点半，我们一行4人从亚绕出发。我当时肩挂一个照相机，背上4桶方便面、1袋水果，还有自己的换洗衣服、洗漱用品等，不下15斤。大家知道，在海拔4000多米的高原爬山，相当于平原负重40斤物品行走。若穿越海拔近5000米的雪山，这个重量将陡然上升。

在同行4人中，年龄最大的当数陈总的哥哥，时年56岁；我的年龄排第二，时年刚过50岁，曾在16年前翻越过条件异常艰苦的多雄拉山到达墨脱；陈总排第三位，时年也有48岁，沿途特别喜欢看书，他是国内有名的诗人，曾参加诗刊社第24届青春诗会，多次获得国家级诗歌大奖，中国作协会员，西南政法大学法学硕士，浙大EMBA硕士，高级经济师，证券公司高管；藏族师傅扎顿排第四位，也进入48岁，曾在部队服役4年。曲桑村是扎日乡的一个行政村，亚绕也只是曲桑村下辖的一个自然村。曲桑村通往玉麦的河谷里，在近年来修建的水泥桥旁边，两岸还能看到一座木桥的残迹，这就是有名的"取经之桥"。相传，从这里转扎日神山，要翻越13座山，山里住着21个度母，这座木桥便成为转山路上的引桥了。不过，现在从曲桑村的亚绕自然村过新桥到机甲寺，已经修了一段长3.4公里的土公路，转山的人若有车送，可省去这段路的徒步，节省很大一块上山的体力。因为此段还没有开始转山，从宗教礼数上说还是允许的。

当我们一行抵达机甲寺时，已花掉了半个多小时，当地政府正在复原修建机甲寺，当时正处于寺庙外观装修阶段。从外观来看，此时机甲寺已是当地非常壮观的寺庙了。机甲寺已有850年的历史，现在还留存有一件释迦牟尼佛像，属于国家一级文物，曾被境外的人窃走，几经民间和外交努力，才得以追回。在寺庙旁边，有栋两层的楼房，就是寺庙临时的殿堂，接待僧尼信众。我上到二楼，有名喇嘛正在给藏族信徒们讲解扎日神山。我拿起相机准备拍摄照片时，随行的扎顿师傅当即提醒说："这是讲经说法的地方，不能随便拍照。"我只好收起相机，当起了忠实的观众，可我听不懂藏语，一句也没听懂。

我们离开机甲寺时，两名背夫也跟了上来。一位叫达吉，另一位姓名忘了问，记行他当时腰挂一把藏刀。他们均有多年从事背运物资转山的经验。机甲寺背后的"达瓜西热神山"标示牌特别显眼，用中、藏、英三种文字书写，上面标明距隆子县城196公里，海拔5722米，比起拉萨高了2042米。我们当时误以为沿途将翻越这座神山，海拔如此之高，心里直打泼浪鼓。后来听朝圣的藏族群众讲，我们可远远望见达瓜西热神山，平时云遮雾绕，就像水晶一样，要想目睹它的尊容，不是一件容易的事情，故当地村民称它为"水晶山"。

印度文化学者哈里希·卡帕迪亚在《追寻达瓜西热的老朝圣之路》中介绍说："我们一个由四个人组成的队伍，按照古老的朝圣路线，溯苏班西里河谷而上，去朝拜西藏的达瓜西热。扎日神山也被称为'水晶山'，对藏民、门巴人、'阿鲁纳恰尔邦'的德根人（注：我国珞巴人）来说，是非常神圣的。去扎日神山转山，每12年一次，转山路线从西藏的曲松开始，沿着扎日曲往下，到与西巴霞曲的交汇处，然后沿着西巴霞曲逆流而上到塔克新，然后从这里沿玉门曲折向北，转山终点位于神圣的玉门寺。这个被称作'日廓'（即转山）的长线路的转山需要历经3个多月，有数千朝圣者穿越这条线路，歇息在山洞和竹棚里。……现在，自从麦克马洪线将达瓜西热和阿鲁纳恰尔邦的山谷分隔后，转山也就停止了。"我们不得不承认，这次转扎日神山，只能算小转，同3个多月的大转相比，是无法比拟的。

机甲寺上方谷地是一片原始森林，也是石头遍布的丛林，一条溪流从中流过，溯流而上的地方就是我们当天要翻越的第一座神山——卓玛拉山，海拔4867米。我们从机甲寺后面的一块湿草地钻进了原始森林间，顺着踩出来的光滑的石头路、碎石路、泥浆路向上爬。我使劲往前爬，可爬了一段后，早已是气喘吁吁了，只好放慢了脚步。让人意想不到的是，同行的陈总的哥哥年龄最大，性子有些急，体力也好，使劲往前赶。当我爬上卓玛拉山口时，他早在半小时前就到达了。当最后一个同行人员到达山口时，竟比陈总的哥哥晚了一个多小时，因此大家送给陈总哥哥“飞人”的称号。正是这种快步赶路，让他遭遇了“滑铁卢”，将在后面予以叙述。

我们刚爬上第一个台阶，同行的背夫达吉告诉说，这里可以撒尿。他指着一个标示牌，上面有藏文标示。就在这时，扎顿师傅翻译说：“这就是喇嘛尿尿的地方，当年喇嘛寻找扎日神山，在此撒过尿。”从朝圣开始，扎顿师傅一直告诫大家，你不能想尿尿就尿尿，要在专门立有藏文“喇嘛尿尿”牌子的地方大小便，牌子插在垒起来的石堆上，石头上还系着哈达和经幡，喇嘛会在石台上打坐、休憩，当然也会撒尿。我后来看到隆子县政府的公告，了解到早在当年6月7日县政府就发布了《隆子县达瓜西热神山旅游基础设施建设项目》，将投资315万元新建旅游基础设施140.8平方米，旅游公厕165.24平方米，百步梯、停车场等其他附属设施5000平方米，计划9个月内完成。可我一路前行，也没看到沿途修的公厕，更没见到修建的百步梯，是否工程下马，不得而知。

从原始丛林穿行，当爬上一段路后，便来到一个用塑料布支撑起来的简易住宿点，地上有松枝，上放棉絮，可以睡10多个人，主人提供茶水。我们同藏族僧众相互交换所带食品。我们喝上热茶，吃上水果和藏族朋友的油炸饼，这些远比康师傅方便面更有热量。陈总曾是证券公司的高管，原本20元一瓶的茶水，他当即拿出100元付给帐篷旅馆老板，憨厚的藏族老板怎么也不愿收。藏族人做事实诚，一般不多收人家的钱。陈总见对方不收，又将100元换成50元，藏族老板多次推辞，最后才勉强收下50元。

吃过午饭，我们继续前行，前面有一片藏族僧众堆起来的石头，石头上面再放上小石头，这是当地独特的一种习俗。它们就像整齐排列的士兵一样，看上去非常壮观，形成了一道人造风景。再往上走，见到一块巨大石头，上面挂满了哈达，凭着在藏多年的判断，这是一块让路人朝拜的神石。因为急着赶路，没能采访神石下又一家帐篷旅馆的老板。

我们继续往前行，一条小溪上挂满了经幡，上面铺有片石，水从片石下流淌，供行人通行。陈总的哥哥率先通过，发现片石上结有薄冰，站在对岸让大家小心通过。很快，我们便来到大片杜鹃花灌木丛中，远处的卓玛拉山口猎猎飘动的经幡清晰可见。卓玛拉山口近在眼前，我每走10多米，就停下来歇息一下，这段看上去半个小时就能到达的路，竟然走了1个多小时。

在翻越卓玛拉，距山口不到800米时，遇到那曲前来转山的次仁平措，他曾在雨季转过一次扎日神山，这次陪那曲朋友再次转山，可他的朋友信奉宁玛派，他信奉格鲁派，转山路线就完全不同。我每前进一步，都大口喘粗气，这与掌握不好步幅有关。次仁平措的话不多，始终微笑着，偶尔也介绍前面路况。他很会控制步幅，该休息时，他会歇息下来，我跟在他的后面，觉得也没有那么累。在离山口不到20米距离时，我给次仁平措拍下一张照片，心里记住了这位朴实温暖的藏族朋友。

我快到卓玛拉山口时，看到几名女性走到山口后就往回返。按照当地人的说法，女性到卓玛拉山口后，只能朝下走七步便返回，不能再继续前行。女子为何不能越过卓玛拉呢？这个原因流传最广的有两个版本。“卓玛拉”这个地名，“卓玛”藏语意为“度母”，也就是说这个山口是由一位女神把守的。有个版本是说神山脚下有个女湖神，她嫉妒心很强，山里住着她心爱的人，她怕女人下山后跟她抢夺心上人，所以她就不允许其他女人越过卓玛拉。另一个版本则说，女性在月经期间身子不干净，进去后会破坏神山的纯洁，便不允许女人越过卓玛拉转山。不过，第二个传说倒和汉人道家的说法相符合。

卓玛拉山口挂满了经幡，风很大，吹得经幡哗哗作响。山口两侧的经幡挂得太多，变成了一块厚厚的五彩布挡住去路，我只好托举哈达钻过去，才看到山口另一面的景色。就在这时，我见到一位穿着时髦的藏族小伙端坐在山口一侧念经，正准备给他拍张正面照时，他当即表示了拒绝。后来询问得知，这个小伙出生于隆子县，从小转扎日神山，大学毕业后在拉萨上班。

陈总是一位很复杂的人，既是诗人，也是经济师，还是虔诚的神山神湖信徒。他走到卓玛拉山口，当即跪下来，向神山磕了三个头。我们在山口呆了20多分钟，仍不见陈总和他哥哥下山，正当我纳闷时，两名背夫气喘吁吁地赶了上来，他们两兄弟赶紧走上去，让背夫取出三条经幡，然后极其认真地挂上去，我也用相机记录了两名汉族兄弟对扎日神山的虔诚。陈总何以有如此神山神湖情绪，我后来看到《小康》杂志有关他的报道，他向媒体人坦言：“在西藏，我每晚会匍匐跪拜，让身体沉入大地的仪式之中，每次看到牧民会掉眼泪，因为他们总能唤起我内心生命的图腾，现在的人太过于沉醉物质的享受和科技的进步，而忘了自然才是我的家。”

越过卓玛拉山口，下山的路是弯弯曲曲的羊肠小道。坡陡路滑，都是风化了的碎石路，没有任何植被。下山时，下冲的惯性大，人们不得不沿“之”字形小道忽左忽右地下山。有的信众说，积雪厚的时候，看不到路，有的人就骑在行李卷上往下滑，速度很快，顶着突出的石头，人就滚了下来，有人就是这样受伤的。

我们沿着朝圣者踩出来的小道，一会走碎石路，一会走乱石岗，一会走沼泽地。陈总是扁平足，不适合长途跋涉，或是长时间站着，因为这样很容易导致足部出现疼痛的症状，平时也不能行走过久，或长时间站立在过硬的地面上。我看到他下山时走得特别慢，脸上表现出痛苦吃力的神色。走这样的山路，常人都会感到很艰难，何况扁平足了。

我在半山腰时，就看到了一处石头房，同行的藏族僧众说，那就是今天的宿营地。陈总哥哥的体力好，始终走在队伍的前面，甚至将我们拉得很远，他当时还说："明天的行程更艰难，今天就不在这里宿营了，我们继续往前赶路，翻越下一座大雪山，在下边的河谷地带宿营。"我问随行的背夫达杰，他摇头说："这样不行的，若翻越下一座山，会冻死人，今天只能在前面的石头房里住。"我的体力也明显下降，若继续往前走，前面连个住的地方也没有，大家只能露天宿营，天上下着雨雪，当时没带帐篷，就靠睡袋大家能扛得住？

我看石头房离得不远，便加快了步伐，当走到谷底时，米帕河从草场中穿过，形成了一片宽阔平坦的米帕塘草场。在汉语里，"米帕塘"听起来是一个有诗情画意的词语，可翻译成藏语，则会让人心里极度不爽。在藏语里，"米意"为"人"，"帕"意为"皮"，合起来意为"人皮"，即这里就像一张铺开的人皮。不过，我欣喜地看到，一条条小溪从周围高山源源不断地汇入这片草场，这种美景让人暂时忘却了刚才的艰险。

要进入米帕塘草场上的石头房，先要经过一条两三米宽的河流，河上有一个三根木头搭起来的"木桥"。我后来听一位朋友讲，雨季河水猛涨，当九名僧众强行淌河时，有三人被激流冲走，最终连尸骨也未找到。当地政府得知后，派人重新架设木桥。我们走在这座木桥上面，感到非常地安全。当我问起同行建于何时，他们也摇摇头，过往行人大都选择在这里住一晚。

我先赶到石头房，陈总晚半个小时才艰难地到达这里。也许是他走得太疲惫，决定当晚不再翻山了。3个多小时后，天气突然大变，电闪雷鸣，雨也下得急。假若陈总体力好，我们会继续往前赶，一个个炸雷响起时，我们也许还在翻越海拔4997米的夏嘎拉山，尚未到达山口，却将会让整个队伍面临巨大的恐惧和挑战。我从心里庆幸陈总是扁平足，否则大家难逃一劫。

翻越雪山到达颇章雍措

当天夜里，雨下个不停，很多人的脸色凝重。有几位熟悉路况的藏族信众说，他们选在大雪封山前转山，前面的山上有可能在下雪，明天下山的路会很难走。还说，明天要翻好几座山，得走十三四个小时，是3天行程中最艰难的一天，明天凌晨4时就得出发。我躺在睡袋里，听着雨不停地打在塑料布上，内心极其复杂。我是O型血，做事易冲动，既让我做成了很多人连想都不敢想的事，也易让自己陷入绝境。半夜仍睡不着，我到房外小解时，看到满天星斗，心里总算有些安慰。

10月3日凌晨3时50分，我们准时起床，6人要了一瓶开水，当我打开一桶方便面时，结果因动作慢开水没了。我只好从伙房里要了一杯冷水，就着干方便面嚼着吃。我听说只有到下一站才有开水，这块方便面将是后面六七个小时的热量，山泉水喝多了，是否会拉肚子？我没有别的办法，双手合十向上天祈祷，希望神山开恩，中午能喝上热茶，吃碗热腾腾的方便面。

凌晨4时整，大家摸黑向前赶。这次转山很是莽撞，没有带手电筒，我当时一下慌了，大声喊起来："前面的路都看不到，我咋往前面走？"陈总告诉说："你跟两位背夫走，夹在他们中间安全些。"10分钟后，我同两位背夫出发了。我跟在背夫达吉的身后，另一位背夫在我后面，尽管这样，我手里电筒的光亮还是跟不上，深一脚浅一脚往前行，一次次踩在泥水里。最让我担心的是，前面有段悬崖陡壁，下面是涛涛河水，若踩滑滚下山崖，那将是万劫不复。今年有9名转山者经过此河上游时，河水漫过3根木头搭的简易木桥，有3人强闯过河落水被冲走，至今连尸骨也找不到，只能宣布"失踪"。

黑暗中看到散落的点点火光，前面传来说话声。我们继续往上爬，将翻越海拔4997米的夏嘎拉山，"夏嘎"在藏语里意为"干肉山"。相传1396年时宗喀巴大师来扎日转山，走到直、珠、嘎松错不远处，就感到脚底疼痛难忍，于是躺在一个洞中休息，如今还能看到宗喀巴大师修行洞。

6时40分，我们到达夏嘎拉山口。下山时，天还没亮，沿途最大的危险出现了。一面巨大的山体，望不到顶处一直倾斜下来，直达谷底，感觉路面湿滑，连老鹰落在上面也会打滑。一边是悬崖，路在斜坡中间，其实多数地方没有路，就是看着山口切过去。头上的冰川顶着巨大的冰盖，冰盖边缘是冰舌，冰沿不时有冰雪往下掉，如果砸到人，人不死也会滚下山谷里去了。

下山时，我踩着一个个脚窝往前行，也许是连日下雪，脚窝上结有硬冰，踩在上面稍有不慎，就会跌入悬崖下边，不死也会残废。我当时看不见路，也顾不了那么多，连忙向前面的一位藏族朋友喊：“我的妈呀，用电筒照一下，看不到路了。”我当时神经高度紧张，吓出了一身冷汗。我能毫发无伤走下这段山路，也算是奇迹了。

我从小穿行于大巴山小路，同行的陈总就比我惨多了。他在事后微信中这样写道：“3日凌晨6时50分，当穿越夏嘎拉山口时，竟摸不到向下的道路，整个身体像一块铁石横在山梁，又恍若一片树叶挂在空中，骤然一声震耳发聩的哭喊擦响山谷：这是在哪，路怎么走啊？……近百米的悬崖，几乎用完了一生的胆，所幸有扎顿、达吉在，有神山在……”

我走下这段险路后，发现百米陡壁竟然耗去了半个多小时，当时天也渐渐亮了。我使劲往前走，突然回头一看，陈总早我20分钟出发，却落在了我的后面。在我们团队里，大家走得都比陈总快，就连他的哥哥也尽量往前面赶。陈总走路特别慢，却很少停下来。我跟在他的后面，前面的人有时扶他一下，这样前后都有照应，才不至于让他掉队。这也意味着，我在后面不停地跟着，途中休息的时间也很少，同样显得特别累。

我往下走，前面有个长达40多米的冰坡，快要下完时，突然脚下一滑，摔了个脸脚朝天。也许是神灵保佑，我后脑没有碰到坚硬的石块，若头部受伤流血，即使幸运地等到救援人员赶来，那也是两天以后的事了，我将失血过多而死去。在转扎日神山时，有的因受伤得不到及时抢救而死亡。我转完此山后，一再在朋友圈呼吁，对于外来游客来说，转此山有极大风险，要做好充分的准备，包括身体、物质等方面，切莫拿生命去冒险。

继续往下走，遇到一条冰雪路，有行人踩出的脚窝，上面结了冰，下面是30多米高的小河。若稍有不慎，就会滑下去，虽然不能危及生命，全身湿透的滋味也够让人难受的了。这段10多米的冰雪路，我是一步一个脚印地往前挪，生怕出现闪失。再往前面走，碎石路、乱石滩，硌得脚生疼，但少了许多惊险。当到达一处平地时，有一块用木棒搭建的简易塑料帐篷，但很久没有住人了，早已废弃了。两名背夫等在这里，告诉说：“我们往前面赶，前面有一个石头房，可以烧壶热茶，让大家喝上开水。”

从这里出发，很快便是翻山，这个山没有夏嘎拉山高，但沿途特别陡，路面也很窄，若遇上下雨会特别滑，弄不好将摔下悬崖。我们特别幸运，爬山时天气好，路也不湿滑。我们费了很大劲爬上一个山头后，接着又是一段爬坡，我问转过此山的次仁平措，他指着前方山谷说："前面还有3个山头，翻过去后再爬一个缓坡就到了。"我听后无言，坚持走吧，前面就是吃午餐的地方，那是走下去的希望。

两个多小时后，我们跌跌撞撞，终于到达这座向往的石头房，陈总及他的哥哥找到一块草坪，躺在地上再也不想动了。我也找到一处断墙，将身上背的东西扔在一边，倒上一杯热茶。也许是太累了，竟然将茶杯弄掉了，水全部倒了出来。随行的扎顿师傅说："你小心点，这里烧壶水多不容易！"

在这里休整半个小时后，继续向前走，连续遇到几个缓坡。回望前面走的路，我竟然生出一丝怀念，让人看不到尽头的路，让人崩溃的路，居然也让人想念起来。50分钟后，爬上第一个缓坡，便看到两个连在一起的小湖，也许是观湖角度的问题，水面往外鼓，一条纤细的水流连接，而进出水口又如两条丝带，就像一对大而圆的眼睛，我便称此湖为"眼睛湖"。

10多分钟后，我们便来到退夏拉山口。陈总兄弟俩走得都很疲惫，陈总用拐杖支撑着休息，他的哥哥也用手托着鼻梁，一副很累很疲乏的神色，就定格在我的镜头里。我后来听人介绍，退夏拉是藏地有名的忏悔山口，佛教徒走到这里，此生有多少罪孽，只要面向达瓜西热神山忏悔，都会求得原谅和解脱。据说，这个山口是远望扎日神山主峰达瓜西热神山最佳的两个位置中的第一个，可我们当时并不知道，失去了一次观察云雾缭绕神山主峰的绝佳机会。

我们一路向前行，爬过一道道陡坡缓坡，经历大大小小九个湖泊，有条红水泉在路边的山岩里汩汩流出，流经之处，砾石尽染，水色暗红。可在其西侧不远处，还有清泉一眼，冰凉甘洌，饮者甚多，令人称赞不已。当来到一处湖泊时，湖水清澈，岸上花草繁茂，不少牦牛在湖边悠闲地啃草。

我们离牦牛远远的，没有什么危险，可隆子县一名援藏干部却在文章中记录了初遇这里的牦牛惊险的一幕："一群牦牛迎面而来，黑色，长角，高大，雄健，早已走过去的白玛才旺在后边紧追，好像在控制牛的方向。一开始还以为白玛才旺赶牛为我们拍照，但很快从他生硬急迫的汉语呼喊和摆手中，明白了他是让我们立即躲开。真是好险啊，我们刚躲到湖边的乱石堆里，凶猛的牦牛阵就呼啸着奔跑过去，白玛才旺的脸都吓白了。"

第二天，我们经历了十五六个坡中的一道大坡。这个坡看似不高，也许是大家走的时间太长，走起来却是没有尽头一样。我每向上爬10多米，就停下来休息一下。走在后面的次仁平措说："翻过这座山，就全是下坡，再不会翻山了。"当我费很大劲翻过山口时，突然下起了冰雹，越下越大，也越下越急，当快要到转山路中的第一神湖——颇章雍措时，冰雹才停下来。颇章雍措湖海拔4504米，我国地图上标为“颇章措”,“颇章”在藏语里意为“宫殿”,从某一个角度观看,整个湖像一座宫殿,因此获得了颇章雍措的美誉。

颇章雍措湖,藏语意为像宫殿一样富丽的湖,当地群众将值钱的金银饰物扔进湖里。当天晚上,我们就住在湖边的一座石头房里(罗洪忠 摄)

按照当地人的说法,当转山的人们到这里的时候,会把身上的一些值钱的物品抛撒到颇章雍措湖里,祈求平安。据《西藏文史资料选辑(十一)》(民族出版社,1989年)记载,1900年4月25日,十三世达赖喇嘛回到他的出生地朗县,5月13日启程去扎日山,21日返回朗顿庄园。此年并非猴年,十三世达赖喇嘛一生只朝拜过扎日神山一次,而且是小转山。十三世达赖喇嘛年谱1900年5月13日也记载:“启程去扎日塔巴西热圣山(即达瓜西热)朝拜。……去颇章玉(雍)措湖抛供谒后,步行转登。”

清军管带陈渠珍在所著的《艽野尘梦》中,也有过一段精彩描述:德摩呼图克图(即林芝市德木活佛)告诉陈渠珍,十三世达赖喇嘛去扎日山的买路钱没有给够,“野人”(即珞巴人)拦路,双方争执不已。“野人”说,他们有以往收礼数量的证据。于是,他们背来一位“老野人”,放在地上,他“年百余岁矣,头童齿豁,历数历次赠品之数。藏人语塞,悉数补出,始通过”。

我们来到颇章雍措湖边,同行的两位藏族朋友按照习俗转完湖。有的在湖畔高台上向湖内献哈达，有的绑着手镯等一起往里扔。我实在是太累了，直奔湖畔的一间蓝色铁皮顶的石头房。刚进入房内，腿完全不听使唤，躺下去再也不想起来。就在这时，有人提议我同他一块沿着颇章雍措神湖转一圈，当时我太疲惫便放弃了，现在想来也很是遗憾。

这里曾经有位藏族人卖棉被，烧茶水，接待过往僧众，每人每晚收住宿费50元，每瓶茶水收费20元。眼看大雪即将封山，这位藏族人半年内挣上五六万元，放下棉被、水瓶等，回到山外的扎日乡老家去了。当天晚上，我们住在这石头房里，背夫们早早地烧上一壶热茶。也许是吃方便面原因，胃很不舒服，我便再向扎顿师傅要了碗糌粑粉，用热茶调成糊糊状，吃后既可养胃，也足以满足身体所需的热量。

过沼泽下山至玉麦检查站

10月4日早晨6时30分，我们准时出发。当时天未亮，我只好借助手机电筒的光亮前行。从颇章雍措湖上行，不远处是颇章觉姆湖，两湖可称为姊妹湖，湖边的土为红色，据说还能吃。信徒们相信，这种红土有灵性，可以治疗一些疾病，但不能多贪，否则会带来恶报。听同行朋友介绍，再往前走，便可清楚地看到达瓜西热神山。在此地一定要虔诚，做好顶礼膜拜和烧香拜佛等仪式。

从颇章觉姆湖往北走，经过达仓荣、东仓荣，途中翻越夏悟拉山口、当箭拉山口、卡久拉山口，最终到达玉麦乡。沿途还需要两天时间。若从这里往南走，有条前些年尚未完工的土公路，可走到玉麦乡的一个检查站，那里已是玉麦乡村公路最偏远的一个点，离乡政府有20多公里，可以租车去乡里，节约一天的转山时间。若往北走，有座山远比夏嘎拉的山路更险。回到拉萨后，我的朋友讲起他们爬山的艰险。他们沿着一条不知名山谷上行，快到北侧谷顶时，眼前横亘着一面墙似的山体，高约40多米，立陡八九十度，一条哈达从上边飘忽下来，还有两根比筷子还细的铁丝缠绕上去，供行人抓着铁丝往上爬。我的这位朋友当即想到两个字："完蛋！"若不爬，丢人，若爬，小命难保……从未有过的恐惧袭来，可他还是选择了向上爬，反正豁出去了。当爬上谷顶那一刻，他当时是老泪纵横。我的朋友有些疑惑，如此险境为何不绕行呢？同行的一名藏族信徒却说，这样不行的，违背了宗教定制，开山鼻祖就是这么走过来的。

陈总两兄弟利用国庆长假前来转山，走南路无疑是最佳选择。当我们走南路转山时，也遇到不少藏族转山信徒。40多分钟后，天也亮了。我们来到一片水草地，弄不好容易陷进去，便沿着一条小溪往下行，那管水打湿了球鞋。有过转山经验的人都知道，鞋要大一号，以免双足长时间在水里泡胀后，脚趾会疼痛加剧。我平时锻炼身体，穿的就是这双球鞋，也很合脚，可真正经水泡后，前行时脚趾疼痛加剧，但我走完最后一段路时，双腿开始一瘸一拐的，往前挪步都钻心疼痛。

我们沿着一片霜打的草地下行，发现前面的路很宽，同行的次仁平措告诉说："这曾是一条通往玉麦乡政府的土公路，我们今天沿着这条公路往下走，便可走到山下真正通公路的地方，是玉麦乡的一个公安派出所，可从这里坐车到玉麦乡。我的车就停在玉麦乡里，可直接坐我的车到亚绕村。可不知是啥原因，这条盘山公路修到这里后废弃了。"

上公路不远处，就见几位信徒在一处简易塑料棚前烧茶水。他们围火而坐，中间有位干瘦的老者，今年七十岁。同行的次仁平措说："你可别小看这位老人，一生转扎日神山数十趟，走起路来不比年轻人差。"这里也是观察达瓜西热最佳处，也许是神山开恩，我们刚开始看见它时，还是云雾缭绕，可十多分钟过后，竟然露出真容来。次仁平措当即对我说："我和朋友转山多次了，第一次看到达瓜西热的真面目，这次真地是特别有幸！"随即，他虔诚地向神山跪拜3次，口中念念有词。我站在一个木棒处，肩挂一条哈达，右手再举着一条哈达，背后是转山信徒和露出真容的达瓜西热神山。当我看到这张照片时，让我惊喜不已的是，达瓜西热半山腰的云雾犹如一条飘飞的哈达。

我们沿着公路往下走，10分钟后，从灌木丛走向原始森林，也许是这条公路多年不用，也没有填上沙石，从林中落下的树叶，形成一层厚厚的腐质土，伴随着不少行人的踩踏，形成半米深的泥浆。昨夜下了一场雨，很多路段的水排不出去，走在积水和着泥浆的路上，我们深一脚浅一脚地在泥浆路上前行，穿的球鞋全泡在泥水里，双脚很快肿胀变形。当走到一处溪流时，我任凭水流冲洗球鞋和裤子上的泥土，当脱掉袜子一看，十个脚趾全发黑了。

伴随着一个个回头弯向下行，意味着距离特别长，原本5个小时就能走完的路，7个小时也走不完。若能穿越下山小道，也可免掉走泥浆路的苦痛。就在这时，走在前面的次仁平措抄下山小道往前行。若选择近路，可苦了扁平足的陈总，他小心翼翼地下山，走得特别慢。我从小生长在大巴山区，这样的小路走得特别多，下山的速度也不会慢。可考虑到陈总的安全，始终走在他的后面，走起来就会特别累。

我们先后下了两处陡坡，当12时下第三道坡时，只听"唉哟"一声，陈总的哥哥像皮球一样，从峭壁向下翻滚10多米，最终在一块缓坡上停下来，竟然毫发无损。沿途有些树桩和竹桩，一旦撞上去，身体被树桩、竹桩刺中，将会流血不止。当时没带止血的沙布等急救药品，即使等到救援人员赶来，抬下山急救，那也是两天以后的事，人早因流血过多而死亡了。

半小时后，陈总哥哥才回过神来。就在这时，陈总对他哥哥说："这是神山保佑，赶紧向神山跪拜，磕3个头吧！"陈总的哥哥一下回过神来，转身向神山跪了跪。陈总事后在微信中留言说："我一路上得悉今年转山中，竟有8人因各种事故死于道上，在祈愿之时，更深感藏族同胞的信仰，不着功利，置生死于度外，那质朴、善良、达观和勇敢，那种发之于心、行之于大地的身影，深深地感动着我，在神山和圣湖的朝拜中，把生命紧搂进心灵的故乡……"

我们在这里做了短暂休整，便继续向前行。走过一个个回头弯后，路在一处断了，只得沿着险道往下走，再走进一段绝壁开凿出来的小道，上面有股泉水往下流，在我们走的石壁上溅起朵朵水花。就在这段路的下面，却是数百米的悬崖陡壁。我本来就有恐高症，看一眼下面望不到谷底，顿觉心惊肉跳。我只好贴紧石壁不再往下看，以免刺激自己的心脏。

山下是悬崖绝壁，当地政府从这里开出一条路，便于朝圣者穿行（罗洪忠 摄）

当我们前行到一处地方时，因山体塌方形成了一处数百米陡坡，走在前面的次仁平措向坡下走去，很快将我们甩得远远的。这段陡坡特别长，是我们抄近道走得最长的一道坡，也是我们下山花时间最长的一道坡。陈总的哥哥走在第二位，扎顿师傅排在第三位，不时回过头来安慰陈总。我后来得知，陈总特别喜欢朝拜西藏的神山圣湖，同扎顿师傅有过多次转山朝湖的经历，都是他一路上帮陈总克服扁平足的困难，从而他们建立起了生死之交。有扎顿在，陈总就有走下去的信心。

我们下完这道陡坡后，再下几个小坡，拐一个弯，便走在了真正能通车的公路上面，真有种跨进高速公路的豪迈。前面有边防检查站，手机依旧没有信号。我看了一下时间，是下午15时20分。陈总找到边防检查站负责人，试图通过卫星电话同外界联系，以期找到一辆到玉麦乡政府的车，那里正停着次仁平措的越野车，希望当晚能赶回拉萨。幸遇这里有台生活保障车，陈总同驾驶员谈好价格后，拉着我们向20多公里外的玉麦乡驶去。到达中国最小的玉麦乡政府时，手机有了信号，我立即给爱人去了电话。连续3天没有我的信息，当时她想着各种可能，内心的担忧可想而知。我随后也向杂志的嘉措主编报平安，陈总接过电话告诉嘉措说："幸亏您给我们派了一个身体强壮者，若派个体弱者，沿途还得照顾他，那就麻烦了。"但我心里清楚，沿途的路太高太险太陡，走出来实属不易，结束此行时，陈总写了一段肺腑之言，更能代表我此行的心情："白天黑夜路，与世隔绝路，更有这天路心路，越走越长，越走越远越绝望……"

我们到达玉麦乡后换乘次仁平措的车，当天下午5时到达亚绕村。也许是大家回拉萨心切，走了3天路的扎顿师傅开着车返回。我当时头脑晕晕糊糊，当来到一处边检站时，竟大吃一惊地问："咱开这么快，现到三林乡了？"而当我定睛一看时，还在离亚绕不远的一个边检站。也许是五六个小时没吃东西了，一股酸水不时往嘴里冒，喉咙里辣辣的。第二天凌晨1时多，我们赶到山南市，考虑驾驶员太疲乏，陈总决定住在市里最好的宾馆。在外边一家餐馆里，我们4人竟点上八菜一汤，让胃好好享受一下。

仔细回味一下，3天行程里，我拄着一根笨重的木棒，背上15斤左右的物品，每天最长13小时，最短也有8小时。3桶方便面、2根火腿肠、3个苹果、3碗糌粑糊糊、1个油炸饼、3个青枣、1块压缩饼干……这些就是3天的全部营养。我庆幸自己安全返回拉萨，也为自己的冒失转山而心有所悟：朝拜扎日神山，人类实在是太渺小了！

第四章　中国最晚成立的珞巴民族乡

2012年8月21日，我走进中国最后一个确定的珞巴民族乡——西藏隆子县斗玉珞巴民族乡，去领略藏南珞巴族的民俗风情，感受现代文明给珞巴族文化带来的巨大冲击。

在接受外来文明和发展人文旅游并行的当下，生活在斗玉村的珞巴族始终在珞、藏文化的交融中前行。我同当地一些珞巴族有识之士交流时感受到，珞巴族传统文化消失给他们心灵带来阵阵隐痛，珞巴族老人急切地想向年轻人传授本民族语言，恢复传统建筑，穿着传统服饰，这既是国家对这个民族乡提出的要求，也逐渐成为这个民族的迫切需要。

珞巴族阿岗来访

2012年8月4日，中国社会科学院民族学与人类学研究所刘芳贤教授从北京打来电话，称阿岗先生曾在北京民族文化宫、西藏自治区民宗委、山南地区民宗局工作过。他这次到北京故地重游，听说我写的《人文雅鲁藏布大峡谷》(三卷)出版，里面有大量文章介绍珞巴族的民俗风情，心里特别高兴，希望我能送给他一套书。刘芳贤教授一再对我讲，阿岗先生是传承珞巴族文化非常有名的民间文艺家，若我能同阿岗先生进行细谈，对下一步我写作《人文珞巴》(四卷)会有很大的帮助。

我对斗玉村珞巴族的关注，始于中国社会科学院民族学与人类学研究所李坚尚、刘芳贤两位老师对这里的文化考察，还有西藏自治区政府将斗玉乡重新命名为珞巴民族乡，它也是中国继西藏米林县南伊珞巴民族乡、墨脱县达木珞巴民族乡之后成立的第三个珞巴民族乡。

2011年10月26日，国内众多媒体对外发布了一条重要消息：西藏山南地区隆子县举行斗玉珞巴民族乡挂牌仪式。该乡是隆子县六个边境乡之一，共辖3个行政村、11个自然村，182户，其中珞巴族46户，占全乡总人口的34%，符合国务院成立民族乡的相关规定。新成立的斗玉珞巴民族乡行政区域管辖范围不变，仍隶属隆子县管辖，乡人民政府驻地为斗玉村。

在西藏隆子县斗玉珞巴民族乡以南的广大珞渝地区，居住着珞巴族崩尼、崩如、巴依、玛雅、达足、布瑞和纳等部落，早在上个世纪80年代，据中国社会科学院文化人类学家初略统计，隆子县南面珞巴族中，崩尼部落人口最多，已达7万人，分为多当木、多波木和多鲁3大支系，每一个支系又有众多氏族。在这个方向，玛雅部落人口最少，仅有30多人，分布在达鲁宁和达争两个村庄。隆子县的三安曲林、加玉等地生活着少数珞巴人，均来自这些部落，尤其以斗玉村最为集中。他们过去生活在非法的“麦克马洪线”以南，到我方控制区后很多同藏族通婚，受藏族地区的建筑、服饰、语言等文化影响甚大，同时珞巴族的传统文化也面临藏族文化的巨大冲击。

斗玉村珞巴族玛雅部落男子(李坚尚 摄)

8月10日，我同阿岗先生如约相见，地点就在拉萨市娘热路地质二队他的女儿亚加家。喜马拉雅山南麓的茫茫原始丛林里，珞巴猎人过去长年追逐野兽，行走如飞。而我所见到的阿岗，个头不高，看上去很瘦小，很难将他同珞巴族猎人对上号来。当时，阿岗的女儿亚加正在装修新房，将我迎到刚装修好的藏式伙房里，我就在这样的环境里同阿岗聊起来。

阿岗来自“麦克马洪线”以南的珞巴族崩如部落脚腊氏族，他也不清楚自己出生于何年何月。1981年10月，中国社会科学院民族研究所的文化人类学家李坚尚、刘芳贤访问阿岗时，也只能用年龄约30岁来估计。1968年，阿岗从印军侵占的姑龙河上游脚腊村逃来，定居在斗玉村，后来政府送他到西藏师范学院学习，曾在北京民族文化宫、自治区文管会、西藏自治区民宗委和山南地区民宗局等单位工作。

我从阿岗的介绍中得知，他的爷爷尽管给崩如部落比夏氏族南牙村多加当佣人，但他们家在当地也算得上一个不错的家庭，有达谢林4块、猎场1块、渔场1段。可待到父亲嘎朗三四岁时，爷爷已离开人世。恰在这时，邻村发生了一起偷盗事件，这家主人一口认定是他奶奶偷的，当地便举行了沸水取物的“神判”。尽管判其无罪，可珞巴人视偷盗为最大耻辱，偷盗者在当地没有任何社会地位。他的奶奶觉得名声已失，将一串串珠子套在儿子颈上后服毒而死，他的父亲成了孤儿，是他爷爷的弟弟收养了他。

在珞巴族社会里，阿岗爷爷的主人多加，依旧享有将阿岗爷爷后代收养为奴隶的权利，待到阿岗父亲10岁时，又将其弄去当阿比（奴隶）。20岁那年，多加用一口铜锅和一把藏刀，从珞巴族苏龙部落华西氏族买了一名女奴亚白，让她与阿岗的父亲婚配，这样便于繁衍后代和增加新的奴隶。

阿岗大约出生在1951年前后，那时正值西藏和平解放，如此震惊世界的大新闻，生活在印控区的珞巴族崩如部落人却尚不知情。阿岗的父母后来离开主人多加后，相继生下了姐姐阿登、哥哥阿兵和他。在他姐姐阿登8岁时，就被崩如部落米里氏族孟发抢去，许配给苏龙部落嘎帝儿子达登作妻子，没想到不到一年里，又被嘎布村的阿信抢去为妻。因达登不同意，阿信不敢硬来，但将他的姐姐阿登卖给衣博为奴，他的父母仅得到两把一尺多长的铁刀。

就在阿岗两岁时，他的父亲跟随主人多加到隆子加玉宗交换物品，当时腿肿得很大，向主人请假没能得到同意，最后病死在往回返的纠木拉山。阿岗的哥哥长大成人，1959年主人多加又将他收养为奴，家里失去一个劳动力，他的母亲只好嫁给当地一个巫师作妻子，又生下弟弟达帝。1960年，多加女儿嫁给夏波氏族格兵，阿岗作为随嫁品，又成了格兵家的奴隶。

印军当时住在德木拉、纠木拉，每年夏天都要派当地珞巴族去印度军营当背夫，而背夫挣来的钱全归主人。1964年夏，阿岗替主人背物资，从沙力背运到德木拉，每天行程60多公里，需走6天时间，夏天雨水特别多，浑身都是水，晚上露宿在大树下，或者在石洞中。有次给印军背运4张黑毛毯，在过瓦飞河的独木桥时，不小心脚踩空了，人和物品一起掉进河里，毛毯也被冲走了。阿岗担心挨印军的打，就逃到原始森林里，全身被蚂蟥咬得鲜血直流。后来被主人多加抓回去，又免不了挨棍棒乱打和铁棍烧红烙身。

1968年2月，阿岗参加完主人家搞的集体行猎后，便同哥哥阿兵，以及村里人阿穷、阿江等4人，分头向我方控制区逃来。他们既要防止主人的追捕，也要偷偷地越过印军的重重封锁线，还得翻越德木拉、纠木拉两座大雪山，沿路寻找能吃的食物。他们4人手持毒箭，顺利通过了姑龙河，为防止主人追捕，将架设在河两岸的藤索桥砍断。他们既有生吃野蜜糖中毒的事情，也有采集竹笋充饥的艰难经历，第3天进入了我方控制区。当地政府对此非常关心，还将他们送到西藏师范学院上学，后来他们都成为国家干部。

听阿岗讲珞巴族风俗

阿岗的汉话讲得不是很好，有时还得让亚加来当翻译。亚加作为我国培养的珞巴族大学生，在山南地区一所小学任教，爱人是藏族，在拉萨的一家印刷厂上班，看上去精明能干。亚加的汉话说得非常好，我问她是否会讲自己的母语珞巴话时，亚加称自己能讲上几句，都是小时候从父亲处学来的，现在忘得差不多了。

珞巴族是喜马拉雅东部山区的少数民族，只有自己的语言没有文字，主要从事农业，兼营狩猎，擅长射箭。珞巴族生活的自然环境和原始的生产方式，决定了他们与其他许多民族有着不同的文化习俗。我在同阿岗的交谈中，发现他既是一本复杂的大书，也是集珞巴族文化之大成者。隆子县南面珞巴族的取名习俗，男性名字前面加一个“达”字，诸如达登、达岗、达洛，女性名字前面加一个“亚”字，如亚姆、亚如、亚加等，这与米林县的博嘎尔部落、墨脱县的达额木部落在取名上有着惊人的相似，这完全继承了珞巴族阿巴（祖先）达尼传下来的取名习俗。不过，生活在隆子县南面的珞巴族诸部落，在取名上既采用珞巴族传统的父子联名制，也习惯用“阿”字开头，这在米林、墨脱两县珞巴族中是不多见的。

阿岗同样给我讲起珞巴族母系氏族首领罗德列登从天上下到人间繁衍人类的神话故事，珞巴族生活条件差靠种植达谢林补充粮食，在河的两岸架设藤索桥往返，珞巴族富裕家庭实行蓄奴制，这同早期的奴隶制社会，有着很大的不同。不过，阿岗当奴隶背死尸的凄惨经历，却深深烙在我的心里。

阿岗到格兵家当奴隶后，什么活都干，诸如看小孩，参加劳动，集体行猎，背死人尸体，当印军背夫，等等。有一次背羚羊时，主人格兵让他背羚羊心，因人小常跌跤，不小心将羚羊心给弄丢了，主人硬说是他偷吃了，把他打得遍体鳞伤。老奴隶哈确死后，格兵对阿岗说：“哈确死了，他说让你背他的尸体，你把他背到山洞中去吧。”在崩如部落人看来，背尸体是最下贱的活，俗话说“人家尸体你去背，是‘黑更（生殖器）’下面的人”。阿岗实在推不掉这差事，便对主人格兵说：“我可以背他的尸体，但哈确的东西得归我。”

在隆子县斗玉一带的珞巴族，流行石冢葬。人死之后，一般第二日出殡。出殡时，背尸人手拿一根削尖的木棍或长弓，背着尸体朝卜卦所指定的方向走，边走边用木棍往地上戳，木棍插进什么地方就在那里挖坑安葬。浅坑挖成后，将尸体放进一个筐中，头葬于外，然后把筐置于坑中。死者头要露出地面，面向故乡，生前的弓箭、衣服、碗等东西放在周围，用石块砌成一个圆形墓冢，置一块稍大的石板封顶。墓冢高约半米。

石冢葬葬后的活动和禁忌很多，如安葬后随即在坟前杀牛祭祀，肉由村人共食；葬后3日内，死者家人要在夜晚用刀和弓箭在室内敲打以震慑死者灵魂；背尸人3天后要到小河边洗头洗脸，第十天还要去大河洗，一年内不能吃核桃、萝卜等。而崖洞葬是斗玉珞巴族的另一种丧葬方式，安葬前后的活动与石冢葬相似，只是安葬时对尸体的处理方式不同。它是将尸体放入崖洞中，尸体呈蹲式，外用石块砌墙，封住洞口即成。

阿岗将尸体背到山洞，然后下到河边洗脸洗脚，再回到主人家，按照当地习俗，他只能住在走廊边，6天后还得到附近的姑龙河洗一次脸和脚，12天才允许进主人家的门。当阿岗进门提出要哈确遗留下来的物品时，没想到物品被格兵的母亲拿走了。格兵母亲不仅不给，反而讥笑道：“你是我家养的奴隶，主人叫你干什么，你就得干什么，还要给你什么东西？”站在一旁的登夏也帮腔：“我们不给你东西，看你还能将哈确尸体背回来不成？”

阿岗家族是如何成为奴隶的，这还得从他们的氏族谈起。在氏族间的频繁械斗中，壮大自身力量，是求得氏族生存的重要途径。吸收外来人加入氏族，同样可以壮大本氏族。阿岗生活的崩如部落夏波氏族，就是吸收自由人繁衍起来的。有一年，“巴尔德菲”部落从真都迁到热冬拉，阻断了崩如人、达足人到藏族地区交换的通道。巴尔德菲人还凭借他们的力量，劫掠崩如部落。正在崩如人处于危难的时候，来了两个夏波兄弟，他们十分机智勇敢。崩如人向他们述说了巴尔德菲人的暴行，夏波兄弟听了，把崩如、达足两个部落的人组织起来，攻打巴尔德菲人，将其打败。崩如人为了感谢夏波兄弟，以兄弟俩的家乡地名来命名，将一大片好的地方起名为东拉热拉，分给他们兄弟所有，借以将他们留下来。这个地方有野牛喜欢的“碱”水泉，有大片的达谢林，还有渔场和草地。在崩如的诚恳挽留下，夏波兄弟留下来，与崩如部落的姑娘成亲，经历数代的繁衍发展而成为崩如部落的夏波氏族。

崩如部落变自己的奴隶为养子，也是崩如部落吸收其他部落入族的重要形式。由于阿比获得自由后骨头上升，养子可以继承养父的遗产，成为自由人，他们的社会地位与普通的氏族成员没有什么差别，且以主人的氏族名为自己的姓，与主人名连名。所以，这里的人不像博嘎尔部落那样，因为骨头高低不同，构成被奴役者的氏族，如纳部落哈非氏族的白马次仁，住雅让村，比较富有，但没有儿子。他有个奴隶，名叫拉利达育，原是自由人，因被劫持，变为奴隶，而被卖给白马次仁。白马次仁为他婚配，生子达德，白马次仁让达德做养子，并决定让他继承自己的财产。为此，他为达德娶了一个自由人崩如部落夏波氏族的亚依为妻，亚依事先认为达德是阿比（奴隶），不同意这门婚事想出走。白马次仁对她说："他不是阿比，是我的大儿子，他的弟弟若衣是我的二儿子。"白马次仁的妻子亚基对她说："我们以后的东西都归达德了，他怎么会是阿比？"亚依听了，才留下来，不再逃跑。白马次仁快辞世时，对达德说："你不是我的阿比，是我的古阿利，你不要再做拉利人，要做哈非人。"白马次仁要他做哈非的意思，就是要达德继承他的财产，加入到他们的哈非氏族，正式成为自由人。白马次仁去世后，由达德背尸土葬，按照珞巴族父死由子背尸的习俗，达德背尸是尽儿子的义务，这标志着他已成为哈非氏族的人。

崩尼、崩如部落的血族复仇是残酷的。若家族或氏族之间发生仇杀，即使小孩也不能幸免。导致血族复仇的原因有下列几种：

一是帮助姻亲导致的仇杀，如上面谈及的洛甘木达伐全家五十多人被杀的惨状，起因是他帮助妻方的氏族复仇。洛甘木达伐的妻子是札布氏族人。札布氏族有个名叫达更的男子，在外出交换时同达仁氏族的某人妻子偷情。这一事件暴露后，引起达仁氏族全体成员的不满。他们组织了数十人的队伍，袭击了札布氏族，烧毁了他们的房子，还杀死了两个人，虏走了七、八个人作奴隶。札布人被袭击后，一心想报复，但自身的力量有限。他们知道洛甘木氏族的达伐勇敢善战，人口又多，便请求帮助。

达伐自恃勇武过人，儿子、侄子、奴隶又多，就满口答应了。达伐派出近二十个人，其中苏龙七人，与札布氏族的人一起，组成五六十人的队伍，向达仁氏族进攻。他们走了七、八天的路程，来到达仁氏族的住地模中、模布两个村庄附近。他们见到达仁氏族的十五、六个男子正在河中摸鱼，便立即冲上去。达伐的儿子伐戈木一人就用长矛扎死了五个人，札布的达夏和达拉为了报杀父之仇，也各人杀死一人，札布的其他人蜂拥而上。这群捕鱼的人除了三人逃脱外，其余的人全被杀死，札布人获胜后回来。由于达伐卷入了札布氏族与达仁氏族之间的冲突，使他招致上述的杀身之祸。

二是因经济引起的仇杀。大约在1955年前后，崩如部落比夏氏族的达格背着一袋盐外出交换，在路上碰到一个崩尼部落威育氏族的人。这个陌生人希望得到达格的那袋盐巴，答应以后给达格送来大米或皮张作酬谢。达格信以为真，当即把那袋盐送给了他。但那个威育人得了盐后，却什么东西也不送给达格。威育人的做法，使比夏氏族人感到是对他们的凌辱，十分气愤。为了报复，达格等纠集一些同族人，悄悄地抓走威育氏族的一个苏龙。威育人反过来抓走一户属于比夏氏族的苏龙，作为对自己的一个苏龙被抓走的报复。这样一来，更激起了比夏氏族人的愤怒。他们以该氏族达结古家族的人为核心，组织了上百人的队伍，其中有不少善于射箭，熟悉路程的苏龙。当他们走了五天的路程，来到威育氏族的住地时，正巧对方的人举行庆宴，人员集中，不少人饮得烂醉如泥，没法抵抗。崩如人趁机大肆杀戮，按照过去复仇的惯例，杀人者一般都把被杀者的手砍下，自己带回去。但这次战斗激烈，崩如战斗人员来不及砍下对方被杀者的手，只好交由苏龙人割手，让他们背上。仅这次战斗苏龙人背回来的敌人左手就有三背篓，估计达一百多只。经这次杀戮后，威育氏族一蹶不振，再也无力复仇了。

三是为抢妻导致的血族复仇。大约在本世纪五十年代，崩尼部落兵加氏族的达登抢走了同一部落宁诺木氏族达米的妻子亚古，激起宁诺木氏族人的不满。宁诺木氏族人组织了一帮人，在达米带领下，冲到兵加的氏族住地。因为是白天，达登家里没有人，连被抢去的妇女亚古也找不到。宁诺木氏族一行扑空后，并不甘心，把在家里玩耍的七个小孩杀掉后才撤走。宁诺木氏族人走后不久，达登他们从外面回来，发现众兄弟的小孩被杀了。经人揭发，知道是宁诺木氏族达米他们干的。达登迅速纠集同族的二三十人，尾追达米一伙。由于走的路线不同，当达登一行赶到达米所在的村庄时，达米等人还没回来。达登一行杀了在家里做活的达米两个弟弟即达马和达京的妻子，其中一人已经怀孕，另外还杀了一个小孩，随后退回。两个氏族互相杀戮后，经双方派人调解，达米一方杀人多些，为补偿损失，赔给兵加氏族七头牛，此案才算了结。

走进阿岗的家乡

在阿岗的描述里，斗玉村有巍峨的雪山、清澈的河水和茂密的森林。他家附近多产竹木和藤条，村民们就用这些原材料编织成精美的竹方盒、竹斗笠、藤背篓,用质地坚硬的青松和杜鹃树的树根制作经久耐用的木碗,然后拿到市场上卖,受到很多人的欢迎。阿岗给我描述了一幅珞巴人真实的生活场景,也勾起了我对隆子县珞巴族文化的向往。

我沿着阿岗的描述,从山南市泽当镇出发往南行,光滑平整的公路就像在大地丰满躯体上划出的一条凄美伤痕。一直延伸,在一个叫俗坡的小镇我们的车停了下来。前面检查站里一个年纪很轻的小战士跑步过来。这里已经属于边境地区,所有过往游客和车辆都要出示边管所签发的边境通行证。

俗坡左边有一条乡村公路,也是去斗玉惟一的土路。这条路下雨时泥浆四溅,天晴时黄土漫天,是一条考验耐力和视力的道路。一是路不好走,颠得肚里的七荤八素一起往上涌,同行的电子科大出版社编辑部主任小杨,吐得肝肠寸断,眼泪汪汪。

越野车往下行,沿途既有漫山的鲜花、垂落的瀑布和圣洁的雪山,又有广阔无垠的草原、深邃宁静的峡谷、色彩艳丽的圣湖和绵延千里的原始森林,甚至不经意间还有气势恢弘,却只剩断壁残垣的庄园碉楼从山涧野地里冒出。在前往斗玉的谷地穿行,我们仿佛就是穿行在一幅又一幅秀丽的山水画里,一扫雄壮高原的霸气苍凉。

我对珞巴人生活的米林县南伊沟、墨脱县达木乡等地域有过多次考察,轻盈的吊脚楼,蜿蜒的河水,葱绿的群山,啃食野草的牛马,那是我多次见到珞巴人生活留下的印象。可当我后来再次进入这里时,站在滨水景观打造、青石铺就的广场,大家都十分惊讶,顿觉不是来到了乡村,而是来到隐秘在大山之中的小城市——LED大屏显示器播放着珞巴族的传统歌舞,藏族石砌碉房和现代别墅辉映结合。

也许是为了吸引游客,墙角装饰有仿制树皮,屋顶铺满了仿真稻草。我们从珞巴广场拾阶而上,竟然看见雪山上的水汇聚到这块不大的平地上,滋润着花草树木,休闲园旁的苹果树在风中摇曳。透过具有现代意义的珞巴民俗风情,我们情不自禁要一步步追寻珞巴族的昨天,追寻她50年来的发展轨迹和今天别样的民俗风情。

斗玉珞巴民族乡位于隆子县东南方向,距离县城129公里,共627人,珞巴族220人,主要集中在斗玉村。乡政府驻地为斗玉村。斗玉村是政府投资数千万元建设的生态文明小康示范村,是珞巴族聚居较为集中的一个村庄,全村223人,其中珞巴族213人。

我们在乡长扎西央金的陪同下,来到了恬静安详的斗玉这个小山村。斗玉村位于雄曲河畔，一幢幢崭新的村舍分两排修建，依然保留了木板墙等珞巴民居的传统特色元素，醒目而美丽；一条笔直宽敞的大道，整洁干净，流水潺潺，树木葱茏，鸟鸣阵阵；每家每户都有一个庭院，院内鲜花绽放，还有各种果树、蔬菜，一派祥和安宁的田园风光……

我长期在藏族地区生活，也许是高寒缺氧，黑里透红，是我对高海拔地区姑娘的定格认识。可我来到斗玉村时，发现这里日照长，雨量大，气候宜人，因气候湿润，年轻姑娘穿着时髦，皮肤白皙，美得让人尖叫，误以为进入了江南水乡。在这里，上了年纪的珞巴族妇女穿着简单，腰系围裙，但也用粗布制成披风。她们的披风制作简单，工艺也相对比较粗糙，但别有一番风味。

亚尤乡长让我看下珞渝出产的两样东西，圈藤在墨脱县也有，是架设藤网桥的重要材料(罗洪忠 供图)

在乡长的带领下，我们来到斗玉村党支部书记小加油家。原来，村里有两个人叫加油，她的年龄小些，大家为了区分，便称她小加油。以前，这里交通不便，信息闭塞，珞巴人生活穷困。1973年，18岁的珞巴族姑娘小加油带着3个弟妹搬到了这里。从23岁开始当村干部，并连续当选为党的十六大、十七大代表。党代表的身份和工作经历，为小加油打开了外面的精彩世界，她把斗玉村带出了大山，走向了富裕。现在的斗玉村，建设得就像藏南地区山沟里的小天堂。小加油的事迹通过媒体，传遍了神州大地。

小加油是个见过大世面的人，她微笑着将我们引进自家的院子里。房前是通往隆子县城的公路，房后是潺潺流过的雄曲河，河的对岸是大山。小加油的房子，在村里算是最旧的，但房子的环境很好，收拾得很整洁。家里安装了太阳能热水器，用上了消毒柜、消毒液等现代卫生用品。

我们跟着小加油直接上了二楼。二楼是一个客厅和一个陈列室。在客厅里，并排挂着领袖们与小加油母女的大幅合影照片，其中最显眼的是胡锦涛和小加油、习近平和小加油的女儿央金的合影彩照。我看着这些，内心十分震撼，一个连汉话也不会说的珞巴妇女，在这深山峡谷里干出一番事业，是何等不易。

14岁时，因为父母早逝，小加油作为家里老大，就早早地承担起了妈妈的责任，独自照顾着3个弟弟妹妹。为了解决4口人的温饱，小加油奔前跑后，一个人种着几亩地，有时候还要到别人家帮工挣点口粮。小加油的女儿扎西央金说："妈妈是一个很伟大的女人。小时候爸爸很忙，妈妈既要忙村里的事情又要忙家务，没一项落下的，全都做得很好。"

上世纪50年代以前，生活在大山里的村民几乎从未离开过斗玉，过着刀耕火种、结绳记事的生活。2003年，当时的小加油还是村妇联主任，她领着党员干部先后举办了几期农牧民致富技能培训班，组织村民开展劳务输出，带领村民采挖药材、种植经济林木。几年后，小加油带领全村90多名妇女承包了一个30多亩的"妇女经济林种植基地"，发展特色经济。通过反复的试验，这里引进了核桃、苹果、茶树等树苗，这些之前在斗玉从未生长过的经济作物在这个边境山村落地生根。

50年前，珞巴族群众的生活还处于刀耕火种的原始状态。小加油深有感触："以前，我们珞巴族人习惯比谁家打猎的成果多，而现在则比谁更爱保护野生动物。以前不是打猎就是喝酒，现在住上了新房，大家则都在比谁家的房子装修得好，谁家置办的家具和电器多，谁家子女的学历高。"

"以前，在家里养牛养羊，雨天污水四溢，晴天苍蝇、牛虻满天飞。院子里遍地都是鸡屎羊粪，简直是臭气熏天；做饭也是，劈柴火、烧牛粪，生火的时候熏得眼睛都睁不开。"小加油对比起以前和现在的生活，心情非常激动，"现在人畜分开，牛羊有专门的养殖户集中饲养；做饭也用上了沼气，方便清洁，家里的空气很清新，住着心里就舒服，过年过节来的客人也多了。"

在斗玉乡斗玉村，村民们不仅住上了安全适用的新房，还在房前屋后种上了花草树木。村里不仅建起了具有珞巴民族特色的舞蹈广场、硬化了水泥路、安装了太阳能路灯，还对垃圾污水进行了集中收集和处理，整个村庄的人居环境焕然一新。借助于广播电视和互联网，人们思想观念也慢慢发生了变化。小加油感慨地说，从未出过远门的珞巴女孩子，有了到城里找工作的胆量；娃娃们为了“长大看世界”，读书的兴趣浓了；小伙子们想到新的天地开辟自己的事业。

我们要了解一个民族，就要先了解这个民族的历史和传统习俗。如今，斗玉村珞巴人迎来了国内外的一批批客人。为了让游客更好地领略到他们的传统文化，小加油的女儿扎西央金作为全国人大代表，将珞巴民族文化抢救与保护工作作为村里的重点来抓。她说：“在乡里，我能做的就是不断地挖掘珞巴元素，展现民族风情，传承人文历史。”如今，斗玉珞巴民俗村相关民生项目进展顺利，周边珞巴文化传习所、文化展示馆等即将落成。

以前，珞巴族歌舞受环境和习俗的影响较大，珞巴人常在休闲、远足、婚娶、丧葬、祭祀时，触景生情，即兴创作歌曲。我们来到斗玉村时看到，迎接大量游客的珞巴人，在蓝天下、山峰旁、广场上，珞巴族年轻男女组成的珞巴民间艺术团正排练着舞蹈，路过的村民纷纷驻足欣赏、拍照、录像。

斗玉珞巴民族乡（罗洪忠 供图）

斗玉珞巴刀闻名区内，历史可追溯到吐蕃时代，属纯手工打造，是山南市级文物保护手工艺品。珞巴人极具想象力，其音乐、舞蹈独具特色，具有浓厚的生活气息和鲜明的民族风格，动作多以模拟动物鸟兽的形态和动作以及人们捕捉、驯养动物的欢快场面。珞巴刀舞是近年来创作的一个舞蹈，以珞巴男人狩猎场面为背景，把男人的勇猛、果敢、雄美表现得淋漓尽致。如今，珞巴刀舞也被列为县级非物质文化遗产。

珞巴族，一个酷爱自由、富有想象力的民族。珞巴族的舞蹈植根于现实生活，多模拟动物鸟兽的形态和动作，或表现人们捕捉、驯养动物的欢快场面。扎西央金说："他们正在排练的是一段经典的原生态舞蹈《犀鸟之魂》。"犀鸟是珞巴族民间传说中的神鸟，它的故事只在族人世代讲述的传说中，并无文字记载。2014年，他们以这一传说为蓝本，创作出融入珞巴族打猎、农耕等文化元素的原生态舞蹈《犀鸟之魂》。

在排舞现场，随着厚重的音乐声响，珞巴族男舞者手握大刀、女舞者背着竹篓分别从广场两侧缓缓出来，踏步而歌。在铿锵有力的歌声里，他们时而躬身祈福，时而举刀长喝，时而围成一团，尽情展现丰收的喜悦……在2015年的藏历新年晚会上，这支由30余位珞巴族村民参与演出的舞蹈获得了成功，也让更多人了解到珞巴族独特的民族文化。

斗玉珞巴民族乡平均海拔3200米，森林面积达到25万亩。过去村民靠上山砍伐树木，用木材换酒喝。如今，珞巴族手艺人看准市场，用竹木制作出精美的工艺品，远销外地。随着西藏旅游业的发展，他们的竹编成了游客争相选购的工艺品。"仅靠卖竹编，我们一年的收入就不少。"马旦老人说。

"珞巴服饰作为国家级非物质文化遗产，深受国内外消费者的欢迎，每年在边境贸易中成交的珞巴服饰约500件(套)，斗玉珞巴民族乡现有珞巴服饰制作技艺传承人2名。"扎西央金说，"群众看到了实实在在的收入，积极性更高了，这都是我们乡特色产业搭上西藏经济社会发展'快班车'的成果。"

我透过斗玉乡的文化排练，了解到珞巴人已意识到将传统文化与现代文明衔接、融合的重要性。如今，斗玉乡成立专门的珞巴族演出队，每年组织村民进行珞巴歌舞表演。珞巴人有即兴演唱歌曲的习惯，去的那天夜里，村里燃起了一堆篝火，欢迎我们这些远道来的客人。珞巴人唱起了一首珞巴新民歌《珞巴展翅飞翔》："青山笑迎满天霞光，绿水卷起层层波浪，珞巴新村美丽如画，边疆山乡歌声飞扬。我们珞巴心红志壮，迎着太阳展翅飞翔，双手浇灌满园春色，祖国边疆鲜花怒放。我们向着未来，向着灿烂的明天飞翔。……"

第五章　探秘中国人口最少的乡

在我国境内，有这样一个独特的乡：说它大，1976平方公里的土地面积，竟与非洲小国毛里求斯国的总面积相差无几；说它少，仅有一个行政村，9户32人，如今依旧是我国人口最少的行政乡。

若让历史往前推到1995年，一个乡仅有3人，住户仅一家，父亲是乡长，两个女儿是乡民，从1983年维持到1995年，12年里人口没有发生变化。

2016年10月4日，我随着朝拜扎日神山的队伍，有幸走进这个中国人口最少的行政乡，带给我的却是另一番世界。

一家三口的守望

历经3天的艰辛转山，我们到达玉麦边防检查站，再溯玉麦河而上，到达玉麦乡政府时，手机恢复了信号。这里虽有9户，却没有想象中的那样原始落后，家家开有旅馆、商店，最显眼建筑莫过于边贸检查站，转山朝圣带动了这里的旅游业，给玉麦乡注入经济活力。

正当我们装物资时，一个在央视《远方的家》栏目中出现的人物，也就是玉麦乡第二任乡长卓嘎进入我们的视野。在央视记者的镜头里，时年56岁的卓嘎特别爱笑，牙齿白白的，眼睛黑黑的，给我留下了极深的印象。我还从卓嘎5年前的另一个电视镜头里看到，在一处夏季牧场的临时住所里，卓嘎正为家人准备晚餐。架在火塘上的锅里炒着土豆和青椒，一壶热气腾腾的酥油茶已经出炉。听着丈夫巴桑细数自家的牦牛，她笑得合不上嘴。当时卓嘎家养有137头牦牛，对于卓嘎一家来说，这是一生的积蓄。卓嘎15岁的大女儿巴桑央吉坐在火塘的另一旁，这个刚经历中考的女孩，似乎对未来更感兴趣。

玉麦乡海拔3560米，比起拉萨低不了多少。与西藏大部分地区的干燥和缺氧环境相比，玉麦可以称得上是“世外桃源”：印度洋暖流带来充沛的雨水，这里草木茂盛，空气清新，是一片多年形成的原始森林区。这里一年四季雨水多，日照时间少，加上土壤原因，不适宜农作物生长，使得这片土地上长不出粮食作物。“连温室里土豆都只有这么大。”玉麦乡医生邱建亮伸出大拇指比划着。

卓嘎，今年54岁，有三个女儿，都在读书。
见到我们，她一边招呼，一边还编着竹篓（赵春江 摄）

玉麦乡主要以牧业为主，他们吃的粮食只得从海拔5000多米的日拉山外运进来，当时玉麦乡离最近的公路有40多公里，而通往公路的羊肠山道上，玉麦人每运一次粮食，就要穿越一片沼泽遍地的原始森林，翻越海拔5001米的日拉雪山，再走过一个陡峭的山谷。更让人难受的是，每年11月过后，大雪封山，玉麦又将与世隔绝。卓嘎哽咽着回忆起当年的痛苦经历：“每年11月之前，我们家都是父亲从隆子县把物资运到日拉雪山下的曲松村，然后赶着10匹马用5天的时间翻越日拉雪山，才能把7个月的口粮运到玉麦乡，期间经常有马匹跌落到深不可测的玉麦河谷。这些痛苦的事情，想起来就想哭。”

1962年以后，一些人来过玉麦，但忍受不了大雪封山后的寂静，又都迁出去了。这里只剩下3户牧民。卓嘎听父亲说，玉麦人口最多时，也有20多户300多人。新中国成立后，随着西藏民主改革的进行，高原各地发生了巨大的变化，许多地方都有了公路，生产生活条件得到迅速改观。玉麦乡原先的住户开始陆续迁出重山阻隔、交通闭塞的玉麦,去“过更好的日子”了。1983年,政府将剩下的3户人家迁到山外条件好的三林乡曲松村。可在曲松只住了一个冬天,桑吉曲巴又带着一家人回到了玉麦。父亲桑杰曲巴的一席话,至今还深深印在卓嘎的脑海中:“我实在是舍不得玉麦,这毕竟是我们世世代代繁衍生息的地方啊!”

在副乡长达桑的翻译下,卓嘎向我们讲起了那段日子。卓嘎说:“父亲经常对我们讲,这里虽然艰苦,但不能向外搬,还得继续生活下去。”1983年至1996年间,在全乡1976平方公里的辖区内,只居住着一户三口人。玉麦乡成立后,父亲桑杰曲巴担任了第一任乡长,一家三口守护着国家1976平方公里的疆土。卓嘎说:“我们当时一家三口人住在这里,确实感到寂寞难受,但是听我父亲说,只要坚持下来,以后会变好的。”

有一天,卓嘎的父亲翻箱倒柜,找到了一块黄布和红布,姐妹俩以为是给他们做新衣服,高兴得欢天喜地。在篝火边,她的父亲认真地比划着、剪裁着,第一面红旗就是他父亲亲手做的。卓嘎说:“那时候,卓嘎还小,不知道做什么东西,后来我父亲说这是国旗,第一次见到国旗,才有这个印象。”从这天起,玉麦乡的上空飘扬起了第一面五星红旗。

桑杰曲巴是玉麦乡第一任乡长,返回故地后,他每天坚持在自家的屋前升起中华人民共和国国旗,宣示着国家主权。卓嘎经常跟随父亲去边防一线放牧,显示着国家主权的存在。她的父亲经常说,那些属于中国的地方,不能让别人侵占一分一亩。他的这一爱国行为一时传为海内外的佳话美谈,感动了无数人。当时,卓玛尚未婚配,竟因此收到了7麻袋的求爱信。

后来桑杰曲巴老了,卓玛接任了乡长。也正是这一家三口人,为祖国坚守着1976平方公里的疆土,一守就是19年。迎风飘扬的国旗,让姐妹俩从小懂得了什么是国家,也为父亲感到骄傲。卓嘎还说:“我父亲是第一任乡长,他会缝制国旗,挂到下面边境线的树上。”

九户营造的小天堂

12年间,玉麦乡人口从未有过增长,9户是如何演变而来的?这事还得从国家派来的第一批援藏干部说起。1996年,湖南常德市援藏干部卢武福踏上了玉麦的土地,时任乡长桑杰曲巴就找他要枪,说印度人抢走了他家的酥油。枪倒是没有给他,但经请示西藏自治区领导,特地给玉麦乡批了7户移民指标,建起了卫生所、发电站等,形成了一个较为完整的乡级架构。

当年，桑杰曲巴从乡长位置上退下来，大女儿卓嘎继任乡长。上级还给玉麦乡派来了乡党委书记和一名副乡长，他们均拖家带口，住户数由原来的1户增加到了3户，全乡也由3人增加到18人，着实让乡里“人丁兴旺”起来。“人多了真热闹！”卓嘎这样形容当时的情形。到了1999年，政府又为玉麦增加了两户人家，玉麦乡开始变得有人气了。

玉麦乡的每一个人都能将乡里所有人的名字倒背如流，包括那些刚刚会说话的小孩子。早在6年前，乡长卓嘎的小儿子白拉，还是一个小学生，面对摄像镜头时带着稚嫩的口气说：“书记一家有3个人，医生一家4个人，我们5个人，我姨妈央宗一家3个人，开小卖部的一家3个人，从扎热乡搬迁进来的两户有9个人。”在简陋的办公室里，扎西罗布打开泛黄的笔记本，细数了最近十多年来玉麦乡的人口变化：1999年5户22人，2001年7户25人，2006年7户30人，2009年8户32人，2011年8户35人，2016年9户32人。

玉麦乡是个特殊的边陲乡，有许多传奇故事，又是个具有特殊政治意义的乡。2009年10月21日，玉麦乡召开了第一届人民代表大会第一次会议，玉麦乡人民代表大会举行了挂牌仪式，标志着这个全国人口最少的乡人民代表大会成立。

卓嘎担任玉麦乡乡长后，起初心里总是充满了忐忑和恐惧。她说：“我是一个文盲，斗大的字也不识一个，怎能当乡长？”可是，经过了第一年的不安之后，卓嘎渐渐熟悉了自己的工作。由于玉麦乡人口少，乡里的事情不是很多，再加之地处偏远，来来往往的人也不多。

当然，卓嘎每年有一到两次走出大山，到隆子县参加会议。玉麦乡特殊的地理位置和行政建制，上级部门的照顾，使卓嘎的工作轻松了许多。然而，坚定了卓嘎担任乡长信念的最主要的原因，是老乡长——父亲桑杰曲巴生前经常说的一席话：“玉麦乡人口少，行政事务不多，但是地处边境，守卫国土才是我们最主要的工作。”

1997年，新闻媒体首次报道了玉麦乡，也给卓嘎和她的妹妹央宗的生活带来的一个小小的插曲。卓嘎回忆当时的情形说：“那段时间，每次送信员来到乡里，都有我们的信件。”上千封信件纷至沓来，让卓嘎和央宗一时莫名其妙。更让她们奇怪的是，所有信件都是寄自内地。

卓嘎和妹妹央宗不识汉字，便找到毕业于山南地区职业中学的玉麦乡副乡长扎西罗布，请他帮忙翻译里面的内容。原来，这些来自内地的信件绝大多数都是求爱信，这让当时处于青春期的姐妹两人既高兴又害羞。当然，这个插曲没有改变两个人的生活。后来，卓嘎和央宗相继结婚，邻近的三安曲林乡和扎热乡的两个藏族汉子成为了她们的丈夫。

卓嘎大姐家有3个小孩：大女儿巴桑央吉、小女儿齐米卓嘎、小儿子白拉。他们现在都在外地读书，看到外面的世界，年轻人对未来都有自己的规划。儿女们说，等他们将来条件好后，就将父母接到山外去生活，但被卓嘎拒绝了。卓嘎说："我从小长在这里，生活在这里，对这里的一草一木，我都有深深的感情，所以，我现在哪儿都不想去，只想呆在这里，一直老死。"

在乡领导达桑的陪同下，我们来到玉麦河边的一栋二层藏式木屋前。达桑告诉说，这是次仁措姆家，次仁措姆今年63岁，她家最早搬入玉麦乡。1996年，次仁措姆和丈夫扎西曲加带着孙女扎西德吉，赶着自家的牲畜，从扎日乡搬到了玉麦乡，在河滩上修建了简易的房子。当时，政府发放了几头牛作为奖励，全家就在玉麦乡开始了放牧的新生活。回忆起以前的生活，次仁措姆显得有些激动："那时候全乡就两户人，连基本的路都没有，如果要去县城，必须赶着马队穿越一片沼泽地，翻过日拉山，再经过一片陡峭的山谷，才能看到外面的世界。作为边境乡的群众，我们的职责就是放牧和守边。"

1997年来到玉麦乡的副乡长扎西罗布身兼医生，他笑称接生才是他的主业，至今已经接生8个孩子了。在扎西罗布的脑海中，有一个清晰的玉麦户数变迁的脉络图：卓嘎和央宗分家立户，是玉麦两户"土著"人家；1996年起陆续搬来扎西曲加、次仁措姆夫妇和那贡一家，两大家庭相继开枝生叶，日见枝繁叶茂。扎西罗布的妻子群宗是扎西曲加的二女儿。扎西曲加的大儿子次仁曲加与大曲宗结婚，小女儿拉吉白玛与来自山外的次旦扎西结婚，如今也有了自己的小孩。

那贡一家来到玉麦后，那贡将自己的两个妹妹也"拉"进了山里，一位便是大曲宗，另一位叫卓玛拉宗，与来自曲松的白玛才旺结婚，独立门户。那贡是个典型的藏家妇女，腼腆羞涩，不愿多语。当时还不太愿意进山的那贡没有想到，玉麦飞泻的瀑布、缓缓流淌的溪流、宽广的高山草甸、浓密的树林，还有湿润的气候、充足的氧气，把她迷住了。

深谷跃动的大商机

我翻越一座大雪山来到玉麦乡政府，相对于沿途的冷清，这里却是另一番热火朝天的场景。村民大曲宗家投资12万元，建起了家庭旅馆，将同其他8户家庭旅馆形成竞争，中国最偏僻的乡同样充满了商业气息。乡党委书记达瓦说："我们去年开工了几个项目，最大的项目就是边贸检查站，这里是交易大厅，这个是出租房门面，还设有接待人的住宿点。”

玉麦乡有一条全长520多米的街道，生活在这里的9户人家，就分布在乡政府两旁。一家小商店，琳琅满目的货物摆在货架上，不时有游客进进出出，看上去生意不错。当我问生意这么好，一年能有多少收入时，这家以扎西命名的商店，一家之主次旦扎西却开起了玩笑：“每年大约有3万多元收入，不过这家商店不归我管。”

我从次旦扎西的介绍中得知，他不是地道的玉麦村人。2000年，作为山南地区水电开发公司的工人，20岁的次旦扎西从老家贡嘎县来到这里修建玉麦公路。次旦扎西平时干活勤快、说话风趣，很快就获得了玉麦乡姑娘拉吉白玛的芳心，一来二去，二人喜结连理。

玉麦公路修好后，次旦扎西留了下来，成为玉麦村的“女婿”。2003年，次旦扎西开了一家小商店。2011年，随着人口的增多，玉麦村成立了村委会，大家一致选举他为村委会主任。2012年，次旦扎西同另外两户村民共同出资11万元开办了砂石场，仅2014年纯收入就达15万元；2014年初，次旦扎西又拿出10多万元，购买了车辆跑运输，当年收入就超过2万元。在他的带领下，全村跑运输的人越来越多，许多人也跟着他开起了家庭旅馆，收入也越来越高。次旦扎西说：“下一步，我们将依托玉麦村的资源优势，发展旅游业和加工业，让大家都富裕起来。”

玉麦河日夜不停地流淌，见证了玉麦乡日新月异的变化。如今玉麦人已开通了宽带，快捷的微信平台，很快就能将当地发生的事情传递出去。不到半个小时，副乡长尚林佳向我提供了一组玉麦发展变化的数据：

2001年，政府投资5000多万元，修通了从玉麦乡到扎日乡的公路，这一年，桑杰曲巴老人安详地去世了，享年77岁。通外公路的修建，如同“桃花岛”前的“桃花阵”被人破译一般，让玉麦摆脱了与世隔绝的状态。如今，玉麦特产竹编篮子，能够在山南地区销售；玉麦盛产的酥油、奶酪也能走出大山，走向更为广阔的市场。

2004年，中国电信公司投资32万元，为玉麦乡开通了两部卫星电话，使这个乡从此不再封闭。2009年，政府投资249万元，在玉麦乡建起了2.5千瓦的水电站，随着卫星电视地面接收站的建成，村民有了照明电，并看上了国内的电视节目。

2011年6月26日，玉麦乡宽带工程建成开通，中国电信西藏公司李晓华总经理郑重宣布：这标志着我国电信“乡乡通宽带”工程的圆满完成，为当地电子政务、远程医疗、数字教育、科技普及等信息化应用开辟了信息通道，架起了农牧民群众脱贫致富奔小康的信息桥梁。

2011年，玉麦乡边防派出所挂牌成立。就在这一年，卓嘎不再担任乡长，她又回到了牧区，继续自己的放牧生活。当我问起她平时最喜欢干的工作时，她当时笑起来说："放牧和挤牛奶。"以前，卓嘎家里只有5头牛4匹马，可现在生活变好了，有100多头牦牛，家里的条件是以前无法比的。

玉麦乡的"全家福"（赵春江 摄）

如今的玉麦已是"人丁兴旺"。45岁的大曲宗，落户玉麦已经有十多年的时间了。期间，她结了婚，并育有两个儿子。大曲宗一家现在拥有几十头牲畜、一家商店、一家餐馆、一家简易的旅馆，过着丰盈而又平实的生活。

玉麦乡农牧民手工艺品技术高超，竹器、木器具有浓厚的藏族特色和文化气息，深受外来游客的青睐，鸡血藤、贝母、熏香是玉麦的特色产品，每年为农牧民带来很大的收入，成为农牧民的第二支柱产业。次仁措姆从山外搬到玉麦，一晃20年的光阴过去了，如今也到了花甲之年。她特别擅长编织竹器，每天最多时可编十几个筐，一个小的竹筐可以卖到5元左右，有时还可以拿竹筐换粮食，一筐换10斤青稞。次仁措姆说："这房子是2012年的安居工程建设的，当时国家投资4万元，我自己出资5万元，房子的使用面积有300多平方米，除了自己住，多余的房间出租给游客。"

次仁措姆介绍完家里的住房情况后，带着我们来到二楼的客厅，只见厅里藏式沙发、卡垫、各式柜子一应俱全，洗衣机、电视机等现代化设施也一样不落，客厅正中墙上悬挂着的领袖像格外醒目。2014年，次仁措姆看到前来玉麦乡的游客和朝圣者越来越多，就办起了家庭旅馆，当年接待游客超过七百人次，旅游收入近万元。

在乡里转悠时，小卖部的一位美女正在销售鸡血藤手镯，5元一个。鸡血藤是一种较为名贵的中药材，有祛风除湿的疗效。这种藤的韧皮部里密布分泌管，排列成赤褐色的圆环状。分泌管里充满棕红色的物质，比如鞣质、还原糖和树脂等。我买了10个，回来送给了朋友。

目前，玉麦乡人吃上了旅游饭，给当地群众带来了可观的收益，村民群宗说："家里的经济来源主要是做小买卖，放牧，还有跑运输，家庭旅馆有22张单人床、10张大床。今年游客来的多，旅游收入有4万多元。"我在玉麦乡的展板上，看到乡未来规划图。旅游产业已成为乡里的重要支柱产业，去年人均收入26000多元，很大一部分靠的是旅游。

在玉麦乡政府，我见到了乡党委书记达瓦，1981年出生的他大学学业后，在这里工作了5年。现在他正通过自己的努力，为这片土地带来新鲜时尚的空气。谈起未来发展，达瓦侃侃而谈："玉麦乡肥沃的草场、漫山遍野的竹林，有着可观的发展前景。我希望通过我们的努力，注册'玉麦'商标，打造'玉麦'品牌，造福这里的百姓。"

"2014年，玉麦乡历史性地走出了3名大学生，我对玉麦未来发展充满了希望。"副乡长尚林佳接受采访时说，"全乡9户村民中6户有私家车，家家户户都开设了家庭旅馆、商店、茶馆，今年接待朝圣旅游人数突破2000人次。今年，乡政府给每户村民购买了冰箱、消毒柜、饮水机等电器。每户家中都安装了100兆宽带网络，全乡网络覆盖率100%，农牧民群众都用上了QQ、微信等网络聊天工具，看上了网络电视。"

2016年10月12日，西藏自治区党委书记吴英杰来到玉麦乡，看望乡亲们。我看了这段电视画面，吴英杰动情地说："你们为祖国守卫边防，确保了我们伟大祖国的这片热土不被蚕食掉、不被分裂出去，向你们致敬！"吴英杰书记的到访，给了玉麦乡人巨大鼓舞。达瓦说："我们只要在玉麦一天，就要坚定地守好这片国土。在下一步乡村规划中，将投资建一个显示国威的大升旗台。"

第四篇　天湖纳木错

纳木错湖横跨西藏拉萨市当雄县、那曲市班戈县，它一直是藏族人心中的圣湖，与湖岸的神山念青唐古拉山脉的主峰珠联璧合。

公元十二世纪末，藏传佛教达隆嘎举派创始人达隆塘巴扎西贝等高僧，曾到纳木错湖上修习密宗要法，始创羊年环绕纳木灵湖之举。信徒传说，每到羊年，诸佛、菩萨、护法神集会在纳木错设坛大兴法会，若此时前往朝拜，转湖念经一次，胜过平时朝拜转湖念经十万次，其福无量。每到藏历羊年，僧俗信徒不惜长途跋涉前往转湖，在藏历四月十五日达到高潮。今年正值又一个转纳木错圣湖的羊年，有关部门预测，参加转圣湖的人，将会比历届更多。

纳木错近年来先后被有关部门评为“最值得外国人去的50个地方”金奖。“东亚旅游十大知名景区”“中国最美湖泊”第三名等。每当听到这样的消息，我既没有感到突然，也没有感到惊喜。我在西藏生活了29年，今年4月才有幸第一次踏上这块传说已久如仙境的纳木错圣湖。

被誉为天神之女的纳木错，紧紧依偎在念青唐古拉雪山北面，湖水碧蓝、清澈透明，周围绿草如茵，远处雪山连绵，草地、天空、湖水、桑烟勾画出一幅美丽的画卷，置于湖边、天水相连，仿佛在天地之间，显得高大而渺小，徜徉在湖边沙滩，眺望远处雪山，聆听湖水拍岸，展开一千个思念，放飞一万个理想。

纳木错成为藏族信徒朝拜的圣湖，也是实至名归，现实世界的纳木错自有西藏其他湖泊不可比拟的魅力和价值。念青唐古拉雪山之水为野生动物提供着不竭的水源，辽阔的纳木错湖边草原地域广大，为野生动物提供着充足的食物，而高原高寒环境，制约着许多种病苗的繁殖蔓延，这广阔的荒野成了适应于高寒干旱的动物不受人类惊扰的自由世界。

直到今天，纳木错区这片被人称为“生命禁区”的土地，其实生活着上百种兽类和各种鸟类，其中包括国家一级保护动物如黑颈鹤、野驴、野牦牛、雪豹等。在广袤的无人区，还生活着狼、棕熊、雪鸡、猞猁等等，堪称世界上最大的“高原珍稀动物园”。

藏北高原湖泊总面积有2.14万平方公里，占整个西藏湖泊面积的80%以上，它们犹如一座座大水塔，滋养着西藏一江两河两岸的藏族儿女。很难想象，如果没有藏北草原的众多湖泊装点，那西藏大地又会是怎样一番景象？那一定比噩梦还要恐怖。所以从这点来看，将藏北雪山湖泊比喻成这一地区的“诺亚方舟”并不过分。

靠近色林错湖卓嘎家的房屋，比湖面高出不到三米，她家随时担心湖水将房屋淹没（罗洪忠 摄）

藏北湖边草原，是游牧人的家园。就像《纳木湖情歌》歌里唱的那样：“望不到边的纳木湖哟/湖上已是夏季牧场/雪白的羊群低头吃草/草原上来了/美丽的牧羊姑娘……”野燕麦、野黑麦、野生紫花苜蓿……纳木错湖边草原是优质牧草的基因库，是游牧民族天然的家园，这里牛羊成群，牧歌悠扬，是藏北牧民身体和心灵的栖息地。

过去牧民们一直过着自给自足的生活，他们穿的是自制的兽皮衣，住在牦牛毛织成的帐篷里，烧的是牛粪。可我这次在纳木错则看到，如今他们为现代文明所倾倒，吃穿住用越来越依赖于市场经济。牧民们对商店里百分之七八十来自国内外的东西爱不释手，他们渴望走向现代化而不再一味留恋牧歌的年代。藏北青年喜欢骑摩托，马儿们正在隐退。

在纳木错湖边，最让我牵情的是湖水42年上涨了7米。纳木错从上世纪70年代起一直在扩张，这和纳木错流域的冰川消融水量和降水量增加，以及湖泊的蒸发量减少有关系，补给增多，蒸发减少，湖泊自然就“长大”了。这让我想起了一位生态学家朋友对我说过的话：尽管人类对羌塘的破坏还是很小的，但现代文明却正在迫近它；尽管我们人类可以控制自己不向它索取，但全球自然环境的恶化，譬如温室效应时刻在蚕食着这片净土。

此刻，我置身纳木错湖畔。湖岸线在上升，草原在沙化，牧草在退化，雪山上的终年积雪线在升高。也就是在这样的一个夜里，我被纳木错毡房外巨大的响声所惊醒。毡房外雷声滚滚，闪电把天空照亮，下起了暴雨。睡梦中，我隐约看见有人在天空里奔走呼号，他就是纳木错草原上的牧神扎古恶脸……

第一章　濒危物种幸存的"天堂"

如果没有藏北高原，中国和南亚众多珍稀濒危物种、特有种将失去他们重要的栖息地。冥冥之中，总有魔幻般的"上帝之手"操控，总面积有2.14万平方公里、占整个西藏80%以上的藏北湖泊，经过上千万年的演变和退缩，逐渐形成了今天周围广阔的湖滨平原，成为世界上最大的"高原珍稀动物园"，也为藏北游牧文化的形成提供了非常好的自然环境。

藏北众湖曾是一个超级大湖

当历史进入2015年，又一个藏历羊年，藏地的僧俗信徒不惜长途跋涉前往纳木错转湖，在藏历4月15日将达到高潮。5月18日，我们一行四人沿青藏公路途经拉萨河、藏北大草原、当雄圣火采集点，翻越那根拉山，终于到达第一个目标，便是大名鼎鼎的"天湖"纳木错。

纳木错湖面海拔4725米，从湖东岸到西岸全长70多公里，由南岸到北岸宽30多公里，2014年湖面总面积2022平方公里，是我国的第三大咸水湖，也是世界上海拔最高的咸水湖。有人称它是世界上海拔最高的大湖，其实西藏有许多海拔超过纳木错的湖，面积超过100平方公里、海拔超过5000米的湖就有5个，如山南的普莫雍错，阿里的郭扎错、杰萨错，日喀则市的帕龙错，跨日喀则市和阿里的打加错等。

我们到达纳木错，便进入藏北草原腹地。我想起了在人类探险藏北的征程中，1901年第一次进入藏北的瑞典探险家斯文·赫定，他曾3次进入这块神秘的土地。斯文·赫定在藏北的探险，始于1901年夏季。他从青海越过唐古拉山，进入西藏那曲地区。出于对当时恶劣的国际环境的警惕，西藏地方政府派武装人员阻止他前进，他不得不原路退回。

斯文·赫定没有灰心，回到唐古拉山以北的"大本营"补充了给养以后，又率全队人马悄悄从原路线以西再次出发，九月初进入羌塘的纳仓部落。纳仓部落头人派人阻止他们前行，他这次完全不予理会，继续西行到达扎加藏布河边，然后乘折叠船沿河而下进入色林错湖，上岸后又沿湖西岸南行。后来纳仓部落不得不让两头人亲自率兵阻挡，双方一度相互恐吓，剑拔弩张。

纳仓部落头人最后出示了拉萨的“特别命令”——“不许欧人从纳仓以及内地南行”，要求大小头人“严密布防”，并强行阻止他继续前行。斯文·赫定斟酌了一番后，答应不再南行，但被允许泛舟考察了纳仓错和扎尔古特错(格仁错)。随后纳仓头人派卫队护送他们西行，穿过羌塘西部和阿里，于当年十二月出境回到克什米尔之列城。

斯文·赫定并没有死心。1906年，他第四次来到中国，开始了对藏北的第二次考察。这次虽突破了政治方面的阻力，但藏北恶劣的气候环境让他的探险队吃尽了苦头。从列城进入西藏，有65天没见到一个人，孤独的旅行让所有人怀念熟悉的黑帐篷和可爱的人类。后来终于发现了打野牦牛的猎人煮饭时留下的架锅石头，一行人才算在疲惫和物资短缺的状态下看到了新的希望。

斯文·赫定已经极度疲惫，连马鞍都坐不上了。他得了严重的疟疾：头疼心跳、体温升到41.5度，大脑处于半昏迷状态。在帐篷中沉睡了整整六天他才得以恢复。身体稍微好一些后他们又上路了，途中，他不停地采集矿物标本、测绘路程、照相和画草图。在藏北的探险，让斯文·赫定付出了极大代价。他的随从先后死去十几人，牲口则几乎全军覆没，能活着出来的只有十分之一，他对此始终心有余悸。“那是人和牧群都无法生存的地方，在那里时刻都感到有如产妇难产之痛苦。”多年以后，斯文·赫定这样写到。

斯文·赫定的藏北探险，留下许多惊险刺激的描述。上世纪70年代，中科院地理所和南京湖泊所负责调查西藏湖泊群，走遍了藏北高原，测量了50多个湖泊。他们的工作方式是以橡皮艇泛舟湖上，沿一断面测水深、水温、水质，测面积和容量，山光水色，诗情画意，看起来似乎浪漫。但在此之前，西藏的上千座湖泊，仅色林错、崩错、玛旁雍错等几个少数湖泊被斯文·赫定实地测量过，其余大多未知。未知就意味着潜在的风险，需要历尽艰辛去探险；未知同时也意味着发现，所以也不乏喜出望外的时刻。

1976年藏北小分队的无人区考察中，湖泊学家范云崎一行就多次经历了这样忽而忧虑、忽而喜悦的时刻。考察藏北的措尼湖时，在航程为9公里的湖上一口气工作了八个小时，其间波流滚滚，小船颠上抛下，守候在南岸的队友们一直在搜寻小船的踪影却看不见，焦虑万分，直到忽然发现小船从水里钻出来，又是一个惊喜万分。在措尼湖，范云崎一行发现了这个新构造湖奇特的水文现象：35米深水处水温竟高达摄氏18度。

2005年6月，中科院纳木错多层圈综合观测研究站正式成立。副站长张国帅回忆起当时建站的情景时说，中科院青藏高原研究所的康世昌研究员当时带了两个博士生，在纳木错建立一个科学考察站。一切才刚刚开始，所谓的考察站只是简易的帐篷。当有记者问起康世昌有关纳木错的平均水深、最大水深等数据时，他只能摇头说没有。如今不同了，我们来到这里时看到，纳木错科学考察站的楼房已经建立起来了，能接待许多科学家来纳木错调查。他们以这个科考站为基地，在纳木错流域主要开展对大气物理、大气环境、冰川、湖泊等的30余项观测。

每年的5至10月，观测人员都要到几个主要冰川进行观测，路上吃的主要是饼干、面包、饼子、方便面等便携食品。晚上，就在山坡的乱石滩上搭一两个帐篷，人睡在睡袋里。乱石滩上突起的石块让人全身不舒服，第二天起来后就会腰酸背痛，可他们顾不上这些，又马上进入工作。在海拔5000多米的雪山上，每个人负重五六十斤，每走一步，都非常吃力。特别是冰川考察，稍不注意就会掉进冰裂缝，生命也许就此画上句号。

2014年7月28日，中科院青藏高原研究所慕士塔格站副站长林树标起床后，同一名工作人员在5940米处架设气象站。下午5时30分许，身体不舒服的林树标提前跟随他人下山，他背一个小包走出约200米、翻越一座山头后就离开了同事们的视线。搜救人员顺着林树标下山的路径，发现了一个裂缝。这个看起来很小的裂缝，挖开后却让人大吃一惊，其深度无法目测。因这个裂隙非常危险，救援人员只得放弃搜救。一位熟悉该冰川的专家推测，林树标最大可能是走偏了一两步路线，从而滑坠进了冰川裂缝，像楔子一样扎入冰缝里。

随着纳木错的开发，外来淘金者越来越多，采矿者也随之到来。受到大自然的惩罚后，有些村民将一切罪过归于乱挖乱采，反对外来上山活动。2007年夏，观测员王中、次仁多吉和一个中科院学生同往常一样，到念青唐古拉山的西部冰川进行观测。当他们快到观测站时，3个牧民挡住了他们的去路："这是神山，你们不能上去，这里不允许任何人亵渎和侵犯。"牧民向他们发出了威胁。他们向山下望去，又有几十个牧民向这里走来，很快将他们3人团团围住。形势非常紧张，一触即发。在僵持过程中，次仁多吉用汉语说："他们把我们当成挖矿的了，害怕我们对神山造成破坏。"

王中马上解释他们此行的目的，然而任凭他们磨破了嘴皮，牧民就是不肯答应。牧民们要求将这里的仪器撤走。王中他们答应撤走这里的气象站，但这么多仪器，他们无法一次运下山去。牧民们见他们答应撤走，就上来协助他们搬运仪器，最终完好无损地将仪器全部运抵下山。

正是一代代科学家在藏北的科学探险考察，让我们对众多山峰、冰川、湖泊、草地等有了更深的认识。藏北湖泊群的消长盛衰，无疑是青藏高原形成和演化的历史见证。上千万年前的第三纪时期，高原上海拔还仅有一千米左右，气候温暖湿润，针阔叶林遍布，森林动物活跃。沿东西构造断裂带藏北地区发育了一系列断陷湖。随着第三纪末期高原强烈隆升，气候变得干冷，古湖发生了变化，一些消失，一些迁移，还有一些新生。这情形一直持续到地质第四纪的两百万年间，第四纪中期距今大约几十万年直到几万年，是藏北古湖的最后辉煌的"大水湖"时期。

沧海桑田，岁月留痕，神女纳木错也不例外。据说，曾经的纳木错并不是今天的样子，至今约一万年前的全新世，存在一个古纳木错。从地图上看，纳木错周围还有数目众多的湖泊，其中最邻近的大湖就是色林错。这些湖泊像洒落在高原上断了线的珍珠，曾经连为一体，形成了一个超级大湖，被称为"古羌塘湖"。后来因气候变化，湖泊不断退缩。至今，在湖周围仍留下数道明显的湖岸退缩线。

从今天举目可见的湖岸线，可以了解当年湖泊景象：湖面辽阔，湖水幽深；从湖相地层的动植物化石可得知，当时水生动物和湖畔植物何等兴旺。可惜胜景不再，我们无缘亲眼目睹，尤为可惜的是藏北湖泊一万年来正处于强烈的退缩中，气候越发干冷，湖水减少，盐类聚集，淡水变咸，咸水成盐，更多地成为和即将成为干涸湖盆，空留下一道道砂砾堤和一处处浪蚀崖洞供后人观想。

纳木错水位42年长高三层楼

"藏北湖泊的兴衰是一个纯自然过程，人为因素的干扰最少，可以忠实反映数以百万年以来的古地理古气候环境变迁。藏北湖泊对于气候的反映是如此敏感，近年间全球变暖的趋势迅速在藏北湖群中体现。"中科院青藏高原研究的专家们惊讶地发现，仅仅七、八年过去，当年的那些湖泊，水深变浅，浅水成为沼泽，而沼泽已成荒漠草原。

上世纪90年代以前，青藏高原湖泊整体上处于萎缩状态。可2014年7月21

日，新华社向世界发布了一条消息，从事青藏高原湖泊研究的中国科学院青藏高原研究所副研究员张国庆证实，多年来一直稳坐西藏第一大湖和横跨西藏当雄、班戈两县的纳木错，“第一”的位置被横跨班戈县、申扎县的色林错所取代，成为仅次于青海湖的我国第二大咸水湖。

张国庆提供的科考数据显示，进入新世纪后，色林错湖面增大加速，色林错每年水位抬升0.67米，湖面每年增大50余平方公里，十年间扩张了535平方公里，相当于原有湖泊的近三分之一。截至2014年6月，色林错面积已达2391平方公里，湖面面积比纳木错多出369平方公里。

可近20年来，不光是色林错，藏北高原的纳木错等少数湖泊，也都处于扩张态势。中国科学院青藏高原研究所纳木错站的工作人员观测发现，纳木错在42年里，水位上涨了7米，相当于三层楼的高度，整个湖水增加了近140亿立方米。中科院新近发布的一份研究报告显示，过去20年间，青藏高原内陆封闭湖泊面积增加了6700平方公里，增幅高达26%。

我看到这一组组数据，心里充满一个个疑问：是什么原因导致藏北湖泊大面积扩张？纳木错一带冰川多，湖泊面积为何小于色林错？藏北湖泊面积的快速增加，将会给当地牧民带来什么影响？

带着这样的疑问，我走进了中国科学院青藏高原研究所。中国科学院青藏高原研究所纳木错站站长、博士生导师康世昌研究员说：“我院从1970年开始对纳木错进行考察，发现从1970年至2012年，纳木错的海拔高度从原来的4718米上升到现在的4725米。这和纳木错流域的冰川消融水量和降水量增加，以及湖泊的蒸发水量减少有关系，补给增多，蒸发减少，湖泊自然就长大了。”

纳木错水位从原来的萎缩到快速上涨，何以有如此大的变化？康世昌认为，冰川的加速退缩，与气温升高有密切关系。从百年来的气候变化看，整个青藏高原在上世纪60至80年代为冷期，而80年代以来，则进入一个气温持续偏高的时期。根据对纳木错流域典型冰川的监测，近期的冰川退缩加剧就是在气候变暖条件下发生的。

若按照简单的逻辑思维去考虑，气候变暖了，气温升高了，湖水的蒸发量加大了，那么湖水就应该少了，怎么湖水反而上涨了呢？对此，康世昌解释说：“全球气候变暖在西藏最为显著的变化就是冰川融化。在纳木错周围，有很多白皑皑的雪山，这些雪山实际上就是冰川，比较著名的冰川就有西布冰川、扎当冰川、拉弄冰川、爬努冰川，它们就是藏北草原的一个个固体水库。这些冰川每年都在融化，向下游补给水源，又在每年冬天的时候经过降雪予以补给，形成了一种动态平衡。然而，随着全球气候变暖，这种动态的平衡被打破，融化的冰川多，而降雪所补给冰川的水远远少于融化的冰水，这样就导致冰川不断地退缩，而纳木错周围的冰川融化的水，大部分注入了纳木错湖中，造成了湖水上涨。”

在康世昌研究员看来，全球变暖在西藏第二个影响就是冻土的融化。在纳木错周围，海拔在4000米以上，属于高寒地区，地表在常年寒冷的气温中结下了一层厚厚的冻土。经过中国科学院的专家挖掘发现，这些冻土层中甚至有一层不薄的冰层。气温高了，特别是冬季的气温高了，冻土结冰的厚度就没有原来那么厚了，甚至很多年积累下来的冻土和冰层都融化了，而这些融化的水分就会注入地势较低的纳木错，再次造成了湖水的上涨。也就是说，冰川和冻土的融化是纳木错水位上涨的两个主要原因。

纳木错湖吸引众多中外游客慕名前来观光游览，图为纳木错景区在湖水里骑牦牛吸引游客（罗洪忠 摄）

康世昌还介绍说，蒸发是一个受多种因素影响的气象要素，气温升高，蒸发量不一定增加，还要受到云量、日照、辐射等因素的影响。通过中国科学院青藏高原研究所纳木错站工作人员的分析和研究，最近四年里，纳木错地区的低云量增加，而纳木错地区的蒸发量相比四年前反而减少了，这与简单的推理形成了一个相反的结果。蒸发量的减少也是造成纳木错水位上升的一个原因，这方面比起冰川和冻土对湖水的影响，当然要弱得多。

在如何看待纳木错水位上升和周围冰川快速萎缩的问题上，纳木错多层圈综合观察站副站长张国帅博士结合自己6年来的观测，发表了自己的看法。张国帅博士认为，尽管纳木错已退居到青海湖、色林错之后，成为我国青藏高原的第三大咸水湖，但纳木错依旧是世界上海拔最高、储水量最大的咸水湖，这同纳木错的地理位置相关联。纳木错四周为高高的念青唐古拉山脉，地势相较于青海湖、色林错而言要陡得多，最深处可达90米以上。张国帅博士打了一个不恰当的比方，同样是两个装水的容器，一个相对平坦，而另一个相对陡深，当注入同样多的水时，平锅容器水面面积要大些，而另一个相对陡深容器的水面面积就会小得多。

念青唐古拉山脉的冰川，目前处于强烈的萎缩状态。张国帅博士以纳木错地区的扎当冰川为例，从1970年到现在，平均每年冰川往后退10米以上。2005年，纳木错多层圈综合观测站来到扎当冰川，他们以冰川下的一块大岩石作为标记点。当时冰川末端离大岩石不到100米，可当张国帅2014年秋再来到这里考察时，冰川末端竟离大岩石标记点超过了200米。让他意想不到的是，扎当冰川九年里竟萎缩了上百米。

纳木错为封闭湖泊，四周是高高的雪山，冰川融化的水只能流进去，可因没有出水口而无法流出来。可在张国帅博士看来，纳木错水位持续上涨，与全球温室效应有极大关系。他们通过调查发现，纳木错水位的上涨，冰川融水补给量远不如纳木错近年来增加的降雨量，现在的降雨量是一年比一年大。有关资料显示，纳木错流域气温升高引起的冰川融水增加、流域降水量增长、湖面蒸发量减少，这些共同构成了纳木错湖水增加的原因。因当地降水产生的径流补给占湖泊总补给量的63%，而冰川融水补给仅占总补给量的8.55%，显然降水是纳木错湖补给的主要来源。可从湖泊水量增加的原因来看，降水的贡献率占46.67%，而冰川融水的贡献率却是52.86%，这更说明气候变暖引起的冰川融水增加，是引起纳木错湖面近年来迅速扩张的主要原因。纳木错湖位逐年升高，所以比起其他高原咸水湖来，湖水也就没有那么咸了。有时考察口渴时，张国帅博士会直接捧一口纳木错湖水来喝。

我从张国帅博士的介绍中还得知，纳木错存在地下渗漏，有一部分水从这里流走，这是由中科院青藏高原研究所研究员周石硚最初发现的。他根据纳木错每年的降雨、冰川融化的补给量，再计算每年的蒸发量，得出的结果是，湖面应该比现在还要高些。就拿2007年9月至2008年1月来说，渗漏水总量至少在3.5亿立方米，特别是当年9月27日至12月25日，渗漏量近3亿立方米。可在2008年1月28日至4月20日期间，湖水水位比较稳定。周石硚认为，由于湖泊没有地上出口，这种不平衡只能解释为存在地下渗漏。据估算，渗漏速率为每秒120～190立方米，"这相当于西藏一条大河的流量了"。

这些水到底是如何消失的呢？周石硚还发现，色林错自1998年开始扩张，且日趋明显，4年里竟上涨了10米，而纳木错湖水没有太明显的上涨。从遥感资料对比显示，从1972年至2002年的30年间，色林错面积扩大116平方公里，而纳木错面积才扩大38平方公里。周石硚虽然没找到地下裂隙，可在其论文《西藏纳木错湖存在渗漏》中说，纳木错存在明显渗漏，每年渗水总量至少在3.5亿立方米，湖水可能通过断层向西渗漏，更有可能通过第四纪河湖相沉积层向西渗入仁错等湖泊，并最终汇入色林错。

其实，几年前，河海大学教授陈建生就曾提出青藏高原存在地下水深循环的假设。陈建生认为，西藏内流区每年有超过500亿立方米的冰雪融水渗漏到了中国北方鄂尔多斯、华北平原与内蒙古高原一带，渭河、泾河、洛河、汾河等几十条河流与湖泊都有青藏高原渗漏水的补给。

冰川融水及降水对纳木错的具体补给比重是多少，目前在学术界并无定论，但纳木错扩张对当地造成的影响则是确定无疑的。因湖泊大幅上涨后，淹没了湖边的优质牧场，一些冰湖的面积迅速扩大，溃决危险度不断提高，导致洪水和泥石流灾害。我从纳木错所在地当雄县和班戈县获知，因湖面不断向外延伸，近年来湖水淹没了岸边不少肥沃的草场，甚至使西部的梯让木波多岛、根达多岛变成了岛屿。2008年，色林错湖水水位上涨造成班戈、申扎、双湖三县大量草场、住房、畜圈、暖棚被淹，341户牧民家庭不同程度受灾。

当我们来到申扎县雄梅镇林琼村时，见到了驻村干部陈林，他来这里快一年了，村里原有草场60多万亩，可因色林错湖水上涨，草原面积逐年减少。老百姓非常疑惑，湖泊四周没有高大雪山冰川融化的水来补给，降水量比起以前没有增大多少，可湖泊一年年往上涨。每年都有村民的房屋、草场被淹，我们只能申请政府补助，将村民搬迁到较高的牧场里。我们随陈林来到湖边的一户人家，其房屋仅比湖面高出三四米。家中女主人卓嘎介绍说，她现年64岁，家里有10人，家中房屋和小院是2002年以后盖的。她从小就在这个村，过去湖边有很多人住，可近些年湖水一直往上涨，有十七八户村民都搬走了，有的房屋被淹了一半，有的房屋全被淹在水里。她家一直关注湖水上涨，也许再过两年，她家的房屋也会被湖水淹掉，她和家人也只能像其他村民一样离开湖边到高处牧场生活。

不过，由于湖泊水位抬升，面积增加，环湖地区的水草则变得更加丰美，野牦牛、岩羊、黑颈鹤等野生动物数量有明显增加。当张国帅博士看到纳木错目前水草丰美时，却有些不以为然地说，从目前来看，冰川加速消融，湖泊四周会形成大量湿地，可念青唐古拉山脉的冰川是有限的，也是不可持续的，若按现在的速度，总有一天大量冰川会消失，只剩下一座座光秃秃的雪山，到那时只能靠雨水来补给。若遇上干旱，草场就会因缺水而干枯，牛羊会因缺乏牧草而死亡。中科院青藏高原研究所研究员朱立平也认为，当冰川退缩到一定程度时，其融化的水量不足以维持水量的增加，势必对河流水资源产生新的影响，而这种影响可能导致水资源的严重短缺，带来的后果可能是灾难性的。

张国帅博士何以有这样的看法？他当年在当雄县牧区考察时，有些海拔相对较低的山，是有冰川的。每年夏秋季节，冰川融化成一条条小溪和河流，滋润着当地的牧场。可随着全球温室效应的加剧，有些冰川没有了，原有的河流和小溪干涸了，小溪边的牧场自然也没过去那样地丰美了。若一旦久旱不雨，牧草就会干枯发黄，原有的牧场就荒芜了。

青藏高原冰川的严重萎缩，将会给中国和南亚带来什么影响？当我面对张国帅博士的担忧时，同样看到国内外专家的忧虑。前不久，我看到了美国埃德·格拉宾博士与昆明植物研究所亚洲高地项目负责人许建初共同发表的一份研究报告，该报告称受全球气候变化和人类活动的影响，西藏高原将面临大规模的“生态系统变迁”。格拉宾博士曾大胆预测：“到2050年，生态系统种类与现在相比将减少30%左右。”他进一步解释说，青藏高原上的草地、高山草甸、湿地和冻土将大面积消失。到那时，现在的牧地、草地和湿地将变成林地和灌木丛，而“当地目前栖息的动植物数量将急剧减少，甚至不复存在。这里将变得面目全非，将给中国和南亚的环境安全造成严重威胁”。

青藏高原是亚洲多条重要河流的发源地，为下游约14亿人提供水资源。青藏高原冻土占总面积的三分之二，储积了大量的碳和水，同冰川一样发挥着包括调节雨季在内的平衡地区气候系统的重要作用。可是，气候变暖、大兴基建、人口增长和过度放牧，众多因素叠加在一起，喜马拉雅山和青藏高原地区的升温速度是全球平均水平的三倍，气温升高导致积雪和冰川消融、冻土消失，将给世界上面积最大、海拔最高的青藏高原带来严重影响，使其脆弱的生态系统发生巨大的、不可逆转的改变，将无法再为亚洲其他地区提供诸如水源供给和碳储存等环境服务。

在纳木错湖边，最让我牵情的是湖水上涨，这让我想起了一位生态学家朋友对我说过的话:尽管人类对羌塘的破坏还是很小的,但现代工业文明却正在迫近它;尽管我们人类可以控制自己不向它索取,但全球自然环境的恶化,譬如温室效应时刻在蚕食这片净土。此刻,我置身于纳木错湖畔,亲眼目睹湖岸线在升高,湖面在扩张,而冰川快速萎缩,雪山冰峰正在融化。

世界最大的“高原珍稀动物园”

上世纪80年代初,藏族博士格勒带着美国从事野生动物保护研究的南希教授来到藏北草原考察。正当他们穿行一片草原时,格勒忽然听到坐在前面的南希教授一声大叫,原来汽车前方几百米以外有一头野驴在“咚、咚”的枪声中缓缓倒下。南希教授非常疼爱野生动物,这时他一边流泪,一边痛心地对大家说,这些动物在世界上已经很少了,打一只少一只,这样会绝种的呀!

在交通发达、武器先进的当代,有狩猎习惯的藏北牧民,猎杀动物比过去容易得多,加上利益的驱动,来此狩猎的外地人也越来越多。因此,南希教授一路上能看见的野生动物一年比一年少,也能看到路边、河中留下了一些野兔、野羊和牦牛的尸骨,让他们心情十分沉重。格勒博士哀叹:“我不知道,假如有一天,古老的野牦牛、野驴、野羊和其他各种动物都没有了,人类还能独自生存在这片净土上吗? 即使能生存,又有什么意义呢?”

羌塘,藏语意为“北方的荒野”,这是西藏最后的无人区,平均海拔接近5000米,一年四季没有无霜期,即使盛夏也可能遇到暴风雪。由于地势高亢,生态环境特殊,人迹罕至,而被人们称之为“无人区”。直到今天,这里还基本保存着较原始的自然面貌,保存着世界上最珍稀的野生动物群落和独特的动物区系。藏北草原这片被人称为“生命禁区”的土地,其实生活着上百种兽类和各种鸟类,其中包括国家一级保护动物如黑颈鹤、野驴、野牦牛、雪豹等。

藏北无人区的珍贵动物不仅数量多,而且绝大部分为该地区所特有。中外学者认为,这里是目前世界上仅有的几块未开发区域之一,其丰富的野生动物资源不亚于南部非洲大陆。上世纪50年代,随军记者林田亲眼目睹上百头野驴排成一行,在这片平原上飞奔,扬起的沙土被大风冲走,竟留下一条小路似的“风沟”,大概再优秀的导演也难以指挥动物拍出如此壮观的场面。黑颈鹤一向有“鸟类熊猫”之称,目前世界上仅存700多只,栖息在我国青藏高原和云贵高原,已被列为濒危动物。这里也是黑颈鹤的乐园。

幸运的是，上世纪80年代末，国家将此地划为国内最大的野生动物保护区，建立了一个面积60多万平方公里的世界第二大自然保护区，仅次于丹麦的格陵兰岛国家公园，偷猎活动得到了有效控制。不过，格陵兰岛上只有皑皑冰雪，却没有羌塘草原夏季的绿草如茵和珍稀动植物麇集的蓬勃生机。这里还生活着狼、棕熊、雪鸡、猞猁等等，堪称世界上最大的“高原珍稀动物园”。世界各国的科学家们通过在藏北实地考察，也证实了这里是人类文明赖以存在的最后一片净土，而这片净土在中国的西藏。

纳木错湖上飞翔的鸟类（罗洪忠 摄）

我最初未进入藏北无人区时，将其想象为“天上无飞鸟，地上不长草，四季飘雪花，夏天穿棉袄”，空旷、幽僻、荒寂，是一个神秘的世界。可事实与想象总是大相径庭，无人区实际上是美丽富饶而又充满生机的，是高原野生动物的乐园。这里地势平缓开阔，湖泊棋布，每年6至8月间，茵茵绿草，点缀鲜花，湖水清澈，天水一色，鸟兽喧嚣，充满了天然情趣。据我国多年来的科学考察，这里有种子植物70多种、哺乳动物38种、爬行动物3种、鸟类70余种、鱼类10余种。

据初步统计，保护区内属于国家一级重点保护野生动物的有野牦牛、藏羚、北山羊、西藏野驴、雪豹、黑颈鹤等；属于国家二级重点保护野生动物的有西藏原羚、盘羊、岩羊、鹅喉羚、猞猁、兔狲、棕熊、荒漠猫、西藏雪鸡、红隼及其他几种猛禽。其它常见动物，还有高原鼠兔、藏狐、赤狐、狼、旱獭、岩鸽、雪雀、藏雀、长咀百灵、褐背地鸭、渡鸦、斑头雁、百灵、灰沙燕、拟大朱雀、红嘴山鸦、棕头鸥、赤麻鸭、秋沙鸭等。我过去作为一名记者，上世纪90年代以后，不止一次进入藏北草原，同野牦牛有过两次亲密接触。我们在往返双湖无人区冰原的路上，第一次见到了野牦牛。驾驶员称，野牦牛是羌塘真正的主人，成年雄性野牦牛在发情期偶尔会攻击人，甚至撞向卡车，遇上野牦牛唯一的办法就是避让。

斯文·赫定在藏北探险时，在一个驻地见到一头正在低头吃草的黑牦牛，一名伙伴试图猎杀它，没有打死，却把它惹怒了。受伤的野牦牛凶猛地朝他们冲过来，金刚怒目，鼻子里喷发出水雾一般的气息，身后扬起一阵沙尘。大家惊慌失措，四散逃窜。最后，黑牦牛把一个仆人撞翻在地，在他腿上留下了一道长长的伤口，然后摇摇尾巴跑掉了。

我们与野牦牛第二次相遇要惊险得多，汽车在藏北大草原行驶了大半天，我们感到又渴又累，便在一处草地埋锅取冰烧水，吃带的干粮。不知是谁喊了一声："野牦牛！"就在水即将煮开之际，野牦牛不紧不慢地朝我们走来，看身材还很奇特。我们的紧张之情难以言表，只能忍痛倒掉即将烧开的水，收拾东西逃离，这里毕竟是野牦牛的地盘。我们的车驶过一条河，刚准备喘口气休息一下，忽然我发现左前方又来了一头野牦牛，我们只好绕路逃避。

野牦牛是高原上最雄伟最有气魄的野生动物，有的野牦牛体重可达上千公斤，力大无比，足以撞翻一辆解放牌汽车。野牦牛体型外貌与家牦牛一样，但体态魁壮，体格比家牦牛要大两三倍。它们喜欢在高寒雪山附近生活。野牦牛力大无比，性情也颇蛮悍，唯一的武器是两只粗大的犄角，一旦发现敌情，便把牛犊围在当中，野牦牛群中的老牛将头朝外低下，准备用犄角搏斗。它们一旦受了伤，不但不逃，反而直朝对方猛撞过来，大有与敌人决一死战的气概，即便是草原上凶猛的野兽，也不敢贸然问津野牦牛。

野牦牛在七八月份交配，交配时，公牛之间要展开一场角斗，胜利者获得与母牦牛交尾的特权。公野牦牛有时也到家牦牛群中，把母牦牛诱至野牦牛群中交配。在牦牛配种季节，我们曾看到一头野牦牛追上一头家种公牦牛以后，立即猛扑过来，这头家公牦牛开始也不示弱，但没有战斗几个回合，就被野牦牛顶起来抛向空中，在落下时又被顺势一顶，腹部破裂死于非命。

藏北草原一望无际，夜晚有时在车灯的光柱下，可看见被汽车惊醒的野兔慌慌张张地到处乱窜；有时会有一只狐狸"嗖"地穿过马路；白天偶尔能看见在小溪边嬉戏的旱獭，它们见到汽车后又慢慢地躲回自己的洞里；还有两三个一堆、四五只成群的黄羊，黄脊背，白屁股，小黑尾巴向上翘着，又称之为野羊，它们老远看到车，就跑到山岗上，再昂首张望……

我来到纳木错湖。湖心的两个小岛是鸟的天堂。这里有不少珍稀禽鸟，最著名的要算黑颈仙鹤、藏雪鸡等国家一、二级保护鸟类，以及棕头鸥、赤麻野鸭和斑头雁等。许多鸟类是高原独有的品种，显得尤为珍贵。在纳木错湖畔那长天无声、万籁静寂的空旷原野，有一群群鸟儿鸣叫着飞过，滑过湛蓝的天际，划破如明镜搬的湖水，的确为藏北草原增添了无限生机。

藏北湖畔，地势平坦开阔，水草丰盛，是藏羚羊活动频繁的地方。藏羚羊藏语称"最"，公羊长有细长如鞭的黑色犄角，角的下半部前缘有横棱数十个，精巧美观。双角从侧面看，简直就像独角一般，无怪有的人认为古书中所说的"独角兽"可能就是它。藏羚羊体态优美，很逗人喜爱，走起路来总是低着脑袋，好像在寻找什么东西。

春夏之交，是藏羚羊的产羔季节，母羚羊从四面八方来到大雁汇集的地方，大雁吃羚羊的胎盘，羚羊则吃大雁的粪便，飞禽走兽配合默契，各有所得。当母羚羊从产羔的地方回到平时的集居地时，成百上千的公羚羊会自动组织起来，或当先锋，或作后卫，共同保护母羚羊和羊羔。过河的时候，公羚羊先下水，在下游排成一道屏障，一旦有小羊被水冲倒，公羚羊便拦住它。藏羚羊生活很有规律，平时公羊常单独活动，只有在每年配种季节，才与母羊到北部鸿雁降落的地方相爱。秋天鸿雁南归时，母羚羊带着自己的孩子南返，而先南返的公羚羊这时会到河畔湖滨来迎接妻子。想必它们也和我们人类一样，有它们自己依靠的社会组织和严密的组织纪律。

藏北草原何以成为高原珍稀动物的乐园？刘务林多年从事藏北高原野生保护动物的研究，他介绍说："藏北高原上独特的地理环境，大面积的雪灾和风灾比较少，即使灾情发生时，这里的野生动物总能找到抵御灾害的方式，雪山之水为野生动物提供着不竭的水源，辽阔的草原给野生动物充足的食物。此外，高原低温高寒，制约着许多种病苗的繁殖蔓延，野生动物的发病率较低。正是这广阔的荒野，成了适应于高寒干旱动物不受人类惊扰的自由世界。"

国家明令不准猎杀藏北草原野生动物后，牧民原来背在身上的叉子枪主动上交政府，当地群众经常见到了过去难得一见的狗熊和狼。有关资料显示，藏北野生动物资源储量比20年前增长了30%以上。然而，随着野生动物种群增加，活动频繁，野生动物"扰民"事件时有发生。狼喜欢吃牧民养的山羊，他们见到人就跑，可狗熊却有攻击人的习性，当地牧民手里抗击狗熊的武器没了，双湖曾出现狗熊打洞钻进牧民家中将酥油和肉吃掉的情况。在纳木错附近的申扎、班戈两县，两名年轻的姑娘被狗熊咬死。

“政府为野生动物肇事做了补偿，大大地提高了群众保护野生动物的积极性。”在藏工作21年的双湖特别区政法委书记赵多希说。上世纪80年代，人与动物的冲突是人对动物的猎杀。随着野生动物种群数量的逐渐增多，人们的财产也受到了来自野生动物的威胁。就拿比较常见的棕熊来说，它常常趁主人不在的时候闯入，咬死圈里的羊。过去，这样的棕熊难逃被猎杀的命运。但是，随着野生动物保护执法越来越严格，人们对棕熊无可奈何，双湖每年都有两三百户牧民申报遭到棕熊侵害。在北措折乡一村扎彭家，一晚上有64只绵羊被棕熊咬死。按照一只绵羊250元的补偿标准，扎彭可以拿到1.6万元的补偿款。2009年以后，那曲地区每年兑现上一年野生动物肇事损失补偿金额超过上千万元。当雄县2014年也拿出400余万元，用于狼、狗熊咬伤牧民家牲畜的补助。

湖里有长尾巴的巨型不明动物？

一亿八千万年前，印度次大陆再次脱离非洲古大陆辗转漂移，直插入欧亚板块之下，喜马拉雅山脉、唐古拉山脉相继横空出世，神山冈仁波齐如同磨盘石的把柄，称雄特提斯古海里的霸王鱼龙变成了化石。可是，古地中海升起造成的圣湖似乎存在着早已绝迹的生物，纳木湖的湖羊悠悠地钻进水里，班公湖的大鱼能掀起一丈多高的波浪，布琼湖里的鳄鱼、河马时常现身湖边，措高湖有眼睛像铜盆那么大的怪物……

我在西藏生活了近30年，听到有关许多高原湖泊神秘湖怪的传说。早在十多年前，我在工布江达错高湖采访时，就听说当地人讲，每逢大雨将至，湖面上雾气迷蒙，巨大的水怪就要从湖面露出头来。据目击者称，湖怪有一辆“解放”牌汽车大，黑油油的，慢慢在湖中游弋。当地人坚信有湖怪，有的说像一头牛，有的说是条长尾巴的黑龙。

总能看到纳木错湖里经常有湖怪出没的目击报告。20世纪90年代，有西方潜水员称，在纳木错湖底见到了“令人恐怖的巨大不明生物”，并被吓得一病不起。新华社记者觉果曾是一名在纳木错附近长大的牧民孩子，他曾多次听老人说过，湖里有不明生物。我来到纳木错时，看到湖面银光闪闪，一派神秘之象。

我在班戈县青龙乡嘎居拉康采访时，寺里有6名喇嘛，洛桑晋美喇嘛是寺庙里唯一的天葬师。他从小出生在纳木错湖边，老一辈讲湖里有羊。他曾亲眼目睹过湖龙，龙有尾巴，从水里喷出来，水珠往上冒，两三分钟就消失了。每年春雷和秋雷期间，湖中水怪有时钻出来活动筋骨，冬天潜伏在水底下。当问及当地牧民是否会祭祀湖怪时，他称只是无法解释湖怪，但牧民不会当神来祭祀的，更不会有什么宗教活动来祭祀。

在纳木错岸边的山洞里，曾在西藏文联工作的民俗学家郭翠琴遇见了一位在此修行十多年的尼姑。这位尼姑称，她曾亲眼看到过湖中的龙，有时三至五条龙为一群。湖龙活动有其自身规律，春季出水腾空，秋后下降进湖，盛夏躲入云层，寒冬钻在水底。平常它们的活动伴随着巨大的风浪，每当夏季风雨来临前，群龙盘旋在天水间云雾之中，伴着水柱升空，带着卷雾入水，同时伴随着震耳欲聋的巨响。这位尼姑所见过的龙有黄身白鳞、蓝身黑鳞和黑身绿鳞三种颜色，其形象跟藏族壁画中的龙一样。当地有些牧民们还说："若人见到了龙则是大吉之兆，理应许愿祈祷，凡是当着龙所作的一切祈祷，定能灵验。"

在吉庆的日子里，一些藏族信徒千里迢迢，到这里"观湖相"，借以预测未来的凶吉。据当地牧民描述，他们还见到湖里有巨型湖羊。多年前，一位纳木错老牧民曾对来访的郭翠琴信誓旦旦地说，一天傍晚，湖面上窜出一个全身红色样子像只巨羊的湖怪，它窜上岸就拖走了几只正在吃草的山羊，迅速钻入水中，湖面顿时泛起一片殷红……

纳木错在青藏高原颇有盛名，即使是在远隔千里的巴松错湖畔的居民，也会活灵活现地说，巴松错与纳木错相通。问他们"有什么根据"，他们总会绘声绘色地说，在纳木错的扎西岛里能看到巴松错湖畔树木的落叶。这自然使我想到，远在万里的俄罗斯贝加尔湖，那里住着布里亚特蒙古人，当他们讲到贝加尔湖时，也会讲到腾格里海纳木错与贝加尔湖水相通的故事，甚至谈到有一只怪兽常常从贝加尔湖游到腾格里海，这多少带有神话色彩。

我在纳木错时，总能听到当地牧民绘声绘色描述湖岸的奇异现象：这里常有一些神奇的动物遗骨。有牧民说曾在湖畔捡到过一个奇异的白骨，骨长一尺多，直径半尺多粗，根据其造型判断，显然是一种动物的脊椎，但又没有骨节。平常所见到的动物脊椎，不可能有那么长的节距。当时在场的牧民也说："或许，这就是龙的脊椎骨"。

纳木错湖怪，时不时能从网络、媒体中看到报道。有位朋友称，他同几个专业的摄影师，在纳木错湖边架着他们的"大炮"，苦苦地等待美景。可就在他痴痴地等待着念青唐古拉雪峰露脸时，纳木错湖的另一边突然出现了奇迹，一条"神龙"从云中高高地将它的尾巴伸入水中。他赶紧抢拍了两张，可等他想再走近一点看个究竟时，龙尾“嗖”地一下快速收入云中了，惊得他目瞪口呆。两位同行的朋友在他的提醒下，也看到了这人间奇景。这条“神龙”到底是龙，还是龙卷风，这位朋友至今也没有想明白。

我看到一篇《西域，我的忧伤之旅》的文章，这位游客在早上九点多时到达纳木错湖边。那时的纳木错湖碧波万顷，金光闪闪，像一块巨大的嵌着波形花纹的翡翠。这时候，他看见一支由老人组成的藏族人队伍，带着宽大的帽子，拖着破烂不堪的长袍，迈着沉重的步子走向纳木错。当他们走到纳木错湖边的时候，长长的队伍齐刷刷地坐了下来，以最虔诚的姿态面对着圣湖。这时，为首的一个老人抛开长长的衣袖，举起一个“婴儿”(可能是尸体)停吟了片刻，然后带着他的咒语，将婴儿抛进了纳木错湖。“婴儿”从高高的上空落下，还没来得及啼哭就被淹没在湖里。

可就在这时，他看到纳木错湖剧烈地动荡起来，接着湖中出现了一道巨大的红影，很快就消失了，一个巨大的漩涡出现后，纳木错湖又恢复了平静。那一刻，他感觉有一股巨大的风从他们身边刮过。一位同行者的惊叫声惹来了藏族老人愤怒的目光，他们赶快逃离了纳木错。可他始终也弄不明白，那些人为什么要把“婴儿”投入湖中，还有那一道红色的影子，是自己的幻觉吗?

当这位朋友向一位流浪者请教时，得到的答案却是红色影子可能就是传说中的湖怪，一种身体庞大的食人鱼。纳木错湖附近的牛羊马匹等牲畜经常无缘无故地失踪，很多牧民称亲眼目睹了湖怪在湖中兴风作浪，往往是红光一闪，在纳木错湖饮水的牲畜都被卷进了湖里，连人也一样。至于那些牧民为什么要把“婴儿”投入湖中，他也不是很清楚。他只能猜测，这可能是他们迷信的做法，他们想用婴儿供奉湖怪，祈求风调雨顺、平和安宁。

我不敢相信，纳木错湖边的牧民竟然拿婴儿来供奉湖怪。我只能推测这是当地牧民将死去的婴儿进行水葬。我就此事请教青龙乡嘎居拉康喇嘛洛桑晋美，他说8岁以下的小孩死后，是没有资格进行天葬的，而是被扔进当地大的河流里，是否往小湖里扔，他也没有见过。不过，纳木错是西藏最神圣的大湖，家人是不会将小孩尸体扔进圣湖里的。

不过，在纳木错周边存在着许多尚未被世人揭开的迷，除了那些众多而令人费解的神秘之物外，还有许多被人们称为“灵物”的奇妙怪石。有关纳木错出现“湖怪”，大多数专家认为，“湖怪”并非神秘物，而是人们在高原特殊气候和地理条件下产生的一种视觉差错；有的文化学者则认为，西藏湖中有湖怪，源自早期关于拉萨填湖建造大昭寺镇压湖中罗刹魔女的传说，这些湖怪不过是来自当地的神话传说而已。尽管如此，少数痴迷的探险者仍坚持认为，西藏的湖泊中的确生活着不明怪物，它们是史前蛇颈龙一类生物的后裔。无论是谁，每前往一次纳木错湖，都会有新的发现，得到新的收获。

我在青龙乡纳木错湖边采访村民时，有的村民谈到，亲眼目睹湖面上空出现高头大马，还有穿得华丽的牵马人，瞬间在湖面消失了。这让我想起沙漠上的海市蜃楼现象，湖里的“水怪”，诸如湖羊、湖马、湖牛等，就是附近村民的牛、马、羊在湖面产生的幻影而已。

我们来到纳木错湖时，已是五月中旬。也许是兴之所至，乘着初夏的热情，走进了清冽冰凉的纳木湖水中，感受在圣湖中戏水的欢乐。尽管我们只是在湖边戏水，但并没担心遭遇湖中那被传说得十分恐怖的“湖怪”的袭击，但融进湛蓝的湖水后，雪山仿佛树起了白色的屏障，而蓝天似乎与湖水合而为一，人在圣湖中竟然也觉得自己有了几分神圣，那是与在区外其他湖泊中游泳时完全不同的生命体验。

第二章　藏族人羊年的转湖圣地

藏传佛教达隆噶举派创始人达隆塘巴扎西贝等高僧，曾到湖上修习密宗要法，开创了羊年环绕纳木灵湖之举。信徒传说，每到羊年，诸佛、菩萨、护法神集会在纳木错湖设坛大兴法会，如人此时前往朝拜，转湖念经一次，胜过平时朝礼转湖念经十万次，其福无量。

念青唐古拉和纳木错的恩怨情仇

车过羊八井折向东北，岗底斯山和念青唐古拉山在天边逶迤起伏，无际的草原相伴而行。黑牦牛和白绵羊就近在路边，时时会碰到几只在路中央散步或发呆的，我们的车会慢下来，等它们若无其事地蹒跚而过。这里是茫茫藏北草原、也即“羌塘”的一角，我想起旅途中常听到的歌：“你初到羌塘，寂寞寒冷会使你惆怅；一旦投入它的怀抱，草原变成温暖的家。”

行至当雄，这是我们到纳木错草原最大的一个间歇地，对周围的牧民来说，是羌塘草美羊肥的牧场。传说1000多年前，唐朝文成公主远嫁吐蕃王松赞干布，前往拉萨途经藏北时，曾驻扎在当雄草原，看着当雄草原的美丽景色，高兴地说：“这真是上天选出来的好地方。”当雄便由此得名。

当雄路边最多的就是川菜馆和摩托车修理店，不时有身着黑褐色羊皮袍、头系红色英雄结的藏族青年开着摩托车呼啸而来，在这里停车吃饭。这种大马力的摩托车是茫茫草原上藏民的主要交通工具，阳光下一排排聚在一起颇有气势，像是要举行公路集结赛。吃饭时，有人神神秘秘地捧过一个小包裹：“要么？”我好奇地打开一看，黑糊糊的像毛毛虫一样，同车朋友说，这是“虫草”，就数那曲、当雄的最出名了。

离开“拉萨的北大门”当雄，汽车驶出青藏公路，在碎石路上颠簸。开始攀升海拔5100多米的达根拉山口了，司机说，这里是去珠峰前身体测试的好地方，如果在这儿没反应，相同海拔的大本营也没问题了。到山口又见飞扬的经幡和玛尼堆，没感到想象中的呼吸困难，只是觉得离积雪覆盖的山峰那么近，真是“伸手把天抓”。从山口望下去，纳木错那片凝固的碧蓝就在眼前。

纳木错的东南部，便是直插云霄的念青唐古拉山的主峰。北侧依偎着和缓连绵的高原丘陵，四周环绕着广阔的草原，天湖像一面巨大的宝镜，镶嵌在藏北的草原上。“念青”在藏语里意为“大神”，伟岸的念青唐古拉是藏北高原的南方门户，西藏四大著名的神山之一，雄踞藏北数以百计的保护神山之首。与它素有夫妻美称的天湖——纳木错，总是相依相偎。人们无论走在藏北何处，都可以听到有关念青唐古拉和纳木错最古老的和最新鲜的传说。

据传说，念青唐古拉山神统领横贯藏北的数以百里计的唐古拉山脉，是世间护法神中最重要的一位。他原是西藏土著神灵，后来被莲花生大师收服为佛教护法神，同时他还被称作“十八掌雹神”之一的财宝守护神；另有一说为吐蕃著名赞普赤松德赞的体神，拉萨布达拉宫所在地红山的保护神以及卫藏四如的地方保护神。

念青唐古拉山神是一副穿白衣、戴白巾、骑白马的英武模样。为免除外界对教法的威胁，他时常率领着三百六十名随从，亦即念青唐古拉山脉的三百六十座山峰，匆匆行进于世界八方。他还有另外几种化身，其中呈现怒相神面目时，他的表情严厉深沉，佩铁剑，挽弓箭，穿玉销甲，缠黑熊皮。

相传纳木错是帝释天的女儿，念青唐古拉的妻子。它们的造像分别为：念青唐古拉——头戴盔甲、右手举着马鞭、左手拿着念珠，骑白马；纳木错——腾云驾雾地骑着飞龙、右手持龙头禅杖、左手拿佛镜。念青唐古拉山在北方诸神灵中最具权威，它拥有广大无边的北方疆域和丰富的财宝。

在纳木错北岸一座不大的山坡上住着一位叫扎古恶脸的赞神。扎古恶脸法力无边，以狩猎为生。念青唐古拉山神虽然身为神灵之王威震一方，但是西部的达尔果雪山经常进犯念青唐古拉神山领地，偷袭马群。它想讨伐达尔果雪山，但自己又懒得出阵。于是，他对扎古恶脸说，你常住我的领地，吃我的家畜，现在我需要你来帮忙，你去替我讨伐达尔果雪山，事成之后，我可以满足你一个愿望。扎古恶脸二话没说，出阵讨伐达尔果雪山。达尔果雪山正和爱妻加岗拉母与孩子们玩耍，便匆忙应战，经过几昼夜奋战，扎古恶脸借助念青唐古拉山神给它的神力，勉强获胜，赶着被抢去的马群凯旋。

念青唐古拉山神对扎古恶脸说：“你胜利归来。你想得到什么？”扎古恶脸却说：“我不要你的财物，只想和纳木错过一夜。”念青唐古拉没有多想，便同意了他的要求。有一天，扎古恶脸在纳木错湖边放羊，突然在他面前出现一个“不像人间女儿，倒像天上公主”的美丽女人。她对扎古恶脸说：“我是听了念青唐古拉山神的话来和你约会的，你想按人间的习俗，还是我们神仙的习俗？”扎古恶脸心想，他已尝过人间的习俗，便要求按神仙习俗过夜。话音刚落，一道艳丽的彩虹在纳木错湖与扎古恶脸之间闪了三下，纳木错仙女说：“我们过夜已完了，等明年三月十五日的日出时分，到湖边来认领你的孩子吧。你要给我记住，千万别带上你的弓箭。”说完消失于湖面。

扎古恶脸苦苦地等待，终于等到来年的三月十五日。月亮刚从东方升起，扎古恶脸出门认子。但是，不带着弓箭实在不习惯出门，最终他还是把弓箭带上了。当他来到湖边，有一头母野牛正在舔着刚出生的牛犊。扎古恶脸见到野牛手心痒得难受，便拿出箭上了弦射向野牛，没有想到正好射中那刚出生的小牛。这时，纳木错显出人形对扎古恶脸说：“你这个罪人，你不听我的话带上弓箭，你知道你射死的小牛是谁吗？那是你的儿子，我们因缘已断。”纳木错哭着，便消隐于湖中。

不过，在纳木错牧民的眼里，念青唐古拉是一个放荡不羁的风流男子，在纳木错的背后悄悄地养了两个小情人。在念青唐拉山的阴面是数不清的山谷，高处山高谷深，连接终年不化的雪山，冰川、冰窟、溪流纵横交错。低洼处绿草如茵，视野开阔、溪水潺潺，一个明镜般的湖泊静静躺在喀斯特石林的半包围中。传说这是念青唐拉背着纳木错私养的小情妇措牡措大。由于地势的高低和喀斯特地貌的半包围，纳木错和措牡措大永远无法相遇照面。

在念青唐拉山的背后，有一个碧波荡漾，当地称塘冰措的小湖，北面连着松软的雪线和摇摇欲坠的冰川，静静地躺在高山草甸的中央，小湖的水源就是冰川和雪线滴流下来的“矿泉水”。湖泊的南面绿草如茵，处处开满各种野花，雪山的倒影在湖泊中清晰可见。冬天，冰湖连着冰川，无法分清冰湖和冰川。传说这也是念青唐拉背着纳木错私养的另一个情妇。她们还瞒着纳木错偷偷生了个私生子叫塘赛。为了隐瞒真相，塘赛就藏在念青唐古拉主峰的背后。

念青唐古拉山与纳木错相亲相爱，这是藏北众百姓的福份，但他们的感情也出现过裂痕。在离纳木错湖不远的地方有一座叫保吉的山，离保吉山不远的地方有个叫红珊瑚的湖，相传她是纳木错的妹妹。每年藏历四月十五日，纳木错到她妹妹珊瑚湖那里去游泳，梳理秀发。风流的保吉山，每年藏历四月十五日看到美丽无比的纳木湖到珊瑚湖游泳时，心中产生挡不住的欲望，渐渐靠近她，并用花言巧语勾引。最后他俩背着念青唐古拉，发生了不正当的关系，而且生下一私生子叫唐拉扎尊。在保吉山后的平坝草原上有一座小石山，那就是唐古拉扎尊。

为了不让念青唐古拉知道此事，纳木错将唐拉扎尊藏在保吉山的后面。可藏北有句俗话："有不漏水的汉阳锅，但没有不漏话的木匣子。"后来，念青唐古拉知道自己的妻子纳木错与保吉山整天在一起鬼混，还偷偷生了私生子，他火冒三丈，拔出雪亮的宝剑，一刀砍断了保吉山的双腿。

在离保吉乡政府不远的东北方向，我们能看到有两座并列的山梁，恰似伸在前面的双腿，并列的山梁中间的凹形断层，就是念青唐古拉砍断的保吉山的双腿，然后念青唐古拉又割掉保吉山的阳具，挂在纳木错湖的脖子上。在多加寺前面的湖中有一座拇指般的孤岛，那就是挂在纳木错湖脖子上的保吉山阳具。可念青唐古拉还未息怒，他还拔了一把纳木错湖的阴毛，撒向唐古拉扎尊，说是私生子的抚养费。在这方圆几千公里没有一棵树，但离唐拉扎尊不远处的地方，却有一片茂密的灌木丛，据传灌木丛就是纳木错的阴毛。

念青唐古拉息怒后，骑着白色的骏马回到水晶宫，反思自己的举动，甚感手段过于残忍而后悔。为了赎罪，他修建了一百零八座佛塔，供奉了一百零八处净水。在离保吉山不远的地方，有一座山体雄壮的山叫嘉郎曲加。在嘉郎曲加山半腰，有一排错落有致的灰白色喀斯特石林，从远处看就像一百多座佛塔和一百多眼不冻泉。

改革开放以后，牧民又创作出新的神话来：念青唐古拉大神最近举行了一项活动，藏北所有具有生命的神山都聚集在他那里开会，会议的主要内容是，目前宗教政策开放了，百姓们恢复了朝山活动，很好；但百姓们在山上挖虫草、挖贝母赚钱，虫草可是山神的肠子，贝母是山神的心脏啊！众神山很生气，说要惩罚百姓。

高僧开创羊年转湖念经之举

我早晨八点多来到纳木错最大的半岛——扎西半岛时，看到很多转湖的藏族僧众，手摇转经筒，牵着马缓缓绕行，金铜般的阳光照亮了每个人的脸。据说平日里能围绕扎西半岛转一圈，功德就相当于转湖了。今年是羊年，前来转湖的人是平时的几倍，整个扎西半岛显得异常热闹。

在这支队伍中，山洞修行者卓嘎尤其显眼。我的一位藏族朋友讲，卓嘎今年33岁，来自纳木错塔布村，也许是每天在洞里修行的缘故，皮肤极其白皙，人也特别文静，讲起话来面带笑容，给人一种纯净天然的感觉。每天清晨，卓嘎都要围绕纳木错湖中央的扎西半岛转湖一圈,每转一圈需要一个多小时,她一天的修行也由此开始。

卓嘎看上去比实际年龄要小,可她在扎西半岛的山洞里已修行4多年了。每一次看到太阳从湖中喷薄而出,还是觉得激动,天湖的神奇之处就在她的心里,她总能从不同角度去看。四时、晨昏,不同时间看,湖也不一样。或许,奇异的自然景观和各种传说,让这天上的湖泊越发神秘莫测。

骑着摩托车转纳木错湖的班戈县牧民(罗洪忠 摄)

扎西半岛位于湖的东南侧,像是湖岸伸入湖中的一只拳头。扎西半岛与湖岸的大山相连、地貌奇特、高耸着被岁月风化或溶浪侵蚀过的岩柱,岩柱间时见洞穿的山孔,透出一片蓝天。像许多神山一样,半岛上的险峻山巅当然也有寺庙。这些散落在扎西岛山石岩洞中的小小的堪布经室和沙弥扎仓,是藏传佛教极富神秘色彩的达隆嘎举派僧众密藏于此修习密宗要法的寺庙。

我们随卓嘎转湖,看到扎西半岛上有不少的山洞,有的洞口呈圆形而洞浅短,有的溶洞狭长似地道,有的岩洞上面塌陷形成自然的天窗。山洞外面到处是嶙峋怪石,石峰遍布,峰林之间还有自然连接的石桥。纳木错香火旺盛,这些山洞里有很多小寺庙,常有高僧大德在这里修行。

卓嘎是一名宁玛派僧人,所在寺庙就建在扎西半岛的一个山洞里。但见她身着花色僧袍，显得气度不凡。她带我进洞，说这里曾是一名上师的寝洞，有500多年历史了。幽幽的酥油灯下，现在还能看到他的藏牙灵塔和脚印。卓嘎29岁就来到这里。纳木错已经开发旅游，不过，前来山洞膜拜的人大都是转湖的藏族僧众。

卓嘎每天的修行也以转湖为起点，她已修行成宁玛派僧人。她说，西藏有一个说法，马年转神山，羊年转神湖，平时转一圈，可以洗净一生罪孽。所以每逢藏历马年大家都要围绕西藏阿里神山"冈仁波齐"转一圈。马年转一圈，就相当于其他年份转13圈，转十圈便可在500轮回中免下地狱之苦，转百圈可在今生成佛升天。纳木错与西藏阿里地区的玛旁雍错、浪卡子县的羊卓雍错合称为三大圣湖。藏传佛教达隆嘎举派创始人达隆塘巴扎西贝等高僧，曾到湖上山洞里修习密宗要法，认为这里是胜乐金刚的道场，并始创羊年环绕纳木错灵湖之举。每到羊年，诸佛、菩萨、护法神集会在纳木错湖设坛大兴法会，若此时前往朝拜，顺时针转湖念经一次，胜过平时朝礼转湖念经十万次，其福无量，吸引众多的虔诚藏族信众前来转湖，整个湖岸线上人流滚滚，蔚为壮观。

我和同行的藏族朋友告别了卓嘎，也学着藏族信徒的样子，沿着扎西半岛绕湖转一圈。纳木错湖畔玛尼堆遍布，如有教徒经过这里，总会投下一颗石子。突然感到，一代代达隆嘎举派僧众密修于此，吸天地之灵气，采日月之清光，念无上摩诃萨经语，练清心寡欲之苦行，成就了无数圣僧大德活佛。年年月月，都有无数远道而来的虔诚朝拜者，围着纳木错湖转经，拜谒扎西岛梦佛。

纳木错作为有生命的神湖，它的属相是羊。每逢羊年，神湖开放的盛大节日，藏区成千上万的香客潮涌而来。可转湖是无止境的，因此成群结队的藏族信徒翻山越岭，哪怕一路乞讨而来，也要顺着两百多公里的湖岸线转湖，快则六七天，慢则十大半月，有的赶着驮行李的牦牛要走一个月，在藏历四月十五日达到高潮。我在班戈县听一位纳木错湖畔牧民德吉朋措说，他六十多岁的祖母，磕等身长头转湖一圈，历时三个月。

我们无法像藏族僧众那样，用双腿绕湖大转，但现代的交通工具越野车，却也能让我们体会到绕湖一周的奇异自然风光。越野车顺时针开始转湖一周，前几十公里的视野特别开阔，牛羊成群，风景迷人，只是道路太差，要经过大小十多条河流。纳木错湖水正是靠念青唐古拉山的冰雪融化后补给，沿湖有不少大小溪流注入，湖水清澈透明，湖面呈天蓝色，水天相融，浑然一体，闲游湖畔，似有身临仙境之感。湖畔草原牧草良好，是天然的牧场。每当夏初，成群的野鸭飞来栖息，繁殖后代。湖泊周围常有狗熊、野牦牛、野驴、岩羊、狐狸、獐子、旱獭等野生动物栖居，湖中盛产高原的细鳞鱼和无鳞鱼类，湖区还产虫草、贝母、雪莲等名贵药材。

越野车行驶到嘎拉木山口，这里有很多经幡、玛尼堆，有两座大帐篷，可以休息喝茶；经过巴里村，这里的牛粪墙很壮观。沿着湖岸线开始向北行进，已进入班戈县境内；经过德庆乡到达多恰寺，这里可住寺庙、帐篷。多恰寺尽管只有15名僧人，但它是纳木错湖边最大的寺庙。此寺建于1716年，据说创建人是汉地的一位将军。寺庙建在湖边的岛上，有很多山洞，是个修行的好地方。据说多加寺有个不解之迷，每到晚上，在岛上及寺内都可听到凿刻玛尼石的声音，人若走近时声音便停了，走开后声音又响起来。

在多恰寺时，我们见到了那曲县那曲镇居民塔杰，他带着一家8人前来转湖，家里留下两人看房，家中其他人帮其代转。他是10天前过来的，已转扎西岛13圈，开着车一天就绕湖转一圈。转多恰寺也有讲究，他今年49岁，就围绕寺庙转49圈，相当于绕湖转一圈，他女儿今年10岁，绕寺庙转10圈。有些年龄超过80岁的老人，就得转80多圈，让家人领着转，若实在转不动，也可找人代转，以寻求心灵的寄托。于是，在当地滋生了一个职业，有的村民在扎西半岛、多恰寺等地租一个帐篷，干起了替人转湖的生意，若代转扎西半岛一圈，收费100元，也有极少数人要求代转纳木错湖边一圈，少则一周，多则半月，极为辛苦，收费也高达5000元。

我从塔杰的介绍中得知，他们家开着车到湖边转湖，湖边有招待所，每个床位20元，若住帐篷10元。他们家觉得帐篷太冷，就住在群众修的房屋里。他们每天7点就出发，天黑可转扎西岛七圈，走得腿脚抽筋，非常辛苦。可转完湖后就会功德圆满，内心特别幸福和满足。我见到他们家人转湖时，用湖水洗脸，用湖水拍拍头，还用湖水做饭。他们称喝湖水更有功德，也没感到多少咸味。

我特别关心一个问题，羊年转纳木错湖是神圣的，是否会因不转湖而受到神湖的惩罚时，塔杰说："纳木错虽是神湖，但对修行者很宽容，若家人外出打工不转湖，家里也不会有灾害。"在塔杰看来，转湖属于身体上锻炼，心灵上的修行。转湖不仅能获得心灵愉悦，而且对身心也有好处，是一种极好的户外锻炼身体方式。当我问及色林错近年来超过纳木错面积，成为西藏第一大湖泊，人们是否因那木错的地位改变而转色林错时，他说，色林错不是神湖，不过有些人猴年去转一下，但它远没有纳木错那样神圣。

从多恰寺出发，再过6公里，便来到布谷杂日，这是当地牧民心中的世界奇迹。这里的山洞里到处都能看到飞禽走兽、花卉草木、云纹、字母等各种图案，奇怪的是，这些图案时而清晰可见，时而模糊不清，变化无穷。我们继续前行，经过恰多南卡岛。这也是块圣地。岛上有许多佛像和文字的自成物，以及许多山洞，岛上有一座被毁的恰多寺，遗迹尚存。

在纳木错周围还有很多寺庙，每个寺庙的香火都很旺盛，很多得道高僧也会到这里来弘扬佛道，有的噶举派僧人在湖边或湖心岛闭关修行。每到羊年，虔诚的佛教教徒都会来到纳木错转湖朝佛，而湖边的一些寺庙就成了祭祖圣地，场面壮观，非常热闹。虔诚的信徒们在转湖时，会把各种贡品投入湖中，以祈求平安。在长达两百多公里的湖岸上，到处都有信徒们留下的足迹。不过，转湖仍有很多挑战，沿途会有很多的溪涧，遇到时只能选择趟过去，这些河水都是雪山融水，水深及腰，从这样的冰水中趟过，个中滋味可想而知。

继续沿湖前行，可到达昂巴空龙岛扎营。离开昂巴空龙岛，经过纳木错四大浴门之一的加长崔泉浴门，可在湖边扎营，这一片湖边沙地对徒步来说比较费体力。从这里再往前走，便是扎西半岛，正好绕湖一周。扎西岛是一个大本营，这里目前已是个名符其实的帐篷城，来自各地牧区的藏族信徒在这里相聚、朝圣，很是热闹。

由于湖面太大，湖边地形复杂，以往转湖一圈最快需要7天，老人们一般要半个月以上，有的甚至超过一个月，所以大家也用转扎西半岛来代替。据说，围着扎西半岛转七圈就等于转湖一周。而班戈县人说，转多加南卡岛七圈也是相当于转纳木错湖一圈。现在，牧民差不多每家每户都有了摩托车，所以年轻人经常骑摩托车转湖，顺利的话几个小时就转下来了。

不过，在一些虔诚的信徒看来，只能依靠自己的双脚和身体来完成转湖，才能表达对佛的真心。转湖的信徒们走到经幡习习的神浴门，都会卸下包袱进行一番洗漱。洗掉身心中所有的不洁。北岸的阳坡上长满了簇簇爬地松，朝圣的善男信女们多半都要带上一些松枝，以此作为赠送亲朋好友的绝好礼品。湖区牧家主妇每天早晨供神的煨桑，大都是纳木错湖畔的松叶。

随着全球气候变暖，我们5月下旬来到纳木错时，湖面因气温升高已完全解冻，重现碧波荡漾的景象，已有斑头雁、黑颈鹤出现在湖面。中国科学院纳木错多圈层综合观测研究站副站长张国帅说，纳木错流域有夏半年和冬半年。到4月份进入夏半年后，湖面逐渐解冻。可纳木错近年来加速“长大”，在过去十余年间增大了50平方公里，较以往扩张速度明显加快。这也意味着绕湖转经的路会更长，转大湖一圈的时间也会更长。

我们走进班戈县青龙乡时，没想到乡党委书记尼玛占堆首推圣象天门，说那才是纳木错湖最值得游览的地方。从他的介绍中得知，已有公司投资20亿元开发这里的旅游资源，目前已将公路修到了圣象天门。也许是因为这家公司的积极参与，有的旅游爱好者称，圣象天门才是西藏最美风景的终结地。

纳木错湖横跨拉萨市当雄县、那曲市班戈县。因当雄县距西藏首府拉萨市较近，交通便利，该县一侧的纳木错得到了很好开发。纳木错湖边的扎西半岛上帐篷林立，设在帐篷内的饭店、旅馆、茶馆、商铺有数百家，这里成了名符其实的帐篷城，成为西藏最具代表性的热门景观之一。

纳木错三分之二的面积位于班戈县境内，可很多到纳木错旅游回来的朋友，向我讲起当雄县境内的纳木错是如何美，却鲜有人提及班戈县一侧的纳木错。前些年，当雄县纳木湖乡通往班戈县的青龙乡仅有一条土公路，因当地经济发展相对落后，无力投资开发班戈县境内的纳木错旅游资源，尽管班戈县一侧的纳木错“天生丽质”，可至今仍是“养在深闺人未识”。

我已亲睹了当雄县境内纳木错的天生丽质，那是我见过的西藏最美的风景之一。也许是经不住尼玛占堆书记推荐的诱惑，决定身体力行，一探究竟。我们从青龙乡出发，走了一段柏油路后，便拐入一条通往圣象天门的土公路，到处坑坑洼洼，当地俗称“搓板路”。今年是藏历羊年，随处可见三三两两赶往纳木错转湖的人，他们大都拖家带口。在几个牧民定居点，我们见到了临时搭起的帐篷，给过往转纳木错湖者提供酥油茶、方便面、火腿肠等食品。

驾驶员小于是一名户外探险公司的专业驾驶员，曾多次开着车带旅游爱好者来圣象天门观光，显然对这一带的路况很熟，一直向前穿过一道道山梁。当车子翻过最后一道山梁后，眼前忽然一亮，一个宽广无边、蓝得让人心里发颤的湖泊呈现出来，湖面笼罩着蒙蒙的水雾，远处绵延的山脉若隐若现，这便是藏北海拔最高、守护纳木错亿万年痴情不移的念青唐古拉山。

正当我为湖泊的美丽赞叹时，车子已经开到一处山腰，便能看到长得像一头大象的圣象天门了。圣象天门地处恰多南卡岛上，正好处在念青唐古拉的正对面。这里有两根耸立的石柱，一根混然一体，另外一根中间有一个空洞，当地人把两根石柱当作阴阳的象征。另一种传说是，纳木错当年与念青唐古拉的婚礼就在这里举行，婚礼的当天，由千名童子和千位仙女共同建造了这座婚姻之门，念青唐古拉每次来找纳木错时，必由此门经过，所以这里也被称作念青唐古拉之门。由于这个地方特别的角度，透过这个门去看纳木错与念青唐古拉的相依相偎，的确是一道绝佳的风景。近年来，当地人给这块如象鼻的巨石取了一个非常贴切又形象的名字——圣象天门。

圣象天门(罗洪忠 摄)

小于没有继续往前开，而是将车停下来。他说这里还不是拍摄圣象天门风景的最佳位置，只有爬到对面的山顶，才能欣赏纳木错最美的风景。当我喘着粗气爬半个多小时的陡坡到达山顶时，往下一看竟然是千丈绝壁，下意识地往后退。山顶海拔少说也有5000米，爬了半个多小时，早已是心神恍惚，若头脑短暂失忆不慎摔下去，那将是万劫不复。

我退到一处安全点向下观望，纳木错湖面匍匐在山脚下，静谧得没有一丝涟漪，如此浩瀚的湖泊，竟然能够以如此婉约动人的姿态出现在人类面前。当雄县境内纳木错的湖水是透明的，亮得清澈见底，因而失之于肤浅；班戈县境内纳木错的湖水却是深蓝的，蓝得深不可测，因而得之于厚重，更增添了几分神秘色彩。我当即举起相机，拍摄了一张满意的湖湾照片。

我回到停车点，汽车便向圣象天门驶去。下坡的路极陡，而小余是一名户外驾车高手，极平稳地往前开着。越往前走，圣象天门就越清晰，一头巨大无比的石象耸立在纳木错湖边，象鼻伸出来如在湖中吸水，中间形成了一道高大的山门,像极了阳朔的象鼻山石门。这只巨大无比的石象,比我此前见过的桂林山水中的象山,与真象更加神似,比许多雕塑成的大象更加鲜活。石象屹立在湖边,如同寂寞寒冷的广寒宫有了玉兔,美丽的新娘手上戴上了戒指,杰出的书法作品盖上了印章,使得缥缈神秘的纳木错更加柔媚迷人。整个布局如此完美和谐,让人不得不惊叹造物主的鬼斧神工。

透过圣象天门,正对面就是终年积雪、巍峨壮丽的念青唐古拉主峰峰顶,海拔高达7117米,也是藏北的最高峰。但从圣象天门望去,念青唐古拉山似乎并不高大,在纳木错湖的掩映下,分外谦和温驯。念青唐古拉山主峰经常云雾笼罩,显得傲慢而难以近人。可就在此时,念青唐古拉山却毫无顾忌地露出了久违的真容,如同浓妆艳抹的女子,在外面千般掩饰自己,回到家里才卸了妆,以真面目真性情示人。

在圣象天门不到50米的左侧有一处寺庙废墟,野草丛生,残垣断壁,这是一座名叫恰多寺的格鲁派寺院,据称已有370多年的历史。在恰多朗卡岛崖壁上,有很多自然形成的图像和图案,被人们赋予了许多宗教的含意,看成是各种佛像及文字。越来越多的修行者来到这里,在山崖上的开凿洞窟进行长年修行,后来的人们在修行圣地上建起了恰多寺,当时尚未有活佛。有一位喇嘛来自康区,他转了一个月的玛尼廓尔钦,后来在这个寺庙去世。在他去世之前,留下了一张纸条,上面写着:来世我还要到你们的寺庙里来,希望你们可以收留我。僧人们根据他的遗言找到了转世灵童,这位灵童来自纳木错乡的达波部落,他被尊为恰多寺的第一任活佛。

恰多寺先后有过五位活佛,其中第二世活佛江村群培和第十世活佛阿旺洛桑群培江措时期,寺庙发展最快,有名的强巴大殿、格桑大殿、伍绷塔和神舞院都建于此期,鼎盛时僧人曾达300多名,还有规模庞大的寺庙建筑造型、两百多间喇嘛住宅,在藏北历史上是独一无二的。据说寺庙的各殿内还有众多珍贵的神龛,伍绷塔内藏有大量的金银珠宝,而千尊石刻佛像更显示出该寺的独特工艺成就,至今在景区内可以观赏。如今,恰多寺已经废弃半个多世纪,藏传佛教文物收藏者想尽办法来这里搜寻各类供器和用品,寺庙周围几座佛塔内的装藏已全部被掏空。而在寺庙背后山崖上的修行洞里,依然还会有虔诚的修行者在静修。几年前,当地人偶尔走进一个洞穴,意外地惊扰到里面的一位修行者,这位修行者从此精神失常。

寺庙废墟内侧紧贴布满洞窟的崖壁,洞窟大小不同,有的仅能容一人修行,有的扩展到了外墙,三五聚集念诵梵音,有的则是藏经洞。洞窟内岩壁常见厚实油黑，这是由修行者做饭时的炊烟常年熏制而成。这发亮的油黑让空荡荡的废墟刻骨真实，据当地人介绍，曾有四名尼姑在此修行，她们在洞窟内念诵经文。这里曾经鼓声点点，梵音飘荡。不知出于什么方面考虑，政府几次要求她们离开，她们就刻意躲避外来人员，当政府人员走后，她们又搬了回来。可后来她们还是搬走了，也许是因为圣象天门就要开发了。

蓦然间，我看见一间扩展的修行洞里有烟囱，我便没有迟疑地认定里面有人。铁制烟囱寿命是非常短暂的，远小于砖石泥土，烟囱意味着人烟。果然，推开虚掩的门扉，看见一位修行的老者。屋内很小，仅容两榻，贴墙是佛台，堆满了拉萨啤酒、红牛饮料、康师傅方便面等，屋外有半米宽的步台。

从这名老者的自我介绍中得知，他叫罗布桑培，今年72岁，青龙乡五村人，家就在纳木错湖边。这位老人幼时家贫到寺庙里乞讨糊口，后来靠给寺庙做苦力过日子。一些老僧人见他脑子好使，便讲些故事给他听，他对恰多寺历史、恰多半岛一带的人文风情了解了很多。西藏民主改革后，他曾在煤矿、兵站和机场等工地参加建设。如今年龄大了，腿脚也不好使，他便到这洞里来修行，靠给转湖者和游客讲解当地风情获取报酬。

在纳木错湖边，罗布桑培家有3460亩牧场。最近几年，他经常来此转湖，很多人听他讲起恰多朗卡岛的历史，感到非常新奇。于是，他征得家人的同意后，便住在山洞里，一方面修行，一方面为朝佛者讲解。就在这时，山洞里又来了七名女性转湖者，她们均来自班戈县，最大的68岁，最小的48岁，专门请罗布桑培去讲解。我们的交流只好作罢。

恰多朗卡岛有四个半岛、三个湖弯，构成了一个优美的自然风光区，从西到东景区湖面长度约5公里，西边著名的念青唐古拉山、圣像天门岩石半岛和东边的马头明王岩山半岛，构成了一个大湖弯，其弧度达260多度。湖边的沙滩平坦细腻，湖水清澈如镜，还有三变大师像、夫妻山、悔罪洞、千溶洞等奇特景观。恰多朗卡岛北面有一排高大的岩石，而形成这里独特的小气候，常年没有风雪冰霜，没有冻土层，在岩山坡上草木如毯，这种景象在藏北实属罕见。

在四个岩石山形成的半岛区悬崖峭壁下，浪花冲天。崖壁上依然有众多的修行洞，更显简陋；在圣象天门右侧，有一个隐秘的水湾，三块巨石是其大门，还有一些年代无法确切考证的佛塔；这里随处可见天然岩画、图文圣迹，无数个天成的修行岩洞，如悔罪洞、神通洞、解脱洞和阴阳洞等，更令游人迷惑不解；这里还有神圣的手印、脚印、头印和各种动物脚印等，给旅游探险和考古研究者留下永生难忘的美好记忆；这里还有成群的岩羊和多种禽类栖息，构成一幅天人合

一、和谐美妙的自然画卷，如歌如梦。

我不再怀疑班戈纳木错令人惊叹的倾世之美，也不屑再拿当雄县境内的纳木错来与之相比较。圣象天门已修了一条直通的沙石路，就要商业开发了，下山路也成台阶，只是尚未正式运营。

站在班戈纳木错湖边举目四望，竟发现与我们到此同游的越野车仅有一辆，也就那么七八人，绝少嘈杂之声，使得班戈纳木错显得分外静默，这与当雄纳木错的人声鼎沸形成了鲜明对比。我在想，也许正因为人迹罕至，班戈县境内的纳木错才保存了这一份令人惊叹的绝世之美吧。

侠盗歌再次唱响藏北牧区

纳木错是世界上海拔最高的大湖，它以明净与辽阔，而无愧于天湖美称，其色彩多变却是蓝天所远不及的——时而碧蓝，时而苍翠，时而蓝绿相间，时而暗灰如晦。纳木错依偎在念青唐古拉怀里，它们不仅外貌雍容华贵，传说还是神界贵族，上天施予它们无尽的财产和无上权力。湖畔草原是它们的牧场，四周山族是它们的佣人。那些佣人专门放马、放牛、放羊，以及喂狗、磨糌粑，各负其责。民间传说中的念青唐古拉大神，其形象令人感到亲切，充满人欲人情，由于它的狭隘与善妒，就愈发可爱了。

正是这样的地质地理、人文环境，造就了当地牧民能歌善舞的特点，成为他们精神生活中不可缺少的部分。这里曾出了藏北牧歌王子洛桑，他以演唱藏北牧歌和说唱《格萨尔》而闻名于草原，并曾到西欧四国演出。2003年，洛桑推出了那曲第一张专辑《草原魂》，攀上了自己艺术生涯的巅峰，还在获得国际奖项的音乐节目《藏北，永远的牧歌》中担任主唱。洛桑从小在草原上的马背上长大，父辈的口传心授使他能唱许多的牧歌。洛桑告诉说："我从没有在这么大的乐队中演唱过，我的嗓音是天生的，我的歌是从长辈那里流传下来的。"

我曾多次来到藏北广阔的高原牧场，在牧区帐篷里和牧民交流，品尝香气扑鼻的酥油茶，欣赏牧区热情奔放的圈舞"果卓"和色彩绚丽的藏北牧歌"拉鲁"。而这次到藏北，更让我领略到了独具特色的班戈昌鲁。"昌鲁"藏语意为"侠盗歌"，歌词多为即兴创作，历史悠久，蕴藏也极为丰富。2011年5月，班戈昌鲁获得了国务院公布、文化部颁发的"国家级非物资文化遗产"称号，2015年2月，班戈县青龙乡也因昌鲁而获得了西藏自治区人民政府命名、文化厅颁发的"西藏自治区民间文化艺术之乡"称号。

让人意外的是，班戈民歌昌鲁以侠盗风范著称，而传承人多扎却是一位退伍军人，年龄也没有我们想象的那样大。从乡党委书记尼玛占堆对多扎的描述中得知，这位传承人曾在湍急的江水中勇救昌都的两名落水儿童，因水冰冷刺骨腿脚抽筋，被江水冲出几十米远才爬上岸；一名巴青籍民工纠集一些人围攻马工头时，他冲上去将马工头推出，让一场悲剧没有发生，而左手臂受到轻度刀伤；一名刑满释放人员与人发生纠纷，便从家中取枪想打死对方，关键时刻他冲上去抱住歹徒，在夺枪过程中身体多处受伤……

多扎在藏北草原放声高唱昌鲁歌(罗洪忠 摄)

我没见到多扎时，以为这是一名高大威猛健壮的侠客义士。可第一次见到多扎时，才发现他个头中等，黝黑的脸，始终带着微笑，走起路来腿脚有些不灵便。从介绍中得知，多扎生于1972年8月，1989年参军，1993年退役，现任班戈县青龙乡公安特派员。

多扎是退伍军人、公安特派员，而我怎么也不能将他同国家非物资文化遗产班戈昌鲁传承人联系起来。多扎看出我的疑惑，便解释道，他五六岁便跟随父母到牧场去放牧。一次偶然的机会，便被同村牧民德巴次仁的歌声所吸引，这位老人说它是昌鲁，原是藏北侠盗唱的歌。也许是班戈昌鲁歌词豪放，让他着迷，他经常跟在这位老牧民的身后，听他讲背后的故事。

小时候，德巴次仁家被强盗洗劫一空，父母也被杀害，成了孤儿。13岁时，德巴次仁跟着一名强盗头人流浪四方。在盗匪生活中滚打12年，德巴次仁25岁时，便成为青龙乡一带有名的侠盗。德巴次仁抢劫财物时，也给自己立下规矩，他在原有侠盗歌的基础上，将这些规矩编进歌里，然后在自己的侠盗队伍中传唱。多扎脑子灵活，记忆力惊人，德巴次仁只需唱一遍，他便能记住歌词；当德巴次仁第二次唱时，他便能跟着一起唱了。

目前，多扎能唱原汁原味的侠盗歌58首。他知道侠盗歌不是一成不变的，可以现编现唱，他结合新时代英雄形象，又创作了170余首。他创作的新侠盗歌，依旧采用原汁原味的侠盗歌曲调。也许是原有的侠盗歌不符合当今时代特点，每当有朋友来时，多扎很少唱原有的侠盗歌了。

我作为一名文化研究者，更想听到原汁原味的侠盗歌曲。多扎得知后，没有推辞，便唱了几首旧时的侠盗歌《为何出家当强盗》《侠盗也很风光》《侠盗需要侠肝义胆》等，以此满足我的要求。《为何出家当强盗》歌词这样唱道："呦，我是个强盗的儿子，因为一无所有。/呦，我是个强盗的儿子，因为我无依无靠。/呦，我是个强盗的儿子，因为我税差沉重。"

就拿《侠盗也很风光》来说，侠盗们骑马背枪带刀，显得特别威风，也让当地人害怕。在侠盗人眼里，当地牧人看不到自己时，那只能算是偷，只有走到牧场上，从牧人手里硬抢才算盗。歌词里这样唱道："啊啦呦，什么样的路我都走过，从未在半途停留过。/啊啦呦，什么样的山我都爬过，从未在半腰迟疑过。/啊啦呦，什么样的好汉我都见过，从未怀疑过自己的胆识。"

德巴次仁是当地有名的侠盗，可也有自己做侠盗的规矩，英雄是不吃窝边草的，他们不会在近处抢东西，只抢远处的牲畜和饰物，即使邻居是富裕户也不抢；他们只抢富人家财物，绝不会去抢穷人家的东西。当带财物回村时，给父母多分点，亲戚家少分点，当地头人势力无论有多大，他也不会分给头人。若是误抢了穷人家的财物，侠盗们也会设法退回去。在《侠盗需要侠肝义胆》里，歌词是这样的："我骑在马上无忧无虑，宝座上头人可曾享受；/我漂泊无定浪迹天涯，蓝天下大地便是我家。/我是强盗从不愿拜头人，高高的蓝天由我主宰；/我是强盗从不去点香火，太阳月亮是我的保护神。"

实际上，旧社会侠盗也讲组织纪律。曾有多股侠盗在藏北草原活动，德巴次仁多次带着手下抢牛羊时，与另一路强盗狭路相逢开火时，他总能凭着自己实力打败对方。也许是不打不相识，弱势一方投靠德巴次仁，便成为他的分支帮派。德巴次仁的匪帮分散在昌都、那曲等地，强盗比拼，抢牛羊时，相互开火，不打不相识，大家后来又成一伙人。

侠盗歌并非只讲他们为何出家当强盗，如何去抢财物，以及他们所表现出来的侠肝义胆。歌词也描绘了藏北草原的天气、河流、寺庙、风俗等，诸如当一帮侠盗们走出抢东西时，雪山上还结着厚厚的一层冰，可他们满载而归回到村里时，雪早已融化了。可这样的歌词，采用藏北古典诗词来表述，再加上当地口语，连我们的翻译也不知其意，只好让多扎说明大概意思。

多扎从小生长在新西藏，藏北也没有什么盗匪，他最初学唱侠盗歌，完全是出于好奇而学的。拿他的话来说就是："我学唱这些歌曲，表现牧人的强悍精神，歌曲特别优美动听，真地当作一种艺术享受。"凡是在旧社会有侠盗经历，能唱侠盗歌的牧人，他总是提上家里的酒，向对方学唱侠盗歌。村里的昂热，18岁时跟强盗们混在一起，当过两年的强盗，后来西藏民主改革，他重新做人，不再当强盗了。多扎知道他会唱侠盗歌后，从他那里学会了四首歌。村里老人顿珠虽不是强盗，但他会唱很多首侠盗歌，他也提着酒请教顿珠，顿珠仅唱一次，多扎就记住了歌词。

有几首侠盗歌内容多，一首歌能唱半个多小时。在村里，多扎算得上文化人。他向村民学习侠盗歌，便用所学藏文记下来，如今已记了厚厚的一大本。他不仅能唱侠盗歌，还能唱牧歌、情歌和谜语歌。也许是家里受多扎的感染，他的母亲、弟弟也能唱很多首班戈昌鲁，他的弟弟如今也是西藏自治区级的班戈昌鲁传承人。

多扎不仅会唱侠盗歌，当兵前曾以两次勇斗狼的经历而闻名乡里。就在他15岁那年夏天，同牧民顿珠到离村庄20多公里的游牧点放牧。有一天，顿珠临时有事，便将1500头羊交给他来放。当天黑下来，他脱衣准备睡觉时，突然圈里的羊群大声叫起来，他顿感有狼群出现。当时正值十五有月亮，牧场有亮光。他心里清楚，若狼将牛羊吃掉几十只，那是集体的财产，不好向村民们交差。当时，多扎急忙穿上藏袍，跑到羊圈边，当用手电筒照羊圈时，100米处有绿色的眼睛，凭直觉判断那是羊的眼睛，可他往上面照时，却出现了红色的眼睛，他心里一惊，那不是狼的眼睛吗？

多扎第一次夜里独自遇到狼，便回到黑帐篷里拿出火药枪，结果狼不见了，羊却分开来到处乱跑。他见到一只山羊的脖子被咬断死亡，另一边去看时，又有一只山羊被咬死，当晚竟死了7只羊，其中有3只山羊，4只绵羊，只好将死羊集中起来，把自己穿的衣服盖在死羊身上，狼闻到人的气味就不再来吃死羊了。羊群重新聚集起来，显得特别地紧张。狼看见有人出来，在不远处张望。他看到一只红眼睛的狼，便将枪架在一块石头上，向这只狼打了一枪。没过多久，多扎又看到一只狼,又将枪架在枕头上打了一枪,其余的狼再也不敢靠近羊了。

第二天早晨,多扎跑出去一看,有只狼躺在那里不动了,他连续喊了几声,没见狼的动静,便跑过去一看,这只狼已死了。牧民扎西第二天上来时,见到离黑帐篷百米处死了一只狼,便急忙问:“啊啧啧,你昨晚打死狼了?”多扎昨晚开了两枪,竟然死了两只狼。可他去察看另一只狼时,这只狼身上没有枪伤,显然是给吓死的。第二天,当地有名的猎人顿珠回到牧场时,听说多扎夜里两枪打死两只狼,连他也没能创造这样的奇迹,对此给予多扎很高的称赞。如今狼在藏北草原是保护动物,可当时是被列为有害动物,若向政府交一只狼尾巴可得到50元的奖励。牧民不吃狼肉,多扎也没有剥狼皮,拿着两个狼尾巴领到县政府的100元奖励,在当时也算很大一笔收入了。

多扎会唱数十首侠盗歌,而他真正让侠盗歌出名却是在1998年。当时班戈县举行盛大的赛马节,藏北民歌比赛是其中重要的内容。当他唱起侠盗歌时,侠盗歌以其歌腔自由舒展,曲调高亢嘹亮,节奏自由、声音悠长等特征,真实地展示了旧社会贫苦牧民走上侠盗生活的经历,感动了众多评委,获得全县民歌比赛一等奖。侠盗歌词内容,大量采用比兴、比喻等手法,语言接近口语。在陈述唱词的部分,歌曲音乐节奏接近自然语言的节奏,直接而清楚地说出创作品心中的话;在旋律乐节、乐句的尾部,常常出现自由延长音,为的是尽情抒发心中的慨叹,丰富了歌曲的节奏布局,强化了歌曲音乐的表现力。随后,班戈县文化部门人员多次上门整理侠盗歌,还将多扎确定为班戈昌鲁的文化传承人。

第三章　游牧人最后的精神家园

纳木错湖一带广阔的草原，它不仅是藏北游牧文化的一个载体，也是游牧人最后的精神家园。如今越来越多的年轻人放弃祖先的游牧生活方式，或骑摩托车放牧追逐牛羊，或去纳木错景区从事经营活动，或到遥远的大城市闯荡，只有一些老人们还固守着最后的精神家园。

五彩骏马扮靓赛马节

我来到扎西半岛时，靠近纳木错湖边有个小湖，牧民们将5匹高头骏马推进冰冷刺骨的湖水中，有匹马实在受不了，拼命往湖边跑，可几位年轻力壮的牧民大吼大叫，拿出牧鞭猛抽那匹想上岸的马，这匹马极不情愿地退回湖水里。

牧民们将5匹高头骏马推进冰冷刺骨的湖水中，这是当地牧民在驯马（罗洪忠　摄）

这种残酷方式，让我有些看不下去，没想到一位藏族朋友说，这是当地牧民在驯马，只有严酷的训练，才能在赛马场上一展英姿。

早在18年前，我当时在当雄县人武部工作，多次参加赛马会，领略藏北牧民们的英姿。我第一次抵达当雄县时，适逢县里举行一年一度的赛马节，四面八方的牧民骑马或步行来到县城对岸一片宽阔的大草原上。整整3天，人们赛马、饮酒、狂欢。男女老少，个个心里像灌满蜜水一样，甜滋滋的。

比赛那天，我起得很早，但见牧民已经把马拴好在帐篷跟前，马的鬃毛和尾巴用五彩布条编织起来，马头则用酥油花装饰得像过年供的羊头。喂过加持药，再牵到桑烟缭绕的加持场上请喇嘛加持，然后就把它带到比赛场地，参加比赛的全是出了名的高头大公马。

比赛开始了，平坦的草坝子上用彩旗勾勒出一片2000多米长的椭圆形赛场，骑手们严阵以待，大家都明白，赛马是力量和智慧的较量。一声令下，万马奔腾，骑手的口哨声和观众的喝彩声伴着马蹄敲击的鼓点声，合奏出欢快的赛马进行曲。到第七圈的时候，有经验的驯马人才纷纷扬起马鞭加快速度，最后200米时更是快速越过终点线。比赛结束时，终点线上聚集了很多人，有的拿哈达为自己的选手祝贺，有的为比赛名次而争论。

赛马会开幕这一天，所有人穿上最美丽的盛装，围坐在中心会场边上。一些单位和各乡镇的代表队先后列队入场。眼前是色彩迷离的世界。由于太阳光过于明亮，草原上的人们会把自己的服装搞得非常鲜亮明丽，加上那些配饰雍容闪亮，你的目光游离着不断地看啊看，简直不知道应该在哪里停留一下。没有在草原上生活过的人们，一时甚至难以读懂这些色彩以及它们之间的关系，而牧民正在教给你他们对色彩的感悟。

下午的高潮是俊男美女选拔赛。娇美的牧女与英俊的草原汉子被编排在一起成双成对地出场，他们身上那种特有的俊美再加上夸张的服饰一起制造出来的强烈气场令人唏嘘不已，台下的观众们不停地呼喊着，实际上是在表达对生活的热爱。无论从台上走下来的还是在台下狂欢着的，他们是这片草原上真正的精灵，也是这片草原最深的骄傲。

我后来参加当雄牧区的赛马节多了之后，也便知道一些相马和驯马等的常识，那不是一件容易的事情。我在藏北民间曾看到一本《马的由来及其相马》的书。这本书中说，一个好的相马师，要从马的毛色、耳朵、头部、穴位、四蹄、嘶鸣等方面来判断马的好坏。驯马也要因马而异，绝不能照本宣科，要在马的阴阳、膘情、耐力等方面给予仔细的关照。

我请教当地牧民多布吉，是当地有名的驯马师。他告诉我，马的好坏在于人，人的好坏在于相马，而只知道相马不知道驯马的也不是好主人。单从驯马来说，3岁马，牧民管它叫“嘎加”，意思是“备鞍马”。从主人试着骑它第一天起，就要让马习惯主人的牵引，驯马时绳索要短，让马紧紧跟在主人后头，跟上主人的步子。若要驯服一匹暴烈的生马，更需要有足够的勇气和耐力，使它习惯主人的抚摸、备垫备鞍，直到最后安顺于主人的策骑。

我从介绍中还知道，驯马人首先要能吃苦，要早跑、晚跑，掌握节草、喂料、洗浴等常识，否则驯马无从谈起。驯马人每天要和马在一起，观察马的毛色和尿液的变化。马毛色光亮平整如绷紧的丝绸，尿色清淡如水，就是驯练得当的标志。赛马前，家家户户都把马赶回家，开始对马进行强化驯练，晚上也要与马为伴睡在野外，有时整夜倾盆大雨，驯马人怕马冻着，遛马遛几个钟头。不过，驯马时间要视马的膘情而定，一般都是7天左右。

在人类历史长河中，藏族马文化与能征善战一同载入史册。若人类没有骑马习俗，无疑需要花费更漫长的岁月，才会意识到“速度”的概念。赛马节在藏北各地举办，没有统一的时间，参赛者可相互约定比赛时间地点，人数可多可少，没有定规。平时也可随时来练习跑马，互相观摩骑术和马技。比赛时多以鸣枪为号，众骑士精神抖擞，扬鞭催马，只见一匹匹赛马连跑带颠，时而高跳，时而摇摆，奔腾向前。围观者无不高声喝彩，兴奋、紧张、激动之情，难以言表。可上世纪60年代以来，牧业机械化不断发展，马在人们生活中的地位也逐渐降低，藏北牧区马的数量急剧减少。

在藏北的赛马节上，班戈县沙木乡的赛马节最有特色，在整个藏族地区享有盛名。沙木赛马节从相马、御马、驯马、祈福仪式，再到赛马、马术表演、传统颁奖仪式、歌颂骏马、骑手拜山祈福等活动，各项传统赛马内容较为齐全。每逢藏历七月，以沙木寺为中心，利用5至7天，选择水草丰美的草场搭起帐篷，以附近部落或村庄为单位进行赛马、娱乐和宗教活动等，如跳远、长跑、摔跤、抱石举重和各种歌舞活动等，比较有特点的是接受寺庙灌顶、唱歌和讲故事。这些活动具有特色鲜明，内容独特，欣赏价值高等特点，而流传至今。

事隔18年，藏北牧民已时兴骑摩托车放牧，甚至利用它来追赶吓唬狗熊和狼群，在骏马数量不到摩托车一半的情况下，赛马节是否会有新的演变？我带着这样的疑问来到纯牧区青龙乡，乡党委书记尼玛占堆介绍说，如今牧民家中有了运输车、摩托、拖拉机等，马的作用已越来越弱；养一匹需要大量牧草和饲料，成为家里负担，而购买一匹马则需要上万元。可是，现代化社会的发展，使得牧民的生活越来越富裕和悠闲,牧民们养马驯马,在赛马节展现自己的英姿,那将是一件能展现实力和带来好运的事情,他们又重新骑马开展体育竞技、悠闲娱乐、健身强身等活动,尤其是马术表演。

尼玛占堆还说,每年的藏历新年,青龙乡基本上每个村都将举办赛马会。在每个村的一片草坝子上,方圆几十公里的牧民身着艳丽的民族服装,佩戴各自觉得最值得炫耀的珠宝饰物,或骑着摩托车,或开着卡车,在草原上一路踏歌而来。赛马会的主角是马,赛前都经过了主人的精心打扮,鬃毛被扎成像小姑娘一样的朝天辫,马尾毛也被五彩丝线编成可爱的小辫。骑手们则大多头戴礼帽、身着藏装站立一旁。赛马正式开始后,随着号令声响,骑手们扬起马鞭,众马扬蹄,直奔十公里外的终点。观众们则高声呐喊,为骑手们加油。

今年的雪水和雨水充足,牧草长势良好,路边不时发现黄蘑菇。我们的车行至一个村口时,只见一位身穿豹皮,头盘红缨的牧民小伙,让我们顿感传统牧民服饰的新奇。我们再翻过一个山口,就看见了那片开阔的牧场,等到来年的藏历新年,这里还会举办一场盛大的赛马节。

汉女嫁纳木错汉子轰动西方

当我们来到纳木错湖边时,见到一对对新郎新娘穿着婚纱手牵着手,相互依偎,显出幸福的样子,让我想起了28年前那场轰动纳木错湖边的婚礼。男的是在纳木错长大的牧民孩子,女的是从小在蓉城长大的川妹子。这张取名为“觉果的婚礼”的图片,永远定格在绿草如茵的藏北纳木错湖畔。

20多年前,拍婚纱照还很“新鲜”,更何况汉族新娘和藏族新郎在西藏的天湖边,这张婚礼照片当年登在《中国西藏》杂志的首页,国内很多报纸采用,连世界老牌的美联社等很多外媒也大量转发,便成为了一时间轰动西方的“新闻”。

这位女士叫廖勤,原住在成都浆洗街。她从小喜欢画画,长大后先后当过工人、宣传干事和老板,但绘画一直是她执着追求的事业。廖勤在成都和重庆都有自己的住房,可她就是闲不下去,跑遍了大半个中国。可我听过一个传奇的版本。1994年,她第一次到西藏,是中国第一个骑摩托车从北京到拉萨的女人。她完全被西藏壮美的山川所征服,为西藏的人文风情所倾倒。从此她认定了,西藏就是她艺术创作的天堂。

这位男士叫觉果,1963年秋出生于藏北草原一个游牧村落的帐篷中,至今家族70多口人还生活在那里。小时候,他的“任务”是牧羊。遇到雪天,怕弄湿靴子,就把靴子脱下来，挂在肩头赤脚走。两只脚冻得麻木。“这时候想，要是遇到牦牛拉屎就好了，可以把脚伸进去暖和一下。”

1978年，觉果来到北京，开始接受现代文明的洗礼。缺乏早期教育的他贪婪地吮吸着知识的养分，以自己的勤奋跨入了新华社西藏分社的大门。1987年，他拿起相机对准这五彩斑斓的世界，试图用镜头语言传达思想、记录高原人的原生态生活和西藏变化的每一个瞬间，始终坚信“一图胜千言”。当我看到他拍摄的野牦牛时特别惊讶，觉果何以靠近那些野生动物？原来这与他从小放牧有关，出身牧民的觉果会与牦牛“对话”，吹口哨或低声吆喝，这些动物自然服帖，他幽默地说：“我刚出生就被装进竹筐，挂在牦牛背上。”

觉果刚到新华社西藏分社当记者时，有一次去他的家乡纳木错采访，一位美丽的藏族女孩令觉果沉醉。觉果后来将她带回拉萨并且结了婚，也有了小格桑。可帐篷是藏北游牧民族传统的遮风挡雨的“居所”，游牧民族逐水草而居。小格桑的母亲和觉果一样，从小虽然生长在壮美的纳木错湖畔，可她不像觉果那样，受到良好的教育，她不会说汉语，到繁华的拉萨市很不习惯。而觉果从藏北的帐篷回到拉萨的宿舍后，依旧东奔西走，他们曾经的“爱情”慢慢冷却了。就这样，小格桑的母亲又回到了美丽的纳木错。

1996年6月，廖勤应西藏收藏家叶星生的邀请，再次来到拉萨拍摄叶星生的收藏品。可让她自己都没有想到的是，这一去就改变了她的后半生。当年7月的一天晚上，廖勤对十多位朋友开玩笑说：“我真想留在西藏不走了，以后找个康巴汉子嫁了……”

在拉萨这块圣地上，人们不能乱说话或乱许愿。西藏自治区文联的这位朋友把这话当了真，马上对她说：“那我给你介绍个大胡子，他是新华社西藏分社的摄影记者觉果。觉果虽然不是典型的康巴汉子，可也是血管里流淌着野性的牧人。”朋友们都哄然叫好起来，他们立即联系觉果。虽然当时没有联系上，但善意的朋友们给廖勤留下了觉果的电话。两个多月后，廖勤完成了自己的工作。想到马上就要离开西藏了，她的心里突然生出一股难舍之情。

一天晚上12时过，她拨通了觉果的电话。在电话中，她坦然地介绍了自己，并大胆约会觉果……直到今天，廖勤也说不清楚那天晚上她怎么会在午夜时，突然给一个陌生的男人打电话。次日，两人见了面。

第二天，觉果出差去了，临走前他把家里的钥匙交给了廖勤。她接过这把小小的家门钥匙后，又自然又觉得莫名其妙，在觉果凌乱不堪的房间里，廖勤收拾房子，忙了整整一天。后来，廖勤认为自己的行为有些荒唐，3天后，她悄然离开了觉果的家,回到了成都。

临走时,廖勤带走了觉果儿子格桑平措的一张照片。觉果两年前离婚后,将儿子一直放在当雄草原纳木错湖畔的老家。多年后,廖勤讲起当年内心的感受时说:“我看着这张藏族儿子的照片,仿佛看到格桑孤独一人在草原放牧的情景,仿佛听到他那期盼的呼唤:阿妈、阿妈。我走了,带着这张照片,装着这段故事,又再一次离开了我深深热爱的拉萨。”

廖勤万万没有想到,二十多天后,觉果居然带着草原上的小牧民儿子格桑找到成都来了。廖勤在成都的双流机场接到了他们,小格桑一句汉话也不会讲,只是对着廖勤不停地大声叫着“阿妈、阿妈……”在机场上,两人默默相视。最终,他们走到了一起。说起这件事,她脸上充满喜悦与自豪:“就这样,上帝将觉果和格桑送到了我的身边,我成了藏族人的女人,藏族孩子的妈妈。”

这次相见后,廖勤就决意要去拉萨,决定嫁给纳木错藏族汉子觉果。可远离亲人、远离家乡是需要勇气的。廖勤做了家人很久的思想工作,才又一次重返拉萨。

1997年8月,在觉果的老家,世界最高的圣湖——纳木错湖畔,举办了藏汉结合式的婚礼。当天早上,他们从拉萨出发,开始向纳木错湖进发。途中,许多不相识的旅游者爬上了他们的婚车,争着要去参加他们的婚礼,豪放的觉果便带上他们,一路上满是欢歌笑语。

一到纳木错湖,廖勤就被这里的美景惊呆了。这里虽没有装修华丽的房屋,也没有大红的地毯和喧天的鼓乐。可湛蓝的天空、青青的草地、洁净的湖水是他们婚礼的圣殿,湖畔的牧民是他们婚礼的客人。兴奋的新郎觉果款待了所有认识与不认识的宾客,新人和宾朋一起自由自在地在湖边交谈、嬉闹。廖勤陶醉了,她撩起白色的婚纱,跳上马,在湖边的草地上飞奔起来。

婚礼中,最让廖勤难忘的是她和觉果荡舟在纳木错湖面时的感觉。她说:“我们静静地躺在小船上,四周一片宁静,那一刻,我仿佛听到了纳木错湖的心跳,感觉到了一种女人的韵味……”整整3天,廖勤都沉醉在这人间仙境般的婚礼中。

小格桑是西藏分社的孩子王,很调皮,很好动。经常在分社大院里,偷偷跑进没锁车门的车里“瞎”捣弄,也经常捉弄守门的蒋“门神”。可是,廖勤婚后勇敢地做了小格桑的汉族妈妈,每天给小格桑补习文化,而且做得非常出色。如今大学毕业的格桑,长得比他父亲觉果还要壮还要帅,成了姑娘们心目中的“格桑王子”。廖勤经常接触到国外的旅游者,据说其中有一些旅游者看中了格桑,想把自己的女儿嫁给他。

廖勤继续从事她的绘画、摄影创作，在拉萨开办起自己的画廊，成立了一家广告公司。“我没有读过什么书，学历只是小学五年级，我的经历丰富，没有什么学院派的东西，我的画和照片是自然的流露，是真真正正我的内心写照”。

川妹子廖琴和藏北汉子觉果在纳木错湖边拍婚纱照（觉果 供图）

廖勤也是一个极富爱心的女人，她在拉萨每周日都要用半天的时间去教16个盲童绘画。说起来好像很幽默，盲人如何学画画？但当你看到这16个孩子共同画的“心中的烛光”时，你不禁会感叹那是怎样的一片彩色世界。廖勤在给这些盲童上课前还要准备教案，她用很独特的方式让这些看不见的孩子作画，一边放着音乐，一边让孩子们用手在画布上涂抹着颜料。

觉果是纳木错牧民的儿子，平时喜欢喝酒，觉果的亲戚经常来家做客，那种喝酒的豪放劲也渐渐感染了廖勤，她也学会了粗犷地喝酒，并且越来越喜欢吃糌粑，也开始喜欢在草原上走家串户做客，感受亲情和友谊带来的快乐。多年后，廖勤依旧激动地说：“纳木错湖边的美是让人无法想象的，我的生命早已融入到了这人间圣境中，今生再也不愿离开了。我想同觉果合写一本名为《夫妻夜话》的书，向人们讲述一个汉族女子和一个藏族男子的故事。”

纳木错畔草原的双面性

我对纳木错草原的最初印象，来源于游客美得令人心醉的文字："在纳木错草原上漫游，藏族民间艺人们对弹唱歌是自然的事；在这样美好的牧场上，被突如其来的暴雨淋湿是值得的；在一座藏族牧人的黑帐篷，喝一碗酥油茶是值得的；在一个清晨，走两公里山路迎面看见一座雪山是值得的……"

很多年前，当我听到"纳木错"这个名字的时候，我觉得它就是住在我心中的光明之神。当终于在一个阳光充沛的正午抵达纳木错时，我才意识到，我到达的是一个大众化的旅游景区。只见湖边、湖心岛人流浩荡，草原上车流滚滚。若是在四年前，纳木错牧区平坦的柏油路两边，还是一些零落低矮的泥土房。如今那些泥土房子都已不见踪影，取而代之的是窗明墙白、充满藏家风情的两层建筑，一幢幢整齐地矗立在路边。

纳木错承载着人类无数世俗的梦想和历史久远的宗教情怀，围绕着她转上一圈，就会享受无限的快乐，就会分享她的法力和功德，就会完成世人心中美好的祈愿。今年恰逢羊年，据纳木错景区方面估计，预计今年到纳木错观光、转湖的游客和信众将超过百万人次。过去的荒岛，一时间变成了集民俗文化、商品交易、观光游览为一体的新型"都市"。在太阳能路灯下，人们自由自在地逛帐篷商店；在冉冉篝火照耀下，上千名男女青年穿着节日盛装，跳起了欢快的锅庄舞，令游人流连忘返。

我们绕扎西半岛转，远处一对石头高举向天空，挂满了洁白的哈达，司机说，这是纳木错最著名的标志"合掌石"，仿佛双手祈天在迎接客人。"合掌石"边很热闹，我见到了平时难得一见的各种动物，有藏马、藏獒，还有珍稀的白牦牛，配挂着花花绿绿的哈达，只不过它们是用来招揽生意，被牵来供游人骑乘和合影，若绕扎西半岛湖边骑一圈需100元。

湖边已经很像一个旅游圣地了，餐馆，商店，每隔几米就有个台球桌，看两个藏族小孩爬上桌子玩，上面只有很简单的红、黄两色球，不管动作如何，只要自己的一色全进袋就算赢。

纳木错旅游商业圈包围了这里，茶馆、百货店、饭馆、旅游摊贩、镶瓷砖的水泥房子出现了。纳木错已成为西藏最为出名的景点之一，2014年就吸引了数十万中外游客不远万里来到这里，神圣的纳木错给当地带来了每年近亿的旅游收入，当地政府希望纳木错的旅游能成为支柱产业。

来自纳木错乡恰嘎村的桑珠夫妇，在公路边开了一家名为“高原牦牛酸奶”的手工作坊。清晨6点，他们轻手轻脚地起床穿衣，一头扎进厨房，这时孩子们还甜甜地做着梦。桑珠把冰箱里冷藏的一百多斤牛奶搬了出来，格措则开始生火煮牛奶，准备做牦牛酸奶。他们已在这里做了5年酸奶，桑珠的爱人在里面的厨房做酸奶，桑珠则在外间的店里出售酸奶。

我在纳木错牧场上漫游，顽固地寻找着昔日的草原。牧场一角的马场上，呈现出热闹的场面，很多游人在挑选合意的马匹，他们在草原上驰骋的代价是一小时100元。马的主人多是藏族男孩，都是附近牧场上的孩子。“在这个短短的旅游高峰期，他们要努力挣得下学期的学费。”在一名14岁的藏族少年的怂恿下，我骑着他3岁的小白马四处溜达。我们沿着一条河道，渐行渐远，把喧闹的人群抛在身后。只见牧场越来越开阔，到处山花烂漫。

在通往扎西半岛景区的公路边，纳措村四组牧民洛次家有四人，目前将家中牛羊处理掉，变成了纯旅游个体户，经营着四顶帐篷，最大帐篷230平方米，一次性可接待60多人。在大帐篷内，洛次还销售牧民手工饰品，诸如服饰、乌尔朵等，他还在3顶帐篷里建起家庭旅馆，每顶帐篷每天收费300元。我在这里还看到，平措大爷是纳木村人，放了几十年的牧，如今成了开门迎客的饭馆老板，过去烂在地里的土豆，如今被游客抢着买。农牧区的一位大姐卓玛也变成了“星级”厨娘，烧上一桌桌原汁原味的藏餐……

“纳措村是个纯牧业村，以前村民的收入单纯依靠牧业，一到冬天，天气寒冷，常有牲畜冻死饿死，造成不小的损失。”纳措村党支部第一书记小扎西告诉说，“全村共340户村民，现在从事旅游的已有54户。他们在纳木错的扎西岛上开旅馆、餐馆，经营旅游纪念品，仅旅游这一项，他们中年收入最多的可达50万元左右。”小扎西给我算了一笔账，2014年底，纳木错村村民的年人均收入达到了7800元，其中近一半就来源于旅游。旅游业的发展，给村民们带来的不仅是收入增加，还让他们搬进了宽敞明亮的两层楼水泥房，用上了电，打了水井，设置了绿化带，安装了体育器械，不在旅游沿线的村民也都住进了安居房。2012年，纳措村筹集14.4万元，将30名贫困农牧民送到拉萨驾校学习驾驶技术，让他们回来后服务于当地的旅游业。“再也不用担心大雪压垮房子了。”已有了些年纪的村民丹琼说，“村里出资为每家每户修建了60平方米的储草棚，保障牲畜冬天的草料供应。”

“再过一段时间，天气暖和点，我们的牧家乐又要开始运营了。”小扎西在一旁满脸憧憬地微笑着。几年前，纳措村旅游旺季的时候，他在纳木错湖边游客聚集的地方搭建了藏式帐篷，搞起了牧家乐。“当年投入5万，就赚了3万。”小扎西说。那时牧家乐规模小，是试运行阶段，主要经营餐饮及出售风干肉、奶渣、酸奶等特色食品。

藏北草原牧女带着小孩开起帐篷茶馆（罗洪忠 摄）

“我们要建成集餐饮、住宿、休闲、土特产品销售于一体的牧家乐。”小扎西说。牧家乐的收入用途从一开始就已确定——按3:4:3的比例分为三部分，其中，三成用作村集体经费，四成用于帮助村里困难家庭，另外三成用于能人带动。牧家乐经营两年来已累计花费3万余元，帮助了60余户困难家庭，主要帮助他们购买牲畜和生活必需品等。

蓝蓝的天、洁白的云，映衬出纳木错的圣洁、高贵和宁静，近几年这里成为中外游客向往的旅游胜地。然而，旅游开发也给这座纯净的“天湖”的未来带来了隐忧。当雄县一名环保局人员介绍说：“每年游客产生的生活垃圾达到2300吨，只能进行简单的填埋，目前至关重要的保护，就是如何保留这里的原始生态。”

在湖边，我遇到了专程从浙江来纳木错拍摄婚纱照的一对夫妇，男的姓徐，女的姓张。他们一边让人拍摄，一边对我们说：“纳木错就是一个神湖，传说念青唐古拉和纳木错是一对夫妇，纳木错是圣女多吉帕姆的一个形象。这里确实太美了，人真地是在画中。”不过，男的又补充说：“我希望还是不要过度开发，希望游客都来尊重她，爱护她、保护她。”

我们继续向牧区深处走，约莫两小时后，前方出现了一座狭长山峰，山上牧道深深，有羊群和大畜的粪便。走在这样的山峰上，我看见坡底下是一个很开阔的盆地，有白色的毡房，牛羊也多了起来。向导对我们说，这是一个藏族人聚集的村落，也是他们的夏季牧场。

这天下午，刚下过雨，整个草原松弛下来，阳光稍暗。牧场的水汽凉而浊重，青草铺成的路面湿乎乎的。就是在这条湿重的牧道上，有羊群在徘徊，孩子在奔跑。牧道周围，白色的毡房星星点点，每家都彼此贯通，没有围墙。一群大尾巴羊从肥绿的草丛中露出头来，善良地看着我。有一位牧羊人指着远处的毡房，要我去他家喝奶茶。

我惊讶地发现，此刻纳木错草原的生活正分成两半，两边差别很大。靠近公路的一边是供游人参观游玩的旅游区，而越往里走，靠近山坡的另一边，则是藏族牧人们世代生活的家园，牧民的日常生活就在这里展开。在靠近山坡的一处牧场上，我看见几十名牧民在围观着什么，原来他们是在做祭祀仪式。

我带着惊异，带着疑惑，在村里流连，不远处的纳木错依偎在念青唐古拉山脉脚下，他们静静地相拥守护着怀中的纳措村。站在村边放眼望去，只见一个牧民驱赶着一群牦牛缓缓走来，一条牧羊犬在一旁欢快地奔跑着，犹如置身于失去的历史与时间中。纳木错这个悬在天上的神湖，她的未来能否还能像今天一样的纯净圣洁，成为悬在我们心中的担忧。

神秘部落展现的另一面

1901年，瑞典探险家斯文·赫定进入申扎县境内后，遇到纳仓部落头人亲自派兵阻拦，双方一度相互恐吓，剑拔弩张。对当时的谈判情景，斯文·赫定有如下非常精彩的记载：

“您被康巴·博波(那曲专员)护送出了那曲，现在您又到纳仓来了，但这条路也不让您前进一步的。”

“你们不能阻止我。”

“我们能够的，我们有几百万军队。”

“这算不了什么，我们也有武器呢!”

“不是要了您的脑袋，就是要了我们的。要是我们放您通过，那我们将没脑袋了。这样，我们不如首先同您打一仗。”

斯文·赫定向人们刻画了一个有血有肉、称雄藏北草原的纳仓部落头人形象。我查资料得知，在纳木错湖畔，曾经散布着十多个部落，其中有五个属于班禅大师的牧场，其余的归前藏管辖。

我们来到班戈县青龙乡甲根甲玛村时，见到了依旧在草原深处冬季牧场放牧的卡日部落老人顿珠。这位老人现年68岁，饱经风霜的脸上布满皱纹，粗大的手上遍是疙瘩，矮矮的身体粗壮结实，对人和蔼可亲。我从老人介绍中得知，他有两个小孩在城里工作，孩子们想接他到城里过几天舒心日子，可老人舍不得自己的牛羊，一天见不到就心里慌得很。在老人的记忆里，过去无论走到草原上哪个村，人们不管是否熟悉，他们总会问："你来自那个部落？"

随行一块去的还有青龙乡特派员多扎，他向我们解释说："在过去，我们藏族人有一个习惯，陌生人见面时，总是要相互询问所在的部落。当地牧民中流传着一句俗语：不知五代祖先名字的人是傻瓜，而能背诵许多祖先名字的人被认为是聪明人，会受到尊重。所以，我们藏族的老人们都非常清楚自己部落的世袭关系和五代祖宗的姓名，只要说出同一部落的名称，他们就知道血缘关系的远近。如果说不上，则被认为是孤儿而受到冷落。"

在藏北，从远古以来，就有大量游牧群体在此繁衍生息，经历千百年变迁、分化、组合，形成近代的部落实体，当地人称"日瓦"。不过，民主改革前的藏北牧区部落，与原始社会中的部落不同，且有本质上的区别，它已经是牧场主统治时自然形成的行政组织单位，如同农区的村庄。就拿藏北草原的罗马部落来说，除了牧主老爷，还另外有一帮当官的，如甲本、更保、马本等，甲本管理部落的行政事务，处理民事纠纷，批准牧民在草场搬家、支派差税。担任"甲本"的，一般都占有较多的牲畜和一块较好的草场，并能免除部分牲畜差役，享有部分特权。每年，老百姓还必须给这些大、小头人上贡，交付酥油、实物或现金。不过，若遇其他部落抢占牛羊或草场，引起纠纷打架，牧民便依仗部落牧主的势力庇护自身利益。

顿珠老人说，在过去年代，藏族牧民都有自己的"日瓦"（游牧部落）。但这个部落不是随便可以落户的，大都血缘关系最亲密的人才能加入，一般由20多户到60多户人家组成。由于牧民常年转场流动，部落也不完全固定，所以只要是大家聚居在一起的地方，就会自然团结在一起。实际上，这种游牧部落是传统宗族社会的一个缩影，也是为了适应游牧生活的需要。

由于这种游牧部落大都是有着亲密血缘关系的牧民的组合体，所以大家团结得十分紧密。无论谁家有了困难，大家都会主动去帮助。在搭毡房、打羊毛、剪羊毛、剪马鬃、抓山羊绒、小畜药浴等劳动中，男女老少齐出动，共同完成。在牧场上，白天男人外出放牧，女人在家织布。在夏季牧场，除了无数个歌舞活动外，还有诞生礼、骑马礼、婚礼、葬礼等一些礼仪活动，大家也都一起参加。不仅如此，同一部落七代之内是禁止通婚的。不过，部落内若没有亲缘关系的子女可以通婚。

每个“日瓦”都有自己的部落首领，一般由一位德高望重、经历丰富的人担任，后来这里划归后藏管辖，属于班禅大师的牧场，其“日瓦”首领也逐渐由扎寺伦布寺委任。有了“日瓦”这种组织形式，大家相互照应，并相互监督一些违约违章的事情。对丧失劳动力的老人和孤儿都要照顾和收养，若出现有困难不帮助的情况，那是整个部落和氏族的耻辱，并受到舆论的谴责。如果出了英雄人物，则要受到部落的爱戴和尊重。

如今，现代生活已经在改变着人们的生活方式，随着定居化政策的实施，藏北部落制被废止了。部落的实体虽然没有了，但是部落的观念和记忆还是在很多老人中留存着。

顿珠讲起他的部落和家族，没出过什么大官，但出过喇嘛，他家是部落中数一数二的富户，从祖父那一代起，就视牛羊为命根子，而马曾给他家带来巨大荣耀，他爷爷养的马曾在青龙赛马节上拿过第一名，因这匹马额头处有白点，代表着“福禄”，遂取名为“央子”。顿珠当时还是一个小孩，冬天怕央子冷着，拿出羊毛毡盖在马身上，这匹马在他爷爷的精心照料下，竟然活了20年，在气候异常恶劣的藏北大地，也算是高寿了。

顿珠对部落荣耀的讲述，构成了一部口述史，显得异常地厚重，必将在他的部落一代代传下去。这样的荣耀，我不敢去触碰，因为它聚合了这个部落的气脉，所承载的故事令我这位文化研究者惊喜而迷惑。

我今天走进藏北草原，当地牧人如今的家族观念早已不像从前，部落牧民已不再聚居于同一牧区，而是分散到当雄、申扎、班戈等各个地方，有的还举家迁到了拉萨市，他们在外形、口音、见识和秉性中有着万千的差异。

顿珠老人有四个儿子和一个女儿，最大的儿子45岁，最小的儿子也有37岁了，有两个儿子在外地工作，一个在公安局工作，一个当小学副校长，另有两男一女在当地放牧，若儿女和孙辈们聚在一起，足有20多人。两个在外面工作的儿子回家后，在家里没呆多久，又回到牧场里放牧了。

在顿珠老人看来，在这个牧场上，对牛羊的尊重，有助于年轻人看重他们自身的传统游牧文化，而不是盲目地追求现代文明，年轻人也明白这个道理。对于更年轻的藏北牧区孩子们来说，“部落”这个词就像是一块陨石，已被遗落在前世的时光里，很少有人去关心部落的那份荣耀岁月了。他们似乎更喜欢喧闹的街市生活，认为传统与自己不相干。

青龙乡有名的放牧能手顿珠（罗洪忠 摄）

当城里人对城市生活感到厌倦，渴望重拾牧歌生活时，藏北古老的游牧民族却还还在朝着相反的方向发展。过去牧民们一直过着自给自足的生活，他们穿的是自制的兽皮衣，住在牦牛毛织成的帐篷里，烧的是牛粪。除了茶叶、食盐、刀枪以外，几乎所有生产生活用品都是自己做的。如今他们为现代文明所倾倒，吃穿用住越来越依赖于市场经济。大米、面食、蔬菜、水果等，在牧民的食物中所占比例越来越大；他们甚至在夏天脱下以前从不离身的皮袄，换上便装、西装、运动服，说是既便宜又轻巧。

过去人们一边念经一边打酥油，现在很多人家都用上了牛奶分离器；过去牧民们居无定所，现在一年四季大部分时间住在固定的平房里，只在夏季和秋初暂时迁到高山牧场。现在有了网吧、电视机，丰富多彩的流行歌曲可随时传遍牧区的各个角落。牧民们对商店里百分之七八十来自兄弟省市甚至国外的东西爱不释手，他们渴望走向现代化，不再留恋牧歌的年代。

我采访了上世纪八九十年代在藏北工作生活了12年的吴雨初老人，他给我讲起两件有趣的事情。一位长着络腮胡子、膀大腰圆的土登，看着像土匪一样，在藏北生活了几十年，说一口流利的藏语，而且还会牧区土语，专门收集整理藏族民歌，其实他是一个地道的上海汉人。当地牧区条件异常艰苦，牧民们靠唱民歌解烦。有首精彩的民歌这样唱道："我不是不会跑马，我跑起马来，大地都会为之震荡；我不是不会唱歌，我唱起歌来，鲜花都会为之开放；我不是不懂爱情，我要是爱起来，整个部落都会为之疯狂！"只可惜这样内涵丰富的民歌，我们到藏北草原时，很少遇到年轻人会唱了。

吴雨初老人还讲到，在牧区有很多被放生的牦牛。外地人一般很难理解，这些放生的牦牛，既没有经济效益，又占用草场资源，为什么还留着它呢？但对牧人来说，放生这些牦牛，有的是为了某位活佛，有的是为了纪念它的功劳，还有的是因为它们曾经驮过家中的死者去天葬场……牧人们把它们称为恩畜，所以把它们放生了，让它们自然衰老死去。吴雨初说："在当今的市场经济法则下，信仰比经济更值钱，这是不能用经济学解释的啊！"

传统技能何以不再进入尾声？

如今适应传统草原生活的技能逐渐丢失，藏北青年骑手们热爱着摩托，马儿们正在隐退，沦为草原的装饰物和游人的玩具，各种载满物欲的卡车正尖叫着开到草原上来。

纳木错大约在每年藏历1月15日结冰，到藏历4月15日开始融化，周围的草原也是在这一天开始长出新的嫩草。和整个藏北地区一样，纳木错周边草原也是在七八两个月最为茂盛。这时人们为了留出给牲畜过冬的草地，就要将牛羊赶去离家比较远的夏季草场。在冬春季节，纳木错湖边的小村里，每天只要两个成人出去放牧，每家人就轮换着去。放牧的人早晨把牛羊赶到离村子两三公里之外的山坡草场上，到了傍晚再把整群的牛羊赶回村里。

我们来到纳木湖乡恰嘎村三组时，正赶上牧民们夏季转场，因为村落不大，牲畜不算多，派去夏季草场的通常也只需要4个人。每天两个人去放牧，两个人留在帐篷里烧茶做饭。这4个人一般只去一个星期，就有新的人来轮换了。夏季草场会有更多的狼和熊等野生动物出没，熊是很难赶走的，每次有熊出现时，放牧的人都要给村里打电话，村里人骑着摩托车去才能把熊吓跑，而狼特别害怕摩托车，站在高高的山上远远地望着牧场上的牛羊，饿得嗷嗷叫。现在一些交通便利、摩托车多的牧区，狼是越来越少了。

念青唐古拉属山地牧区，随着海拔的变化，具有明显的季节性。牧人们遵循长期游牧的经验，在一定区域内转季放牧，这样的做法叫转场。它象征着藏族牧人群居和迁徙的传统，而他们丰富的游牧文化就体现和贯穿在一年四季的转场生活中，他们也成为世界上走路最多的人和搬家最勤的人。

当我们在谈到藏族的游牧生活时，往往会想象到一个没有驻足的世界，一个与永久家园互不沟通的世界。藏族牧人在大地上生，在大地上死，循季节逐水草转场。一路上，笨拙的、迟缓的、胆小的、犹豫的、易受惊吓的牛羊和牧人们在一起行走，实现了各自的存在，使生活变得单纯而又丰富。他们懂得按照自然的节奏生活，生命的律动已经融入自然的旋律中。在他们的游牧生活中，深藏着一种人与自然的和谐关系，以及一些关乎人的基本问题。

我想起18年前，在纳木错草原的牧场里，喝酥油茶，吃干牛肉，然后深居黑帐篷，白天漫游，晚上观天。当我今年走进纳木湖乡恰嘎村时，纳木错大草原本身也发生了很大变化。在一户石砌房里，主人次吉是一位老人，他也是亚波部落的人。他告诉我："从前，纳木错湖牧区的草很深，但是现在，很多的草场都荒掉了。"他用"荒掉"来表示他的忧虑。

在藏北草原，人们世世代代过着游牧生活，逐水草而居，形成了"靠天储草"的传统观念。过去因重使用、轻管理、放牧无界等原因，藏北牧区的生态环境不断恶化，那曲地区草原退化，毒、害草增多，鼠虫害严重，成为了经济社会可持续发展的障碍。不过，藏北牧区中也出现了许多喜人的新变化、新气象，四月灭鼠、六月灭虫、七月灭毒草……尽管很忙碌，但草场承包经营落实到自家头上后，大家都乐此不疲。

2013年7月，纳木错土地退休治理试点工程环保厅项目组人员进驻恰嘎村。该项目技术员杨卫昌介绍说，周边是盐碱地，因过度放牧，风沙、鼠害，形成很多沙丘，有段省级公路被沙土覆盖，连车辆通行都十分困难，只能经常铲掉路面的沙土，花费不少人力、物力和财力。他们项目组如今在1万平方米的沙丘地上建围栏、植草和灌溉，目前长出一片新芽。不过，这片试验草地要达到放牧要求，至少需要6年时间。

我们在青龙乡甲根甲措村采访时，顿珠老人回忆起58年前一名汉族记者独自闯夏季牧场、与狼为伍的经历。这位记者听说北边雪山下的湖边，飞来许多野鸭、大雁和黑颈鹤，在湖中游水嬉戏，非常好看。他考虑牧民忙于自己的活，便向其借了一匹马上路。那天阳光明媚，草场空气清新，确有一种"骑着马儿过草原"的潇洒劲儿。他朝着牧童遥指的方向前行，看起来目标并不远，然而高原天气太纯净,透明度太好,“看山不远跑死马”,骑了两个钟头,那山,那湖,依然可望而不可及。心中开始烦恼起来,而此刻坐骑也出了问题,马儿不肯动了,它不但不向前走,还哆嗦着往后退缩。

马莫非走累了想要赖?这位记者试着用脚跟轻轻踢马肚,用鞭子抽它的屁股。可是这匹马儿并不理睬,仍然犟着不肯挪步。这时,他发现前方有几条灰狗似的动物,目光扫过去:一条、两条,约有八九条之多。起初,“狗”们与他相持而望,片刻之后,其中有只“狗”嗷叫起来:“噢……”叫声拖得很长,凄厉而恐怖,嗓音与家狗显然两样。糟糕,那分明是狼在嚎叫!他立刻意识到处境危险。狼群犹如听到了命令,它们移动四足,直向他围奔而来。事态突发,险情在即,出于自卫,他马上拔出手枪,向野狼连连射出子弹,巨响震动了原野,群狼也吃了一惊。但群狼很快发现,没有一只被枪击中,更加快速地奔袭过来。他看到了狼的毛脸,咧开的大嘴和雪白的牙齿,刹那间,惊骇至极,脑子里一片空白,出于求生的本能,再一次次扣动扳机。阵阵枪响,引来了救命的藏胞。

那天巧逢当地3位牧民在附近放羊,他们听到了枪声,便赶紧跑来,一面跑,一面从远处向狼群抛甩“乌尔朵”(投石器),“啪,啪,啪………”石弹在空中呼啸,跑在最前面的一只灰狼,首先被石块击中,滚翻在地,四肢抽搐不已,其余的狼见事不妙,旋即调头落荒而逃。这位记者脱险后,随即翻身下马,向三位救命的牧民再三道谢。这位汉族记者叫陈宗烈,后来调北京工作。当我电话向他求证时,他回忆起那段惊险的经历,依旧不寒而栗。

在那个年代,当地牧民恐惧的不是文明世界,而是大自然。当时的野兽生活在高山里,有时也会闯到牧场上。牧区的小孩子们听大人吓唬自己最多的一句话就是“狼来了”、“熊就要来了”。孩子们对此深信不疑,因为他们真地从牧场外的深山里听到过狼的嚎叫。

顿珠是青龙乡有名的放牧能手,还是人民公社(当时称色措公社)时期,他一人放养了2000多只羊。在顿珠老人眼里,一年四季放羊都有讲究,春天的羊像病人,牧民要学会当医生给羊治病;夏秋的羊吃草,牧民不能靠太近,要遥控放羊;冬天的羊像酥油一样肥壮,牧民要学会静养。顿珠也有一套观察牧业丰欠的办法:每年的藏历元月集中生的小羊羔,若每只个头较小、声音小而短,说明当年风调雨顺,牛羊肥壮;若生的小羊羔个头大,叫声大而长,说明当年雨水少,难有牛羊满仓。

马对顿珠来说是他家中的宝贝,人排在第一位,马就排在第二位。马生病了,如果是它身体里有毒,就采取放血疗法,或让它惊跑300米出身汗治疗。若此方法不灵，就用烧红的铁来烙马疼痛部位，再用喇嘛加持的盐抹在其伤口处，有时没办法，就采取以毒攻毒办法，用巨毒物一枝蒿在水里煮过两三遍后让马服用，拉出体内的毒素。若这些都还不凑效，那只能采取隔离办法，将染病的牛、羊和马放到很远的地方，让其自生自灭。

过去牧民看太阳的影子知道时间，听鸟儿的鸣叫判断季节，太阳落山了，鸟儿归巢了，牛羊入圈了，这在过去通常意味着一个英雄的故事，或是一段神山神湖的传说故事登台亮相。现在则抬腕看手表，开始或结束一天的工作。过去，牧民穿妈妈亲手缝制的羊皮袄，而现在年轻牧民特别喜欢穿人造毛，还说羊皮袄太臭了，没有人造毛穿起来舒适。过去喝酥油茶靠大木筒来打茶，需要一个多小时才行，而如今的电动酥油机用起来特别方便，不到十分钟便能喝上热腾腾的酥油茶。过去藏北牧民打狗熊靠从身穿的羊皮中拔根毛来判断风行，逆着风靠近嗅觉特别灵敏的狗熊，狗熊就闻不到人的气味。当猎人靠近狗熊时，狗熊也很难觉察到。现在牧民不再狩猎，也就不知道这种技巧了。

从上世纪90年代开始，当地政府鼓励牧民们定居。当很多牧民住进了居民点，他们在草原上生活的技巧也就逐渐丢失了。西藏作协副主席旦巴亚尔杰从小出生于班戈县的一户牧民家里，他前些年回家见过一位30出头的牧民，连手里的“乌尔朵”也不知在头上如何缠绕，这在过去是很简单的事情。如今，纳木错湖边的牧民们，年轻人纷纷翻过山坡，有的去城市闯荡，有的到纳木错景点开餐饮店，有的在外跑运输。

上世纪90年代初，作为军人的我第一次踏进羌塘草原，并且在藏北牧民的“黑牦牛”帐篷里小住了几天，与藏族牧民一道牧放草原，甩掷“乌尔多”（一种抛石器）驱赶牛羊群，也躺在无边的旷野上，仰望碧蓝欲醉的天穹，闲数天上那浮雕般的白云，感受这方秘境的空旷悠远与雄奇魔幻。

当我再次来到藏北草原，这里已是定居的牧民新村，有的牧人在路边很熟稔地卖起土特产做生意，微笑着向每一个客人售卖特色商品——一个能在转动中吱吱作响的手摇经筒，一卷土织的五彩围裙，一块在黑牦牛帐篷内打制的新鲜酥油，一包采掘自常年积雪线的天然虫草……所有这些，都向我们展示了市场经济大潮对羌塘草原巨大的渗透力。

自古以来，藏北牧民只有“抱布贸丝”那样的以物易物的商品交换方式，而不屑于货币经商交易。现在，牧民们能勇敢地走向生意场所，的确是具有历史性变革意义的。我真切地感受到羌塘草原跨越历史的雄壮步伐，也真切地听到了人类现代文明向亘古荒原——羌塘进军的脚步声。

色林错湖水快速上涨，将原本可通往对岸的湖岸变成了湖泊（罗洪忠 摄）

也许，草原大地上的传统已进入到了尾声，但还没有消失。那些藏北牧区的年轻牧民们，他们隐隐地觉察，自己正置身于古代世界的边界，这样的生活就要结束了。藏族骑手们热爱着摩托，马儿们正在隐退，沦为草原的装饰物和游人的玩具，而各种载满物欲的卡车正尖叫着开到草原上。

这一切，又让人感到无奈与忧虑。人类可以失去很多优裕的生活享受，惟独不能失去仅有的、不可再生的自然环境。面对自然生态环境的恶化，我们人类应该刻不容缓地去做些什么，那不仅仅是被动地保护，而应该是积极地建设。现在，我站在纳木错湖畔遥望羌塘草原，将祝福心语和情感寄托交付湖畔的清风，正如拉美著名作家略萨所说的那样："现实的含义，不仅包括人们的所作所为，也包括人们的所思所梦。"

第五篇　仓央嘉措故里

“在那东山顶上，升起白白的月亮。年轻姑娘的面容，出现在我的心上。……如果不曾相见，人们就不会相恋。如果不曾相知，怎会受着相思的熬煎。”大凡看过歌曲《在那东山顶上》MV的人都会记得，著名歌星谭晶扮演玛吉阿米，骑着牦牛，唱着仓央嘉措情歌，从雪山深处款款走来，洁白的哈达、深邃的寺院、绛红的喇嘛袍、连排的大经筒、五彩的经幡和藏族女人背水、打酥油的场景、华丽的藏族服饰等，都通过整首MV展示出来，让人们记住了仓央嘉措，去欣赏他的一首首情诗。

六世达赖仓央嘉措，算得上西藏历史上一位传奇人物，《仓央嘉措情歌》早已在藏族地区广为流传。上世纪30年代初，藏学家于道泉教授将它附以汉英译文出版之后，便在国内外引起了进一步的反响。国内外目前对他的研究，可以说是超过对其他历世达赖喇嘛，堪称研究达赖喇嘛之最。关于仓央嘉措的生平，一直是众说纷纭。我看过很多研究仓央嘉措的文章，只可惜这些研究大凡带有猎奇心理，有意无意地去改变历史的本来面目，把活生生的历史人物，塑造成文学形象，有的则以信仰的心理，有心无心地去改变其凡人的形象，将仓央嘉措塑造成四处游荡的神秘幽灵，未解的历史悲剧与谜团似乎在继续重演。

有关仓央嘉措的身世、作品，特别是结局的探讨，如今争论不休。仓央嘉措虽被指定为五世达赖喇嘛的转世灵童，而15岁（注：西藏计算年龄时，将母亲怀孕时间也计算在内，相当于内地的14岁）之前，他没有生活在布达拉宫，而是在西藏错那县的民间生活。正是这段不平常的经历，便有不同的生活版本。有的认为他被迎请到拉萨之前，一直生活在老家门隅达旺附近；有的认为他在9岁时，才被从老家送到错那宗棒拉山下的嘎巴桑寺和贡巴孜寺学经；有的认为他在2岁后，已被送到错那宗（县）政府所在地，先后在错那宗城雪夏村、亚玛荣村生活，曾到波拉山口下的白日寺、贡巴孜寺学经，还到勒乡森木扎莲花生大师修行洞前给信徒们讲经。他在错那宗城附近前后生活了十二三年。

我们来到仓央嘉措故里——错那县，人们不是以平常心传颂着仓央嘉措平民般的生活，尽管与历史事实不一定完全吻合，但是对于他的在天之灵或许是一种慰藉。在仓央嘉措当年生活的地方，充满了自由的灵性，男女相爱比较自由，且很少受贫富影响，无形中形成了仓央嘉措情诗。走进仓央嘉措故里，步入当地村民生活，更能接近仓央嘉措的真实生活与内心世界。

仓央嘉措系藏王后裔

达旺寺仓央嘉措画像(梦野 摄)

2014年2月19日，春节刚过不久，我看到《西藏商报》发表了一篇与仓央嘉措相关的报道，称仓央嘉措故居在错那县城，正式被列为西藏自治区级文物保护单位。仓央嘉措原本出生在门隅达旺附近的乌金凌村，也许是翻译的原因，在第巴·桑吉嘉措所著的《金穗》书中，称仓央嘉措诞生的地方为“邬坚林”。仓央嘉措在乌金凌的那所小房子至今还在，当地门巴族群众将它作为圣地络绎朝拜。乌金凌作为仓央嘉措的出生地，当属仓央嘉措故居，而其在错那县城错那村居住的地方，只能算是仓央嘉措旧居了。

1682年，五世达赖喇嘛阿旺洛桑嘉措圆寂。1683年，仓央嘉措出生于达旺附近夏日措乌金凌巴沃侗地方，被选定为转世灵童。1697年在布达拉宫举行隆重的坐床仪式，他成为六世达赖喇嘛。关于仓央嘉措祖籍和出生地不在同一个地方的问题，曾是门隅地区的代理“拉业”，又是达旺寺活佛的色拉寺格西（藏传佛教最高学位）加马林·益西赤烈1948年在回忆录中谈起仓央嘉措时说，仓央嘉措的祖籍在门隅拉沃宇松的派（白）嘎村，祖上虽是宁玛派世家，名门望族，但到他父辈时已沦为贫民。

仓央嘉措的舅父和姑母视财如狼，趁机夺走他家仅有的微薄财产和房屋，他的父母不得已迁居到紧靠乌金凌寺旁边的一所小房里。可谁也想不到，这所小屋却诞生了六世达赖喇嘛仓央嘉措。仓央嘉措出生在乌金凌，在当地也留下很多传说。有一次，仓央嘉措惹母亲生气，被母亲追打，于是在乌金凌留下了仓央嘉措孩童时的脚印。在家乡期间，他在乌金凌路口的一个石狮子上练习写字涂画，至今刻记犹存。仓央嘉措在错那学经期间，因怀念故土，几返乡里，曾亲手在乌金凌种过一棵柏树，此树至今还在。门巴族以出一位六世达赖喇嘛仓央嘉措，引以为荣，便把他用过的小茶具、衣物，连同他母亲的遗物，存放在乌金凌寺和达旺寺中留念，并珍藏至今。这些传说具有浓厚的神话色彩，固然不能当作信史，可它与乌金凌紧密相关，可以作为仓央嘉措出生地的佐证。

白嘎村到底是个什么样子，1962年中印边境自卫反击战打响时，杨阜先生作为西藏前线工作队的一员，在达旺工作了三个多月，对门巴族的风土人情都有所记录。他在《达旺日记》中，对白嘎村有过这样的记载：“六世达赖喇嘛仓央嘉措的故居，在达旺霞（夏日）措的白哈（嘎）村。……（仓央嘉措）舅家后裔益西群沛一家，就住在村子里。益西群沛家住着的这幢房子，就是当年仓央嘉措的故居。门前是个长方形院坝。院门从右进，院前有腰墙，墙下有棵柿子树，稍远一点有梨树。……紧靠益西群沛住房，有一幢石头建筑的二层楼房。楼上设为佛堂，分内、外两间。内间正面供奉三尊塑像，据说正中塑像是仓央嘉措，左侧塑像是松赞干布，右侧塑像是加娃江巴。仓央嘉措塑像前面的地上，摆放着一块乌黑发亮的石头，上面有约20厘米长的一个赤足印痕，没有一点儿雕琢痕迹，真像是赤足踏出来的一般，据说那是仓央嘉措生前所留。”

第司·桑杰加措所著《金穗》一书，称仓央嘉措父亲扎西丹增为持咒喇嘛，是西藏著名掘藏师德尔顿·白玛林巴的后裔，属有名的宁玛派喇嘛世家。据藏文史料记载，白玛林巴于藏历第八饶迥之阳铁马年（1450）出生在不丹的布姆塘月氏家族，从不丹布姆塘来到门隅达旺附近的降喀传教，得到了当地头人的支持。白玛林巴一生有多种著作传世，于1521年圆寂，他的教法至今仍在不丹和门隅盛行。其后，白玛林巴派胞弟乌金桑布来到门隅传教，与当地土王楚卡尔娃之女多吉宗巴成婚。乌金桑布在降喀一带建了乌金凌、桑吉林和措吉林3座宁玛派寺庙，故此地被称为“拉沃宇松”，意为“三神之地”。乌金桑布还在满扎岗为门巴信徒授以“马头金刚灌顶”，当地百姓纷纷接受教化，皈依佛法，满扎岗也因此改名为达旺，在此建立了达旺寺。益西赤烈在谈到仓央嘉措源流时说，乌金桑布与多杰宗巴结婚后繁衍的后代分别是：当节仁增—卓乖—丹增扎西—桑怒—石达—旦增—云登罗布—聂扎—扎西丹增—六世达赖仓央嘉措。从白马林巴的胞弟乌金桑布到六世达赖仓央嘉措，经历了十一代。仓央嘉措出生在乌金林寺的旁边，寺庙原是个竹草篷，建寺时当是在乌金桑布后代旦增、云登罗布两代人期间进行的。

西藏著名文史专家恰白·次旦平措在主编的《西藏通史》中，也提到仓央嘉措母亲系吐蕃王朝赞普（王）赤德松赞长子章玛的后裔。据第司·桑杰加措著的《金穗》记载，仓央嘉措母亲次旺拉姆是白卡尔宫康巴王系的王族成员，为吐蕃赞普的后裔。“（吐蕃）法王失散的后裔，有的脸上生着狗嘴，有的头上长了角，认为不吉祥，就被放逐到门隅地方，……他们不住宫殿，而在山上修筑城堡，成为黎民百姓之王，过去了若干代后，其中一人生了七子，长子名叫贡格杰到拉瓦（沃）宇松，与波俄托西结成君臣关系，建立了措松拉邬康巴家室……到了却俄达杰，生了两个孩子，一个叫噶玛多吉，从夏姆仁辛地方娶了一个名叫阿布迪的妃子，于土狗年生一闺女，……从而成了普度‘三界’的殊胜尊者（仓央嘉措）的母亲——名曰邬琼·次旺拉母。”

细心研究吐蕃王朝历史，曾有两个王子受到流放门隅的惩罚。最早流放门隅的是赤松德赞王(公元755-797年)的次子牟如。据史料记载，赤松德赞正与两个大臣开会，密商进一步扩展吐蕃势力，称霸天下大计时，牟如王子突然到来，欲闯入秘密会议地点。正在外面警戒的香大臣之子劝阻王子不要进去，王子不但不听劝告，反而恼羞成怒，抽出匕首将香大臣之子刺死，而被处以暂时流放“门”地的刑法。没过几年，赤松德赞王去世，西藏大臣将牟如王子从“门”地迎回，可就在牟如登位时，却被香大臣的继承人香·纳朗所杀。

牟如王子登位被杀后，大臣们便推举赤松德赞王的另一个儿子赤德松赞(公元798-815年)当王。赤德松赞登位后，继承父亲赤松德赞崇佛的传统，采取新的措施扶植佛教，不但修寺院，译经典，优待僧人，还将长子章玛送去出家。可不知是什么原因，赤德松赞王有3个儿子，在传位时既不立长子章玛，也不立次子朗达玛，而是立幼子赤祖德赞（公元802—841）为王。赤德松赞长子章玛王子被放逐门隅之事，藏文史料仅寥寥数语记述其事，具体情形无从知晓。可我们在查阅《门隅教史》时，章玛第23代子孙、门巴族活佛阿旺平措在《门隅教史》书中，依据祖辈的传说，详细记载了章玛王子流落到门隅的原因和经过，以及他的后代在门隅各地执掌政教大事的情况，记述得清晰生动。

我从《门隅教史》记载看出，赤德松赞（俗称赛纳列）得三子，是为赤祖德赞、拉赛章玛、朗达玛（公元838-842年在位）。赤祖德赞在位期间，对吐蕃政教伟业贡献突出，后世的佛教信徒将其与松赞干布和赤松德赞并列，尊称为"祖孙三法王"。赤祖德赞过分推崇佛教和抑制苯教，下令每7户百姓供养1名僧人，他本人亦于发辫末端缀连整匹绸缎，令僧众坐于其上。由于对佛教供养丰厚，尊崇备至，百姓苦累不堪，这时吐蕃一些大臣纠合某些赞普世族及其不满现实的权贵，密谋弑君灭佛。

仓央嘉措故居乌金凌寺的佛塔

赤祖德赞王死后，他的哥哥朗达玛即位当王，下令捣毁寺院、佛像、佛经及佛塔。章玛本是赤祖德赞王和吐蕃末代王朝赞普朗达玛的长兄，成为崇佛和反佛势力斗争的牺牲品。章玛王子被流放门隅，主仆五人途径帕里，来到了巴卓那木汤嘎地方。其间邂逅一容颜殊丽、豆蔻年华之女郎，章玛遂与其结为爱侣。章玛王子来到门隅时，彼女生下一个私生子，有人云："此乃疑为章玛之子也。"据传门隅的巴卓王系和汀普冬卓世家大族，便是其私生子的后裔。章玛等主仆此后又先后经过了曲颇（雄河）、曲莫（雌河）、旺堆颇章、故日曲河，越过藏果日山等，到达当今不丹（旧时为古门隅的一部分）领地。

当章玛主仆打听到门隅拉沃宇松，也就是六世达赖喇嘛出生地达旺附近，其地人烟、村庄稠密，土地肥沃时，便来到拉沃宇松的“别卡尔（城堡）”，建佛堂，埋藏经书。这时他们听说吐蕃暴君贼臣正在狼狈为奸，毁灭佛法善律，迫害贤臣良民，觉得拉沃宇松别卡尔距离吐番腹地较近，不宜在此定居。于是，他们改变建都别卡尔的初衷，来到距离别卡尔不远的“仲朵松赞卡尔”塞堡，在观测、勘察何处适宜建都时，只见“弥森巴”地方为河水和岩体所环抱，地处要冲，地势险要，便在此地安顿下来。西藏社会科学院原副院长、著名文化学者巴桑罗布潜心研究《门隅教史》多年，看到书中列出20多处“卡尔”。“卡尔”在藏语里意为“城堡、要塞”，从这点说明，吐蕃王子章玛进入门隅前，为抵御外来侵袭，在一处处险要地势建起一座座卡尔。

据巴桑罗布考证，章玛王子的第十三代后裔洛桑丹拜准美，就是西藏著名的第一世梅热活佛，原为康巴王系别卡尔宫王觉沃。塔尔杰的三王子松巴，后追随第二世达赖喇嘛根敦嘉措出家，取法名为洛桑丹拜准美，精研显宗密宗经典，教法讲修成就超绝，在达隆、梅热、萨登记等地方“建设多座寺院，造福众生”，弘法济民。梅热甘丹孜森寺和萨登扎西方孜林寺，皆为洛桑丹拜准美所建。洛桑丹拜准美在99岁高龄时圆寂于梅热甘丹孜林寺，后世将其追认为第一世梅热活佛，迄今共转至第九世。

洛桑丹拜准美的弟子是巴窝东巴。曲杰洛桑丹拜维色成为第三世达赖喇嘛索南嘉措的弟子，巴窝东巴的侄子丹贝坚赞成为第四世达赖喇嘛云丹嘉措的弟子。1680年，五世达赖喇嘛颁布《法旨》，褒扬巴窝东巴和其侄“英雄叔侄”。这篇封文肯定了自1656年以来，梅惹喇嘛通过宗教手段统治门隅的政绩：“所有僧俗不顾自身任何安危，于二十五年间，一心积极维护宗教事业，使拉钦三措、达巴八措东面的瓦莫鲁细、绒多松等娘江曲流域之门巴属部……亦入我治下。”1683年3月28日，仓央嘉措诞生于门隅。从这点说明，章玛王子后裔对门隅的统治，已伸向门隅的各个地方，甚至超过了今天所称的门隅范围，也包括了今不丹的大部分领地。

门隅最大的寺庙当属达旺寺，是五世达赖喇嘛下令修建的，史书明确记载着它是拉萨哲蚌寺的属寺，其历代堪布（方丈）均由哲蚌寺任命，达旺总管及其他官员随身带着的永久通行证，也是由西藏地方政府签发的。达旺寺还有众多的下属寺院，如达隆寺、沙丁寺、多烈寺、江袁寺、僧松寺等。达旺寺的主寺则为哲蚌寺，梅惹喇嘛后的历任堪布，均由哲蚌寺委派。五世达赖时达旺寺有一首歌谣唱道："我们的主寺是甘丹颇章，我们为此感到无尚荣光，犹如碧蓝的天空悬挂着一个金顶帐篷，放射着耀眼的光芒。在平静的岁月里，我们祈祷达赖长寿，在战乱的年代里，敌人的双手沾满了我们的鲜血。"

拉沃宇松在今达旺一带，既是章玛王子后裔繁衍生息之地，也是门巴文化的发祥地。洛桑丹拜准美的特殊身世和政教活动，不仅把古代赞普世系同后世的活佛转世系统连接起来，而且把藏传佛教前弘期及后弘期各教派在门隅的传播、发展历史连接起来，同时又把包括不丹在内的古门隅和蕃隅（卫藏）紧密地连接起来，吐蕃王朝后裔仓央嘉措成为六世达赖喇嘛，也就不足为奇。

仓央嘉措被迎请至错那宗城

据西藏史籍记载，仓央嘉措刚进错那宗城时，曾被错那宗本（县长）监禁在"八柱间房里"。第巴·桑结嘉措所著的《金穗》中也提到错那宗："他（五世达赖）深感第六世达赖即将出世，而护法神府坚嘉措也对之进行了劝慰，故下令在措（错）那宗修复（寺庙），即于拉瓦（沃）宇松——三低洼地新建宝座，再到三大寺进行佛事活动，以满足一切众生的心愿……"

我在查阅西藏文献资料时，发现早在1959年9月，文化学者林田来到当时的"措（错）那宗"调查，其调查报告载于1959年12月4日的新华通讯社《内部参考》（增刊），里面特地提到"措那宗档案中，专有一件公文是谈照顾在门域（隅）六世达赖家属的"，只可惜林田先生见到的是藏文目录，没有见到汉文方面的内容，仅写下27个字，给我们留下了无限的想象空间。

我留心仓央嘉措旧居的相关报道，很快从西藏大学朋友处得知，巴桑罗布根据西藏史籍记载，认为仓央嘉措曾被错那宗本（县长）监禁在错那宗城的"八柱间房里"。巴桑罗布出生于错那县，幼年时就耳闻目睹门隅达旺一带的风情和物产。错那高原通往门隅的三大山口是棒拉、泊拉和土隆拉。这些山口北侧是错那高原，南侧是门隅谷地。经由错那、达旺、乌达古里到印度阿萨姆的道路，就是藏族地区一条重要的传统商道。他的父辈们冬季带上盐、羊毛、羊油、铁器等高原特产前往门隅达旺，带回来当地的大米、辣椒、水果、竹器等，错那高原人对门隅非常向往。

巴桑罗布专程到错那探寻仓央嘉措旧居，不仅找到了仓央嘉措在错那县城的旧居，还在离县城5公里的亚玛荣村发现被称作“行宫”的另一处旧居。他在查阅史籍时得知，西藏甘丹颇章地方政府时期，门隅地区以色拉山口为界，色拉山口以北地区以达旺寺为中心，其行政管辖权归属于错那宗，而色拉山口以南地区则由达旺寺委派专人管理。

巴桑罗布认为，仓央嘉措曾在错那宗（县）城居住的时间相当长。1683年3月28日，仓央嘉措诞生于门隅的乌金凌，距达旺约一小时的骑马路程，附近有一处白卡尔（城堡）。仓央嘉措何时被迎请到错那宗城，巴桑罗布根据史料推算，大约是在藏历木牛年11月17日，仓央嘉措被迎请至错那县棒拉山北侧的夏乌（沃）地方。藏历12月12日，他们又从夏乌（沃）出发，14日抵达错那宗城。直到藏历火牛年（公元1697年）5月4日，仓央嘉措才前往浪卡子丹增颇章宫受戒。当年藏历10月25日在布达拉宫举行了坐床仪式。在此之前，仓央嘉措及其家人一直住在错那，在错那县城附近的时间当有十二三年。

我在查阅西藏史籍时得知，仓央嘉措的寻访、认定和坐床，有其复杂深刻的政治背景。1682年五世达赖圆寂时，西藏正与邻近的拉达克交战，第巴·桑结嘉措为稳定西藏的社会局势，确保已取得的权势与地位，一方面，他对五世达赖实行秘不发丧，对外则伪言“达赖入定，居高阁不见人，凡事传达赖之命以行”；另一方面，第巴·桑结嘉措又开始秘密寻访五世达赖的转世灵童，以备应对日后突变的政治局势。

我从《不尽智慧所指经藏》第四卷看到，仓央嘉措能回忆起前世的住地在什么地方，“叫什么名字，家族，颜色，寿星相貌，等等”。所以他一开始说话就讲：“我不是小人物，而是三界的怙主，殊胜尊者罗桑嘉措。”“我是从拉萨布达拉来，所以要尽快回去了，久已把第巴和众多僧侣抛弃了，也应去朝见‘觉沃仁波切’了！”身边的人问他：“你是什么人？”他说：“我是阿旺罗桑嘉措，虽然有第巴等人众，但我的权力比他们的都大，现在我要到布达拉去了。”

我在勒布沟探访时，发现当地门巴老人完全将仓央嘉措神化了。据传寻找五世达赖灵童的活佛还没到乌金凌，仓央嘉措就预先知道了。当天清晨早出放牛前，他就对母亲说：“请你把家里里外外打扫干净，门前多栽几个拴马的木桩，有人来接我了。”晌午，找灵童的人果然来了。他们问：“这里有灵童吗？”仓央嘉措的母亲说：“有！”来人问：“叫什么名字？”母亲答：“仓央嘉措。”仓央嘉措在离家较远的放牛地方听到母亲叫他的名字，便答应一声：“啊！”随即在石头上出现一个藏文字母“啊”字，这个字母至今还保存在那里。

1685年，第巴·桑结嘉措秘密派出两名活佛曲吉卡热巴·多伦多吉、多巴·索朗查巴，“授给前世殊胜尊者的佛珠等日常用具，秘密寻觅灵童，还下令筹措随从、马骡等事。对外宣谕是为了藏区幸福而去朝圣，如引起别人怀疑就出示证件和卦象，说是为了寻找顶布切·阿旺年扎贝桑波和夏尔康·努门康的转世灵童”。6月5日，两名活佛从拉萨出发，开始秘密寻访第五世达赖喇嘛的转世灵童。他们很快便得到消息，在门隅达旺附近乌金凌扎西丹增家中降生的阿旺嘉措具有灵异现象。当消息传到布达拉宫后，第巴·桑结嘉措严令他们封锁消息，随后通过问卜，决定将灵童一家从乌金凌迁至夏沃。

达旺寺恢弘壮观（梦野 摄）

据第巴·桑结嘉措所著的《金穗》记载，仓央嘉措诞生时，曾出现许多奇异征兆：“虹彩空横，天雨神花，异香扑鼻”，“有许多穿戴华丽宝石的神男神女展现在天幕之上，显现出身着披风和头戴通人冠的众多喇嘛，给新生的孩子进行沐浴的景象。刚出生落地，大地震撼三次，突然雷声隆隆，降下风茄花雨，枝绽花蕾，树生叶芽，七轮朝阳同时升起，彩虹罩屋”。对于仓央嘉措诞生在何地的问题，第巴·桑结嘉措在其 所著的《金穗》中有过这样的表述：“他（五世达赖喇嘛）深感第六世达赖即将出世，而护法神府坚嘉措也对之进行了劝慰，故下令在措（错）那宗修复（寺庙），即于拉瓦（沃）宇松——三低洼地新建宝座，再到三大寺进行佛事活动，以满足一切众生的心愿……”

曲吉卡热巴·多伦多吉等人将仓央嘉措迎往夏沃后，第巴·桑结嘉措特派曲米康、萨拉·绕丹等人从拉萨出发，携带五世达赖的矫诏灵物和印有吉祥太阳标志的哈达、砖茶、一匹象征成就诸事的绿色绸缎等物前往夏沃，对外称保护夏鲁堪钦的灵童。当年藏历12月11日，他们抵达夏沃后，向仓央嘉措父亲转献谕旨和灵物。据称，仓央嘉措看到五世达赖的谕旨后，十分高兴地说："这是我的印章，你们得福啦!"据当地老人称，仓央嘉措当初从门隅乌金凌到错那宗城时，是同其父亲扎西丹增、母亲次旺拉姆、姑妈索南、小妹索南宗巴及佣人桑丹等人一起来的，错那宗本奉甘丹颇章地方政府(公元1642年，五世达赖喇嘛建立了甘丹颇章政权)之命，接待安置仓央嘉措一家的生活起居。

谈起仓央嘉措为五世达赖转世灵童的认定，巴桑罗布说："五世达赖喇嘛去世的第3年，仓央嘉措来到雪夏的旧居居住。当时他是否为五世达赖喇嘛转世灵童，其身份尚不明朗，错那宗本便征用闹市区雪夏村巴珠家的房屋，安置他们一家老少。甘丹颇章地方政府特别重视仓央嘉措的安危，非常不满意错那宗安置他家的状况，很快便撤换了宗本。他们多次向错那宗本发出具体指示，经常派人到错那宗安置仓央嘉措家的饮食起居。后来仓央嘉措的生活和教育等，几乎全部由第司·桑结嘉措从拉萨派来的专门人员负责。"

2014年5月1日，我同《中国科学探险》杂志主编周卫军、美术总监邱衍庆、特邀摄像师龙天翼一行，在错那县地方志办公室张慧如主任的陪同下，对错那县城仓央嘉措居住的雪夏旧居进行了探访。仓央嘉措在雪夏村的旧居，就坐落在错那县城的老居民区里，东南面是错那县农业银行，北侧是居民新区，西南侧是一座新建的宾馆。四周构筑物几经改建翻修，地面比旧居高出一两米，旧居底层变得像个地窖。

仓央嘉措旧居建筑区面积近一亩，已经破烂不堪，从高处俯瞰，就像个废弃的矿区。旧居的主体建筑是四柱、八梁、186根椽子木的两层楼房。在巴桑罗布看来，史籍所称"八柱间房"或许就是指这座上四柱、下四柱的楼房。旧居属石木结构，用料精致，梁、柱及椽子选材讲究，木纹细密，质地坚硬，大小粗细匀称，抽来现用也是上好材料。外围石墙砌技讲究，墙面平整，间有方木砌于墙体。可上层屋顶全部垮塌，底层也多半坍塌，可从南门猫着腰下去，还能进入底层观察尚未坍塌的部分。

旧居底层黑暗阴森，腐臭味和牛粪味熏人难耐，坍塌之处尽是些建筑和生活垃圾。据当地老人介绍，旧居主体部分在2008年下大雪时坍塌。历经三百多年的风风雨雨，到现在还能看到这般模样，也算是奇迹了。在这座楼房的东侧、北侧和西侧，都有不少正在垮塌的联体附属建筑，大部分屋顶不少地方塌陷成一个个天井似的洞，洞口边上还有居民踩踏出来的小路。走在这条小路上，唯恐屋顶塌陷掉入深渊。仓央嘉措旧居垮塌破败的景象，实在令我们难以用言语表述。

我从巴桑罗布的考察笔记中得知，仓央嘉措在雪夏的旧居里曾有两个宝座，一个是仓央嘉措的，另一个则是贡巴孜寺活佛的。宝座设在主楼的两层大殿里，仓央嘉措的宝座坐西朝东，贡巴孜寺活佛的宝座则坐东朝西。曾经住在这处旧居的错那村民格桑旺堆说，他已将贡巴孜寺活佛的宝座送还寺庙，而仓央嘉措的宝座仍在他家保管。他家还有旧居的长桌、茶几之类的木制器具，只要政府重新整修旧居，他们家随时将其交给政府。我在仓央嘉措雪夏村旧居采访时，开车的驾驶员称他的叔父就是格桑旺堆，曾住在这所房屋里，家里至今还有仓央嘉措的宝座。

亚玛荣旧居保存相对完好

我们探访了仓央嘉措在雪夏的旧居。旧居有些柱子是檀香木，没想到在2008年百年不遇的大雪灾中坍塌。以前，当地村民能看到这种檀香木柱，曾有人图谋不轨，有一处还留下被刀砍过的痕迹。如今已看不到檀香木柱，到底是被人盗走，还是埋在坍塌物下，大家不得而知。让人感到有趣的是，“雪夏”在藏语里意为“不洁净之地”，当地村民觉得这个名字不雅，便将原有的雪夏村改为错那村。

据传雪夏·巴珠是错那宗有名的富户，五个女儿一个比一个漂亮。错那宗政府驻地在山上，其下方的“雪”居民区，如同布达拉宫下方的雪居民区一样，在“雪夏”居住的是屠夫、铁匠等。因此，“雪夏”被认为是不洁居民的住处。仓央嘉措与雪夏·巴珠的女儿来往多了，有时还住在这大户人家里。因神圣仙体居住在不洁之处，致使仓央嘉措经常流鼻血。仓央嘉措用手指蘸鼻血，在黄布上绘画出一幅佛像唐卡。

可是，雪夏·巴珠的女儿再美，也因住在不洁的地方而没人搭理，愁于婚嫁。于是仓央嘉措这样写到：“骨肉洁净有何用，香粥调料当不成，雪夏巴珠的女儿，本是天仙空行女。”后来，仓央嘉措入住布达拉宫，雪夏·巴珠为了炫耀自己的荣光与财富，请仓央嘉措允许他用青铜包饰自己的整个府邸。仓央嘉措对雪夏·巴珠回复说，当布达拉用黄金包饰的时候，你的府邸才可以用青铜包饰，我现在允许你用黄涂料粉刷。就这样,雪夏·巴珠的府邸变成黄色,而仓央嘉措用鼻血绘制的唐卡佛像,就成为这里的主供佛像。

据巴桑罗布介绍,藏历火虎年5月,也就是仓央嘉措到达错那宗城的第二年,甘丹颇章地方政府专门委派高僧大德卡热巴·斯南多吉和朵巴·索南坚参等人到错那,经过7天的严格考察和审核,仓央嘉措被确认为五世达赖喇嘛的转世灵童,其处境有了较大改观。据说,仓央嘉措诞生时出现过多种异兆,他从3岁起便表现出与一般儿童不同的行为。甘丹颇章地方政府责成错那宗,为仓央嘉措单独安排较为清净的生活起居和学习环境。

错那镇亚玛荣村距离错那宗城5公里,气候和环境相对优越,便成为仓央嘉措学习生活的首选之地。在亚玛荣新居,甘丹颇章地方政府为仓央嘉措配备了两名近侍、两名佣人、两名朗生,让这位转世灵童按照佛教法规开始高级活佛的学习、训练和生活。8岁时,仓央嘉措已经能够在纸上练习写字,大约在11岁时,他就写下了著名的《马头明王颂》这部传世诗作。仓央嘉措的文化基础知识和佛教基础理论,都是在错那宗城完成的。仓央嘉措在错那学习、生活的13年左右时间里,绝大部分时间是在亚玛荣度过的。

仓央嘉措住在雪夏、亚玛荣,仅是当地上年纪的村民给予的介绍,难以成为信史。我根据这些线索,在认真查阅第巴·桑结嘉措著的《金穗》、恰白·次旦平措编著的《西藏通史》,还有《清圣祖实录》《圣武记》《隆多喇嘛全集》时,还原了仓央嘉措被认定的系列过程。当时,第巴·桑结嘉措依旧采用辨认前世用具的方法来确定“转世灵童”。1686年4月10日,他派曲吉卡·多伦多吉和多巴·索朗坚参等人带上供辨认的真假物品、充足的衣物用具、若干加持物、净水、茯茶以及“吉祥日哈达”作为布达拉宫的公文标志,再次前去错那宗政府认定转世灵童。

两位活佛到达错那宗后,在居室内进行了一系列佛事活动,对护法神汤坚嘉措举行恕衍请百度愿仪式。然后让灵童就座,进行洁身,把加持物放入其口中。灵童坐姿端庄凝重,并露出兴奋的情态。两位活佛对仓央嘉措说:“我俩是你的仆人,你想着谁,就坐到谁的怀抱里去吧!”灵童毫不迟疑地坐到了曲吉卡热·多伦多吉的怀中。宗本甲亚巴拿出两幅分别画有宗喀巴大师和殊胜尊者五世达赖肖像的唐卡问道:“你认识这个吗?”仓央嘉措看着五世达赖的唐卡,指着自己的鼻子说:“我!”他还辨认出五世达赖用过的镇邪橛,拿到手上说:这是我的!”“我想,”他寻思了一会儿又说,“我的镇邪橛比这小,这个却大。”

两位活佛在错那宗期间,对灵童进行系列测验,仓央嘉措每次辨认遗物时,都能准确无误的辨认出来，而且进餐时，总要先敬神灵，然后再用餐，连同抓糌粑的姿势也同五世达赖一模一样，这使得前去辨认的两位活佛及随行十分感动。此后，灵童的一切生活均由曲吉卡热·多伦多吉、索朗坚参和两名朗生负责，他人不得接近，就连灵童的父母也不例外。

仓央嘉措雪夏旧居正门（罗洪忠 摄）

1687年正月初一，两位活佛在错那宗为仓央嘉措安排了较为丰盛的筵席。席间，仓央嘉措说："今明两天在布达拉有很多人聚会，要举行隆重的跳神、祭祀、敬献哈达等活动。"第巴·桑结嘉措在选定仓央嘉措为五世达赖喇嘛的转世灵童后，为使他长久安康，念诵长寿经文，并根据五行推算，进行祈禳、投灵器、赎命等一系列宗教活动。为了使仓央嘉措对文字产生浓厚的学习兴趣，他还在色拉寺、哲蚌寺中向文殊菩萨进行祈祷。1688年3月7日，第巴·桑结嘉措听取了索朗坚参关于灵童身体形态、言谈举止、神情观感等方面的情况汇报，"欢快异常，百感交集"。25日，又派人给灵童送去神像、净水、茶叶等礼物，并且从布达拉宫选出精细的糌粑定期送往错那。

我们来到距县城西南5公里以外的亚玛荣村，考察仓央嘉措的另一处"行宫"。刚到村口时，遇上一位洗衣服的藏族妇女，当我们提起仓央嘉措"行宫"时，她立即手指村里的一条小路说，仓央嘉措"行宫"就在路的尽头。我们跟随一位当地村民，沿着石板小路往前行。这处行宫地处亚玛荣村的西北头，一条潺潺流淌的小溪由村西北往村东南穿村而过。

我们见到了这栋两层楼的“行宫”，其主体建筑面积是2排16柱，比雪夏旧居面积大得多。在这个楼房里，曾有人长期居住，有些朽柱蠹梁曾被住户更换，室内有些墙壁也曾被粉刷修复。原先在这里居住的曲珍卓玛，早已迁入旁边的新居。整个行宫人走楼空。她带着10岁的儿子丹增，提着一个充电宝，带我们进入漆黑的里屋。据曲珍卓玛介绍，楼下房屋依旧保持原样，而楼上则进行了装修和粉刷。我们在主楼之外，还看见不少附属建筑废墟，雕梁画柱的残片随处可见。看来这座旧居当年雄踞村头，蔚为壮观。

巴桑罗布也曾考察过这处“行宫”，认为仓央嘉措的“行宫”，是当地人的一种不确切的随意说法。他还走访了错那县城3位年过七旬的老人次旦、益西拉珍和益西次仁等，对有关史籍进行反复研读，认为这处“行宫”应称为仓央嘉措亚玛荣旧居。当地上了年纪的老人益西次仁说：“第巴·桑结嘉措寻得六世达赖喇嘛后，在错那宗城修建了这处旧居。该旧居原为两层建筑，西藏和平解放前由该县地方政府看管，解放后为私人所有。可近年来无人看管，加上雨水侵蚀，木构件腐朽损毁依旧很严重。”

仓央嘉措在亚玛荣新居开始全新生活时，他的家人依旧住在错那宗城雪夏村巴珠家的房屋里，那个时候，人们对仓央嘉措的生活管得并不严，还是经常让他同父母见面。当地老人还说，这两处旧居都是仓央嘉措到来后新建的，仓央嘉措故乡的门巴人从门隅运来大量木料。从这点看来，雪夏旧居是在雪夏·巴珠原来房屋基础上改扩建的，而亚玛荣旧居则是特地为仓央嘉措新建的。仓央嘉措后来入住布达拉宫后，其错那宗的两处旧居曾得到进一步修缮和装饰，直到1959年，还作为一种庙宇殿堂，得到当地村民长期的保护。

如今我们来到仓央嘉措的两处旧居时，早已物是人非。现年75岁的次旦，据传是雪夏·巴珠的后代。次旦告诉说，1959年后，当地政府将房屋分给贫农居住，香火也逐渐断烧，有些殿堂还堆放互助组、生产队的粮草和农具，也曾堆放过她家的柴草。仓央嘉措在雪夏村的旧居，有间大房曾堆放过错那县宣传队的服装、道具等。居住在错那县城的益西次仁老人说，县里曾经安排附近的一些居民住在两处旧居里看管守护。亚玛荣旧居也有主供佛，达瓦曾在这里居住过，他从这里迁出后，将主供佛放在自己的新居里。据传亚玛荣旧居的护法殿中，曾有个牦牛皮内塞满干草的草牦牛。

仓央嘉措学经寺庙探寻

我们在错那县城探访时，从县旅游局人员的介绍中得知，仓央嘉措曾在14岁时，到该县创建时间较早，距今已有700余年历史的贡巴孜寺学经，该寺位于错那镇夏日村的后山上。我们进入夏日村，沿着一条盘山公路走进贡巴孜寺。据寺庙僧人强巴塔金介绍，贡巴孜寺也叫夏日寺，始建于1402年，创始人为旦巴嘉措喇嘛，该寺曾是错那县城最大的一座格鲁派寺庙，住寺僧人最多时有近百人。仓央嘉措到这里学过经，可时间不到一年，后来他从这里进入拉萨的布达拉宫。近些年来，国家拨巨款重新修建了贡巴孜寺。

我们随强巴塔金进入寺庙的主殿，听他介绍里面所供的一尊尊佛像。一名老僧人正专心念经，似乎外界的干扰与己无关。让人称奇的却是寺庙高出县城上百米，这里竟生长着一棵枝繁叶茂的古松树，至少有数百年的树龄了。在错那县城的驻军中有句流行语：谁能种活一棵树就给立三等功一次。可官兵们年年种树，整个错那县城也没能种活一棵树，这棵古松树却存活了数百年甚至上千年，留给人们太多的悬念。在这座寺庙主殿前面，还有一排杜鹃树，每逢夏秋季节，便开出异常艳丽的杜鹃花，成为错那县的一大奇景。

仓央嘉措缘何被送到贡巴孜寺学经，当地村民也有相应的传说。仓央嘉措虽然早已被定为五世达赖喇嘛的转世灵童，可错那宗官员对外称他是后藏夏鲁寺布顿活佛的转世。据传，仓央嘉措6岁时父亲病逝，9岁时在一位喇嘛的指引下，到位于达旺以北约30公里的棒拉山下北面的嘎巴桑寺学经。在嘎巴桑寺学习经文的数年里，他先后请过4次假，都被寺庙管理人员拒绝。后来，仓央嘉措母亲也去世了，经师们受不了他怨恨的目光，也可怜他那死盯着通往家乡的达旺小路的神态。打卦的结果表明，仓央嘉措被魔鬼缠绕，应该将他送到一个新的地方。《金穗》的记载与这个传说差距很大，仓央嘉措父亲在世他为15岁，父亲去拉萨途径浪卡子时病逝，仓央嘉措跟随母亲到了拉萨。仓央嘉措在他14岁的那个春天，被移到错那宗城附近的贡巴孜寺，他与被寄养在姨妈家的琼结女孩仁增旺姆相恋，还写下了一首情诗："爱慕的人儿，若能百年偕老，就像大海深处，捞来奇珍异宝。"

在波拉山下贡日乡斯木村，留有许多关于仓央嘉措的传说，其中有一则传说讲到，仓央嘉措被认定为转世活佛到错那时，路过斯木村附近，见到当地一个门巴人烧火做饭，烧柴时先从树的根部烧起，仓央嘉措告诉他，这样烧会伤害喇嘛，影响菩萨的寿福，要求他从树梢往下烧，那人依从了他的劝说。仓央嘉措临走时，嘱咐其以后到拉萨时找他。当仓央嘉措做了六世达赖后，这人真地来到拉萨，却不知仓央嘉措住在什么地方，满大街高声叫着仓央嘉措的名字，卫兵们把他抓起来要治他的罪。仓央嘉措听说后，急忙叫人将他接到宫中盛情款待，与他聊天扯闲话，还谈起了勒布沟的风情习俗。仓央嘉措后来免除了他家的赋税，还赏赐给房屋和土地，让他的后代享受荣华富贵。

门巴族老者平措年轻时，曾到达旺仓央嘉措的出生地，同当地人交换物品（罗洪忠 摄）

我们得知仓央嘉措在波拉山下白日寺学过经，便决定前去一探究竟。我们从错那县城出发，一直往西南方向，就进入到海拔4520米的波拉山口，也是西藏腹地进入仓央嘉措故里门隅的孔道之一。车窗外飘起片片雪花，越野车盘山而上，极目而望，远近山顶上白雪覆盖，没有一丝声响，只有一片白色的世界。一座高过一座的雪山如一尊尊神像，在太阳下熠熠生辉，显得十分庄严而肃穆，还有悬挂在路边崖壁上晶莹剔透的无数冰柱，如一柄柄利剑透着寒光。

翻越波拉山口时，我们可以清晰地看见来自印度洋的暖湿气流碰撞在海拔4000多米的山体上，这样的碰撞产生了大量的雾气，使波拉山口一侧常年云雾缭绕，仿佛秘境屏障。站在波拉山口，可远眺仓央嘉措的故乡达旺。从波拉山口往下走，对我们来说，就像进入奇幻的世界，波拉山口雪花纷飞，紧接着就进入了一个云雾缭绕的世界。随着海拔的下降，雾气慢慢将我们包围，皮肤开始感受到了空气的温润而变得舒展，每个毛细孔都在扩张，在尽情地呼吸着充沛的氧气。我们很难相信，自己还置身于西藏，因为眼前这样的景象，已经颠覆了我们对于西藏的印象。

我脚下的土地已属于门隅地区，西藏人称门隅为“白隅吉姆郡”，意为“隐秘的胜景”。益西赤烈曾撰文回忆他的家乡：“门隅地区到处是无边的原始森林，珍贵的药草和可口的水果比比皆是。当百花盛开，百鸟翔集时，茂密的树林里真是一座绝妙的大花园。”1947年，他曾在达旺寺布施簿上题诗一首：“苍翠的密林好似天然凉伞，争艳的花朵像张张迷人的笑脸，香甜的葡萄柿子引来百鸟飞翔，清沏的那加噶绒河水漫流天圻。洁白的札玛东穷寺庙，好似宝石砌成的琼楼玉阁，此处风光无限美好，噶拉宾格鸟的心啊，深深被它吸引。”

我们走进贡日乡斯木村，在离村子东北约三里许，即为跨越娘江曲的雅桑桥。据传这个地方，就是藏传佛教宁玛派僧人玛撒沁格勒与变化为野猪的魔女激战之地。我们向当地村民寻问贡日乡是否有白日寺，他们竟回答不上来。正当我们离开时，斯木村主任群增次仁开着车返回村里。我们道明来意后，他当即称听长辈讲，仓央嘉措曾在斯木村的白日寺学过4年经，这里也是勒布沟四措（区）门巴儿童学经的地方。斯木村曾有一个女妖，白日寺就建在女妖的脑门上，专为镇伏女妖而建。白日寺前曾树有一根20多米的大旗杆，正好插在女妖的心脏上。白日寺又称白宁寺，意为“香山寺”，是错那县贡巴则寺的属寺。白日寺是格桑家世代相传的寺庙，到民主改革时期已传了七代，格桑也是白日寺的最后一代主持。

我在勒布沟调查时，没能见到一名出家僧人，所有寺庙均属藏传佛教宁玛派。按照宁玛派教规，宁玛派僧人可以娶妻生子，所有僧人都留发，有家有室。白日寺虽是贡巴则寺的属寺，却不归贡巴则寺所有，寺院宗教事务和财产归主持所有，它们之间仅是宗教上的一种领属关系，过去格桑家就住在白日寺，白日寺就是他的家。格桑的父亲死后，他继承寺院主持，从事宗教活动，白日寺就是这样一代代传下去，传到格桑已有七代了。

我从当地村民的介绍中得知，村民生病后请喇嘛和巫师同台治病驱灾。村民生病或是遇到什么灾难，既请巫师前去降神送鬼，又请喇嘛念经做法事。从没哪家因请了巫师，喇嘛赌气不去，或请了喇嘛，巫师就不去。他们碰在一起，难免会发生冲突，你跳你的神，我念我的经，各搞各的，只要请的人觉得可以，付给酬劳就行。通常是巫师先跳神驱鬼，然后是喇嘛再诵经做法。做好了皆大欢喜，做不好只怪神鬼不饶恕，彼此也不会因此而吵闹。我从有关资料介绍中看出，藏传佛教在门隅地区的传播并非此消彼长的斗争，而是一个相互容纳、吸收和融合的过程，即便在门隅盛行宁玛派，苯教依然存在，宁玛派喇嘛与巫师各行其教，和睦相处。

早期宁玛派寺院喇嘛都允许有妻室，其创始人莲花生大师和两个妻子的塑像，至今被供奉在拉萨大昭寺内。而在西藏占主流的格鲁派寺庙，则不允许喇嘛娶妻，清规戒律多达250余条。与其他教派相比，宁玛派以家传为主，父传子、子传孙，教徒分散各地，相对松散，可以从事生产，也可以娶妻生子。宁玛派吸收了部分原始苯教的内容，与门巴族的苯教，没有什么根本性的矛盾，易被门巴人所接受。门巴族喇嘛们农闲时，身着红色或紫红色法衣，头发梳成咒师辫，口颂莲花生密号，念诵《莲花生遗教》等经典，从事宗教活动。我在勒布沟门巴族村寨考察时，每个村都有一个以上的宁玛派小庙，常有一至两名喇嘛来管理，为群众所信赖。

门巴族信奉宁玛派教义，门巴人的爱情生活同样比较自由。仁增措母出生在勒布沟的麻玛乡，曾为西藏自治区民宗局民族处副处长，这个从勒布山沟走出来的门巴族女干部，面容美丽、个性开朗、乐观自信，毕业于西藏民族学院语文系，曾给邓颖超、陈永贵等介绍过西藏风貌。他在接受媒体采访时说："我们那个地方很偏远，……人们思想比较解放，很原生态，没有贞操观和男女授受不亲等观念，对婚嫁和子女的培养都是很自然的，结婚和离婚也都顺其自然。女孩子未婚生育不会被鄙视，也不会影响到再嫁。"

仓央嘉措生于世代信奉宁玛派佛教的家庭，该派教规并不禁止喇嘛娶妻生子，他像普通人一样，有较多的时间接触民间生活，既有机会接触优美的民间情歌，也有机会体验世俗的儿女情长，逐渐形成了自由的爱情思想。仓央嘉措的这些思想和行为与他的情歌一起，在当时以严守戒条著称的格鲁派看来，则是离经叛道。因此，仓央嘉措进入布达拉宫后，依旧冲破重重阻碍，变装易名，经常深夜前往拉萨城中，混迹于"茶坊酒肆"，做出违反教规的"风流韵事"，写下了情意缠绵的"仓央嘉措情歌"。身为达赖喇嘛，现实生活与其原意的思想发生了冲突，他内心充满矛盾："若随美丽姑娘心，今生便无学佛份。若到深山去修行，又负姑娘一片心。……夜里去会情人，拂晓时大雪纷飞，脚印已印在雪地，保密又有何用。"

是出家修佛，还是在家生活？仓央嘉措从小习惯了山野生活，内心的冲突也难以抑制。仓央嘉措就在如此充满矛盾的生活情景中，写下了许多传诵古今的诗篇："默想的喇嘛面孔，很难来到心上，不想的情人容颜，心中却明明亮亮。守门的老黄狗，心比人还灵，别说我夜里出去，今日清晨才回宫！住在布达拉宫时，叫持明仓央嘉措；住在山下拉萨时，叫浪子当桑旺波。"在佛教观念中，佛、教义和僧人是佛教中至高无上、神圣不可侵犯的。可仓央嘉措在这首诗中，却把教导自己修习佛法的喇嘛与佛教严禁接触的"情人"相提并论。尽管桑吉嘉措告诫他要恪守清规，不犯戒律，潜心读经，可仓央嘉措没有屈服，用自己的诗歌作出回答："莫说仓央嘉措，去把情人寻找，恰似己所觅求，他人同样需要！"

仓央嘉措曾在贡巴孜寺学经近一年时间，一位老僧专心念经，
我们拍摄没有影响到他继续念经（罗洪忠 摄）

我从多种史籍中感到，仓央嘉措是一位虔诚的宁玛派信徒，研习宁玛教派，对其教旨律规，恪守笃信不渝。《隆多喇嘛全集》《仓央嘉措秘传》中，均称他是宗教世家、宁玛派传承。《仓央嘉措秘传》不仅提到仓央嘉措的宁玛世系，还说到他研习宁玛经典的情况："凡一切藏地所有的教派萨迦、格鲁、宁玛等，其能所熟之灌顶以及能解脱之传授、经教、密咒等等，无论显密，不分流派，全都加以闻习。"

仓央嘉措遗迹遍布错那

我们在勒布沟探访，这里就有许多关于仓央嘉措的传说。据说仓央嘉措自幼丧父，生活艰苦，经常放牧。一天，他在家乡的色业放牛时，口渴异常，身边又没有水，于是，他用手向下一挖，就出来一股甘甜的清泉，这股泉水至今还在。路过这里的行人，常在此洗手洗脸，以祛邪消灾，保持身心健康。仓央嘉措虽然很早就被确认为五世达赖喇嘛的转世灵童，但他聪明颖悟，显现出将来会成为达赖的种种征兆。他在距白嘎村约两里远的地方放牛时，就在一块岩石上用藏文写有“我到卫藏地方去”的字样。这些字迹至今还在，人们在其上方盖上石板，防止风雨的侵蚀。

我们来到斯木村时，当地就有关于寻访五世达赖转世灵童的传说。据传第巴·桑结嘉措派人寻找五世达赖灵童，就是经勒布沟向南来到达旺的，斯木村的赤珠担任他们的向导。他们向南走到通林村住宿，因寻找灵童的人不懂得门巴人风俗，在烧火熬茶时先烧树枝的尾部，犯了当地门巴人的禁忌，一个老大娘见后，急忙上前劝阻说：“应该先烧粗那头，不然会影响新达赖的寿缘。”他们到门隅达旺后，顺利找到了仓央嘉措，给他们带路的赤珠有功，还当上3年的错那宗本。为报答门巴族老大娘的关心，噶厦免去门隅3年的乌拉差役。

在当地门巴人心目中，仓央嘉措是一位心地善良、和蔼可亲、富贵不忘贫贱、与他们一样有着七情六欲、喜怒哀乐的人。在门巴人眼里，仓央嘉措对自己的母亲非常孝顺，当他在崩波崩巅放牛时，见到数座宝塔，他就唱起来：“宝瓶似的宝塔啊，好像拉萨一样；我的母亲才旺卓玛（应是次旺拉姆）啊，恰如拉萨的菩萨一样。”仓央嘉措将要离家时，对故乡十分留恋，不愿穿上活佛带来的华丽服饰，坚持穿门隅的旧装。他还在门前种了三棵树，意味深长地说：“当这三棵树长到一样高时，我就回来。”仓央嘉措当年亲手种的三棵树，至今长势旺盛。他离家后经过帮岗定，依依不舍地回过头来遥望即将离开的家乡，感慨地说：“门巴人没有权力，今后不应再出达赖了。”300多年来，门隅再也没有达赖转世。当他回首遥望的时候，在石上留下脚印，这双脚印至今还保留着。

仓央嘉措从乌金凌，经达邦岗定到错那宗。在这段路上，他还对一些地名作了有趣的解释。当他路过曲果塘大草坝时说：“曲果塘大草坝，像个金的大盘子。”他来到贺阳岗台地时，充满敬意地说：“贺阳岗像个喇嘛的坐垫。”他路过额莫节见到有三个湖，兴奋地说：“额莫节上的湖呀，像那佛前供奉的圣水。”当他路过姜波山时，见到山底圆顶尖，形象地说：“姜波山像向右边卷起的白海螺。”金盘子是供奉神明的高级器具，海螺是寺庙的重要法器，圣水是敬奉请神的洁净之物，坐垫更是喇嘛修行诵经的必备物品，这些都跟宗教有关。

勒布沟留下仓央嘉措很多民间传说，他是否到过勒布沟，也是我们探访的重点。我们从麻玛乡群众中得知，当地有位老人平措，从小在这里长大，曾是错那县副县长和山南地区人大副主任，他有可能知道仓央嘉措的很多传说。我们来到平措家，从平措的介绍中得知，他现年68岁，2009年回到生养自己的麻玛乡盖房定居。他在1956至1958年时，曾跟随村里人3次到过达旺交换商品，他经常听父母唱仓央嘉措情歌。在他的印象里，男女靠唱情歌相恋，只要彼此有情意，就组建家庭。若男子不会唱情歌，连姑娘也难找到。他也讲到错那县城雪夏村的巴珠家旧居，当即唱起一首曾经在勒布一带流行、据称是仓央嘉措写的情歌：“仁增仓央嘉措，不管骨头高低；骨头高等何用，不能熬粥充饥；我爱漂亮少女，雪夏巴珠家里。”

在平措的印象里，从麻玛乡通往达旺有两条路，一条走南线，有两天路程；一条走东线，有一天路程。他曾听老人介绍，仓央嘉措曾在肖站附近留下一双脚印，在脚印周围，立有大小旗幡，行人过此，都焚香膜拜。有则故事这样讲到，仓央嘉措出身贫寒，从小随母亲劳动。他的父母经常到错那宗城以物易物，从达旺附近的乌金凌到错那都负重，来回经过肖站下的鲁古塘，附近曾有一座宁玛派寺庙，一路杂草丛生、沟壑交错、猛兽出没、毒蛇缠腿，非常艰辛。在这点上，仓央嘉措有首诗这样写到：“鲁古塘这大坝路，比阴间小道还长，人们背负的那沃绒，比大铁石还要沉。”

我们在同平措老人交谈中，还得知勒乡森木扎有座小寺，那里既有莲花生大师的修行洞，也有仓央嘉措给信教群众讲经的宝座。第二天，我们从麻玛乡出发，到勒乡政府大约13公里，让我们再次体验到勒布沟令人心醉的自然风光和神话传说。一路上，瀑布飞挂，云雾缭绕，气候温和湿润，环境令人心旷神怡。在一处岩壁前，我们见到了许多经幡和哈达。传说这是唐僧师徒前往西天取经所经过的路，石壁上还留下了佛冠高耸的唐僧画像。

我们来到勒乡政府驻地，“勒”在藏语里意为“剩下”，如今的门巴人大多数生活在印控区，我方管控区只剩下勒布沟的几百名门巴人，也许剩下的这些门巴人就叫“勒”了。从勒乡出发走1.3公里，便进入了色木扎旅游区，这里属亚热带原始森林，宛若电影《阿凡达》中梦幻般的丛林，若再往前走，就可到达森木扎小寺。

我们沿着山路前行，从山顶飞流直下的瀑布形成了天然水帘。当地人说，围绕瀑布的四周绝壁悬崖，都与莲花生大师的修行有关。相传瀑布左边的悬崖是天堂，右边的是地狱，岩层下压有一个人形妖魔，瀑布上端有状若12盏酥油灯的天灯。在通往瀑布的密林中，随处可见一处处的拜谒地，在丝丝落雾中，仿佛受到了神灵的洗礼。据当地一名门巴人说，瀑布后面就是莲花生的修行洞。每当有阳光照射瀑布的时候，会出现一条水幕彩虹，漂亮极了。

我们从瀑布旁的一座房屋穿过去，就到了森木扎寺。这座寺院只是一间12平方米左右的石头小屋，只能被称作佛堂。木板搭成的屋顶挂着经幡，寺院外面是一个已经被熏黑的煨桑炉。寺里没有一名僧人，平时只有一名61岁的管家阿旺列夏看管，他是勒布沟的门巴族，曾是一名宁玛派僧人。据阿旺列夏介绍，森木扎曾有一个作恶的女妖，莲花生大师用神力将她扎于此，并建起了这座寺庙。我们随他来到莲花生大师修行洞内，他指着石壁上面的四处脚印，称有处脚印是仓央嘉措留下的，他还指着瀑布旁边的一块石头说："这就是仓央嘉措的宝座，曾是他给信教群众讲经说法的地方。"

我们查看了错那县地图，从达旺经过肖站到错那的距离最近，经过浪坡乡政府所在地的可能性大。可我们在勒布沟探访时，发现这里很多地方都留下了仓央嘉措的足迹，这让我们顿生疑惑。我们决定从错那经浪坡再到肖站，前去考察仓央嘉措的足迹。我们来到浪坡乡政府得知，现年66岁的桑雅寺管理员洛桑卓玛，年轻时曾去过达旺。她早年从经书上看到，仓央嘉措曾随家人，将达旺的桃子背到错那宗城，也经过肖站下面的鲁古塘。当我们问是否经过浪坡乡政府所在地时，洛桑卓玛老人摇摇头说："我从经书上看到，他们是从鲁古塘翻山进入麻玛乡，再从麻玛乡翻越波拉山口进入错那县城的。"

我们沿着浪坡乡山谷继续往下走，进入错那县最美的浪坡生态景区，到处是绵延的丛林、盛开的野杜鹃。杜鹃花期依气候而不同，低山暖热地带多在2至3月开放，中山温凉地带多在4至6月开放，高山冷凉地带多在7至8月开放。浪坡杜鹃种类繁多，有的枝叶扶疏，有的千枝百干；有的郁郁葱葱，俊秀挺拔，有的曲若虬龙，苍劲古雅。我们在景区里还能看到"达桑洞藏"，洞深十多米，洞内有一处温泉常年不断流，据说泉水对胃病有独特的治疗功效。我们若再沿着一条简易公路前行9公里，便可到达肖站，也能看到鲁古塘，只可惜当地已进入雨季，沿途道路实在难行，只好作罢。

《仓央嘉措情诗》缘于门巴情歌

我们来到麻玛村，此地勾起我27年前（1987年5月）的一段记忆，想起那场不期而遇门巴婚礼中的“三道酒”，还有婚礼中唱的萨玛酒歌。第一道酒就摆在新娘家的村口，当女方客人过来时，迎亲队伍中的敬酒人赶快走上去，笑容可掬地献上一碗甘甜的米酒，可女方客人依旧不肯赏脸接酒。这时，敬酒人不慌不忙，脸上挂满笑容，连连夸赞新娘的美丽和客人的富贵，另一个敬酒人则唱起优美的萨玛酒歌，双手捧酒献给客人。盛情之下，女方客人无话可说，脸露笑容，喝下所敬的酒。当新娘一行人到达新郎家入座时，酒女们立刻献上头道米酒，边敬酒边演唱萨玛酒歌，让女方客人眉开眼笑。

萨玛酒歌是门巴族喜闻乐见的一种民歌，一种自由演唱的助兴式酒歌。据当地一位上年纪的门巴老人称，这是一位名叫拉不热的门巴人创作的。他一生用歌声带给人们欢乐，最后坐化成佛，成为门巴族传说中的歌神。一首在勒布沟流传甚广的萨玛酒歌《流浪》，至今让人荡气回肠：“我走进一座门隅的房屋，木板建筑的门隅房屋。我推开木板做的房门，立刻闻到了麦酒的醇香。流浪汉啊，我舍不得麦酒的醇香！终于回到了我可爱的家乡，再也不想离开门隅木板房。舍不得放下啊酒杯，我再不作他乡的游郎。”

在千百年的历史进程中，萨玛酒歌伴随着门巴人在天地之间奔流回荡。勒布沟的门巴族，很善于用萨玛酒歌抒发情感，表达愿望，追求理想，袒露心声。六世达赖喇嘛仓央嘉措就出生在门隅，也许从小受萨玛酒歌的影响，其诗作也有萨玛酒歌的影子。我在勒布时，就听到一首赞美仓央嘉措的萨玛酒歌：“布达拉宫顶上，升起金色太阳。那不是金色太阳，是仓央嘉措的光芒。”

我翻阅门巴族民间文艺家冀文正上世纪50年代搜集的《门巴族情歌》，有首情歌这样唱道：“在东方的山顶上，一顶藤帽在摇晃。我的心快等碎了，山路为何这样长。”这自然使我想起谭晶演唱仓央嘉措的那首情诗：“在那东山顶上，升起皎洁月亮。美丽姑娘面庞，浮现在我心上。”在皓月当空的夜晚，仓央嘉措触景生情，把明月与情侣的容貌巧妙地联系在一起作比喻，既衬托出情侣的美丽，也写出了诗人情意的缠绵，情景交融，意境悠远。

在仓央嘉措的另一首情诗中，诗人笔下一个幽会别离、难舍难分的场面，通过短短几句诗便传神般地描绘出来：“帽子戴在头上，辫子搭在背后。道声‘请你慢走’，回答‘望你保重’。说声‘心儿悲痛’，答道‘很快聚首’。”诗情画意水乳交融，意境如此清新，真有“清水出芙蓉，天然去雕饰”之妙。我想起另一首门巴情歌：“头和藤帽中间，隔着珍贵的头饰；鞍和马背中间，隔着层层的毡垫；我和情人中间，隔着害羞的语言。”这两首出自不同年代的仓央嘉措情诗和门巴情歌，却有着异曲同工之妙。

门巴族男女地位平等，男女之间的恋爱和婚姻自由。一首门巴情歌唱道：“东北的山再高，挡不住天上的太阳；父母的权势再大，定不了子女的婚缘。”由于门巴族婚恋自由，青年男女总是用情歌来表达相互之间的爱恋与倾慕，抒发情侣之间细致入微的内心感受，所以情歌也是门巴人心灵的一面镜子。门巴人用自己的艺术天赋，创作了难以计数的情歌作品。

门巴族民间情歌广博深邃，有统一固定的格式。每首情歌绝大多数为四行，每行六言，顿律为三顿，每顿均为两个音节。情歌还有固定的曲调相配。这种四行六言三顿的格律形式，简洁明快，节奏鲜明。诵读时琅琅上口，铿锵悦耳，有强烈的音乐感；歌唱时词曲相配，优美动听。门巴情歌的语言，大都是经过提炼的鲜活口语，准确生动而传神。正是门巴情歌和萨玛酒歌肥沃的土壤，熏陶和养育了一代杰出诗人仓央嘉措。

仓央嘉措自幼生活在门隅民间，吸取了民间文学的丰富营养进行创作，使他的诗歌臻于完美。他的诗歌，不仅在格律、艺术手法和风格方面保持了门巴族民间诗歌的特色，在取材和思想倾向上也吸收了民间诗歌的营养。他的一些诗作，就直接脱胎于门巴族民间情歌，并由此进行改造和再创作。在勒布地区，当地门巴人在演唱门巴族情歌时，也必然唱起仓央嘉措创作的一首首情歌，仓央嘉措成为门巴情歌的代名词。在门巴人心里，他们难以分清那些是仓央嘉措创作的情歌，那些是假借仓央嘉措名义流行于世的门巴族情歌，可仓央嘉措将门巴情歌推向了世界。

在我看来，门巴族文化孕育了仓央嘉措情诗。仓央嘉措身居达赖喇嘛高位，虽然再没有回过故乡门隅，但他没有忘记养育他的故乡和人民。他怀念故乡的山山水水，追忆他在故乡自由生活的美好时光。家乡的山川草木、花鸟虫鱼常常出现在他的诗歌中：“杜鹃来自门隅，带来春的气息；我同姑娘相会，身心倍感舒适。我同姑娘相会，南谷门隅密林；除了巧嘴鹦鹉，谁也不会知情；请求善言鹦鹉，别把秘密泄露。”

我因撰写《探访仓央嘉措足迹》这篇文章，再次翻开了《门巴族情歌》，一行行地读下去，门巴族情歌中那熟悉的场景——香蕉、稻谷、翠竹、桂树、双角犀鸟，还有那捉迷藏一样的对对恋人映入眼帘，仿佛还能听到幽扬的歌声和甜蜜的笑声。然而，我从勒布沟的几位门巴年轻人口里，却很难听到他们提起情歌，我曾问一名门巴族青年："你会唱仓央嘉措情歌吗？"他说"不会唱"。可这些年轻人称会唱很多首流行歌曲，有名青年还哼起了《小薇》："有一个美丽的小女孩，她的名字叫做小薇……"

我深知门巴族情歌的价值，它不单是门巴族的精神财富，而且也是整个中华民族的宝贵财富。我听到他们的谈话后，内心非常地伤悲。三百多年前，门巴人都能吟诵仓央嘉措的情诗——"凡有饮水井处，皆会咏仓央情诗"。上世纪五六十代，门巴人还会唱仓央嘉措情歌。可现在的门巴青年，对仓央嘉措情诗却非常陌生，有的甚至一无所知。

我们探访仓央嘉措故里后，顿感仓央嘉措成也情诗，败也情诗。1697 年，清朝彻底击败了噶尔丹，康熙皇帝从俘虏口中得知五世达赖喇嘛早已圆寂的消息，十分震怒。第巴·桑结嘉措接到康熙皇帝的责问书信后，立即派尼玛塘呼图克图等人前往北京报告康熙皇帝。3 月，第巴·桑结嘉措从拉萨派出了卫拉特蒙古军首领扎西嘉措等作为迎请六世达赖喇嘛的先遣人员，随后又从藏军中选派了贡布人嘎恰巴·丹增多吉等人担任护卫任务。4 月 25 日，灵童从错那宗向拉萨启程，5 月 4 日到达浪卡子第五世达赖喇嘛舅父的庄园。8 月 25 日，灵童在浪卡子会见嘎察寺活佛白玛赤列、管家格隆屯丹、珠林寺活佛久米多吉及其弟迥·贡嘎等人，并赠送了礼品。9 月 10 日，五世班禅一行到浪卡子。17 日，灵童在丹增颇章寝宫内与班禅额尔德尼会面磕头，互敬哈达。入夜时分，灵童净化沐浴后，在众位高僧面前剃度为僧受沙弥戒，取法名为"罗桑仁钦仓央嘉措"。

10 月 25 日，仓央嘉措由第巴·桑结嘉措引香带路，至布达拉宫噶当姆其寝宫内少憩后，来到布达拉宫司西平措大殿，经过消灾、驱邪、沐浴等仪轨后，登上无畏宝座，举行隆重的坐床典礼。可仓央嘉措不遵守格鲁派戒律，最后成为拉藏汗和桑结嘉措之间权力斗争的牺牲品。拉藏汗系蒙古和硕特部首领固始汗的曾孙，与桑结嘉措关系恶化后，双方兵戎相见，结果拉藏汗以强大的骑兵打败桑结嘉措，并将其斩首。1706年，拉藏汗借口桑结嘉措所立六世达赖仓央嘉措是"假的"，要求清朝皇帝废立。康熙皇帝下诏将仓央嘉措"执献京师"，年轻的仓央嘉措在被押赴北京途中不幸逝于青海湖畔。

我们今天来到布达拉宫仓央嘉措的塑像前，导游会停下来为游客讲一讲他的传奇。可仓央嘉措的塑像前没有酥油灯，也很少有人敬献哈达，他的像只是一具普通的泥塑。关于仓央嘉措生平，有很多种说法，无论正史，还是野史罢，仓央嘉措情诗的地位，在西藏诗坛算得上前无古人。仓央嘉措一生虽然极其短暂，但有关他的传奇经历，却寄托在他的情诗里："洁白的仙鹤，把翅膀借我一借，远的地方不去，转转理塘就回。"让人惊奇的是，仓央嘉措情诗中的理塘，即今天四川的甘孜藏族自治州，正是七世达赖喇嘛的出生地。

亚玛荣村的措姆同小孩站在仓央嘉措曾经住过的亚玛荣民居里，让我想起仓央嘉措离开雪夏旧居到这里，见到母亲时的情景（罗洪忠 摄）

第六篇　澜沧江源行

我们来到杂多县。中国地图出版社2015年7月出版的《三江源头科学考察地图集》特别引人注目，这是一本全面展示三江源最新科考成果的权威地理图集，得到了青海省政府组织的专家委员会的首肯。《三江源头科学考察地图集》里，3次将长江正源称为当曲而非沱沱河，若这个结论得到国家认定，将意味着中国的地理教科书将改写。

在我的印象里，通常认为长江有三个源头，北源为楚马尔河，正源为沱沱河，南源为当曲。万里长江到底有多长？长江的源头到底在哪里？这些问题一直是专家学者多年争议的课题。

澜沧江曾一度被认为是无源之水。2008年9月，一支由40人组成的中国科学考察队，顺利完成了以确定澜沧江源头地理位置为目标的综合考察，并在其源区数条重要支流的源头位置设立了地理标志，被称为“无源之水”的澜沧江终于有了源头。

杂多县作为长江和澜沧江两大水系的源头和摇篮，关系到整个流域生态平衡的维持，直接影响着我国长江、澜沧江中下游地区，以及东亚国家的发展与生存。3年前，杂多县城西郊还是一大片荒草滩，如今这里已经变成一个草原新镇——夏果滩移民社区。杂多县政府在环保方面实行高原城镇垃圾分类化处理，给整个三江源区做出了样板，创造了“政府主导，民间组织参与，群众为主体”的杂多模式。

杂多县境内有野牦牛、猞猁、雪豹、盘羊、麝、黑颈鹤、藏野驴、棕熊等珍稀野生动物，因拥有中国最大的连片雪豹栖息地，而被称为“中国雪豹之乡”。杂多县还是冬虫夏草的黄金产区，因其所产虫草以体大、质优享誉国内外，有“中国虫草看青海，青海虫草看玉树，玉树虫草看杂多”的美誉，因此得名“中国虫草第一县”。

在杂多县这片大地上，生长了传说中神授的格萨尔艺人，这与杂多两大部落的历史及家族回忆息息相关，也暗藏了解开这片草原历史密码的钥匙。唐蕃古道从这里经过，让杂多作为汉藏之间往来的重要历史文化通道，发挥着非同一般的重要作用。我们杂志社两次穿越唐蕃古道，从西藏的巴青县到青海的杂多县，再从杂多县到西藏的聂荣县，沿途5次迷路，幸遇当地牧民的指点，方才一次次走出这片险境。

当我离开杂多时，想起了《宝地杂多》这首歌。正如歌中所唱道："离天最近的地方，澜沧江从这里流向远方，喇嘛诺拉，祈福源头的圣洁，达赛宝地享誉雪域，……神境昂赛，让人留连忘返……"我们流连于澜沧江源、长江南源、昂赛丹霞地质公园，更感叹于唐蕃古道的神奇。愿读者能从中真正感受到一个让人新奇心动的杂多。

第一章　一条跨越多国的河流

澜沧江(湄公河)发源于我国青海省杂多县，流经西藏、云南后，进入缅甸、老挝、泰国、柬埔寨和越南等国，全长4880公里(有的称4909公里)，流域面积81万平方公里，流域人口6100万，跨越寒带、温带和热带气候区。按河长排序，澜沧江位列世界第六、东亚第一，且是具有内河、界河和跨越多国的国际性河流。早在公元前120年，它就是流域各国著名的文化走廊和天然通道，如今它又成为我国西南地区与流域范围各国在经济、旅游、科技方面合作往来的重要桥梁和纽带。

澜沧江(湄公河)干流上可供开发的水能资源超过5000万千瓦，且拥有若干可开采的世界级大型矿床，有铅、锌、岩盐、宝石、铁、油气和有色金属等矿产，也是世界上丰富的生物多样性研究基地，又蕴藏着极丰富的旅游资源。我国国务院已于1994年3月正式将澜沧江下游开发列为《中国21世纪议程》的优先项目。青海玉树州杂多县作为澜沧江源头的第一县，对流域的开发和保护，引起了世人越来越多的关注。

澜沧江出现两“源头”

2015年10月2日，我们在杂多县政府工作人员陪同下，来到了澜沧江源头的一片沼泽地，也许是避开了雨季，越野车驶到离源头不到3公里的一处草地时，远远地可望见五彩经幡旗，旁边还隐约有两块石碑。据同行的政府工作人员介绍，若是夏秋雨季，我们脚下的涓涓细流，因一场场大雨而变成洪水，最终注入澜沧江源头扎曲，流到下游湄公河。当车行驶在上面，就会陷进这片沼泽里。我们来的季节，正是探访澜沧江源头的最好时节。

当我们来到一处猎猎飞扬的五色经幡旗边，一块刻有“澜沧江·湄公河之约”的石碑特别醒目，立碑时间为“二〇一五年七月三十一日”，参与立碑的国家和单位众多，既有“柬埔寨王国驻南宁总领使馆、老挝人民民主共和国驻上海总领使馆、缅甸联邦共和国驻南宁总领使馆、泰王国驻上海总领使馆、越南社会主义共和国驻上海总领使馆”，也有杂多县人民政府等国内单位，让我感受这块石碑的分量。

河流是人类的母亲，人类通过它认识自己的生存环境及未来发展。对大江大河源头的探寻考察，向来为国际地理学界关注和重视。当“三江源”科学考察人员走到澜沧江发源区后，都会探询这个首要问题：诸多涓涓水流从雪山冰川、高原沼泽汇聚而来，究竟哪一个源头才是这条江河的正源？澜沧江源头的确定和长度测量，一直是国际地理学界梦寐以求的目标。

澜沧源头已是一股涓涓细流，图为杂志社一名记者飞越澜沧江源头时的情景（罗洪忠 摄）

澜沧江发源于我国的青海省，其源头历来被描述为“中亚细亚高原上地势最高和人类足迹最难达到的地区”，由于源头地区地形复杂、环境恶劣，加之探源者或因各种条件限制或因考察片面，致使对这样一条重要国际河流源头的确定成为国际地理学界的难题，古老而美丽的“众水之母”成了让世人不无遗憾的“无源之水”。

明末地理学家徐霞客从20岁开始了他的游历生涯，足迹遍及大半个中国，他走得最远、费时最长、游记文章写得最多最精彩的，是澜沧江、金沙江及周边地区，并在《江源考》及《盘江考》中指出金沙江为长江上源，南盘江为西江主源，纠正了前人的错误观点。但令人费解的是，他对澜沧江本身却几乎没有描述，也许他根本就没有想到黄河、长江、澜沧江会发源于同一个地方——三江源区域，因而错失了一个重大发现的机会。

民国初年，甘肃天水人周希武深入考察玉树地区的山川风俗、形势要隘，并参考旧时档案，以类排比，写出了《玉树调查记》，较为详细地记载了澜沧江的源头及周围水流情况："澜沧江有二源：北曰杂曲河，南曰邪穆曲河。"为后人留下了极为宝贵的资料。

相对于国内对澜沧江的考察，倒是国外的探险家对这条国际河流投入了更多的热情。自19世纪60年代到20世纪末，法国国家地理学会、美国国家地理学会和英国皇家地理学会等国际著名机构，先后资助了十几支探险队进入中国寻找澜沧江源头。1866年，6名法国人出发去寻找澜沧江源头。这是一次冒险行动，因为当时没有关于这条大河的任何地图资料。在两年的艰辛跋涉中，从越南湿热的沼泽地，到中国西部寒冷的山区，他们跨越了近四千公里的行程。但是，由于自然条件恶劣和技术水平有限，他们无法对源头的确定提供充足证据，也无法准确测定河流长度。

在对澜沧江源头的考察历程中，英国探险家米歇尔.佩塞尔(Michel Peissel)是最为人们所熟知的。他曾做过24次穿越中亚、西亚和西藏的探险旅行。1994年9月，已经58岁的他与两个法国同伴从青海玉树藏族自治州出发，沿澜沧江寻找源头。"我们披荆斩棘闯出一条路，历经了雷暴、闪电和冰雹的洗礼，"米歇尔.佩塞尔在他的专著《最后一片荒蛮之地：湄公河源头的发现》中说，"有一夜，狼群袭击了我们的营地，三匹马和一只狗不见了，去寻找它们的一个当地向导也不见了。"

米歇尔.佩塞尔最终到达了杂多县萨日咯钦（海拔5354米）与加果空桑贡玛（海拔5499米）两座山之间的一个山口，佩塞尔称这里为鲁布萨山口，他认为那就是澜沧江的源头，并把他的发现注册在英国皇家地理学会。1995年，英国记者杰弗里·利恩在英国《星期日独立报》上发表题为《发现的黄金时代》的文章，称："过去130年里，湄公河挫败了至少12次寻找发源地的努力。"佩塞尔宣布"湄公河发源的精确位置在海拔4975米的鲁布萨山口"，但对那个"精确位置"的地理坐标语焉不详，地图上也找不到"鲁布萨山口"。不过，后来有人猜测这个鲁布萨山口，就是扎那曲的支流扎加曲的源头。

就在米歇尔.佩塞尔考察的同一年，中国科学院周长进等人在澜沧江上游的扎阿曲和扎那曲这两个主要水系的汇合处进行了水量测量，同时根据十万分之一地图进行两者流域面积与河长的比较，得出结论：扎阿曲在几方面都明显超过扎那曲。进而初步推断扎阿曲源头，并给出了地理坐标，这就是后来立碑的拉赛贡玛源头。当历史到了1999年，两支中国科考队再次进入这里考察。6月27日，中科院遥感所的刘少创博士将一面蓝色旗帜用石块压在冰川边上，这是他发现的澜沧江吉富山源头。7月19日，德祥澜沧江源头科考队将一块刻有“澜沧江源头”的石碑立在了果宗木查山坡上，宣布由冰川融水汇成的拉赛贡玛为澜沧江的源头。吉富山源头与拉赛贡玛源头相距约6公里，仅一山之隔。两源汇合处叫野永松多，两源水量相差不大。吉富山源头距野永松多23.6公里，拉赛贡玛距野永松多21.5公里。两者长度在20多公里的范围内相差2.1公里。

1999年6月19日起，中央电视台等国内多家新闻媒体公布了当年中国德祥澜沧江考察队对澜沧江源头的考察结果：源头位于东经94° 41′ 44″ 、北纬33° 42′ 31″ 、海拔5224米的拉赛贡玛所在的功德木扎山上。考察队还把带去的刻有“澜沧江源”字样的石碑立在该地。可早在5天前，即6月14日，《中国青年报》头版刊发消息：中国澜沧江（湄公河）源头考察队刘少创博士认为：源头应在当地所称的吉富山上，具体位置为东经94° 41′ 12″ 、北纬33° 45′ 35″ ，海拔5552米。

科学考察过程中出现不同认识是再正常不过的事了。《地理知识》把两支考察队的考察结果作了综合对比报道。澜沧江源区，河网密布，水流纵横，湖沼众多。一般涉及澜沧江源头的著述中，谈论到的澜沧江源头有6种以上。多年来，美、法、日等国都努力寻找过澜沧江源头，但都未得出令人信服的结论。

遥感引用给“源头”定位

在中国，有关大河正源的问题，人们通常以国家水利部的定论为据。长江源头由长江水利委员会一锤定音，黄河源头由黄河水利委员会作最终裁决，那么，没有专设“委员会”的澜沧江呢？2006年第3期《中国国家地理》刊登文章《澜沧江：无源之水？》，着重介绍了周长进和刘少创对澜沧江源头的“交锋”。

据刘少创回忆，1999年6月，先后出发了两支中国科考队：一支是以中国科学探险协会常务副主席高登义为队长的德祥澜沧江考察队，另一支就是由他带队的中科院遥感所考察队。出发之前，刘少创首先和有关专家讨论了确定源头的准则。按目前广泛采用的标准，澜沧江源头的确定采用了“河源唯长”的准则，即最长的支流对应的源头就是澜沧江的正源。刘少创对澜沧江源头的考察分两步走：第一步，利用卫星遥感图像对照地形图进行几何纠正，再用遥感图像处理软件中的长度量测工具进行河长量算；第二步，到实地用GPS进行验证核对。

6月18日，中国澜沧江(湄公河)源头考察队进入源头地区，开始了为期13天的野外探险考察。考察期间，考察队在极其恶劣的自然环境下，克服了严重的高原缺氧，经历了风雪、冰雹的恶劣天气，按预定计划完成了对扎那霍霍珠地、扎那日根山、扎西其瓦湖、吉富山和拉赛贡玛等源头的科学考察，获取了大量与确定源头有关的数据，其中包括流速、水深、河宽、流量等方面的数据，这些实地考察获取的数据验证了卫星遥感影像的判读结果。

莫云是青海省杂多县一个偏远的乡，却是近代探险的焦点，它的名字屡次出现在国内外探险家的笔下。6月21日,刘少创和两位藏族向导尕盖和多贡从莫云乡出发，他们三人各骑一匹马，另有两匹马用来换乘和驮行李。他们在海拔4600米的高山草甸地区缓慢地前行，以防踏进泥潭或被石缝蹩断马腿。当地的牧羊犬很少见到生人，突然见到这样一彪人马，便狂叫猛追起来。“马最怕狗扑后腿，受惊后没命地狂奔，我没坐稳，一头栽倒在地上，”刘少创的两手从空中急速地落下，眨了眨眼睛，“还好，脖子没问题。”

6月26日，考察队一行沿谷涌河北上，过一处窄小山口，进入一处像巨大院落一样的山中空地。河水水量渐小，北坡有几小股季节性融雪水汇入。小河最后把他们引到一片被几座山夹在中间的积雪盆地。附近最高的山，当地藏族人称为“吉富山”。刘少创认为积雪盆地即是谷涌河的源头，与卫星影像所显示的情况基本吻合。

周长进曾4次进入澜沧江源区，认为在1994年以前，关于澜沧江源头的争论焦点主要集中在扎曲上游的两大支流:扎阿曲和扎那曲。扎那霍霍珠地是茫茫草原中的一座小山，也是长期以来被当地藏族人认为的澜沧江源头。扎阿曲从扎那霍霍珠地北面向东流去。1994年9月，周长进第二次进入澜沧江源区，曾在莫云碰到过佩塞尔，但他却得出了与佩塞尔完全不同的结论。在澜沧江上游的扎阿曲和扎那曲这两个主要水系的汇合处尕纳松多，周长进进行了水量测量，同时根据十万分之一地图进行两者流域面积与河长的比较，扎阿曲在几方面都超过扎那曲，进而初步推论扎阿曲为源头。

1999年7月，周长进跟随德祥澜沧江考察队第三次进入源区，在尕纳松多测得扎阿曲河宽62米，平均水深0.72米，流量为117.4立方米/秒;扎那曲河宽51米，平均水深0.35米，流量32.3立方米/秒。他们对两河上述数据进行了认真分析研究后，宣布认定扎阿曲为扎曲的正源。可对于周长进等人的考察成果，刘少创也表达了自己的观点:“目前在国内，扎阿曲为澜沧江正源已基本取得共识，但要确定扎阿曲上游的两大支流谁为正源并不容易，因为它们太相近了，但承认最远河源是必要的。”

对于澜沧江源头，过去人们只大致知道位于杂多县北部的冰山之间，这是无可争辩的事实。然而，澜沧江源区支流很多，在扎阿曲与扎那曲的汇合处(尕纳松多)上游地区，共有近400条大小支流。到底哪一条支流通达的雪峰冰川，才是真正的澜沧江正源源头呢?

1999年6月，刘少创第一次走进澜沧江源区。通过卫星遥感影像分析，结合源头地区的实地考察验证，他揭开了澜沧江源头的神秘面纱。可他后来又意识到，这并不是一个寻找源头的最好时机。由于是雨季，澜沧江上游两大水系扎那曲和扎阿曲的众多支流对应的源头均有水流。但卫星遥感技术和GPS定位技术在这次确定澜沧江源头的过程中发挥了重要作用。

澜沧江源头实际上就是一个大湖泊，由地下水补给(罗洪忠 摄)

此次考察归来后，我国著名地理学家黄秉维院士的一席话提醒了刘少创：一般情况下，人们是按照“河源唯远”的原则来确定河流源头，但并不完全正确；有“水”才能称为“源”，要确认一条河流的源头，除了要证明它是整个流域中最长的支流外，还要证明这个源头一年四季都有水。

2002年9月，刘少创再次进入澜沧江源区，并最终确认澜沧江发源于杂多县吉富山，地理坐标为东经94度40分52秒、北纬33度45分48秒，源头高程5200

米。从这里算起，澜沧江（湄公河）的长度是4909公里，跻身世界十大长河之列。

目前国际上河流正源的确定，一般要依据三个标准：(1)“河源唯长”标准，即最长的支流对应的源头为正源；(2)“水量唯大”标准，即水量最大的支流对应的源头为正源；(3)“与主流方向一致”标准，即与河流的主方向一致的支流对应的源头为正源。澜沧江(湄公河)的上游扎曲是由扎阿曲和扎那曲在朵纳松多汇合而成。通过对校正后的TM卫星影像的详细分析，同时通过计算机计算，得到了扎那曲和扎阿曲两个支流的河流长度及流域面积等的精确数据。

2008年9月的三江源头考察，刘少创已经是第三次重走澜沧江源，考察结果也验证了这一结论。如果以朵纳松多作为量测各个支流的起点，则扎阿曲流域内吉富山至朵纳松多的长度是101.5公里，超过其他所有支流的长度。刘少创根据对扎那曲和扎阿曲的河流长度及流域面积进行精确量测的结果和实地考察获取的数据作综合分析后发现：扎那曲除了水量和流域面积均小于扎阿曲外，扎那曲的各条主要支流到朵纳松多的长度。也小于扎阿曲的源头吉富山到朵纳松多的长度，这样就可以得到以下结论：扎阿曲的源头就是澜沧江正源，它位于杂多县海拔5552米的吉富山。

2008年9月20日，新华社发通稿称：经过12天的艰苦努力，一支由40人组成的中国科学考察队于今日顺利完成了以确定澜沧江（湄公河）源头地理位置为目标的综合考察，并在其源区数条重要支流的源头位置设立了地理标志，以待此次科学考察结束后准确确定澜沧江的真正源头，并建立正式的中国国家地理标志。

科考队首席科学家、中国科学院遥感应用研究所研究员刘少创博士说，在历时12天的考察中，科考队先后对最有争议的澜沧江源头两大支流扎阿曲和扎那曲以及这两条支流的5条发源河流进行了全面综合考察，详细收集了这些源头河流的相关信息数据，被称为“无源之水”的澜沧江终于有了源头。

“澜沧江源远流长，泽被东南亚广土众民，穿越南北复杂的气候带谱，为多国、多民族休养生息提供丰富的资源和优美的人居环境。合作开发、资源共享，很可能成为21世纪国际河流开发的新范例。”这是刘少创从澜沧江源头考察归来后，地理学、地图学、遥感应用专家陈述彭院士在给他的贺信中对澜沧江的描述。

保护“三江源”

澜沧江素有东方“多瑙河”之称，因其拥有独特的生态系统，是开展漂流、探险、竞技和旅游观光等活动的理想之地。我们来到杂多县时，当地政府特地推介了一个视频，那就是前不久中美联合漂流队漂流澜沧江源扎曲峡谷。

2015年7月3日，共有30名队员（7名美国队员）组成的中美联合漂流队在杂多县格桑小镇的澜沧江“下水”，终点为囊谦县觉拉乡，全程为109公里。担任领队的是美国人文大川，2010年他首次来到澜沧江漂流，五年期间他多次来到这里，希望用漂流这种形式让更多的人了解澜沧江，保护“三江源”的生态环境。

“漂流最吸引我的是在大山大谷中静静地在水上荡桨，领悟人是多么渺小，领悟人类在大自然中应处的位置，人是自然的一部分，自然是不能被征服的。”文大川说，他希望此次漂流可以把漂流当作一种途径，让更多的人了解三江源，了解中国的“水塔”。同时在漂流的过程中，让人们发现自然的美好，在潜移默化中提升对环境的认识。他相信会有越来越多的人愿意到这里来，通过漂流这种方式体验和感悟澜沧江源，就是尽量以不影响它的生态的方式去接触，才会保留它所有的价值。

文大川，现年30岁，出生于美国漂流世家，13岁时已独自完成美国科罗拉多大峡谷漂流，曾多次参与美国、智利、加拿大等国的漂流探险活动。2000年来到中国，目前已成功完成雅鲁藏布江、怒江、澜沧江、金沙江、通天河、雅砻江、大渡河等部分河段的漂流。一年中，他有半年时间在水上，半年时间行走于中国、美国的土地上，是个不折不扣的“两栖动物”。2006年，他在丽江创建了“LastDescents漂流中国”公司，是中国唯一的国际漂流组织。

在文大川看来，漂流艇漂流是相对环保的。他特别强调人对大自然的尊重，他们一般都会把洗手间设在营地的河流下游处，轮值者在靠近河流的岸边挖出简单的蹲厕，并备有铲子、厕纸、垃圾袋、洗手液和消毒水。河流上的垃圾是有明确分类的，包括洗手间垃圾、厨房生物垃圾、厨房不可回收垃圾和可回收垃圾等。除了厨房生物垃圾当天回归河流外，其他垃圾都将伴随着漂流旅程，在结束时被带回城市处理。

“看到别人在澜沧江上漂（流）我也想加入其中，在自己家乡的河流上去领略一下不同的景象。”杂多县牧民桑智才让说，“光漂流我觉得没有多大的意思，应该多了解一些当地的文化、当地的信仰、当地的动植物，这样才有意思，这样才会有价值。”

在漂流队伍中，有位来自青海果洛白玉寺僧人扎西桑俄，他已跟随“漂流中国”团队多次“下水”，他此行主要任务是为漂流队员们讲述藏族地区神山和圣水之故事。他说：“我从小在这里长大，小的时候在河边见过他们在这边漂流，我是澜沧江的人，特别想和他们一起漂流。我也想通过漂流，把三江源独特文化传播到全世界，让更多的人关注三江源，了解三江源。”

出发之前，当地热情的藏族居民帮助漂流队员整理装备，为他们祈福。不少藏族年轻人跳上皮艇，近距离感受漂流的魅力，希望有天也能顺着发源自家乡的河流漂流而下。

杂多人民政府等多家单位在澜沧江源头立的石碑（罗洪忠 摄）

有关澜沧江漂流的新闻，新闻媒体不时给予报道。2009年4月23日，中国澜沧江漂流探险活动在云南省德钦县梅里雪山脚下的月亮湾大峡谷进行了试漂并获得成功。在梅里雪山脚下，奔腾汹涌的澜沧江深深切入群山之中，形成了气势磅礴的澜沧江大峡谷，当地藏语称为“达曲”，是“月亮河”的意思，月亮湾大峡谷距离长、落差大、险滩多。梅里雪山的主峰卡瓦格博峰海拔6740米，澜沧江江面海拔仅2006米，最大高差达4734米，也是在中国乃至全世界十分罕见的景观。落差最大的河道中间有块大石头，水流从石头的两边急冲而下，溅起高高的浪花，翻腾的漩涡就像洗衣机卷起的水浪。

江河无动力漂流被认为是最具危险性的极限运动项目之一。中国的漂流运动始于改革开放初期，1985年，西南交通大学电教摄影员尧茂书，首漂长江，单人在人迹罕至的长江上游漂流了1200多公里，不幸在金沙江段触礁遇难，开启中国漂流史的同时，也书写了悲壮的一页。1986年，中国人完成了人类首次全程漂流6300多公里的长江，但也付出了10个生命的代价；1987年的黄河全程探险漂流，8名队员遇难。此后，中国大规模漂流探险活动沉寂了10年。

从1998年开始，随着以“雅鲁藏布江漂流”“珠江漂流”“怒江漂流探险”等为代表的漂流再度兴起，中国的漂流探险开始步入成熟阶段，人们已经能够理性、平和地对待漂流，以“珍惜生命”为活动的根本。而这些理念，也在2015年澜沧江扎曲峡谷漂流中得到体现。就在文大川带队漂流澜沧江扎曲峡谷的第16天，“漂流中国”第二批漂流小队员于2015年7月19日到达杂多县，参加漂流的队员以12-20岁的青少年为主，仅有几位父亲随行，漂流活动仍在扎曲大峡谷进行。

我们来到杂多时，正遇上第三届2015中国玉树Jeep英雄会“车轮上的寻根，探秘最美进藏路”活动。杂多县隶属于青海省玉树藏族自治州，是一座城镇化率较高的高原牧民新城。目前，杂多县以原始自然生态、历史文化、民族风情等资源为依托，正在申报昂赛丹霞国家地质公园。此次“车轮上的寻根，探秘最美进藏路”活动途径杂多县，并将英雄会第二营地设定在昂赛丹霞地质公园，既可以探索最美的进藏路线，又可以体验到格吉杂多原生态的康巴文化。杂多县还有最早、最近、最美的3条进藏通道，原始粗犷的自然风光、瑰丽多姿的丹霞地貌、立体多样的动植物分布、浑然天成的民俗风情，会让你流连忘返。

本次探险之路还有一个重要任务，就是重走文成公主进藏线暨第八条进藏线路的科学考察，主办方邀请中国长江科考漂流探险队主力队员、中国著名探险家杨勇担任活动总顾问。当Jeep英雄会队员们来到昂赛丹霞地质公园时，在一块草地上搭起了一顶顶帐篷。我有幸采访了老朋友杨勇。当年，他作为漂流雅鲁藏布江的队长接受过我的专访。当我谈起澜沧江扎曲峡谷的漂流时，杨勇说，冬春的澜沧江扎曲峡谷水量小，没有太危险的水滩，沿途景色优美，品质非常高，非常适合大众漂流，毕竟漂流体力消耗大，这里海拔高，高原反应是天敌，需要几天短暂的适应，普通民众才能“下水”体验。我觉得扎曲水流不是很急，从杂多县漂流到囊谦县，也没有问题。不过，若选在雨季，水量大，对初漂者来说，就不适宜漂流。

年都村曲丫口至巴岩段，全长约18公里，能体验到它的雄、险、奇、秀、美。从扎曲峡开始，河流湍急，河道中分布着大大小小的石头，有的石头露出水面，经河水长期冲刷、淘蚀，形成了一个个奇形怪状的孔洞，河水在巨石上形成数米的浪花，有的河水穿过这些孔洞，形成奇异的形态。出了扎曲峡，映入眼帘的便是秀色可餐的“小平原”，顿时给人的便是“小小竹排江中游，巍巍青山两岸走”的情怀。岸上成群低头吃草的牦牛，天上飞驰的雄鹰，构成一幅美的画卷。

第二天，Jeep英雄会在离昂赛丹霞地质公园上游16公里处，进行了澜沧江扎曲峡谷漂流活动，16名队员分乘两首漂流船。6分钟后，第一首漂流艇经过第一处险滩时，只见一股浪花扑面而来，船上队员们发出尖叫声。我事先站在一处山脊上，从这里可拍摄漂流船过一处险滩时的全景。漂流船驶过这段后，又稳稳地向下游驶去。我又立即乘车奔向下游，沿途拍摄这次漂流过程。当一个个队员漂流到终点时，从漂流船上竟下来5名女队员，最小的不到20岁，来自四川遂宁，当我问及她是否有过漂流经验时，她竟对我说：“我第一次在大江上漂流，当通过第一处险滩时，心里还有些紧张，死死抓住安全绳，可经过第二三个险滩时，再也没有这种感觉了。”

人文气息浓郁的源流

澜沧江是著名的国际河流，东南亚第一巨川，在云南出国境后称为湄公河，意为“众水之母”。不管是茶马古道，还是柬埔寨的吴哥文化，都是依靠澜沧江生存和发展的。澜沧江源区河网纵横，湖沼密布，流经的地区有险滩、深谷、原始林区、平川，地形复杂，冰峰高耸，沼泽遍布，景致万千。

在过去漫长的时间里，当地民众对澜沧江源有诸多认识。我有幸认识了杂多县民俗专家、县旅游局原局长丹玛达英。1962年7月，丹玛达英出生于那曲聂荣县，祖籍却在杂多县查旦乡仲巴部落，两岁后回到查旦乡。1984年，在查旦小学当校长，1999年到安赛乡当副乡长，2006年任杂多县旅游局局长，2012年退居二线，从事当地民俗民族文化调研工作。

丹玛达英多年深入民间搜集资料，澜沧江有南源、北源、文化源等3种说法。不过，澜沧江南源是扎那曲的说法很流行。在当地村民眼里，澜沧江像一条长长的巨龙。在澜沧江南源有座龙山，当地称它为“扎那霍瓦周地”，龙的出生地就是这里，唐蕃古道也经过此地。这座山虽小，名声却很大。有人说，天上的龙，冬天像条虫子，而每当夏天万物复苏时，草原雷电频繁，则被认为是龙发威。有的村民还讲，龙从山上飘下来，将两家人吹到20多公里远的地方，把人也摔死了，当地最害怕天龙发威。牛羊生病，转龙山三圈后病就好了。龙山在查旦乡齐荣村境内，民间称为是扎曲的南源。

艇行驶在澜沧江上游扎曲江面上（罗洪忠 摄）

丹玛达英曾多次随中科院科考队考察民间传说中的澜沧江南北两源，发现扎曲的北源是扎青乡安易闹村境内的扎阿曲，海拔5160米，离县城176公里。传说五世达赖喇嘛经过此地时，见这里有一块湿地，中间有一个湖泊，水草丰美，从地下冒出来的水四季不涸，是块风水宝地，体现了澜沧江源头风貌，便将其命名为“曲果扎西切瓦”，意为“吉祥源”。当地的活佛高僧，每年在源头举行祈祷仪式，祈祷世上的万物生灵，平安无疾，风调雨顺，让世界更加完美和谐。

扎那曲和扎阿曲交汇处便叫扎曲，意为“碎石山流出来的一条河”。澜沧江北源所阿曲山上尽是红土，夏天下暴雨时流出红色的水。可扎那曲雨下得大时，流出的水却是白色的。丹玛达英发现了一个有趣的现象，若扎阿曲下雨大，流到杂多县城的水很红；若扎那曲下雨大，流到县城的水是白色的，村民依据判断南北两源下雨的状况。

澜沧江源头，孕育了独特的高原文化，有岭格萨时期和大食国时期的文化遗址。这里的历史文化，都与藏传佛教有着千丝万缕的联系。千百年来，生活在这片土地上的藏族人民，对佛教文化有一种特殊的感情。这里随处可见建筑风格奇特的寺院、民宅悬挂在山崖的经幡，山口路旁到处供奉着玛尼石。

今天，我们来到澜沧江源，沿途可欣赏到瓦里圣山、喇嘛诺拉神山、大食王国遗址及火焰滩、眼睛湖、托吉药水泉等。首先进入我们眼帘的是瓦里圣山，位于县城向西5公里处的瓦热沟口。瓦里圣山是在杂多地区最早被认定和开光的三座圣山之一，即“诺布吾巴”，此名称藏语意为“发光的珠宝”。

根据现存古典文献记载，在十七世纪康区著名的掘藏大师卡久多杰根据莲花生大师的预言，将瓦里圣山认定为卫藏地区最著名的圣山“秀度迪照”圣山的分支山“诺布吾巴圣山”。圣山在不同的方向呈现不同的形状，有的像雄狮的昂然姿态，有的像发光的珠宝，内显本尊续部的坛城，中间为空行母众之舞场，极密护法神聚集处。此圣山埋有十七种伏藏，每处标有各种密号，圣山的岩石上显有各种坛城岩画，东面有胜乐金刚坛城，南面有八大法行本尊坛城，西面有金刚橛本尊坛城，北面有无量寿佛坛城，其余空间有许多佛像和文字、手脚印、自现岩画等，令人大开眼界，奇观不可思议。

在瓦里圣山山间有莲花生大师修行洞、益西措嘉修行洞、莲花生大师弟子祁琼洛扎修行洞、阳光修行洞、月光修行洞，以及莲花生神变忿怒金刚秘密修行洞等十几个禅修洞。这些修行洞附近有奇特清泉，传说莲花生大师加持圣山时由空行母瓦拉赫在后藏阿里玛旁雍措神湖的湖水引到此地，以便于修行者饮用。杂多当地人历来认为，饮用此水者，可具足神清气爽、智障全消、耳聪目明、强身健体之功效。

传说每逢佛事，莲花生大师及空行眷属亲临加持，此时圣山上的花草树木及水土都变成神丹甘露，一心恭敬饮食者能消除疾病，解脱轮回，善愿供桑供灯，供曼陀罗，即能消除障难，得到如意成就，将能往生拂尘洲莲花光刹土。右绕圣山中转三圈，其功德等同于口念莲师神咒十三亿次。通常每一座圣山有三种转法，即内转、中转、外转，外转的功德大于中转，中转的功德大于内转。但这座圣山的中转功德大于外转和内转，因为卡久多杰大师根据莲花生大师的预言只开了中转道，而没有开内外二道。这是朝圣此座圣山的秘诀。圣山开光时石刻的《圣山简志》全文大意译成中文如下：

“法界无碍显神变/报身界遍其化身/化身变现在世界/见闻解脱轮回的/大小圣山百与千/共同胜者诸如来/尤其莲师加持地/博埋伏藏淌奇泉/将为法主易认定/留有各种密标号/特在康区澜沧江/流域源头神秘地/迪照圣山分支部/空行修持朝楼洞/唯有极乐空行土/名为发光珠宝山/外观白岩雄狮姿/内显胜乐金刚尊/

三尊根本实坛城/秘密空行母聚处/自现奇影见净相/岩画文字手脚印/修行洞等妙奇特/一心尊敬求祈祷/礼拜转山消业障/安置三身金刚土/祈求圣山修福因/终证双运金刚持/愿得无转极乐身”。

在瓦里圣山下，有一条深深的瓦里沟，沟里有很多玛尼石堆。当地信徒为天下太平，众生离苦得乐而将经文刻写在玛尼石上。在杂多县每逢碰到佛事，以及藏历十五、三十，当地的信徒会到瓦里圣山转山朝拜，在朝拜中会放飞风马旗、煨桑、磕长头。如今在圣山周围，一排排五颜六色的经幡，一座座雄伟庄严的宝塔，一堆堆字字显眼的刻经石，给圣山增添了新的光彩，相信大家在这里可以感受到一种心灵的宁静。

我们离开瓦里圣山，翻过香香山，沿途的景致豁然迷人了起来。草滩大而平整，水草丰美，是当地游牧民的冬窝子。远处草场上一片片黄色的小花，牛肥马壮、牧歌悠扬、炊烟袅袅的原生态草原生活，给我们留下深刻印象。路边小湖泊中倒映的蓝天白云，让人的心情也跟着雀跃起来。

我们来到喇嘛诺拉神山，传说这里是被赤松德赞普供奉的藏族地区十三大神山之一。神山的形状就像是戴着金色帽子的至尊活佛。这座神山是西藏阿里地区岗底斯山的守护神，神山上有自然形成的白塔，塔上的红褐色土据说有治百病的功效，还有百年前修得圆满正果的佛教四大教派中的噶玛噶举派高僧第八转世尕玛曲切岭巴在岩石上留下的手印和脚印。神山的附近还有格萨尔王在大食王国的遗址。

这座雄伟的神山，含有丰富的矿产资源，包括金、铝、铜、铁、锌等多种矿产，也有名贵的中药材和高原土特产品，如虫草、大黄、红景天、知母、贝母、雪莲、人参果、蘑菇等。高原野生动物和高原鸟类的种类繁多，有白唇鹿、石羊、黄羊、棕熊、棕头雁、藏马、白天鹅、雪豹等数十种。数百年来，方圆几百里，成千上万的牧民如期而至，每年都必须至少朝拜一次神山，祈求神山保佑这里的生灵兴旺平安。

在拜完喇嘛诺拉神山后，我们继续前行，途中遇到一条非常美丽的瀑布——珠姆沐浴瀑布，相传是格萨尔王征服大食闹宗时分给珠姆王妃，因王妃路过此地沐浴，此瀑布而得名。当然很多美景让我们不仅大饱眼福，更是身心愉悦。就说这里的托吉药水泉，海拔4700米，距离县城有120公里，地处峡谷内，旁边流经一条河流，四周宽广，植被茂密。托吉药水泉含有多种矿物质，四周有治疗头疼、关节痛、胃病、皮肤病等各种疾病的药池温泉，在这里我们可以抛开世俗的纷扰，尽情地享受这种高原独特的、绿色的、保健性极强的温泉浴，让每一位游客留连忘返。

杂多山清水秀，天高云淡，巍峨的雪峰捧起圣洁的哈达，广袤草原铺上千里碧毯，让杂多的灵秀深藏在每个游客心间。作为澜沧江源头的杂多县，地处丽江古城、大理、迪庆等热点旅游区的自然延伸处，与它们又同属于“康巴文化圈”。如今，杂多县依靠自身位于澜沧江源头的优势，将自己定位为“澜沧江源头第一县”，强势推出并打响这一旅游王牌。我有理由相信，杂多县受澜沧江流域成熟旅游块的辐射和拉动，今后将成为一处新的“香格里拉”。

第二章　长江南源能否转正?

2008年9月,历经41天,行程7300多公里的三江源科学考察后,以著名河流探寻者刘少创领队的三江源头科学考察队认为,长江南源当曲才是正源,推翻了此前沱沱河为正源的传统观点。此次科考采用了全球卫星定位系统、地理信息系统、遥感技术等现代高科技技术,这些很多都是首次用于三江源头科考。通过目前全球最先进的测绘仪器,测得沱沱河的最长支流长度为348.63公里,当曲则为360.34公里,比沱沱河长出11.71公里。若这个结论得到国家认定,意味着长江的长度将更新,中国的地理教科书将改写。

南源当曲走到了长江前台

我们刚到杂多县采访时,中国地图出版社2015年7月出版的《三江源头科学考察地图集》引人注目,这本书由青海省测绘地理信息局主编,并得到了青海省政府组织的专家委员会的评审,是一本全面展示三江源最新科考成果的权威书。

长江有三个源头,南源为当曲,北源为楚玛尔河,正源为沱沱河。在沱沱河源头,还立有"长江源"碑。可《三江源头科学考察地图集》第7页称"长江源当曲支流撒当曲",第8页称"长江正源——当曲",第10页称"进入长江正源当曲源区"。

《三江源头科学考察地图集》还对杂多县作出这样的评价:杂多县是三江源国家级自然保护区的核心区,……杂多县是长江和澜沧江两大河流的摇篮,通天河一级支流当曲、澜沧江主源扎曲均发源于这片神奇的土地。

万里长江到底有多长?长江的源头到底在哪里?这些问题一直是专家、学者多年争议的课题。虽然早在1978年1月13日,新华社就向世界发通稿:"长江源头……在唐古拉山脉主峰各拉丹东雪山西南侧的沱沱河……长江源头地区主要有五条较大的水流,……其中沱沱河最长,计三百七十五公里,当曲第二,其余较短。按照'河源惟远'的原则,沱沱河应为长江正源。"

我国有关长江源头的探索历史久远。最早的文字记载见诸据今2300年前的《尚书·禹贡》,其中有"岷山导江",意思是说长江发源于岷山脚下。明崇祯九年(1636年),地理学家徐霞客经过4年的云贵之行,得出金沙江是正源的结论,他并未探索到源头,但为探索源头指明了方向。

昂赛年多村的千年古塔(杨勇 摄)

清朝初年,对于长江源头开始有了官方组织的实地考察活动,大体摸出了三江源地区的水流脉络,还绘制出了在当时说来很具水准的地图。稍后有专著(如齐召南的《水道提纲》)述及金沙江的上源木鲁乌苏河(即通天河)是长江的上源,还兼及木鲁乌苏河的上源托克托奈乌鲁木伦河(即沱沱河)的情况。但对于长江最上游众多水流的细节却长期模糊不清,而这恰恰是决定长江源头的关键所在。

新中国成立后,有关长江源头的说法才趋于一致。1976年,我国曾组织专家考察长江源头地区。那次考察得出的结论是源头五大河流中沱沱河最长,约375公里,当曲长357公里,并据此确定沱沱河为长江的源头。一段时间以来,地理学、测绘学的研究人员对沱沱河为长江正源保留看法,因为当曲的水流量是沱沱河的5至6倍,流域面积是沱沱河的1.8倍。

1982年,在总结长江源第二次探源活动的基础之上,《大江探源》一书中使用了“沱沱河长350公里，当曲长352公里”中的数字。从这个数据看出，当曲比沱沱河长2公里，若以世界“河源惟长”“水量惟大”的说法，当曲应为长江的正源。可是，一个不容忽视的事实是，科学家们测定长江的源头是仅凭着“六条腿”（两条人腿夹四条马腿）走出来的。长江源头有大大小小几百条支流，到底哪条最长，仅凭“六条腿”是很难有个准确结果的。

当历史进入1999年底，有位科学家结合新的遥感技术，对长江正源是沱沱河提出质疑，他就是中国科学院遥感应用技术研究所刘少创博士。当时，刘少创去武汉看望已经90岁高龄的导师王之卓院士，并向他汇报了有关利用遥感技术确定澜沧江源头的情况。听完汇报后，王之卓院士说：“澜沧江是一条国际河流，其源头的确定固然很重要，但是长江对中国更重要，你为什么不把长江源头也研究一下呢？”就这样，刘少创开始了对长江源头的研究。

九天之上有天眼，卫星遥感技术已经能看见草原上的涓涓细流。于是，刘少创经过对近40幅卫星影像的反复比对测量，并同时利用地理信息系统（GIS）和卫星遥感（RS）技术对长江源区进行了研究，他还到实地进行考察，最终认定：长江正源是发源于杂多县高原沼泽中的当曲，而不是发源于格拉丹冬雪山姜古迪如冰川的沱沱河。

刘少创博士此次利用卫星遥感图像对长江源区进行量测时，使用GIS对影像作了几何纠正。量测结果是，以当曲与沱沱河交汇处囊极巴陇为起算点，当曲长360.8公里，沱沱河长357.6公里，当曲比沱沱河长3.2公里。尕尔曲、布曲均短于当曲和沱沱河。当曲源头位于唐古拉山北麓的杂多县。地理坐标为北纬32度44分、东经94度36分，海拔5040米。

2000年2月27日，《中国青年报》头版发布了这条新闻，引发了社会各界的广泛关注。同年9至10月，刘少创和他的同事去了长江源区，对沱沱河和当曲进行实地考察。他们用卫星遥感图像量测各个支流的长度，量出当曲长360.8公里，沱沱河长357.6公里，当曲比沱沱河长3.2公里。在刘少创看来，沱沱河的长度已经把姜古迪如冰川的12.5公里也加进去了，如果再去掉这12.5公里，当曲则更长，更坚定了他推断当曲为长江正源的信心。

业内专家热议新“正源”

从杂多县长江南源当曲归来，刘少创对长江源头区的卫星遥感影像进行了分析处理。结果再次验证了当曲比沱沱河长，消息经媒体发出，引起了地学界人士和媒体的关注。上世纪70年代参加并主要负责长江源头考察的长江流域规划办公室退休教授石铭鼎，1986年中国长江考察队副队长、中科院长春地理研究所研究员孙广友、国土资源部人力中心原研究员、国际第四纪研究联合会全球大河工作组中国组负责人杨联康等曾为长江源头考察作出过重大贡献的专家们分别表述了自己的意见。

意见仍集中在长江源头区诸水系中的沱沱河和当曲之间。最早的数据出自1976年我国第一次长江源拍摄调查，其基础是1974年测绘部门完成了长江上游“无图区”十万分之一地形图的航测调绘，其重大成果在于实地探明沱沱河源位于祖尔肯乌拉山以南，而不是过去认为的位于祖尔肯乌拉山以北，从而大大延长了沱沱河的长度。经校正，以囊极巴陇为汇合点，沱沱河（以海拔6543米的姜古迪如雪山顶峰为起点）长358.1公里，当曲（以霞舍日阿巴山下海拔5050米处为源）长357.1公里。这一结果为后来我国广为流传的长江源自雪山冰川说奠定了基础。

第二次江源调查的时间是1978年，仍由原长江流域规划办公室会同有关部门进行。测得的结果是，沱沱河长358.1公里，当曲长357.1公里。同时，公布了长江的长度为6300公里。1986年，长江科学考察漂流探险队对长江各源头的长度、流量、流域进行了第三次考察。测得结果是，沱沱河长346.3公里（以尕恰迪如西南无名冰川的纳钦曲西支源流为起点），当曲长353.1公里（以扎西格君为起点）。这次考察结果，当曲明显要比沱沱河长近7公里。

当刘少创博士公布利用卫星遥感图像处理系统和GIS对长江源区遥感影像进行分析，得出当曲长360.8公里，沱沱河长357.6公里，当曲长于沱沱河3.2公里的数据后，杨联康认为，当曲在距源36～90公里处流经沼泽地区，水流散乱，所测长度难以做到绝对准确，故当曲与沱沱河的真实长度及两源长度比较，以刘少创博士测绘结果为准。

就河长起算点的标准而言，沱沱河与当曲也未取得一致。沱沱河的长度计算把姜古迪如冰川的12公里作为“固体河流”包括在内，即从分水岭算起，而当曲的长度没这么算。杨联康提出：“沱沱河源定在长江水系与西藏内陆湖水系的分水岭——海拔6543米的姜古迪如雪山顶峰，而当曲河源却不在含海拔5395米的霞舍日阿巴山顶部在内的长江水系分水线上，仅在山东麓海拔5050米（1978、1986、1995历次测量者）或者5040米（刘少创博士）处。其实，自含5395米高程之分水线至5050米或者5040米处仍有间歇性水流注入当曲，其流程仍为当曲一部分。如果加含霞舍日阿巴山顶部（海拔5395米）的分水线至5050米或者5040米处之流程，即依自囊极巴陇上溯至当曲、沱沱河的分水岭计程，当曲应长于沱沱河3.2公里以上。”

刘少创意识到，在卫星图片上量出来的距离虽然准确，但是源头的出水量、流量、河道宽度、一年四季的流量等数据，在卫星图片上是看不出来的。因此，实地勘察就成了确定源头必须要进行的工作。

2008年9月至10月，青海省政府组织开展了历时41天的三江源头科学考察活动，包括国内测绘、地质、水文、气象、遥感等行业专家，对三江源地区众多河流进行了探源定位。此次科考是新中国历史上规模最大、学科门类最齐全、技术最先进、手段最完备、阵容最强大的一次三江源头科学考察活动。为了更准确地证实当曲为源头的论断，中国探险协会组成了以刘少创为首席科学家的项目组，再次登上昆仑山实地测量当曲的流量和长度。

长江源区水系包括北源楚玛尔河、“正源”沱沱河和南源当曲等水系。其中沱沱河是长江水利委员会以前确定的正源。2008年9月在实地考察时，由于楚玛尔河水量较小，冬季时或有断流，因此科学考察队对该水系不作重点考察，而将沱沱河水系、当曲水系作为考察重点。9月20日，三江源头科学考察队在顺利完成对澜沧江源头地区的综合考察后，20日来到长江源头的重要支流当曲，对当曲源区5条源头支流展开综合考察。当天上午，刘少创带领的三江源头科考队员从海拔4700多米的大本营出发，深入到长江源头重要支流当曲的源头地区，探寻并考察当曲源头各支流。

杂多查旦乡有18座神山，最大神山是仲巴部落的阿尼本吉神山，当地藏族群众称为“阿尼哲加”，而“哲”就是长江之意。查旦乡有数千个大大小小的湖泊，就像天上的星星撒满大地。如何才能走到长江南源，真实感受源头的涓涓细流？2008年9月，杂多县民俗专家丹玛达英曾随队考察。丹玛达英是当地土生土长的仲巴部落人，特地来到日华梅珠寺，拜访了日华巴有活佛。这名活佛称，长江南源有三座神山，像宝光一样流出三条河流的源头，一条是长江的南源，一条是澜沧江支流阿曲河，一条是昂曲源头吉曲河。

丹玛达英急切地想知道长江南源当曲的源头在何处，这名老人称，上世纪70年代，有支科考队立了一块高1米、宽80公分的石碑，上面写有“长江源”三个字。他从老活佛处还得知，当曲源头就是从湖泊冒出来的水。他当时还从退休干部公华尕宝处得知，在卡西贡卡和扎西公决两个山的中间，可能就是老活佛所说的源头，也是你们想找的当曲源头。

当地群众称考察时最好骑马或步行，路途难行，有的考察队车陷进去出不来。当时考察队去了两辆猎豹车，离当曲源头大约30公里，当走到离源头8公里处时，刘少创博士通过遥感技术进行测量。随后，他们步行来到离源头一公里处，见到白色碑顶，他们不知是啥。可越走越浅，到跟前时已经没有水，有块大理石写着“长江源”的碑文。

在石碑附近，丹玛达英看到从地下冒出水来，发出“咕咕”的声音，像条洁白的哈达流向前方。他事后回忆说：“这里是仲巴部落生活的地方，也是我的家乡，可听刘少创博士讲，当曲无论是长度，还是流量，均超过目前认为的长江正源沱沱河，这里才是长江的正源，一条大江就从家乡发育。我是一名康巴汉子，是从不流泪的，可想到当曲将是长江正源，我国的教科书也有可能改写，当即流下了激动的泪水。”

本次科考采用的确定河源的标准与方法是：按照“河源唯长”“流量唯大”和“与主流方向一致”的国际标准，采用了全球卫星定位系统、地理信息系统、遥感技术等现代高科技技术，这些很多都是首次用于三江源头科考。科考队从唐古拉山镇顺沱沱河谷向东南行59公里后到达囊极巴陇，这里是沱沱河与当曲的交汇处，海拔4470米。经观测，沱沱河水面宽104米，最大水深0.82米；当曲水面宽87米，水深1.5米，流量相当于沱沱河流量的4倍。

而后，科考队以当曲与沱沱河的交汇处囊极巴陇为起算点，通过目前全球最先进的测绘仪器，测得当曲最长的源头且曲长度为360.34千米，比沱沱河最长的支流尕恰迪如冰川末端的长度348.63千米长11.71千米。刘少创通过实测得知，当曲的流量和流域面积均大于沱沱河，便得出且曲源头应为长江源头的结论。

2009年7月，三江源头科学考察成果通过了由青海省政府组织的专家委员会评审，获得了“达到同类科研成果的国际先进水平，并填补了我国在三江源头地区多项地学数据空白”的评价。14日，专家评审委员会根据确定源头的标准和方法，确定长江正源为当曲。

“当曲正源说”引发争议

就在专家评审委员会确定当曲为长江正源4个月后，即2009年11月10日，《成都晚报》刊登了一篇文章《长江源之争与我探险它的亲历》，“为中国找水”科考队队长、横断山研究会首席科学家、中国治理荒漠化基金会专家委员会副主任杨勇，在接受该报记者专访时，既讲述了本次科学考察的成就及惊险历程，又透露了他们的惊喜发现：发源于朵恰迪如冰川的纳钦曲西支比东支长了近10公里，长江源沱沱河比过去增加了10公里。

昂赛地质公园里的手掌山（杨勇 摄）

杨勇在这次专访里还谈到，“沱沱河正源”毋庸质疑。杨勇多次从各拉丹冬雪山西坡的曾松曲源翻越分水岭进入长江源区水系，一是希望掌握更多的藏北内外流域区第一手资料，二是对各拉丹冬雪峰冰川群开展全方位调查。“各拉丹冬是长江源区最大的现代冰川分布区和水源地，沱沱河作为长江正源更具有象征意义，从水文特性和自然要素来看当曲作为正源有些牵强，它本身是沼泽地，没有冰川，水源以泉眼为主，水量很小并呈退化趋势。”杨勇表示，“长江源水量60%来自各拉丹东冰川群和唐古拉山脉中段冰川，长江发源地水文特性是以冰川消融补给为主，因此认定沱沱河为正源是恰当的。”

杨勇还认为，由于长期以来各拉丹冬地区为西藏安多县实际管辖，行政上已经脱离了青海省，三江源头科学考察之所以得出长江南源当曲才是正源的观点，可能是为了“三江源”的实至名归。这样一来他担忧沱沱河会边缘化，三江源的保护会缺失一大块。“各拉丹东无论是景观还是水量供给，都是不可替代和忽略的。”杨勇认为，“如果这时候把长江源头定在南源当曲，对各拉丹东雪山冰川的保护和管理都是不利的。”

这篇报道发出后，随即在学术界引起了强烈反响，中国科学院遥感应用研究所研究员刘少创随即给予了回应。他在接受《成都晚报》电话采访时表示："杨勇的观点是完全错误的，因为我们测量的沱沱河源头本身就是从尕恰迪如冰川开始的。"对杨勇认为当曲水量少的说法，刘少创也予以了反驳："当曲水量相当丰富，是沱沱河的5至8倍。"

这次到杂多，我有幸对杨勇做了专访，他依旧坚持认为，长江正源以沱沱河为宜。去年8月，杨勇再次考察了长江三源。杨勇说："长江三源有不同的自然特征，在青藏高原河流水系发育演变进程中各有其代表性和重要性，是一个完整的自然生态系统。尽管当曲的长度、水量都比沱沱河要大，但是当曲流量的增加主要还是因为在下游汇入了来自各拉丹冬的朵尔曲和布曲所致。

早在1986年长江漂流时，杨勇就跟随漂流队科考分队进入长江当曲源区，那时的源区还是一处世界上海拔最高、面积最大的泥潭沼泽地，基本上没有人类活动。2006年7月，他带着一个科考漂流队再次去长江南源，这时与1986年是完全不同的景象，这里有汽车的车辙印，还有很多来自西藏索县、巴青、聂荣县等地的牧民，有些牧民还建起了简易的土房。当曲漂流进行了15天，在下游巴茸浪纳山下还发现一个奇特的泉华台地质奇观。

巴茸巴空峡谷谷口的五彩泉华池，长150多米、宽30多米、高约40米，北东临当曲河水，南西依巴茸浪纳雪山，海拔4703米。峡谷地势险峻，巴茸浪纳与当曲河床之间相对高差达1100多米。彩池由逆覆于三叠系与老第三系之上的石炭系灰岩组成。山顶形成冰斗悬冰川。

峡谷内温泉密布，规模宏大，时常被笼罩在乳白色雾气之中，色彩斑斓，气势恢宏，形状宛如五颜六色的梯田，又如彩笔画过的块块盐田。沿泉华台地拾级而上，池中温泉涌动，人影在白色雾气中时隐时现，与不远处巴茸浪纳冰川相互映照，犹如登临仙境，令人流连忘返，回味无穷，是一处绝佳的旅游胜地。

在长江正源的争论中，曾经考察长江三个源头的专家，也有坚持正源是沱沱河的。长江水利委员会水文局罗钟毓在给刘少创的电传中写道："长江源区河流众多，呈扇状分布，按照河流长度、走向、流域面积和水量大小等原则确定沱沱河为长江正源，楚玛尔河为长江北源，当曲为长江南源。正源沱沱河地理位置居三河之中，流向较为顺直，当曲水量较丰，流域面积与长度为三河之首，但位置偏南。"

杨联康研究员也认为，确定河源的主要标准是河长，但不妨稍做变通。他以沱沱河作为正源，还有另一种考虑。他认为沱沱河在长度与当曲相差无几的情况下，其源头区姜古迪如雪山顶峰海拔6543米，更能体现长江发源于全球最高的高原——青藏高原、属冰川型补给以及为世界最高的大江之源等特点，故应维持。他建议："在中小学教材与大众媒体中，长江江源仍应采用唐古拉山主峰海拔6621米的各拉丹冬雪山。在学术界则应充分注意长江江源类型与其属全球最高的大江之源的特点，继续以各拉丹冬雪山西南海拔6543米的姜古迪如雪山顶峰为长江正源起点，维持其雪山冰川形象。与此同时，可标明当曲与沱沱河的长度比较结果，如当曲长于沱沱河，可称当曲为长江最远江源。"

在万里长江的三个源头中，南源当曲能否修成正果尚需时日。不过，"当曲"藏语的意思就是"沼泽河"，因上游流经大片沼泽地而得名。长江南源位于昆仑、唐古拉两大山脉之间，这是一块很美的地方，虽身处世界屋脊，也仿佛进入了江南水乡一般。这里地下水源丰富，这股水流涓涓不断，一路汇集众多溪流，两岸到处是连片的沼泽，星罗棋布，泉群连绵，是一处神灵之所，是科学家、探险者和环保爱好者所神往的地方，被列为国家级自然保护区。

长江南源当曲发源于唐古拉山脉东段山麓的沼泽地，在查旦乡境内的保扎日山脚下，从地下喷出的水源，即是科学家确定的长江南源源头，是一片地球上海拔最高的沼泽地。这里离杂多县城有180多公里，在通往长江南源的途中，将会经过唐蕃古道、查吾茶道、古时商人诺布桑布经商途径以及唐古拉山脉、青藏高原最大的湿地区，可以欣赏到一些珍贵的野生动物，像雪鸡、藏羚羊、丹顶鹤、黑颈鹤、野牦牛、雪豹、白唇鹿、棕熊、野马等，牧草异常肥美，是珍禽异兽的欢聚之地。

在长江的正源、南源、北源当中，南源当曲水量最为充沛，流域面积和长度为三河之首，这的美景犹如人间天堂，湛蓝的天空、洁白的祥云、雄伟的雪山、广阔的草原、星罗棋布的湖泊、遍地的牛羊、袅袅升起的炊烟、乌黑的帐篷，将会被眼前看到的美景所震撼，对考察探险有着深远的意义，相信大家此次的旅行，对我们的母亲河有着更深的认识，并达到一种高度的共鸣。

第三章　清洁“三江源”

三江源是长江、黄河、澜沧江的发源地，这里是世界上海拔最高、面积最大、湿地类型最丰富的保护区，这个地方叫江河源、中华水塔，又叫亚洲水塔。现在长江总水量的25%、黄河总水量的49%、澜沧江总水量的15%都来自这个地区，这里生态价值，将远远超过经济价值。

杨勇（左二）在澜沧江源头

杂多县地处三江源核心保护区，这里不仅是澜沧江的发源地，也是三江水系众多支流的发源地。杂多县境内河流密布，较大的河流有扎曲、结曲、当曲、莫曲等。其中当曲水系水量占长江总水量的19%，扎曲水系水量占澜沧江总水量的15%。

杂多县作为长江和澜沧江两大水系的源头和摇篮，其命运关系到整个流域生态平衡的维持，直接影响着我国长江、澜沧江中下游地区，以及东亚国家的发展与生存。澜沧江素有“东南亚母亲河”之称，流域内为沿岸7000余万人提供着包括淡水、食物、营养以及调节气候等多种生态服务。

可是，随着近年来经济的快速发展，无论是乡镇、寺庙，还是社区，现代社会产品大量进入这里，产生了数量巨大的垃圾，而这些垃圾的处理方式却远未能跟上时代的发展，如何处理垃圾和保护两大江源头流域的环境，成为这里备受关注的问题之一，对于两江流域的山水、森林、草原以及此地生存繁衍的各种动植物的保护，将显得尤为重要。

杂多县作为澜沧江、长江水系最重要的补给源和水源涵养区，也是三江源国家自然保护区的核心区。2004年，国家开展三江源自然保护区生态环境保护和建设工程以来，杂多县实施生态移民、草场禁牧、封山育林、治理草原鼠害、治理黑土滩等项目，生态环境进入了"整体遏制、局部好转"的局面。

我们来到杂多县城。绵延10多公里的城市建筑，沿着澜沧江上游的扎曲两岸一字排开，这里竟住着5万多人。我到过藏族地区的很多县城，而这里是我见过的最大的一座县城。我后来才知，县城所在地萨呼腾镇竟容纳了全县70%的牧民定居。走进一条条主街道、社区居委会、牧民定居点，人来人往。竟然见不到生活垃圾，也见不到飘飞的塑料袋。可谁能想到，2013年前的杂多县城，曾被随处乱扔的垃圾所困扰，何以在短期内有如此大的改变？

这是一件真实的事，就发生在杂多县扎曲下游囊谦县的一个小水库里，湖面上飘着成堆的垃圾，以至于坝前位置已经基本看不到水。走近一看，才看清全是塑料瓶，没有经过任何处理。有人非常肯定地说，那是上游村民投到水中，慢慢地汇集到这里的。这是几年前，相关人士到三江源地区调研垃圾回收问题时看到的一幕。环保调研时还发现，95%的受访者能说出乱扔饮料瓶对环境带来的影响，而且很多牧民也表示，愿意将饮料瓶送到乡村一级回收点。

这件事发生在邻县，杂多县政府却没能置身于事外。杂多县地处澜沧江上源，一条条小河的水汇聚到扎曲，再汇入到澜沧江时，已是一条波涛汹涌的大江了。杂多县政府意识到，澜沧江发源于杂多县，是亚洲最重要的跨国水系之一，流域面积达81万平方公里，素有"东南亚母亲河"之称，流域内丰富的生物多样性为沿岸7000余万人提供着包括淡水、食物、营养以及调节气候等多种生态服务。杂多县地处澜沧江支流扎曲的上源，也深受垃圾问题困扰。在当年的"澜沧江论坛"上，杂多县政府专门召开了一个高原垃圾问题的求策会，主要聚焦于塑料瓶、玻璃、金属、铝罐等可回收废品上。

12年前，三江源自然保护区生态移民工程启动，素有"中国虫草之乡"的杂多县，先后有近4万藏族牧民离开草原牧区走入城镇社区，推动了当地的城镇化建设进程。2007年前，杂多县城西郊还是一大片荒草滩，公路旁一条小河缓缓流过，如今这里已经变成一个草原新镇——夏果滩移民社区，与县城连在一起，草原牧民变成了城市人。

来到夏果滩移民社区，我看到一排排黄墙黑瓦的崭新住房鳞次栉比，一条宽阔的硬化道路横亘在社区中央，几只漂亮的藏獒在公路边悠闲地摇着尾巴，许多藏族牧民群众开着摩托车、小轿车来回穿梭，无比热闹。

对67岁的阿然来说，过去他从来没想过能过上城镇的生活。2007年，阿然与另外236户藏族牧民响应政府号召，自愿离开130公里外生态严重退化的草原牧区，搬迁到杂多县郊区的生态移民定居点，住进了政府免费提供的60平方米的新房。阿然说，搬下山后，一家5口住上了新房，每年还享受国家8000元的相关补助，再加上家人挖虫草的收入，日子过得还不错。

杂多县地处澜沧江源头，随着城市化建设，垃圾成为杂多县污染的重要来源。夏果滩社区服务站站长尕玛成林回忆说，12年前，靠挖虫草富裕起来的乡镇牧民，在靠近县城萨呼腾镇的一片山坡上，建起了定居房，在短短10年里，竟有70%以上的牧民家庭在城里建房，杂多县人口暴涨，再加上各省前来做虫草生意、经商和开餐饮等的人员，整个杂多县城不下5万人，住在不到20平方公里的范围里。大量人口集中居住在县城，在为小孩上学、老人就医看病等带来便利的同时，每天产生上百吨垃圾，可当时县里没有一个正规的垃圾处理场。

杂多县城既有本地居民，也有县里从七乡一镇迁徙而来的牧民，还有外地打工、经商人员。尕玛成林说："相对外地来的人员，他们的环保理念要强些，对环境的污染较小。可是，大量牧民进城后，没什么环保观念，产生的垃圾也不知如何处理。以前，有些牧民直接将垃圾扔到河里，或扔到房屋周围，每当刮风下雨，吹得塑料袋、饮料瓶满山跑，出门就能踩到垃圾。澜沧江上游扎曲流经县城，村民到河边取水，经常闻到一股股怪味。"

在尕玛成林看来，每年采挖虫草的季节，也是产生垃圾最多的时候。每年的4月上旬至5月下旬，是杂多县牧民采挖虫草的黄金季节，3万多牧民从城里走向一条条山沟，各地来的商贩，便在山下开起了小卖部，售卖方便面、饮料、衣裤等，有些做虫草生意的商人也进山收购。当牧民卖虫草得到钱后，便买上一套新的衣服，将旧上衣、裤子、鞋直接扔到河里。这些衣服最终流到下游的澜沧江。他们丢掉旧衣服，就是希望自己的幸福像澜沧江的水一样绵长。

昂赛乡年多村离县城有近两百公里，这里的虫草质量上等，每当虫草采挖季节，沉寂许久的年多村顿时热闹起来，上万名牧民走向村里的几条山沟里，村长查吾向我描述了当时垃圾遍地的情况。村民以前挖虫草时，直接将喝完的矿泉水瓶、装食品的塑料袋扔到山上，风吹满山飘，每条沟里全是垃圾。若下暴雨，它们直接流进扎曲，成为澜沧江流域重要的污染源。

牧民们在享受现代文明时，所产生的垃圾带来的环境灾难正在显现。过去上山喝酥油茶，吃糌粑，现在喝的却是农夫山泉、红牛，吃的是康师傅、八宝粥，装物品的不再是羊皮袋，而是随手可扔的塑料袋。一段时间里，村里的牦牛、山羊吃垃圾后，拉不出大便，活活地胀死，当时牧民将牛剥皮取出内脏，当剖开牛肚时，发现里面还有没能消化的塑料瓶、塑料袋和衣服等碎片，这给牧民们上了生动的一课。

三江源的垃圾问题，多年前就引起了社会广泛关注，一批批环保人士走近三江源，走进杂多县，他们不遗余力地宣传环保知识，宣传垃圾的分类处理方法。中国民间环保组织绿色江河负责人杨欣告诉说："由于澜沧江源区面积辽阔，大量不可降解垃圾甚至有毒有害垃圾散布在草原上，随风飘散，严重影响了草场、牲畜和水源的安全。推行垃圾分类处理，不仅便于垃圾运输处置，还可以对运输后的垃圾合理资源化，减轻垃圾对澜沧江源区的污染。"

杂多县萨呼腾镇共有9个社区服务站，总人数近4万人，占全县总人口的66%，每天产生垃圾百余吨，长期以来一直被垃圾问题所困扰。2013年初，杂多县政府首先从萨呼腾镇开始治理垃圾。尕玛成林回忆说，当年政府两次组织机关干部、学生、牧民等，从扎曲河里将垃圾捞出来，光他所在的夏果滩社区就清理了240车，直接拉到县城附近的垃圾场做填埋处理。

2013年，杂多县城有40多名环卫工人，主要负责主街道的卫生清扫。县政府一次扩招150名环卫工人，每人每月1500元的工资。目前，杂多县环卫工人增加到200名。今年7月，杂多县再次加大环卫人员的招收力度，每百户再招收一名保洁员，主要负责社区内的垃圾处理，光夏果滩社区就有12名保洁员。仅去年，杂多县环保投入就高达上千万元。

2014年4月，杂多县政府特地组织了一场垃圾处理环境问策会。国内相关环保机构与环保组织，都派出专家和人员参与会议。在这个会上，杂多县根据专家们的建议，提出垃圾分类回收处理的构想，在9个社区对垃圾回收进行网格化管理，每个社区管理着1200－1500户，给居民提供垃圾分类回收的工具，引导他们分类投放，不设垃圾堆和转运站，采用车辆直接把垃圾运出去等模式。

这次会议后，杂多县政府努力推行垃圾分类，将生活垃圾主要分为塑料瓶、纸张、玻璃瓶、有害垃圾和其他垃圾五大类，按照生活垃圾的组成、利用价值以及环境影响等实施分类投放、分类收集、分类运输和分类处置等不同处理方式，最终由社区服务站安排垃圾车并对分类好的垃圾进行转运，城管部门负责对转运后的分类垃圾进行后续处理。

“我们要把这些可回收的垃圾合理资源化，同时对有害垃圾和其他垃圾进行处理。”杂多县社区管理办公室副主任阿英介绍说，“从2014年5月开始，杂多县政府携同社区对农牧民面对面宣讲《垃圾减量和资源化处理》，对积极参与垃圾分类的家庭、个人还将进行500—1000元人民币的奖励。”

今年10月，我来到夏果滩居委会。这里正在建造一条沿扎曲河修建的滨江大道。我来到措忠家。措忠的丈夫萨加到查旦乡草场放牧去了，家里有3个小孩在上学。她将家里的垃圾放在小院内，每周星期一、五等待垃圾转运车来收集，她将垃圾按照塑料瓶、纸张、玻璃瓶等进行了认真分类。措忠说：“家里不可回收利用的垃圾刚被拉走，这里剩下可回收利用的垃圾，要等到星期五才能被拉走。”

我随夏果滩社区尕玛成林站长来到杂多县城附近的一处垃圾处理场，见到人们正在对纸箱、废旧电视机等进行分类装车，然后拉到垃圾处理场一侧加工处理车间进行压缩和打包。我上前询问得知，这里的垃圾由一名河南民工承包，他找来4名亲戚一块做。这位河南民工说：“我们将一车车可回收利用的垃圾运到西宁，要翻越好几座大山，运输成本实在是太高了。”

“在政府的号召下，我们县所有乡村也会将一些垃圾分类，随后由垃圾车拉到县城统一处理。”昂赛乡年多村村长查吾说。2013年以后，杂多县领导到村里考察时，最重要的一件事就是讲垃圾的处理。杂多县政府派出多名干部深入各乡镇，没有讲什么大道理，而是从藏族传统文化中的“敬畏自然，珍爱生命”讲起，讲到村里的牛、羊、鸟类等因吃垃圾而被危害生命，又污染了环境，影响到我们每个人的健康。

2013年7月，年多村组织牧民，从沿线几条大小河流里打捞垃圾，没想到一下捞出了30多车。可这些垃圾在水里泡久了，就地无法焚烧，若再扔到野外，将意味着前功尽弃。于是，查吾村长组织村里的家用车，将垃圾运到近两百公里外的县垃圾处理场。

“在每年的法会上，我们也请有影响的宗教人士将环保作为重要内容来宣讲。让寺院僧侣和信教群众们明白，环保不是一个人的事，我们有父母、儿女，我们需要一个干净的环境。我们的饭碗是很干净的，可我们弄脏了环境，就等于将自己的粪便放进了碗里。”查吾讲起处理垃圾的好处时说，“我们生活在一片蓝天白云下，蓝天要突出蓝色，白云要展现白色，我们人类不能将蓝天变成灰蓝，将白云变成黑白，若我们不保护自己的环境，那样子孙们就生活在一片灰暗的世界里，将危及自己和子孙的健康，也会影响到我们的寿命。”2015年以来，每当挖虫草上山前，年多村每个社区都会召集大家开会，要求村民们将垃圾背回来。很多牧民改变了原有的生活习俗，每人自觉将上山的垃圾背回村里，再通过村里的垃圾车带回县上处理。满山飘飞的垃圾不见了。因为年多村在垃圾处理上取得了很好的成绩，县里特地奖励了一台农用运输车，既可以运垃圾，平时也可跑运输。

三江源群众分类回收垃圾来保护环境（罗洪忠 摄）

我们来到澜沧江发源地格吉草原。这里竟有一支当地牧民自发组织起来的环保队伍，以喇嘛瑙拉神山和然哲尕然神山为中心，涉及周边多处地区。2005年，在玉树三江源环境保护协会的帮助下，成立了杂乡县澜沧江源生态环境保护格吉牧民自愿协会，进行生态保护的宣传和实践。

在澜沧江源头，近年来他们清理垃圾近百吨，设立环保宣传栏40余个，在牧民集聚点、游玩地以及公路沿线设置垃圾投放桶或坑70余个。他们还有意识地制止滥采矿产资源、污染环境、污染湖水、破坏草原等行为，开展了“珍爱生命，保护大自然”的行动。

2014年，杂多县提出了打造澜沧江源生态第一县的目标。在玉树州率先将环保教育纳入小学课堂，提倡保护三江源从娃娃抓起。目前该校还施行有“垃圾换奖品”计划，学生根据捡拾垃圾多少可在校保卫处换取诸如铅笔、作业本之类“奖品”，以提高学生参与的积极性。杂多县第三完全小学三年级一班班主任王子伟说：“虽然课程开设的时间不长，但孩子们在上学和放学途中自觉捡拾垃圾，并将垃圾送至定点的回收处，使学校周边的环境改观很大。”

2015年5月，杂多县吉乃滩和夏果滩社区，利用3天时间，组织辖区居民进行了垃圾减量和资源化处理试点培训，参加的居民人数达712人。同年7月18日，由中国长江科学院、青海省玉树州杂多县政府共同建造的澜沧江源水生态保护站，在青海省杂多县奠基。中国长江科学院院长郭熙灵说："由于全球气候变化和人为因素的双重影响，江源地区草地退化、水土流失、生物多样性锐减等生态问题进一步加剧。我们在澜沧江源建立了澜沧江源水生态保护站，目的就是要把长江南源当曲和澜沧江源列为长期关注的重点区域，并持续开展生态环境观测和科学研究工作。"

2015年"十一"黄金周，当数百辆自驾车进入昂赛丹霞地貌的当天，《中国环境报》资深记者杨西虎带领大家做环境公约宣誓。玉树州旅游发展顾问杨勇说："我们在有意制造一种生态环境氛围，就好像美国的黄石公园，在这样的气氛下，促使每位参与者形成自我约束意识。"此次活动结束后，有媒体记者特意前往宿营地观察，环境完好如初，没留下一处垃圾。

杂多县的财政收入并不是很高，可在处理县城、乡村环保问题上，杂多县做了大量的财政投入，他们认为，杂多县地处三江源上游，保护好三江源上游的生态自然环境，是他们对国家、对人民担负的最为重大的责任之一，这个责任是要对国家负责，对人民负责，也是对全人类负责。

今天的杂多县在环保方面已构建起"政府主导，民间组织参与，群众为主体"，汲取藏族传统优秀文化中影响力和感染力，保护三江源生态环境的杂多模式，形成政府、市场、社区三者力量结合，生活生产垃圾可再生回收体系。社区如今已基本实现了垃圾出户就分类，塑料瓶、包装纸在填埋场附近设置压缩，加工车间简易处理，有害的垃圾一个月左右会收起来运到西宁去处理。目前，杂多县已采购了一批家用车作为垃圾运输车辆，建立了两处垃圾处理场，日处理垃圾86吨，成为三江源上游最清洁环保的高原牧民新城，不仅给玉树州做出了示范，也给整个三江源区做出了样板。

第四章　昂赛丹霞地质公园

在澜沧江上游重要支流扎曲干流上，2015年10月4日，中新社发文称，中国横断山研究会首席科学家杨勇发现了300余平方公里的白垩纪丹霞地质景观，并称这一区域为“青藏高原发育最完整的白垩纪丹霞地质景观”。此处白垩纪丹霞地质景观位于杂多县昂赛乡境内，它或由近水平巨厚红色砂砾岩经长期风化剥离和流水侵蚀等形成的。这处“赤壁丹崖”广泛发育，形成了顶平、身陡、麓缓的方山、石墙、石峰、石柱、陡崖等千姿百态的地貌形态。这里是名副其实的“红石公园”。而昂赛原始森林是三江源自然保护区森林灌丛类型的核心区之一，也是我国大果园柏的分布上限和最大的原始森林。

我们进入杂多县时，正赶上十一长假，全国各地近300辆自驾车主，借昂赛申报国家地质公园之际，领先体验这片丹霞地质景观独特魅力。这也是三江源发现大片丹霞地貌，杂多县申报国家地质公园的消息传出后，JEEP英雄会召集全国范围数个车友集结昂赛先睹为快的自驾行动。

就在两个月前，即2015年7月22日，中新社对外发布了一条新闻：在澜沧江上游支流发现300余平方公里的大面积白垩纪丹霞地质景观，并称此为“青藏高原发育最完整的白垩纪丹霞地质景观”。负责本次地质科考的中国横断山研究会首席科学家杨勇21日向中新社记者介绍，此处白垩纪丹霞地质景观位于杂多县昂赛乡境内的巴艾涌地区，它或由近水平巨厚红色砂砾岩经长期风化剥离和流水侵蚀等形成的。

我国对于丹霞地貌的认识，大约始于1928年，在广东省韶关市仁化县丹霞山，地质学家冯景兰注意到这里分布广泛的第三纪红色砂砾岩层。在丹霞山地区厚达数百米的岩层，因流水、风力等风化侵蚀，形成了千姿百态的奇石、石桥和石洞。冯景兰意识到这是一种独特的地貌景观，并将红色砂砾岩层命名为丹霞层。1983年，《地质辞典》首先提出了丹霞地貌定义；2009年，中国地理学会在评选中国地理百年大发现时，将丹霞地貌的发现纳入其中；2010年8月，在巴西利亚举行的第34届世界遗产大会审议通过了将中国湖南崀山、广东丹霞山、福建泰宁、贵州赤水、江西龙虎山和浙江江郎山联合申报的中国丹霞地貌列入世界自然遗产目录。

昂赛丹霞地貌是如何发现的？同国内其他丹霞地貌相比，它的奇特之处又在哪里？我到杂多时得知，第三届中国玉树Jeep英雄会已集结玉树州，将于黄金周期间驾车穿越三江源，并到昂赛丹霞地质公园，体验新近发现的白垩纪时代的丹霞地质奇观，主办方Jeep游骑兵特意邀请了中国横断山研究会会长、中国著名探险家杨勇担任此次活动的总顾问。

我以前因写一部反映雅鲁藏布大峡谷科考成果的纪实文学，杨勇当时作为雅漂队队长率队漂流雅江并穿越大峡谷，曾接受过我的专访，他对西藏的河流和地理很是熟悉。杨勇是中科院成都山地灾害与环境研究所客座研究员、环境地质高级工程师、中国民间科考第一人，还是横断山研究会首席科学家、西藏自治区自然保护与生态建设基金会科学顾问。

不过，时隔近20年，当我再次见到这个微胖的汉子时，实在很难将他与这一连串的头衔联系起来。朴实的穿着，凌乱的胡茬，杨勇更像一个游离于现实之外的"野人"。近30年来，他走遍了青藏高原，深入到各种自然绝地、大江大河源头和科考空白区进行科学考察，并发表了大量科考论文及科普探险游记。也许是长久地与自然接触，杨勇将一切都看得很淡，比起获得那些炫目的头衔，他更愿意将自己看作是一个江河的守望者，一个自然的守望者。

作为昂赛丹霞地质景观的科考者，杨勇无疑成为这次采访的重点。我立即驱车前往昂赛丹霞地质公园，在一处坡地草坪上帐篷里见到了杨勇，没想到他原有的一头黑发变成了白发。当谈及昂赛丹霞地质景观时，杨勇回忆说，2014年8月，杂多县政府组织了一次澜沧江探源活动，来自美国的夏勒博士、国家测绘局的张江齐总工、中科院遥感所的刘少创博士，以及环保组织的专家学者参加，可以算得上澜沧江源组织的最大一次科考活动。当时，他作为中国横断山研究会会长、首席科学家，也参与了此次科考活动。

在考察前，杂多县领导从手机里翻出几张昂赛的照片给杨勇看，希望他去看看。从澜沧江源头下来，杨勇马不停蹄地赶到昂赛，沿着扎曲河谷向下，海拔逐渐降低，沿途风光愈加秀丽，还出现了成片的古柏森林，此种柏树的树型极像一个个大蘑菇，有人称之为小老树。杨勇在唐古拉山东段的昌都至类乌齐见过这种柏树，被称为"唐柏林"，有活化石之称。可在海拔3800米左右的澜沧江流域昂赛乡，能见到成片的柏树森林，过去是没有记录的。

杨勇在乡干部的带领下继续往前行，植被越来越好，花草繁茂，峡谷色彩也越来越鲜明。杨勇见到前方红色石崖头上出现佛头型石，丹霞地貌越来越丰富。他扎下营地，准备在这里探究地质秘密。第二天早晨杨勇选了一处丹霞山脊线攀登，群览了这里的丹霞奇观，直到晚上9时才回到营地。这一天的收获是巨大的，一场地质苍穹巨变在他的脑海里呈现，一个地质公园的蓝图在他的心中萌生。

昂赛地质公园的丹霞陡崖（罗洪忠 摄）

三天的科考结束后，杨勇当即感到，这处“赤壁丹崖”广泛发育，地质演变遗迹丰富，形成了顶平、身陡、麓缓的方山、石墙、石峰、石柱、陡崖等千姿百态的地貌形态，同时这里植物丰茂，生物多样性保存完好，宗教历史底韵厚重，民风纯朴，是一处名副其实的“地质红石公园”和自然与人文乐园，也是青藏高原发育最为完整的白垩纪丹霞地质景观，对青藏高原新构造运动、气候变化响应，第四纪地质、气候变化条件下的山地地貌演化等研究，都有十分重要的价值，具备申报国家地质公园的条件，是玉树州和杂多县发展转型，建立生态旅游的优势资源。

同年12月，杨勇会同重庆川东南地质大队的地质工作者又来到昂赛，对丹霞地质地貌开展了系统的考察研究。2015年3月13日至4月11日，他们再次组成野外资源调查组和摄制组，先后深入到果道沟峡谷、格萨尔王遗址、乃邦神山（坐佛)、猿人山、生命之根、神龟山、吉日沟古塔、佛头、雪豹沟、手掌山等景点进行调查和拍摄,最终划分了果道沟峡谷、扎曲峡两个峡谷景观带,以及熊达至萨拉马、东卡至日郎壳两个风景群。

目前中国丹霞地质资源作为景区开发,主要集中在东南沿海一带,西部大规模丹霞地质资源景区开发,仅在云南黎明丹霞和黄河上游的坎布拉丹霞。杨勇经过实地考察,得出了以下三点结论:一是昂赛丹霞发育在白垩系红色沙砾岩中,在青藏高原同类地层中发育最完全,景观造型也最丰富;在唐古拉山脉与横断山脉过渡地带的杂多县大面积分布,面积大约有300多平方公里,形成了罕见的地质奇观;二是昂赛丹霞地貌因风化强烈,崩塌不断,目前仍较活跃;三是澜沧江上游源区地貌因隆起、沉降、分化,被切割、冲刷,地层分布、缺失等呈交替分布,在昂赛至囊谦觉拉段,集中形成了顶平、身陡、麓缓的方山、石墙、石峰、石柱、陡崖等千姿百态的地貌形态,这在青藏高原其他地方是很难见到的。当地民众所乐道的"吉祥佛""康巴阳原石""乃邦神山"等景观横亘。

杨勇介绍说,昂赛地质公园的丹霞地貌、石灰岩冰缘地貌,以及它们所蕴含的新构造运动、气候变化、冰川作用、流水侵蚀以及古柏森林、人类活动古迹等信息,为地貌学、冰川学、河流学、构造地质学、植物学、历史宗教和人类学等学科的研究提供了极好的天然博物馆。

在考察期间,杨勇还发现了面积广阔的原始柏树森林、人文宗教遗迹、濒危野生动物和高原野生植物等稀缺人文与自然资源。该地区气候温暖,风光秀丽,综合旅游资源要素富集度高,开发利用前景广阔,在青藏高原乃至中国实属珍贵;同时,这里特别适合开展漂流、探险、科考、攀岩、徒步、自驾、露营等体验旅游项目,应该将它作为三江源地区前导型旅游目的地。

杨勇感到非常庆幸的是,昂赛地处偏僻,地质遗迹保存完好,这也是昂赛地质公园未来发展的优势之一。国内现有的旅游景区、景点受到观念和利益的驱动,商业气息过多而浸染了自然景观。而面对昂赛这块净土,我们有更多机会思考国际先进的理念和适合三江源特色的生态旅游发展模式。

千百年来,昂赛乡群众就生活这片千奇百怪的红色奇石里,在他们的神话传说中,流传着这片地质景观产生的由来。据传这里过去是一个大湖,奇怪的山石,就是从浪里打出来的。刚开始时,这里的山不是红色的。这里曾出了一个叫桑阿赛的国王,是一个半人半神的怪人,他的头发像绿松石,衣服是红珊瑚做的,靴子像彩虹,有点像《西游记》中的孙悟空,会七十二变。桑阿赛国王住在乃崩山,格萨尔王变太阳,他就变草,让格萨尔王非常生气,便让手下大将代玛用箭去射杀桑阿赛，射中了他的大腿。桑阿赛感到自己不是代玛的对手，逃跑时流了很多血，昂赛独特的红山就是桑阿赛的血变成的。

昂赛乡位于杂多县东部，离县城有45公里。在去往昂赛乡的途中，首先映入眼帘的便是扎香嘎神山及曲岭寺。据传昂赛境内有三座美丽的神山，是三位美丽的女神，也是三姐妹，在她们的庇佑下，昂赛的牧草最为肥美，美女也最多，且每个都温柔善良，当地的牧民流传着这样一句话："昂赛的天塌不下来，因为扎香嘎是天柱山，有他顶着；昂赛的马牛羊异常肥壮，因为有扎香嘎肥美的牧草。"

曲岭寺是昂赛最大的噶玛噶举派寺院，距今有1300多年的历史，是格吉部落杰出学者觉嘎活佛创建的寺庙。他曾撰写了大量有关天文、医学、石刻书法等的系列书籍，目前部分书稿珍藏在该寺中。在大经堂中有甘珠尔、丹珠尔，以及历史悠久的佛像、法器等珍贵文物。曲岭寺依山而建，在柏树林间，白色的塔林、供僧人修行闭关的禅房，让这座寺庙显得格外庄严。

我们继续往前走，便走进了昂赛丹霞区，艳丽鲜红的砂岩赤壁，拔地而起的孤峰窄脊，仪态万千、造型逼真的奇山异石，巨大的岩廊洞穴、优美的丹霞峡谷与草原森林点缀其间，奔腾的河水与小溪、泉潭相映成趣，牦牛、野生动物、藏家儿女和睦而居，四面吉祥佛、康巴阳元石、眼睛湖，时刻庇佑着澜沧江流域的世人，并祈祷世间吉祥如意，展示着藏域腹地与外界迥然不同的大自然美景。沿着澜沧江河前往下一个景点，格吉部落土司种下的古柏树，宽大的树冠遮天蔽日，如撑开的巨伞，有数百年的树龄。

我们来到昂赛主景区。这里有造型独特的丹霞石峰、石柱。景区内最著名的景点有坐佛、佛头、猿人山、神龟山、蘑菇山、金鸡独立等。这些景观有的神态亲切庄严，形如佛像，有的生动活泼，形如动物，个个惟妙惟肖，别有情趣。景区内的坐佛与佛头，不但形态极为逼真，而且在不同的观察角度其形态各不相同，具有极高的观赏价值和艺术价值。神龟山位于昂赛乡年都村，由东北方向看去，似一只卧着的巨型石龟，头朝着东方，好似在迎接着每天清晨的日出。龟壳上纹理较为清晰，主要是由岩石中节理裂隙、大型斜层理、交错层理较为发育及岩石内部的差异性风化引起的。从西北方向望去，犹如一位面向东方亭亭玉立的美少女，如瀑的长发披在脑后，在独自等待、深深思念着自己远行的郎君，期盼着他早日归家。最为奇特的景观，莫过于"生命之根"，它位于年都村吉日沟沟口，它酷似男性勃起的硕大生殖器而得名，孤峰顶立，仰天高耸，直傲苍穹，松柏点缀，底部为两个对称风化的球状岩石，形似"睾丸"，似要向玉女宣示男根的壮伟，当地人形象地称其为"男根一号"。

昂赛地质公园内，石崖分布广泛，几乎山山有崖。石崖类型多样，有的平如斧劈，有的凹凸有致，有的曲直有序，有的怪异奇特，有的小巧玲珑，有的雄伟壮观，有的俯视深不可测，有的仰观高耸入云，有的飞雨满天，绚丽多姿。景区内赛青山赤壁为赤壁丹崖的典型代表。规模宏大。长近400米，高约80米，壁上悬挂着一柄长长的石剑，相传此乃格萨尔王的佩剑，为其保护子民而悬挂于此。在雨季，雨水汇集从崖顶倾泻而下，形成美丽壮观的季节性瀑布。

在昂赛乡年多村的吉日沟内，最为奇特的恐怕要数巴艾贡色寺，此古塔被列为省级文物保护单位，寺里的古壁画、螺旋石、天柱石、日月洞、梵文石刻等历史文化遗迹，无不显示着这里的神秘。寺里的千年白塔距今700多年，东北面临巴俄贡萨山，西南面望杰口岗沟，修建于一处巨大的天然洞穴中。一个个大大小小的孔洞，有大小不等的泥佛放于此中。白塔塔基由石块垒砌，塔身由土块垒砌，外由高山柳编织绳缠绕固定，塔顶由木封顶。在涂有泥浆的塔上面，绘有色彩古朴清晰、线条明快流畅的千佛像和护法神画像。但因岁月的洗礼，白塔年久失修已经垮塌，旁边有一处同等大小的新修佛塔。

据杂多县民俗专家丹玛达英介绍，现在的佛塔同以前的不一样，已刷了45层漆，最外层可能是明清的壁画，上面有梵文和汉文，还刻有莲花图案。这里曾遭受过一次次劫难，诸如丹霞雨水、历史上的兵乱和盗窃。据传该寺由噶玛噶举派高僧丹巴桑杰活佛修建，该活佛常年在山洞中闭关修行，后来功德圆满修成正果，用神功从悬崖里套出了螺旋石。当他从石林中搬出一块十多米长的奇石，准备用在扎曲河上架桥时，一位纯朴的牧女说，丹巴桑杰活佛肯定是疯了，怎能把这么大的石头搬走？丹巴桑杰听到这不吉利的言语后，便把奇石放在扎曲河边，至今它还傲然屹立。

在寺庙的岩画里，我还能清晰地看到尊者米拉日巴旁边有只鹿和狗，前面还有一个穿着唐装的猎人。据传在尊者所居住的崖洞前面，经常能听到潺潺的流水声。有些水是从山壁中流出的，有些是雪溶化流下来的，有些却是以池塘中流注到小溪去的，淙淙清音，爽耳异常。这个崖洞名叫嘎打牙，是一处寂静安适的修行所在，许多当地的善神和非人都前来为尊者护法。后来遇到一个猎人撵着猎狗追赶一头麋鹿，尊者向他们一一唱起了道歌，最终感动了麋鹿、猎狗和猎人，贩依佛门。在那个山洞里，现仍能看到猎人呈献给尊者的弓和箭。这尊岩画分别由红、白、黑、蓝四种颜色所画，其中人物服装是唐朝时期的服饰，据专家推测，此岩画从唐朝时期就已存在了。可令人想不到的是，岩画经历这么多年的风吹日晒，色彩依旧如新。

昂赛地质公园是攀崖的好去处(罗洪忠 摄)

特殊的地理环境，同样造就了昂赛峡谷牧民独特的生活习俗，在这片美丽而神奇的热土上，不仅布满了如点点繁星的羊群，还有被称为“高原之舟”的牦牛，在风和日丽的夏季，当地群众喜欢在草地上搭起一顶顶精心设计制作的藏式帐篷，尽情地享受大自然美景，悠闲地品尝着酥油茶、酸奶、糌粑和手抓羊肉，这份情趣难以用语言来形容，只有身临其境，才会领略到其中的奥妙。

“离天最近的地方，澜沧江从这里流向远方，喇嘛诺拉，祈福源头的圣洁，达赛宝地享誉雪域，……神境昂赛，让人留连忘返……”正如歌曲《宝地杂多》所唱的那样，我们流连于杂多县昂赛乡境内的丹霞地质公园，不时感叹于大自然的造物神奇。

我们进入昂赛地质公园。沿途道路非常险峻，有几段公路就修在丹霞地貌上的悬崖绝壁，对越野车辆和驾驶员是一个不小的考验。它正因为是一处远在深山峡谷很难进的自然景观，才得以保存下来。内陆许多原生态景观被商业开发后，形成自然文明和商业文明的对峙和冲突，这也是中国景观开发的现实问题。杂多县政府深知这是一个具有巨大潜质的旅游宝藏，却不希望像内陆早期开发旅游区那样急功近利式开发，而是希望通过建立国家地质公园，使这些自然资源得到切实有效的保护和可持续利用。人口的增长、环境的退化、区域的建设、经济的发展，是三江源区域发展中要面临的问题。杂多县政府明确表示，昂赛丹霞地质景观开发，必须建立在对大自然敬畏的基础上，不会以经济利益作为驱动，也不会让原住民居拆迁。

如今，杨勇被聘为玉树州旅游发展顾问，当谈及昂赛地质公园时，他连说了三个“要慎重”。在他看来，要按照国家和世界地质公园的标准来规划，处理好地质公园建设与自然保护区建设的关系。他特别建议，按照国家地质公园的模式，敞开大门，公众共享，主动保护，全民参与。探索构建旅游经济新业态、赢利新模式，并使体验更生动。他认为，由于这里海拔高，地质生态环境脆弱，景区建设应避免对环境的破坏，以索道、索桥观光系统为主，同时景区博物馆和功能性服务设施采用节能环保材料和集成技术，打造一个新型的标志性地质公园，以此作为三江源乃至青藏高原的旅游开发经典。